KB237180

언어 너머의 문학

언어 너머의 문학
— 중국문학에 비평적으로 개입하기

펴낸날 2013년 4월 18일

지은이 전형준
펴낸이 주일우
펴낸곳 ㈜문학과지성사
등록번호 제10-918호(1993. 12. 16)
주소 121-840 서울 마포구 서교동 395-2
전화 02) 338-7224
팩스 02) 323-4180(편집) 02) 338-7221(영업)
전자우편 moonji@moonji.com
홈페이지 www.moonji.com

ⓒ 전형준, 2013. Printed in Seoul, Korea

ISBN 978-89-320-2403-5

언어 너머의 문학

중국 문학에 비평적으로 개입하기 —

전형준 지음

문학과지성사
2013

차례

서문

    중국현대문학에 대해 논문 형태로 쓴 나의 첫 글은 1984년 12월에 발표된 「노신 소설과 5·4운동」이다. 그 무렵 신흥 출판사였던 전예원에서 야심차게 내기 시작한 계간지 『외국문학』의 청탁이 있었기 때문에 그 글이 씌어질 수 있었는데, 오생근·이성원·안삼환 등 세 분 편집위원들이 기획한 특집의 제목은 '역사와 문학인식'이었고 중문과 박사과정 재학 중이던 내게 맡겨진 것은 그중 중국문학의 경우였다. 당시의 한국에서는 중국현대문학이라는 연구 분야가 거의 불모 상태였고 심지어 가장 기본적인 자료조차 구하기 어려운 형편이어서 나는 정말 막막한 벌판에서 더듬거리며 길을 찾는 심정으로 글을 썼다. 그 막막함은, 교정을 보기 위해서였는지 출간된 잡지와 별쇄본을 수령하기 위해서였는지 기억이 확실하지는 않지만 아무튼 강남 소재의 출판사를 방문하던 날, 폭설 내린 강남 벌판의 저녁 풍경과 함께 지금 이 순간에도 생생하게 떠오른다.

지금은 그 당시와 정반대다. 국내에서 생산되는 논문만 해도 적지 않은데, 중국에서 헤아릴 수조차 없이 많은 논문들이 쏟아져 나오고 있고, 미국·일본·유럽 등지에서도 각종 언어로 된 논문들이 줄을 잇는다. 그 많은 논문과 관련 자료 들이 대부분 용이하게 접근 가능하다. 그러나 그 너무 많음 앞에서 나는 또 다른 막막함을 느낀다. 이 막막함이 28년 전의 그것보다 오히려 짙게 느껴진다. 예전의 그것에는 그래도 낭만(浪漫)이 있었는데, 지금의 막막함에는 소진(消盡)과 피로(疲勞)만 있는 것 같다.

그 동안 나는 세 권의 중국현대문학 연구서를 출간했다. 1996년의 『현대 중국문학의 이해』와 1997년의 『현대 중국의 리얼리즘 이론』, 그리고 2004년의 『동아시아적 시각으로 보는 중국문학』이 그것들이다. 앞의 두 책은 한국과 중국 두 나라 문학의 동질성 인식 및 그 인식 위에서 배태된 일종의 동지 의식을 기본 원리로 했었고, 세번째 책은 한중 양국 간 차별성의 증대라는 새로운 상황 인식과 함께 동질성과 차별성의 착종을 두루 살피는 균형 잡힌 시각의 모색을 중시했다. 전자의 동질성은 서양이라는 타자와의 대타 관계 위에서 성립되고, 후자의 차별성은 동아시아 내부 갈등의 가능성 및 잠재성으로부터 비롯된다.

첫 논문을 발표한 지 28년 만에 네번째 연구서로 펴내는 이 책은 '문학'에 초점을 맞추었다. 어떤 문학? 개별 언어에 의해 경계 지어진 개별 문학이 아니라 그 개별 문학들 너머에 있는 보편 문학이다. 이런 의미에서의 '문학'을 직접적으로 인식할 수는 없다. 우리가 직접 인식할 수 있는 것은 개별 문학들뿐이다. '문학'은, 개별 문학들 너머에, 그에 대한 직접적 인식이 불가능한 방식으로 존재하면서,

개별 문학들을 문학일 수 있게끔 해준다. 그것이 없다면 개별 문학들 하나하나도 더 이상 문학일 수 없게 될 것이다. 그 '문학'이 바로, 이 책이 한국문학과 중국문학을 동질적인 것으로 인식하는 근거인 바, 이 책의 제목을 '언어 너머의 문학'이라고 한 것은 그 때문이다.

이 책의 제목에 덧붙인 부제에 대해서도 해명이 필요하겠다. 지난번 책의 서문에서도 중국문학에 대한 비평적 개입의 의도를 밝힌 바 있거니와, 돌이켜보면 첫번째 책, 첫번째 글에서부터 비평적 개입은 내 글쓰기의 주된 모티프였다. 다만 그 비평적 개입의 근거 내지 원리는 조금씩 변화해온 것 같다. 처음에는 동지 의식, 그다음엔 동아시아적 시각, 그리고 지금은 '언어 너머의 문학'이라는 식으로 말이다. 앞으로 내 생각이 어떻게 더 변화해갈지 지금으로서는 알 수 없지만, 당분간은 '언어 너머의 문학'에 대한 탐색에 집중하고자 한다.

'중국문학'이라는 말의 사용에 대해서도 입장 표명을 해야 하겠다. 나는 지난번 책의 제목에서 처음으로 '현대중국문학'이나 '중국현대문학'이 아니라 '중국문학'이라는 말을 사용했다. 중국문학 연구계의 관습은 고전문학, 혹은 전(前)근대문학을 중국문학이라 부르고 현대문학은 중국문학이 아니라 따로 중국현대문학이라고 불러왔다. 나는 이 관습을 완전히 뒤집어야 한다고 생각한다. 그러니까 현대문학을 중국문학이라 부르고 고전문학은 따로 중국고전문학이라고 불러야 한다는 것이다. 이 문제와 관련하여 많은 논의가 가능하고 또 필요하겠지만, 여기서는 단지 문제의 존재를 지적하는 데서 그치기로 한다.

원고를 정리하면서 보니, 내가 유난히 자주 인용한 사람들이 몇 명 있다는 사실이 눈에 띈다. 출생 연도순으로 보면, 독일의 이론가 발터 벤야민, 중국의 소설가 모옌, 홍콩 출신의 미국 학자 레이 초우 등이 그들이다. 그들은 내 논의의 이론적 근거를 마련하기 위해서, 내 주장의 정당성을 입증하기 위해서, 연구 대상, 비평 대상, 논쟁 상대 등 여러 가지 맥락에서 인용되었는데, 이 책은 그들에게 진 빚 없이는 나올 수 없었을 것이다. 진심으로 감사의 뜻을 전하고 싶다. 대담을 함께했던 시인 베이다오와 작가 쑤퉁에게도 감사드린다. 본격적인 베이다오론과 쑤퉁론으로 보답할 날이 조만간 있을 것이다. 그리고, 한국은 물론이고 중국, 타이완, 홍콩, 싱가포르, 일본, 미국, 호주 등에서 활동하는, 그동안 내가 사귀어온 중국현대문학 연구계의 많은 친구들에게도 이 자리를 빌려 평소 못 다한 감사의 말씀을 드린다. 그러나 가장 크게 감사를 드려야 할 대상은, 아무래도 역시, 이 글을 읽어주실 독자 여러분들이다.

2013년 4월
전형준

1부

언어 너머의 문학

한중 및 중한 번역가의 과제[*]

제목의 유래부터 밝혀야겠다. 이미 알아차린 분들도 계시겠지만, 이 제목은 발터 벤야민의 글「번역가의 과제」를 따라 붙인 것이다. 1892년생인 벤야민은 1923년에 보들레르의『파리의 풍경』(『악의 꽃』제2부)을 번역했는데 여기에 붙인 서문이 바로 이 글이다.[1] 한중 및 중한 번역을 논의하는 자리에서 불독 번역의 경우를 참조하는 셈인데, 이렇게 된 데에는 나름의 사연이 있다. 그 사연부터 말씀드리도록 하겠다.

홍콩 출신으로서 미국에서 활동하는 문화연구자 레이 초우Rey Chow 교수는 그녀의 저서『원시적 열정』(1995)에서 번역에 대해

---

* 2011년 1월 8일 베이징 대학에서 개최된 〈중·한 번역학 및 번역교육 국제학술회의(中韓翻譯學翻譯敎學國際學術會議)〉에서 발표. 약간 수정·보완했음.

1) 벤야민이『악의 꽃』번역에 착수한 것은 1914년이었고, 번역 일을 지속적으로 할 수 없었기 때문에 9년 뒤인 1923년에 비로소 번역물을 출판할 수 있었다.

주목할 만한 논의를 전개한 바 있다. 이 논의는 그 뒤 세계 각지의 중국학 분야에 적지 않은 영향을 미쳤는데, 바로 여기에서 벤야민이 인용되었다. 그 인용 중 핵심적인 부분은 다음과 같다.

그것은(진정한 번역은─인용자) 무엇보다도 구문의 번역에서의 Wörtlichkeit에서 이루어질 수 있다. 즉 번역가의 일차적 요소가 되는 것은 문장이 아니라 바로 단어이다. 문장이 원문의 언어 앞에 서 있는 벽이라면, Wörtlichkeit는 Arkade이기 때문이다.[2]

Wörtlichkeit라는 독일어 단어를 벤야민의 영어 번역자 해리 존 Harry Zohn은 literalness라는 영어 단어로 번역했다.[3] 레이 초우는 이 번역을 따르면서 literalness라는 번역이 Wörtlichkeit라는 원문을 대리보충supplement하고 있다고 말한다. literalness라는 영어 단어에는 축어성이라는 첫번째 뜻 이외에도 "피상적이고 조악하고 소박하다"라는 두번째 뜻이 있는데 독일어 Wörtlichkeit에는 이 두번째 뜻이 존재하지 않는다는 것이다. "그러므로 해리 존에 의해 대리보충된 번역은 벤야민 자신이 오리지널의 '의도'라고 부른 그 형식으로 오리지널에 잠복해 있는 무언가를 명확히 하는 것이다. 중요한 것은 오리지널의 '의도'가 대리보충으로서만, 부가되는 것으로서만(번역이 되어 있으므로) 파악 가능하다는 점이다"[4]라고 레이 초우는 주장한다. 요컨대 오리지널은 자기차연self-différance이고 번역

---

2) Walter Benjamin, *Illuminationen*, Frankfurt am Main: Suhrkamp, 1977, p. 59.

3) 나는 Wörtlichkeit를 한자어로 '축어성(逐語性)' 혹은 '축어적(逐語的)인 것'이라고 번역하기로 한다.

4) Rey Chow, *Primitive Passions*, New York: Columbia Univ. Press, 1995, p. 186: 레이 초우, 『원시적 열정』, 정재서 옮김, 이산출판사, 2004, p. 278.

은 대리보충이라는 게 레이 초우의 핵심적 명제다(이 명제는 논란의 여지가 많지만 여기서는 논외로 한다).

레이 초우는 이 명제를 언어 간 번역이 아니라 문화 간 번역에 적용했다. 번역의 문제를 언어 간 번역에만 국한하는 것은 언어 텍스트의 특권화라는 근대적이고 서양적인 제도를 따르는 것이고 이런 번역은 비유럽세계에서 유럽식민주의의 가장 중요한 유산으로 남게 된다는 것이 레이 초우가 언어 간 번역을 부정하는 이유다. 언어 간 번역에서는 오리지널과 번역 사이의 불균형적이고 위계적인 권력관계가 역전되지 않고 오리지널의 가치가 안정될 수밖에 없다는 것이다. 레이 초우의 문화 간 번역은 첫째, 오리지널의 가치를 안정시키지 않고, 둘째, 깊이를 지향하지 않는 방식을 추구하며, 전통에서 근대로, 문학에서 시각성으로, 엘리트학자문화에서 대중문화로, 토착적인 것에서 외국의 것으로, 외국의 것에서 토착적인 것으로 등등의 변화를 비롯해서 광범위한 행위 전체를 포함한다. 그러나 그중에서도 레이 초우가 관심을 기울이는 부분은 민족지(民族誌)로서의 현대 중국 영화다. 현대 중국 영화는 중국 문화의 번역이고, 이 번역은 Wörtlichkeit이며 Arkade이고, 이 아케이드에는 축어적·표층적 방식으로 근대의 '원시적 존재'(현대 중국 영화의 여성들이 그 일례이다)가 전시되어 있고, 그 원시적 존재는 한편으로 부패한 중국 전통을 폭로하고 다른 한편으로 서양의 오리엔탈리즘을 패러디한다,라고 레이 초우의 논지를 요약할 수 있다(이 논지에도 논란의 여지가 많지만 여기서는 논외로 한다).

레이 초우가 벤야민의 번역론을 자신의 문화 간 번역론에 확대 적용한 데 비해, 인도의 문화연구자 테자스위니 니란자나Tejaswini Niranjana는 자신의 저서 『번역의 위치』(1992)에서 벤야민의 번역론을 적용하되 언어 간 번역이라는 범위 내에서 적용했다. 니란자나는 자국화 번역에 반대하고 외국화(外國化) 번역을 주장했는데, 그것은 벤야민의 Wörtlichkeit 개념을 근거로 삼은 일종의 새로운 직역주의라 할 수 있다. 제3세계의 텍스트를 서양 언어로 번역할 때 외국화 번역이 제3세계 문화의 차이와 다양성을 보존하고 드러낼 것이라 기대하며 니란자나는 이 번역 전략을 '의사소통의 저지(의사소통에서 물러나기)'라고 불렀다. 레이 초우는 이러한 니란자나를 두고 서양과 동양 사이의 위계적 권력관계를 역전시키는 데에는 성공했지만 오리지널과 번역 사이의 권력관계를 역전시키지는 못했다고 비판하며 그렇게 될 수밖에 없는 이유로 니란자나가 문화 간 번역을 배제하고 언어 간 번역에만 국한했다는 점을 들었다. 이 논쟁에 대해 말하자면 나는 니란자나의 손을 들어주고 싶다. 그러나 시야를 좀더 넓히면 우리는 레이 초우는 물론이고 니란자나에게도 쉽게 동의할 수 없다.

나는 이 문제에 대해 이전에 비교적 자세히 검토한 바 있는데[5] 여기서는 그 요점만 간략히 말씀드리도록 하겠다. 레이 초우나 니란자나를 비롯한 포스트식민주의 번역 이론은 문화들 사이의 불평등 관계를 보편적인 것으로 상정하고 있다. 그리하여 언어 간 번역의 경우 제1세계 문화와 제3세계 문화 사이의 번역만을 논의 대상으로 삼고, 문화 간 번역의 경우 예컨대 문학—영화의 관계나 역사—기록의 관계를 식민—피식민이나 오리지널—번역의 불평등 관계로 파악한다. 관점과 입장이 조금씩, 혹은 크게 다름에도 불구하고 그들은 문화적 불평등이라는 문제틀을 공유하고 있는 것이다. 이 문제틀

---

5) 「포스트식민주의 번역 이론과 동아시아 내부의 문화 간 번역」, 『중국문학』 51호, 한국중국어문학회, 2007. 5. pp. 99~100 참조.

이 일정한 범위 안에서 유효하다는 것은 말할 나위도 없지만 이 문제틀 바깥의 문제가 배제된다는, 다시 말해 불평등이 아닌 대등 관계에서의 번역은 논의의 지평에서 배제된다는 점이 간과되어서는 안 된다. 그 배제의 결과, 제1세계 내부의 번역이나 제3세계 내부의 번역은 도외시되고, 예컨대 문학과 영화가 각각 지니고 있는 상대적 자율성의 세계는 삭제된다. 이처럼 제3세계 문화의 생산물을 그 문화 내부의 맥락에서 보는 시각이 배제되고 그것을 전적으로 제1세계와의 불평등 관계라는 맥락에서만 보면 심각한 부작용의 발생이 예상된다. 문화적 불평등이라는 문제틀의 설정 자체에는 긍정적 의미가 있지만 그것에 보편적 포괄성을 부여하는 순간, 그것 자체가 일종의 서양중심주의로 변질되어버린다. 제3세계 문화는 그 자체만으로는 존재할 능력조차 없다는 말인가? 이 점은 서로 다른 문화 장르 사이의 번역에서도 마찬가지다. 두 장르 사이의 관계를 수평적 관계로 보아야 파악될 수 있는 많은 요소들이 그것을 불평등 관계로 바라보면 시야에서 사라져버린다. 게다가 비서양과 서양의 관계가 반드시 불평등 관계이기만 한 것은 결코 아니고 마찬가지로 비서양 내부의 관계나 서양 내부의 관계가 반드시 평등 관계이기만 한 것도 결코 아니라는 점이 사태를 더욱 복잡하게 만든다.

이상과 같은 문제의 지평 속에서 바라보면 한중 및 중한 번역의 특징이 분명하게 드러난다. 비서양 내부의 두 언어, 즉 수평적 관계에 있는 두 언어 사이의 번역이라는 점. 그리고 한국과 중국은 동아시아 및 한자문화권이라는 범주로 묶일 만큼 아주 가까운 관계라는 점. 이는 문제의 글 「번역가의 과제」를 서문으로 달았던 벤야민의 번역이 바로 불어를 독일어로 번역한 것이라는 사실을 곧장 상기시킨다. 서양 내부의 두 언어, 즉 수평적 관계에 있는 두 언어 사이의 번역이며, 게다가 프랑스와 독일은 서유럽이라는 아주 가까운 관계 속에 있는 것이다. 그렇다면 한중 및 중한 번역에서 벤야민의 Wörtlichkeit는 어떻게 사유될 수 있을까. 이 사유가 포스트식민주의적 사유보다 훨씬 더 벤야민의 본의에 부합되지 않을까.

한중 및 중한 번역이라는 입장에서 벤야민의 글을 볼 때 먼저 주목하게 되는 것은 번역의 역사에서 오래전부터 논란의 중심이 되어왔던 직역이냐 의역이냐의 문제에 대한 벤야민의 확고한 태도다. 이는 독일 낭만주의 전통에서 유래하는 신직역주의 맥락과 관련되는데, 벤야민이 루돌프 판비츠Rudolf Panwitz의 저서 『유럽문화의 위기』(1917)에서 취한 다음 인용문이 눈길을 끈다.

우리의 번역은, 비록 그것이 가장 좋은 번역이라고 하더라도 잘못된 전제에서 출발하고 있다. 이들 번역은 독일어를 힌두어화, 그리이스어화, 영어화하는 대신에 힌두어, 그리이스어, 영어를 독일어화하고 있다. 우리의 번역가들은 외국 작품의 정신보다는 그들 자신의 언어의 사용에 대해 보다 큰 존경심을 가지고 있다. 〔……〕 번역가의 기본적 오류는, 자신의 언어가 외국어를 통해 강력하게 영향을 받도록 하는 대신에 자신의 언어가 처하고 있는 상태를 고수하고 있다는 데 있다. 번역가는 특히 그 자신의 언어와는 멀리 떨어진 언어로부터 번역할 때에는, 언어 그 자체의 원초적 요소 즉 말과 상징 및 톤이 하나로 합쳐지는 점에까지 소급하지 않으면 안 된다. 그는 외국어의 수단을 통해 그 자신의 언어를 확대하고 심화하지 않으면 안 되는 것이다. 우리들은 어느 정도까지 그것이 가능하고 또 어느 정도까지 모든 언어가 변화할 수 있는지를, 그리고 마치 방언과 방언이 서로 다른 것처럼 언어와 언어 또한 서로 다르다는 점을 전혀 이해하지 못하고 있다. 그러나 우리가 언어를 너무 가볍게 생각하지 않고 이를 매우 심각하게만 생각한다면 이러한 점이 사실이라는 점을 알 수 있을 것이다.[6]

판비츠의 주장을 '외국어화' 번역이라고 부른다면 이것과 니란자나의 '외국화' 번역은 같으면서도 다르다. 니란자나의 그것은 불평등 관계라는 특정 지평 속에서 그 불평등 관계에 저항하기 위한 것이지만 판비츠의 그것은 일반 지평에서 자국어를 확대·심화하기 위한 것이다. 가령 똑같이 중국어를 영어로 번역한다고 할 때 니란자나의 '외국화' 번역은 중국 문화의 차이와 다양성을 보존하고 드러내는 데 기여하겠지만, 판비츠의 '외국어화' 번역은(그리고 그에 동의하는 벤야민의 축어역은) 영어를 확대·심화하는 데 기여한다. 나는 한중 및 중한 번역은 판비츠 및 벤야민적 시각에서 조명받을 필요가 있다고 생각한다.[7]

중국문학의 한국어 번역에 대한 한국 독자(일반 독자는 물론이고

---

6) Walter Benjamin, 앞의 책, p. 61;『발터 벤야민의 문예이론』, 반성완 편역, 민음사, 1983, pp. 331~32.

7) 슈테판 게오르게Stefan George(1868~1933)의 보들레르 번역과 벤야민의 보들레르 번역은 대조적이다. 그 자신 시인인 게오르게의 번역은 의역이고 벤야민의 번역은 직역이다. 베르너 풀트Werner Fuld는 게오르게의 번역을 높이 평가하고 벤야민의 번역을 부정적으로 평가했다(『발터 벤야민: 그의 생애와 시대Walter Benjamin Zwischen den Stuhlen: Eine Biographie』, 이기식·김영옥 옮김, 문학과지성사, 1985, pp. 163~65 참조). 풀트는, 벤야민의 보들레르 번역은 삭막하고 건조하며 심지어 불어의 체득이 불충분한 상태에서 이루어진 것이 아닌가 하는 의문이 가능할 정도이고 독일어권에서 그 번역이 지속적으로 읽힐 수 없었던 것은 당연한 일이다,라고까지 말한다(같은 책, p. 169 참조). 설사 풀트의 평가에 동의한다 하더라도, 판비츠 및 벤야민적 시각의 중요성에 대한 강조는 여전히 필요하다고 생각한다. 이론과 실제가 항상 일치하는 것은 아니기 때문이다.

출판사, 그리고 대산재단 같은 번역 지원 기관까지 포함)의 주된 반응은 '자국화' 내지 '자국어화' 번역에 대한 선호이다. 한국문학의 중국어 번역에 대해서도, 대산재단이나 한국문학번역원 등의 반응으로 볼 때, '자국화' 내지 '자국어화' 번역이 선호되는 것으로 보인다. 사정은 중국에서도 마찬가지인 것 같다. 그러나 벤야민이 우리에게 가르쳐주는 바는 이러한 자국화 번역 편향에 대한 반성의 필요성이다. 흥미로운 것은 중국에서도 비슷한 시기에 비슷한 나이의 논객이 비슷한 주장을 한 바 있다는 사실이다. 벤야민보다 11년 빨리, 즉 1881년에 태어난 루쉰(魯迅)이 1930년에(즉 벤야민보다 7년 뒤에) 쓴 글(「'억지 번역(硬譯)'과 '문학의 계급성'」)에서 외국어의 번역과 중국어의 발전 사이의 관계에 대해 논의하며 '축자역(逐字譯)'을 주장했던 것이다. 양자 사이에는 아무런 영향 관계도 없는데, 처한 컨텍스트는 서로 달라도 주장은 유사했던 것이니 흥미로운 대목이 아닐 수 없다.

그러나 벤야민이 말하는 번역가의 과제는 방금 살펴본 자국어의 확대·심화 이상의 것이다.

번역가의 과제는 그가 번역하고 있는 언어에서, 그 언어를 통해 원문의 메아리가 울려 퍼질 수 있는 그런 의도Intention를 찾아내는 데 있다.[8]

그 '의도'는 위의 인용문보다 좀더 앞쪽에서 다음과 같이 설명되고 있다.

---

8) Walter Benjamin, 앞의 책, p. 57; 반성완 편역, 앞의 책, p. 327. 여기서 '번역하고 있는 언어'란, 가령 게오르게가 불어를 독일어로 번역하고 있을 때의 독일어를 지칭한다.

오히려 역사를 초월하는 모든 언어 상호간의 이러한 친화성은 하나의 전체로서 각각의 언어 속에 놓여 있는 의도, 다시 말해 각각의 개별적 언어 그 자체로서는 실현될 수 없고, 각 언어 상호간의 상호작용을 통한 총체성에 의해서만 획득될 수 있는 언어 그 자체에 내재하는 의도Intentionen—우리는 이를 순수한 언어die reine Sprache라고 부를 수 있을 것이다—속에서만 찾아질 수 있다.[9]

이 '의도' — '순수한 언어'는 다음에서 보듯 '진정한 언어'라고 불리기도 한다.

그 이유는(시인과 번역가의 의도가 다른 이유는—인용자) 번역가의 작업에는 많은 언어를 하나의 진정한 언어einen wahren로 통합하려는 위대한 모티프가 작용하고 있기 때문이다.[10]

위 인용문 다음에 우리가 맨 처음에 인용했던 구절이 나온다. 다시 한 번 확인해보자.

그것은(진정한 번역은—인용자) 무엇보다도 구문의 번역에서의 Wörtlichkeit에서(구문을 축어적으로 번역함으로써—인용자) 이루어질 수 있다. 즉 번역가의 일차적 요소가 되는 것은 문장이 아니라 바로 단어이다. 문장이 원문의 언어 앞에 서 있는 벽이라면, Wörtlichkeit는 Arkade이기 때문이다.[11]

---

9) Walter Benjamin, 위의 책, p. 54; 반성완 편역, 위의 책, p. 324.
10) Walter Benjamin, 위의 책, p. 57; 반성완 편역, 위의 책, p. 327.

'순수한 언어'라는 신비주의적 개념은 우리가 이해하기가 참으로 쉽지 않은 개념이다. 벤야민은 여러 가지 방식으로 이 개념을 이해시키고자 노력하는데, 그중 나에게 가장 인상적인 대목은 다음과 같은 부분이다.

이를테면 어떤 사기그릇의 파편이 다시 합쳐져서 하나의 그릇이 되기 위해서는 가장 미세한 파편의 부분들이 하나하나 이어져야 하는 것처럼(비록 그 파편들이 서로 닮을 필요는 없지만), 번역도 이와 마찬가지로 원문의 의미를 비슷하게 하는 대신에 애정을 가지고 또 그 세부에 이르기까지 원문의 표현 방식과 온축을 자기 고유의 언어 속에 동화시켜서, 원문과 번역의 양자가 마치 사기그릇의 파편이 사기그릇의 일부를 이루듯 보다 큰 언어의 파편으로 인식될 수 있도록 하지 않으면 안 된다.[12]

'깨어지기 이전의 사기그릇'에 해당하는 '보다 큰 언어'는 말하자면 바벨탑 이전의 언어가 아니겠는가.[13] 바벨탑 이야기에 따르면,

---

11) Walter Benjamin, 위의 책, p. 59.

12) Walter Benjamin, 위의 책, p. 59; 반성완 편역, 앞의 책, p. 329.

13) 『언어 일반과 인간의 언어에 대하여』(1917)에서 벤야민은 아담과 이브의 타락 이전의, 분열되기 이전의 언어에 대해 논의했다. 타락 이전의 언어가 창조하는 동시에 인식하는 것이었던 데 반해, 타락 이후에는 창조하는 언어와 인식하는 언어가 분리되었다는 것이다(베르너 풀트, 이기식·김영옥 공역, 앞의 책, p. 166 참조). 이를 '동일성(창조—인식)의 언어 대 분열(창조/인식)된 언어'라는 구도로 요약할 수 있다면, 「번역가의 과제」에서의 논의는 '순수 언어(하나의 큰 언어) 대 개별 언어들(파편들)'이라는 구도로 요약할 수 있을 것이다. 내가 이 순수 언어를 바벨탑 이전의 언어라고 환언해본 것은 그 때문인데, 이러한 환언은 이미 데리다의 벤야민론(「바벨의 탑들」)에서 행해진 바 있다. 그러나 벤야민의 본의는, 베르너 풀트의 설명처럼(같은 책, p. 167 참조), 모든 파편들이

바벨탑 이후 언어는 깨어져 사기그릇의 파편들과도 같이 수많은 민족어들로 나뉘었다. 이 대목에서 나는 민족어에 묶여 있는 민족문학을 상기하게 된다. 나는 2007년 〈제1차 한중작가회의〉의 기조강연에서 이 문제와 관련하여, 국가 안에 개별 언어가 존재하는 것이 아니라 개별 언어의 뒤, 혹은 밑에 국가와 민족, 문화와 역사 같은 것들의 복합이 존재한다는 요지의 발언을 한 바 있다.

오늘날 논란의 중심이 되고 있는 식민/피식민의 문제도 그 복합 속에 들어 있을 터인데, 이 개별 언어가 만들어내는 경계를 넘어 문학의 보편성에 도달하는 일이 가능할까? 가능하든 않든, 그 일은 벤야민이 말하는 순수 언어에 도달하는 일과 거의 완벽하게 겹쳐지는 것 같다. 번역에는 문학 번역 이외에도 많은 것들이 가능하지만, 번역을 통해 순수 언어에 접근하는 데 가장 유리한 것이 문학이라고 벤야민이 생각했던 것은 분명한 사실이다. 벤야민 자신이 보들레르의 『악의 꽃』 제2부를 번역했을 뿐만 아니라 횔덜린의 소포클레스 번역을 모범 사례로 제시했다. "원문의 언어가 갖는 질적 가치와 개성이 낮으면 낮을수록, 또 그것이 전달할 내용을 더 많이 가지면 가질수록 그 원문은 번역을 위해서는 덜 생산적이 되는 것이다"[14]라는 벤야민의 말에 비추어 보면 그것의 반대 성격을 갖는 것, 즉 원문의 언어가 갖는 질적 가치와 개성이 높고, 또 그것이 전달할 내용을 적

다시금 전체로 연결된다는 것에서 메시아적 시간을 보는 데 있었을 것이다. 그렇기 때문에 베르너 풀트는 "「번역가의 과제」는 벤야민의 철학적 사고를 아는 데는 매우 유익하나, 번역의 업적을 평가하는 데에는 별 도움을 주지 않는다"(같은 책, pp. 168~69)고 말하는 것이다. 풀트의 말처럼 '번역의 업적을 평가'하는 데에는 별 도움이 안 될 수도 있겠지만, 번역에 대한 근본적 차원에서의 다양한 사유에는 큰 도움이 될 수 있다고 나는 생각한다. 벤야민의 번역론에서 중요한 성찰의 단서를 발견하는 여러 사람들의 시도는 그래서 나온 것이다.

14) Walter Benjamin, 앞의 책, p. 61; 반성완 편역, 앞의 책, p. 332.

게 갖는 것, 그래서 번역을 위해서 더 생산적인 것은 바로 문학인 것이다(벤야민의 믿음에 따르면 그러한 텍스트 중 최고의 것은 성경이다). 벤야민이 번역을 통해 순수 언어에의 도달을 꿈꾼 것처럼 우리는 한중 및 중한 문학 번역을 통해 문학의 보편성에의 도달을 꿈꿀 수 있지 않겠는가?

나는 그런 의미에서의 문학의 보편성을 '언어 너머의 문학'이라고 명명하고 싶다. 민족어 내지 개별 언어 단위로 깨어져 파편 상태로 존재하는 '문학', 개별 언어의 문학들이 그보다 큰 문학, 언어 너머의 문학의 파편으로 인식될 수 있도록 하는 것이 문학 번역가의 과제일 수 있지 않겠는가? 이 질문의 제기로 오늘의 논의 전부를 요약할 수 있을 것이다.

한국문학과 중국문학의 만남이 뜻하는 것[*]

　　한중 양국의 작가들이 만나 대화를 나누는 첫번째 자리에서 기조강연을 맡게 된 것이 내게는 한편으로는 대단한 영광이면서 다른 한편으로는 대단한 부담이다. 아마도 내가 한국문학 평론가이면서 동시에 중국문학 연구자이기 때문에, 다시 말해 내가 한국문학 평론을 할 때는 끊임없이 중국문학을 참조하고 또 중국문학 연구를 할 때는 끊임없이 한국문학을 참조하는 식으로, 비록 서툴긴 하지만, 자신의 내부에서 한중 양국 문학 사이의 대화를 진행해온 사람이기 때문에 이런 막중한 일이 맡겨진 것으로 생각된다. 내게 영광과 부담을 동시에 주신 한중 양국의 기획자 김주연, 홍정선, 천쓰허(陳思和), 왕안이(王安憶) 네 분께—이 중 천쓰허 선생은 나와 똑같은 임무를 부여받았지만—그리고 이 자리에 참석해주신 한국과 중국의 작가

---

* 2007년 4월 9일 상하이에서 개최된 〈제1차 한중작가회의〉의 기조강연, 『문학과사회』 2007년 여름호에 게재. 약간 수정·보완했음.

여러분께 먼저 감사 말씀 드린다.

앞으로 10년간 진행될 예정인 한중작가회의는 전체 주제를 '평화'로 잡았다. 많은 말들이 그 말의 본뜻과 달리 사용되고 있는바, 특히 좋은 말일수록 그 경향이 심한데, 이 '평화'라는 말도 예외가 아니다. 권력이나 기성 질서는 이 말을 사용하여 약자에게 순응 내지 굴복을 요구하고 약자는 이 말을 사용하여 순응 내지 굴복을 변명하곤 한다. 이렇게 해서 이루어지는 이른바 '평화'는 겉보기에는 '평온하고 화목한 상태'일 수 있겠으나 실은 갈등의 은폐며 문제로부터의 도피에 지나지 않는다. 문학은 그러한 거짓 평화를 위해 봉사하지 않는다. 오히려 그것의 거짓됨을 폭로하고 갈등과 문제에 직면한다. 그 폭로와 직면이 그 자체로 진정한 평화의 가능성을 탐색하는 일이라는 점에서 문학과 평화의 관계가 형성되는 것이다. 요컨대 평화라는 것은 항상 갈등과 짝을 이루고 있을 때만 의미 있는 말이다. 갈등은 나쁜 것이고 평화는 좋은 것이다, 라는 단순한 명제는 성립하지 않는다. 오히려 갈등을 은폐한 평화는 나쁜 것이고 평화로 나아가기 위해 갈등과 정직하게 대면하는 것은 좋은 것이라고 말해야 한다.

평화라는 말은 흔히 국가 간의 일에 사용되지만, 예컨대 계급 간의 일이나 계층 간의 일과 같은 한 국가 내부의 사회적인 차원에서도, 더 나아가서는 한 개인 내부의 차원에서도 사용될 수 있는 말이다. 〈제1차 한중작가회의〉의 주제는 한 국가 내부의 사회적 차원에 초점을 맞추어 '상처와 치유'로 정했다. 세상 어디에 그렇지 않은 나라가 있겠는가만, 특히 한국과 중국의 최근 수십 년은 개인들이 사회적 차원에서 주어지는 상처로 인해 고통받고 그 상처를 치유하고자 애쓰는 과정이었다고 말할 수 있다. 양국의 경험은 물론 다른 점도 있지만, 기본적으로 유사하다. 거슬러 올라가면 근대로의 진입

시기부터의 경험도 그러하고 더 거슬러 올라가면 봉건시대부터의 경험도 그러하다. 하지만 오늘의 말씀은 최근 수십 년에 국한하기로 하겠다. 아울러 지나가는 김에 한 가지 떠오르는 생각을 말하자면 '상처와 치유'라는 것은 일종의 의학적 개념이라는 점이다. 루쉰(魯迅)이 문학을 시작할 때, 정확히 말하면 문화운동을 시작할 때 생각했던 '병든 국민성과 그것의 치료'라는 것도 역시 일종의 의학적 개념이다. 그런데 루쉰의 경우 치료의 대상이 부정성으로 특징지어지는 데 비해 지금 우리가 말하는 '상처와 치유'에서는 치유의 대상, 아니 치유의 주체라고 말하는 편이 더 적절할지도 모르겠는데, 그 대상 혹은 주체가 기본적으로 긍정적인 것으로 설정되어 있다. 나 개인적으로는 그 대상 혹은 주체 역시 반성되어야 한다는 점을 좀더 강조할 필요가 있다고 생각한다.

한국의 최근 수십 년은 정치적으로는 군사독재와 반공 이데올로기, 사회경제적으로는 도시화·산업화와 더불어 갈수록 심각해지는 사회적 모순, 그것들이 개인에게 가한 상처로 특징지어진다. 1960년에 자유당 독재정권을 무너뜨린 4·19 시민혁명이 결국 좌절되고 박정희 정권의 기나긴 독재가 다시 시작된 장면, 1980년 광주 민주화 운동이 유혈사태로 좌절되고 군사독재가 시작된 장면, 자본주의 경제의 발전에 수반된 노동자 농민의 희생과 소시민의 고뇌 등이 특히 초점이 되겠다. 한국문학은 그 상처를 은폐하지 않고 드러내는 작업에 힘을 기울여왔다. 상처의 은폐는 치유를 불가능하게 한다. 의학적 비유를 사용하자면, 고통을 느낀다는 것이야말로 살아 있다는 징표이고 치유를 가능하게 해주는 근거다. 한국문학의 상처 드러내기 작업은 상처를 은폐하고자 하는 세력과 맞서 싸우는 일이기도 해서 많은 경우 정치적으로 탄압받기도 했지만, 한국의 작가들은 그 탄압에 용감하게 저항해왔다. 1970년에 시인 김지하는 권력의 부당성을 폭로하고 민중의 고통을 드러낸 장시 「오적」을 발표하고 이로 인해 투옥되었으며, 80년대에는 수많은 젊은 문학인들이 "이렇게 써도 안 잡아가?" 하는 심정으로 발언의 수위를 높이며 도전적인 글쓰기를 수행했다. 많은 문학작품들이 판매금지 처분을 받았음에도 불구하고 문학적 저항은 점점 더 가열되었다. 오해가 있을까 염려되어 약간 첨언하자면, 이와 같은 문학적 글쓰기가 예술적 혹은 미학적 혹은 형식적 탐구와 함께 수행된 경우가 그렇지 않은 경우보다 더욱 많았다. 7, 80년대에는 리얼리즘과 모더니즘의 대립이라는 구도로 문학계의 이론적 측면이 양분돼 있었는데 모더니즘 계열이라고 간주되던 소설가 조세희는 그 미학적 문체로 노사 간의 갈등이라는 첨예한 문제를 다루었고, 리얼리즘 계열이라고 불리던 소설가 황석영이 민중의 고통을 그리는 문체는 섬세하기 이를 데 없었다. 다시 말하지만, 상처 드러내기는 상처를 더 아프게 하기 위해서가 아니라 그 치유의 가능성을 탐색하기 위한 것이다. 그 작업에서 탄압 이외에도 항상 문제가 되었던 것이 '화해'였다. 화해라는 게 무엇인가. 그것은 앞서 말했던 평화의 경우와도 같아서, 흔히 적당한 선에서의 타협을 의미하곤 한다. 한 번 더 의학적 비유를 사용하자면, 상처의 치유가 아니라 적당한 선에서의 봉합인 것이다. 한국의 작가들은 그런 거짓 화해를 거부하는 문제로 많은 고뇌를 했다. 그 고뇌를 대표하는 작가로 오늘 이 자리에 참석한 소설가 임철우를 들 수 있다. 임철우의 소설 세계를 '폭력과 화해'라는 말로 요약한다면, 거기에서 폭력은 이 세계의 주요 구성 원리이다. 이 폭력은 이를테면 한나 아렌트나 르네 지라르의 그것과 무척 다르다. 아렌트의 폭력은 대항—폭력이라는 저항의 개념을 도출하지만 임철우의 폭력은 개인의 비극만을 낳는 불가해한 것이어서 도저한 비관주의로 귀결된다. 그러나 이 비관적 인식은 지라르의 그것에 비하면 아직 출구가 있고 희망이 있는 의식이다. 지라르에게 폭력은 인간과 인간의 욕망에 대해 본원적인 것이지만 임철우의 폭력은 아직 인간의 외부에 있기 때문인데, 그는 인간성에 대한 신뢰 위에서 폭력을 탄핵한다. 이 점에서 그는 말의 본뜻에서의 휴머니스트이다. 이 휴머니즘이 폭력 앞에서 불러일으키는 부끄러움과 죄의식, 이것이 임철우 문학의 초점이다. 물론 부끄러움과 죄의식은 대항—폭력으로 나아가지 못하는 데서 비롯되는 것인데, 그러나 임철우는 끝내 대항—폭력으로 나아가지 않는다. 대신 그는 화해를 모색한다. 화해라니? 폭력과의 화해를 말하는 것인가? 물론, 아니다. 그런 의미에서의 화해야말로 거짓 화해로 그가 강렬하게 거부해오던 것이다. 그의 화해는 보다 깊은 의미에서의 화해다. 폭력과 대항—폭력이라는 대립 구조 속에서 개인들이 어떻게 폭력에 감염되는가에 대한 통찰, 폭력의 구조가 진정으로 문제가 되는 것은 가해자이거나 피해자인 개별 인간들의 영혼 깊숙이까지 침범하여 그것을 감염시키는 폭력성 자체라는 데 대한 통찰, 임철우가 추구하는 화해는 바로 이 통찰을 근거로 한, 보다 근원적인, 인간성 자체와의 화해며 폭력성 자체와의 싸움을 수행하는 원동력이 되는 그런 화해다. 폭력으로 죽어버린 세계는 이 싸움을 통해 재생의 동력을 획득하게 된다. 특정 작가에 대한 발언이 너무 길어지는 것 같으니 임철우에 대한 소개는 이 정도로 끝내겠다.

중국의 최근 수십 년은 1957년 반우파투쟁(反右派鬪爭) 이후 문화대혁명이 종결되는 70년대 말까지 극좌 노선의 폐해, 그리고 신시기(新時期)로의 진입 이후 이른바 개혁 개방 및 현대화와 사회주의 시장경제의 전개 속에서 새로이 나타난 각종 사회적 모순, 그것들이 개인들에게 가한 상처로 특징지어진다. 중국문학은 문화대혁명이 시작되기 전까지는 그 상처를 드러내는 작업을 조심스럽게 진행하기도 했지만 문화대혁명 시기에는 완전한 침묵 상태로 들어가지 않을 수 없었다. 적어도 공식적으로는 말이다. 문화대혁명이 끝난 뒤 비로소 상처 드러내기 작업이 시작되었다. 아예 '상흔문학(傷痕文學)'이라는 말이 나올 정도로 그 작업의 열기는 드높았다. 그런데 상흔문학의 경우로 말하자면 그것은 문화대혁명 시기의, 다시 말해 과거의 상처에 대한 것이지 현재의 상처에 대한 것은 아니었기에 정치적으로 미묘하고 착잡한 성격을 띠고 있었다고도 볼 수 있다. 그러나 80년대의 도래와 더불어 중국문학은 점점 현재의 현실에 주목하고 그 현실 속의 상처를 드러내는 작업을 활발히 수행하기 시작했다. 그런 의미에서 나는 개인적으로 특히 신사실(新寫實) 소설을 높이 평가한다. 신사실 소설이 그 자신의 외연을 확장하고 내포를 심화하면서 90년대의 이른바 신상태(新狀態) 문학으로 발전하였다고 보는 게 나의 문학사적 이해다. 그런데 80년대의 중국문학은 미묘한 딜레마를 안고 있었던 것으로 생각된다. 현재의 현실에 대한 비판에 조심스러운 모습이 그것인데, 이는 그 비판이 극좌 노선의 부활에 대한 경계와 충돌하는 데서 비롯되었던 것 같다. 이는 문화대혁명의 상처가 여전히 생생하게 살아 있다는 뜻으로 해석될 수 있겠다. 그러한 조심스러움은 90년대에도 기본적으로 계속되고 심지어는 현재까지도 완전히 사라지지는 않은 듯하다. 나의 관찰에 일리가 있다면, 문화대혁명의 상처는 어떤 방식으로든 아직까지도 치유되지 않은 채 현재를 끊임없이 구속하고 있다고 말할 수 있을 것이다. 다소 무책임한 발언이 될 수도 있다는 위험을 무릅쓰고 솔직히 말해본다면, 문화대혁명의 상처는 고립적으로 치유될 수 있는 것이 아니라 현재의 상처 치유와 맞물려 있는 것이라는 게 내 생각이다. 한국의 친일 청산 문제와도 유사한데, 친일을 비판하고 나아가서 지금이라도 처벌하고자 하는 정치적 움직임은 그것이 현재의 현실에 대한 반성과 결합되어 있지 않다면 진정한 친일 청산에 도움이 되지 않는 것은 물론이고, 오히려 친일 청산이라는 정말 중요한 문제를 현재의 정치적 필요에 따라 이용하는 것에 불과한 것이다. 물론 문화대혁명의 상처는 참으로 어려운 문제다. 소수를 제외한 대부분의 개인들이 한편으로 피해자면서 다른 한편으로 가해자이기도 했기 때문이다.

80년대라는 시간에 한국문학과 중국문학은 미묘한 대조를 보인다. 한국문학에서 시장경제는 상처의 주범으로서 비판의 대상이었고 사회주의적 전망이 추구된 반면, 중국문학에서는 이른바 개혁 개방과 현대화, 더 나아가서는 시장경제가 긍정적 추구의 대상이었고 극좌적 사회주의 노선은 상처의 주범으로 비판받았다. 좌파와 우파, 진보와 보수가 서로 상반되는 방식으로 연결된다는 묘한 현상을 보게 된다. 하지만 나는 이것이 상반된다고 생각하지 않으며 원리에 있어서는 같다고 생각한다. 결국 기성 질서의 부정성을 비판하고 그것을 극복하고자 한다는 점에서는 동일하지 않겠는가. 이러한 외견상의 차이가 다시 유사성으로 바뀌는 것은, 정확히 언제부터라고 잘라 말할 수는 없겠지만, 대체로 90년대 어느 무렵부터라고 생각된다. 중국에서는 사회주의 시장경제가 빠른 속도로 발전하면서 일종의 자본주의적 모순의 심화가 뚜렷해지고 있다. 마치 한국이 겪었던 천민자본주의 시대의 그것과 흡사한 모습을 나는 중국의 현실에서 본다. 그 모순이 초래하는 수많은 개인들의 상처, 이것이야말로 오늘날의 중국문학이 직면해야 하고 실제로 직면하고 있는 상처다. 한

때 외설이냐 아니냐로 큰 논란을 불러일으켰던 쟈핑와(賈平凹)의 장편소설 『폐도(廢都)』를 나는 이런 각도에서 바라본다. 내가 보기에 『폐도』는 외설이라고 문제되었던 부분까지 포함하여 지금 말하고 있는 맥락에 대한 중요한 문학적 징후였고 긍정적으로 평가될 만한 강렬한 불온성을 지닌 작품이다. 요컨대 작중인물 쟝즈디에(莊之蝶)의 혼외정사에서 우리는 진정성의 추구가 타락과 파멸로 귀결되어버리는 이야기를 읽을 수 있는데, 이는 근대화·개발독재·천민자본주의화에 의한 도시의 변화와 그 변화에 적응하지 못하는 자의 자의식의 몸부림을 그 내용으로 한다. 비록 남성중심주의에 갇혀 있다는 한계가 뚜렷하지만, 이 작품에서의 성 묘사는 대부분의 경우 단순한 외설이 아니라 자의식의 몸부림에 강렬한 실감을 부여해주는 역할을 하는, 작품의 중요한 일부라고 나는 본다. 우리는 건조한 주장에는 설득당하지 않는다. 설득은 실감으로부터 오는 것이다. 이 경우에는 독자에게 주는 성적 자극이 포르노적인 것이 아니라 그 실감을 위한 것이라고 할 수 있다. 근자의 상황으로 말하자면 특히 '농민공(農民工) 문학'이 내 관심의 대상이 되고 있다. 대체적으로 말해 최근의 중국문학 전반에서 나는 놀라운 문학적 활력을 느낀다. 천쓰허가 주장하는 '민지엔(民間)' 개념 역시 그 문학적 활력의 소산이라고 본다. 이에 비해 근자의 한국문학은 또 다른 모습을 보이고 있다. 한국의 정치는 소위 문민정부의 시대를 거쳐 이른바 참여정부라는, 사람에 따라 좌파 정권이라고까지 부르는 그러한 상태에 와 있고 사회경제는 후기자본주의라는 개념에 상당히 부합되는 그러한 단계에 와 있어서 문제의 양상이나 상처의 존재 방식이 무척 복잡하고 모호하게 되었다. 80년대처럼 적(敵)이 분명할 때는 오히려 쉬운 면이 있지만, 지금처럼 적이 불분명할 때는 상처의 발견도 그것의 치유도 한층 더 어려워지는 것이다. 적은 외부에만 있는 것이 아니라 자아의 내부에도, 교묘하게, 은밀하게 존재할 수 있는 것이다. 내가 나에게 적일 수도 있는 그런 상황인 것이다. 한국의 작가들은, 특히 젊은 작가들은 이런 상황에 대한 문학적 대응 방식을 때로는 조심스럽게, 때로는 과감하게 모색하고 실험하고 있다.

지금까지 나는 한국문학과 중국문학의 지난 수십 년간의 유사성과 차이에 대해 간략히 살펴보았다. 특히 중국문학 쪽에 대해 오해도 있을 수 있으므로 이에 대해서는 중국 작가들의 너그러운 이해를 부탁하는 바이다. 마지막으로 말할 것은 내가 지금까지 한 말씀이 전제한 구도에 대한 반성이다. 즉, 한국문학과 중국문학이라는 것의 확고한 정체성, 별개의 것으로 구분되는 경계의 불가침성이라는 구도 말이다. 그러나 사실을 말하자면 한국문학이라는 것도 중국문학이라는 것도 수상한 개념일 수 있다. 한국문학이나 중국문학 같은 국민문학이라는 경계 말고도 문학 안에는 여러 종류의 경계들이 존재한다. 그 경계들 중 가장 넘기 어려운 것은 언어의 경계이다. 언어 이외에 계급 같은 사회적 요소나 사조 같은 문학 내적 요소도, 예컨대 부르주아 문학/프롤레타리아 문학이라든지 리얼리즘 문학/모더니즘 문학 같은 경계를 만들어낸다. 그 밖에 고급문학/대중문학 같은 경계는 말하자면 문학 내적 계급에 의해 만들어진다고 할 수 있다. 그런데 이러한 경계들은 항상 명시적으로, 고정된 형태로 존재하는 것이 아니다. 그것들은 맥락에 따라 무화되거나 잠재되기도 하고 현현되기도 하며, 현현되는 경우에도 그 위치가 끊임없이 변한다. 아마도 항상 명시적으로, 고정된 형태로 존재하는 경계는 언어의 경계가 유일할 것이다. 여기서 말하는 언어는 일반 언어가 아니라 개별 언어, 즉 한국어, 중국어, 영어, 독일어 같은 민족어로

서의 언어이다. 개별 언어는 바벨탑 이후의 언어의 숙명이고 이 개별 언어를 통해서만 문학이 구현된다. 이 개별 언어의 경계가 현존하는 국가의 경계와 반드시 일치하지는 않는다는 점은 주의를 요한다. 스페인어 문학은 스페인뿐만 아니라 중남미 여러 나라에서도 생산되고 있고, 중국문학 안에는 중국어 문학만이 아니라 조선어 문학도 존재하는 것이다. 오늘날이 아무리 국민국가의 시대이고 국민문학의 시대라고 하더라도 국가라는 단위보다는 언어라는 단위가 문학의 존재 방식을 결정하는 본질적 요소라고 할 수 있다. 국가 안에 개별 언어가 존재하는 것이 아니라 개별 언어의 뒤, 혹은 밑에 국가와 민족, 문화와 역사 같은 것들의 복합이 존재하는 것이다. 이 개별 언어가 만들어내는 경계를 넘어 문학의 보편성에 도달하는 일은 마치 바벨탑 이전의 언어에 도달하는 일만큼이나 어려운 일이다. 아니, 이 진술은 옳지 않다. 바벨탑 이후의 시대에 문학의 보편성은 이미 부재의 방식으로만 존재하는 것일 수 있기 때문이다. 벤야민이 순수 언어에 대해 말했던 것과 유사하게, 문학의 보편성 역시 개별 언어의 경계를 넘는 순간에만 그 존재를 현현하는 게 아닐까. 그리고 그러한 순간들은 세계문학의 도처에서 수많은 좋은 작가들이 끊임없이 만들어왔고 또 지금도 만들고 있는 것이 아닐까.

어쩌면 소박하게 말하는 편이 문제의 핵심에 더 쉽게 도달할 수 있을지도 모르겠다. 내가 도스토옙스키를 읽을 때 이것은 러시아문학이다, 따라서 러시아라는 역사성 속에서 읽어야 한다, 이것은 한국문학과는 다른 것이다, 라고 생각하며 읽지는 않는다. 그냥 이것은 소설이고 문학이다, 라고 생각하며 읽는다. 서구의 작가를 예로 들지 않고 도스토옙스키를 예로 든 것은 혹시라도 있을 수 있는 포스트식민주의적 관점에서의 반론을 고려해서인데, 사실은 서구 작

가의 경우도 마찬가지이다. 가령 내가 로브그리예를 읽을 때도 마찬
가지인 것이다. 이는 내가 루쉰을 읽고 왕멍(王蒙), 왕쑤어(王朔),
쟈핑와, 츠리(池莉), 가오싱지엔(高行健), 린바이(林白), 위화(余
華), 모옌(莫言), 왕안이(王安憶)를 읽을 때도 역시 마찬가지다.
경계가 있다면 언어의 경계가 있을 뿐이지 사실 문학의 경계는 없
다. 번역을 거쳐야만 소통이 가능한 언어의 경계는 참으로 넘기 어
렵고 많은 문제를 초래하지만, 그러나 문학은 그 경계에도 불구하고
소통이 가능한 어떤 보편성을 지니고 있다는 게 나의 신념이다. 아
니, 어쩌면 그것은 오히려 번역을 통해 개별 언어의 경계를 넘는 순
간에 그 존재를 현현하는 것일 수도 있다. 그렇다면 개별 언어의 경
계는 제약이 아니라 오히려 가능성일 수도 있는 것이다. 지금 우리
는 한국문학과 중국문학의 만남이라는 형태로 모였지만 이 만남의
근저에 존재하는 것은 바로 그 보편성이다. 바로 이 보편성을 자산
으로 삼아 우리는 그동안 서로 몰랐던 서로의 경험을 공유하여 문학
의 지평을 확대·심화하고자 하는 것이다. 차이로 말하자면 한국문
학과 중국문학 사이보다도 한국문학 내부에, 그리고 중국문학 내부
에 더 크고 더 많은 차이들이 존재하지 않는가. 그러니 서로가 서로
에게 마음을 열고 감수성을 한껏 자유롭게 발휘하도록 하자는 제안
을 드리는 것으로 오늘의 말씀을 마무리짓도록 하겠다.

두 여성의 귀향을 통해 본 고향의 의미[*]
── 황춘밍의 백매(白梅)와 황석영의 백화(白花)

1

중국어가 모국어가 아니기 때문에 중문 작품을 빨리, 많이 읽어
내는 일이 내게는 무척 어렵다. 내가 좋아하는 작가 황춘밍(黃春明)
에 대해서도 마찬가지여서, 그의 작품 중 내가 읽은 작품은 그다지
많지 않고, 따라서 내게는 황춘밍의 작품 세계 전반에 대해 발언할
만한 자격이 충분치 않다고 말할 수 있다. 다만, 내가 읽은 작품들
중 하나인 「바다를 바라보는 날(看海的日子)」이 한국 작가 황석영
(黃皙暎)의 단편소설 「삼포 가는 길」을 연상시키기 때문에, 그리고
두 작품이 일종의 의미 있는 연관을 내게 암시하기 때문에, 그 연관

---

[*] 2008년 5월 31일 타이완 중정 대학에서 개최된 〈황춘밍 영역 간 국제학술회의(黃春明跨領
域國際學術研討會)〉에서 발표. 江寶釵 · 林鎭山 主編, 『泥土的滋味: 黃春明文學論集』, 臺北:
聯合文學出版社, 2009에 게재됨. 약간 수정 · 보완했음.

에 대해 말하는 정도는 가능하리라 생각된다.

「바다를 바라보는 날」과 「삼포 가는 길」은 윤락 여성〔妓女〕의 삶과 귀향을 핵심적 모티프로 삼고 있다는 점에서 공통된다. 물론 그 밖의 많은 점에서는 두 작품이 서로 다르지만, 오히려 그렇기 때문에 둘의 공통점은 더욱 유의미해진다.

2

황석영은 1943년에 만주의 창춘(長春)에서 출생했고, 해병대 복무 중 1967년에 월남전에 참전했으며, 1970년부터 본격적인 작품 활동을 시작했다. 1974년에 첫 소설집 『객지(客地)』를 출간한 그는 소외계층의 삶을 그리며 사회 현실을 비판하는 리얼리즘 문학의 대표적 작가가 되었다. 밀도 높은 문장, 풍부한 묘사, 견고한 구성이 그의 작품을 단순한 고발이나 폭로를 넘어서서 미학적으로도 탁월한 문학작품이 될 수 있게 해주었다. 중국어판 『황석영소설선집』이 타이완에 출판되어 있다.

1973년에 발표된 「삼포 가는 길」은 황석영의 대표작 중 하나다. 70년대 초는 박정희 정권의 경제개발계획이 경공업 위주에서 중화학공업 쪽으로 전환되며 속도를 내던 시기였다. 바야흐로 도시화—공업화가 전국에 걸쳐 이루어지기 시작한 바로 이 시기가 「삼포 가는 길」의 시대적 배경이다.

「삼포 가는 길」은 세 인물의 수십 리 시골길 동행을 서술한다. 떠돌이 노동자 영달(榮達?)과 출감한 지 얼마 안 되는 정(鄭?) 씨, 그리고 읍내 술집에서 몰래 도망쳐 나온 작부 백화가 그들이다. 영달은

밥집 주인 마누라와 정분이 났다가 주인에게 들켜 도망친 참이다. 작품은 영달이 정 씨를 만나는 장면에서 시작된다. 감옥에 있었다는 것 말고는 이력이 밝혀지지 않는 정 씨는 다소간의 지식인적인 분위기를 풍기는데, 그는 고향인 삼포(森浦)로 가는 중이다. 함박눈이 쏟아지고, 두 사람은 눈길을 헤치며 기차역이 있는 감천(甘泉, 甘川?)으로 함께 가던 도중 백화를 만나고, 여기서부터 세 사람의 동행이 시작된다. 스물두 살쯤 되고 집 나온 지 3년쯤 되었다는 백화는 스스로 "내 배 위루 남자들 사단 병력이 지나갔"다고 말하는 "관록이 붙은 갈보"다. 그녀는 멀리 남쪽에 있는 집으로 돌아가는 길이라고 말한다. 세 사람의 수십 리 동행은 백화를 "관록이 붙은 갈보"로부터 "좋은 여자"로 바꾸어놓는다. 갈매기집이라는 술집에 있던 시절, 그녀는 군대 감옥의 죄수를 차례로 하나씩, 모두 여덟 명을 옥바라지한 적이 있고, 그때 그녀는 옷 한 가지도 못 해 입었지만 "지나간 삭막한 삼년 중에서 그때만큼 즐겁고 마음이 평화로웠던 시절은 없었다". 중간에 발목을 삔 백화를 영달이 업어준다. 드디어 기차역에 도착하고, 세 사람의 동행은 끝난다. 백화가 갈 곳이 정해지지 않았다면 자기 고향으로 함께 가자고 제안하지만, 영달은 비상금을 털어 백화에게 기차표와 빵과 찐 달걀을 사주고 그녀를 먼저 보낸다. 이 장면은 다음과 같이 묘사된다.

　영달이가 내민 것들을 받아쥔 백화의 눈이 붉게 충혈되었다. 그 여자는 더듬거리며 물었다.
　"아무도…… 안 가나요?"
　"우린 삼포루 갑니다. 거긴 내 고향이오."
　영달이 대신 정씨가 말했다. 사람들이 개찰구로 나가고 있었다. 백화가 보퉁이를 들고 일어섰다.

"정말, 잊어버리지…… 않을게요."

백화는 개찰구로 가다가 다시 돌아왔다. 돌아온 백화는 눈이 젖은 채로 웃고 있었다.

"내 이름 백화가 아니에요. 본명은요…… 이점례(李點禮?)에요."

여자는 개찰구로 뛰어나갔다. 잠시 후에 기차가 떠났다.[1]

백화를 보낸 두 사람은 연착하는 기차를 기다리던 중, 한 노인에게서 삼포의 소식을 듣는다. 남쪽 바닷가의 작은 섬이었던 삼포가 지금은 육지로 변했다. 둑을 쌓아 바다 위로 신작로를 냈고 관광호텔을 여러 채 지으면서 공사판이 한창 벌어졌다. 영달이 "잘됐군. 우리 거기서 공사판 일이나 잡읍시다"라고 말하는 순간, 고향 삼포는 공사판 삼포로 바뀌어버리고, 정 씨는 "마음의 정처"[2]를 잃어버린다. 여기서 작품은 끝난다.

이 작품에서 고향은 "마음의 정처"다. 이미지상으로 이 작품은 눈(雪)/불(火), 차가움/따뜻함의 대립 구조를 띠고 있다. 동행 중에 세 사람의 마음이 열리고 공감이 이루어지는 장면에서 주목할 것은 그들이 둘러앉은 모닥불이다. 여기서 작가는 다음과 같이 쓰고 있다: "불이 생기니까 세 사람 모두가 먼곳에서 지금 막 집에 도착한 느낌이 들었고, 잠이 왔다."[3] 고향＝불＝따뜻함＝휴식(그리고 위안)이라는 등식이 성립되는 것이다. 고향이 "마음의 정처"가 되는 것은 바로 그것이 주는 따뜻한 휴식과 위안 때문이다. 그런데 그 고

---

1) 황석영, 「森浦 가는 길」, 『돼지꿈』, 민음사, 1980, p. 209.
2) 같은 책, pp. 210~11.
3) 같은 책, p. 205.

향이 공사판으로 변해 더 이상 휴식과 위안을 주지 못한다면 그것은 더 이상 "마음의 정처"가 되지 못하고 더 이상 진정한 의미의 고향이 되지 못한다.

그렇다면 멀리 남쪽에 있다는 백화의 고향은 어떻게 되었을까? "밤마다 내일 아침엔 고향으로 출발하리라 작정"했고 실제로 "두 번 고향 근처까지 가봤던 적이 있"는 백화가 이번에는 정말로 고향으로 갔는지도 불분명하지만, 설사 고향으로 돌아갔다 해도 그곳이 진정한 의미의 고향으로 남아 있고, 그래서, "시집은 안 가요. 이제 와서 무슨 시집이에요. 조용히 틀어박혀 집의 농사나 거들지요. 동생들이 많아요"라고 말하는 백화의 희망이 이루어질 수 있을지도 불분명하다. 어느 편이냐 하면, 이 작품의 전체적 분위기는 백화의 고향역시 변했으리라는 강한 암시를 준다. 만약 실제의 고향이 모두 변하고 상실되었다면 이제 고향은 영달, 정 씨, 백화가 둘러앉았던 모닥불처럼 소외된 사람들 사이에 이루어지는 따뜻한 공감 속에만 존재할 수 있는 것인가?

3

황춘밍이 1967년에 발표한 중편소설 「바다를 바라보는 날」의 백매는 어항 창녀촌의 윤락여성이다. 「삼포 가는 길」이 어느 날 하루의 시간을 집중적으로 묘사한 데 비해 「바다를 바라보는 날」은 최소 1년 이상의 시간을 띠엄띠엄 서술했다. 그 시간 동안 백매는 양아버지의 1주기 제사에 다녀오고, 양부모 집에 가는 길에 기차에서 만난 잉잉(鶯鶯)과 그녀의 아기의 영향으로 갑자기 아기를 갖고 싶다는 소망을 품게 되고, 그리하여 손님으로 찾아온 젊은 어부 아룽(阿榕)에게서 선량함을 알아본 그녀는 그의 씨를 받아 아기를 가지고자 하고, 아룽을 보낸 뒤 곧장 창녀촌을 떠나 고향 집으로 돌아가고, 열 달 뒤 아기를 낳고, 아기를 안은 채 항구에 가보기 위해 기차를 타고, 기차에서 태평양 넓은 바다를 바라본다.

　"「바다를 바라보는 날」은 윤락여성 백매의 굳센 형상과 완강한 생명력을 그렸다(「看海的日子」刻畫妓女白梅堅毅的形象和頑强的生命力)"[4]라는 말은 정확한 설명이다. 무엇보다도 그녀는 자신의 삶에 대해 적극적이고 능동적이다. 그 적극성과 능동성은 "자기 아이만 갖는다면 희망을 가질 수도 있다(只有自己的孩子, 才能將希望寄託)"[5]는 생각이 든 때부터 뚜렷이 나타난다. 그녀에게는 자신의 뜻을 주저하지 않고 실천하는 용감함이 있다. 고향 집으로 돌아간 뒤에 그녀는 일종의 계몽자(啓蒙者)의 모습을 보이기까지 한다. 오빠에게 삶의 의지를 북돋아주고 마을 사람들로 하여금 수확한 고구마를 내다 파는 방식을 더 유리한 방식으로 바꾸도록 하는 것이다. 아이를 낳을 때 유난히 심한 산고를 이겨내는 그녀의 생명력과 의지는 놀라울 정도다. 아이와 함께 태어난 하나의 소망, 즉 항구에 가보고 싶다는 소망 역시, 약간의 갈등을 거치기는 하지만, 결국 실천된다. 아이를 안은 채 바다를 바라보는 그녀의 모습에서 우리는 무엇을 보는가? 윤락여성에서 어머니로 바뀐 한 의지의 승리? 물론 그렇다. 더 나아가서는 여성의 승리? 아마도 이 승리한 여성의 모습은 요즈음 유행하는 페미니즘의 관점에서 보더라도 많은 논의거리를 제공할 것 같다. 또 더 나아가서는 대지모신(大地母神)의 형상? 백매,

---

4) 黃春明, 『看海的日子』, 台北: 皇冠文化出版有限公司, 2000, 뒷표지.
5) 같은 책, p. 31.

아니 이제부터는 본명인 메이즈(梅子)라고 불러야 할 것이다, 메이즈가 귀향한 뒤 메이즈의 오빠가 삶의 의지를 되찾고 조림지의 불하로 마을 사람들이 땅을 갖게 되고 고구마 값을 제대로 받게 되는 등등의 일들은 생산과 재생을 가능케 하는 대지모신의 이미지를 메이즈에게 부여해준다. 상징적으로 볼 때, 무엇보다도 메이즈의 출산 자체가 대지모신의 생산이 되고 있으며 메이즈의 출산이 성공함으로써 이 마을, 그리고 이 세계가 죽음을 벗어나 재생할 수 있게 된다. 불사조는 영원히 사는 새가 아니라 죽은 뒤에 되살아나는 새이듯이, 죽음―재생의 구조가 불가능하다면 이 세계는 영원한 죽음의 세계로 떨어지고 말 것이다.

4

　황석영의 백화는 황춘밍의 메이즈에 비하면 얼마나 가련한 존재인가! 이 두 여성은 그 삶의 조건에 큰 차이가 있다. 백화 쪽이 훨씬 더 가혹한 것이다. 양녀로 들어가서 열네 살에 양아버지 손에 의해 창녀촌으로 팔려간 신세는 메이즈가 더 가혹하지만, 이를테면 술집 주인에게 억지 빚을 잔뜩 진 채 도망쳐야만 하는 처지는 백화가 더 가혹하다. 떠나겠다는 메이즈를 주인 여자가 순순히 보내줄 뿐만 아니라 귀향하는 메이즈에게는 적지 않은 돈까지 있는 것이다. 하지만 두 여성 사이에 존재하는 가장 큰 차이는 고향이 있고 없음이다. 백화의 고향이 이미 없어졌으리라 암시되는 데 비해 메이즈의 고향은 조금도 변하지 않은 채 그녀를 반긴다. 말하자면, "조용히 틀어박혀 집의 농사나 거들"고 싶다는 백화의 희망을 메이즈가 실현한 것이라 할 수 있다. 그것도 훨씬 더 긍정적인 모습으로 말이다. 「바다를 바라보는 날」의 경우, 메이즈가 고향 마을에 생산과 재생을 가져다주었다고 말할 수도 있지만, 반대로 고향의 존재가 메이즈의 승리를 가능하게 해주었다고 말할 수도 있다.

아마도 두 작품 사이의 6년이라는 시차가, 혹은 잉잉과 루(魯) 소령의 결혼에 착안하면 「바다를 바라보는 날」의 시간적 배경이 50년대일 것으로 생각되므로, 작품의 시간적 배경상의 더 큰 시차가 고향의 유무라는 이와 같은 차이와 연관될 것이다. 이렇게 보면 도시화—공업화가 더 많이 진전된 「삼포 가는 길」에 고향이 부재하고 아직 덜 진전된 「바다를 바라보는 날」에 고향이 존재하는 것은 자연스럽고 당연한 일이다. 그렇다면 떠오르는 의문이 있다. 타이완의 도시화—공업화가 더욱더 진전된 이후, 그러니까 70년대, 더 나아가서는 80년대 이후 메이즈의 고향은 어떻게 되었으며 메이즈는 어떻게 되었을까, 하는 의문이다. 고향 상실의 시대에 고향은 무엇이며 귀향은 어떻게 가능한가. 이 물음에 대한 답을 찾아 타이완문학을 좀더 살펴보고 싶다.

1990년대 한국의 「광인일기」에 관하여*

『창작과비평』 1992년 가을호에 「광인일기」라는 제목의 단편소설이 발표되었다. 작가는 류양선(柳陽善).

　문학에 대해 일정 정도 이상 소양을 갖춘 사람이라면 이 제목으로부터 세계문학사상의 유명한 두 작품을 연상할 것이다. 하나는 러시아 작가 고골의 「광인일기」이고 다른 하나는 중국 작가 루쉰의 「광인일기」이다. 류양선의 「광인일기」는 루쉰의 작품과 제목이 동일할 뿐만 아니라 그 서사 구조와 서술 언어에서도 뚜렷한 유사성을 보인다. 나와 류양선은 2011년 6월에 한 박사 학위논문 심사의 자리에서 오랜만에(적어도 10년은 넘었지 싶다) 다시 만났는데, 이 자리에서 류양선은 자신의 작품이 첫째, 루쉰의 「광인일기」를 의식하면서 씌어진 것이고(당시의 한 한국 작가도 의식했었는데 그 작가가 누구인

---

* 2011년 9월 25일 중국 사오싱(紹興)에서 개최된 〈루쉰 포럼〉에서 발표. 약간 수정·보완했음.

지는 전혀 기억이 나지 않는다고 말했다), 둘째, 1991년의 '강경대(姜慶大) 사건'을 의식하면서 씌어진 것이며, 셋째, 고골의 「광인일기」와는 아무 관계가 없다고 나에게 분명히 밝혔다.

류양선은 1951년생으로 서울대학교 국문과를 졸업했다. 80년대에 무크지 『문학의 시대』(1983년 12월에 창간호가 나왔고 1988년에 제4호를 종간호로 냈다) 동인으로 활동하면서 소설을 발표했고 1989년에 장편소설 『이 사람은 누구인가』를 출판했다. 현재 가톨릭대학교 국문과 교수이며, 국문학자로서 『한국 농민문학 연구』(1994), 『한국 근현대문학과 시대정신』(1996), 『한국 현대문학의 탐색』(2005) 등의 학술서도 펴냈다. 「광인일기」를 발표한 1992년을 전후하여 그 앞은 작가로서의 활동이, 그 뒤는 학자로서의 활동이 주목된다.

1987년은 한국 현대사에서 대단히 중요한 연도이다. 짧게 보면 1980년, 길게 보면 1961년 이래의 군부독재가 이때 끝났다. 1987년 6월 시민항쟁의 승리가 그것을 가능하게 했다. 그러나 같은 해 12월의 대통령선거에서 신군부 출신의 노태우가 당선됨으로써 군부독재의 진정한 종언은 연기되었다. 그 종언은 1992년 12월 소위 문민정부(Non-Military Civilian Government)가 성립됨으로써 비로소 이루어졌다. 그러므로 1987년에서 1992년 사이에 학생운동을 비롯한 민주화운동이 계속된 것은 당연한 일이라 할 수 있다.

'강경대 사건'은 바로 이 시기에 발생했다. 1991년 4월 26일 학생 시위 도중 당시 명지대학교 1학년 학생이었던 강경대 군이 사복 경찰에게 쇠파이프로 두들겨 맞고 사망했다. 이 사건은 학생 시위의 전국적 확산을 야기했고, 그 확산 속에서 분신자살이라는 극단적 시위가 잇달아 발생했다. 당시의 시위는 등록금 인상 반대를 구호로 하였다. 그 구호를 민주화운동 개념으로 볼 것인가 여부에 대한 논란도 있었지만, 당시의 정황 속에서는 구호가 중요한 것이 아니라 시위 자체가 중요했으므로 넓은 의미에서 민주화운동으로 보는 것이 타당하다고 생각한다.

류양선의 「광인일기」는 대학교 역사학과 교수인 민준식(閔俊植)의 '발광(發狂)'에 대한 이야기이다. 민 교수 이야기만을 요약하면 다음과 같이 된다: 갑자기 이상한 증세를 보이기 시작한 민 교수가 정신병원에 입원하여 치료를 받고 거의 완쾌되어 퇴원했다. 이 민 교수 이야기를 1인칭 화자 '나'가 서술한다. '나'는 같은 대학의 국문과 교수이며 소설을 쓰는 류(柳)이다. 서술의 현재는 1992년이다. '나'는 "작년 여름방학 때의 일", 그러니까 1991년 여름에 있었던 일을 회상한다. 민 교수가 거의 완쾌되었다는 소식을 전해듣고 그의 집을 방문했던 것이다. 서술 순서대로 보면, 이 작품은 세 부분으로 나뉜다.

제1부는 민 교수의 발병에 대한 나의 회상이다. '나'는 퇴원한 민 교수를 방문하기로 마음먹고서 민 교수의 발병에 대해 회상한다. 그 회상에 따르면, 민 교수는 입원하기 두어 달 전부터 정신이상 증세를 나타내기 시작했다. 이 무렵에 대해 소설은 다음과 같이 묘사한다.

민교수의 방은 학생회관과 정면으로 마주보는 위치에 있어서, 창밖을 보면 학생회관 옥상에 밑으로 늘어뜨린 플래카드나 걸개그림들이 곧바로 눈에 들어왔다. 그 즈음에는 쇠파이프에 맞아 죽은 강경대 군과 시위 도중 숨진 김귀정양의 얼굴이 대형 걸개그림 속에 나란히 서서 민교수의 연구실을 넘겨다보고 있었다. 그때 죽은 학생은 강군과 김양만이 아니었다. 광주에서, 안동에서, 성남에서, 다시 서울에서 학생들이 분신 또는 투신으로 스스로의 생명을 끊었다. 연이은 사

태에 온 사회가 휘청거렸다.[1]

그러니까 때는 1991년 4, 5월 무렵이다. 이 무렵의 일련의 사태와 더불어 민 교수의 증세는 점점 더 심해진다. 민 교수는 자신이 가끔 환각에 사로잡히며 그럴 때 야릇한 쾌감을 느낀다고 말하기까지 하는데, 그 뒤 얼마 안 되어 입원한다. '나'는 문병을 가지만 환자는 못 만나고 담당 의사만 만난다. 담당 의사는 민 교수의 정신질환이 피해망상증과 과대망상증이 겹쳐져 발병한 급성정신착란증이라고 설명한다. 의사의 요청에 따라 '나'는 민 교수의 일기장을 가져다주는데, 도중에 가장 최근의 일기들을 읽어본다. 이 대목을 소설은 다음과 같이 쓰고 있다.

그의 일기는 현실과 환각 사이를 왔다갔다 하는 것이어서 얼핏 황당무계한 것 같으면서도 어딘지 모르게 일관된 흐름이 느껴졌다. 그럼 이제, 도무지 뜻을 알 수 없는 글들 몇 편은 제외하고, 어느 정도 문맥이 통하는 것들만을 골라 소개하도록 하겠다.[2]

제2부는 일기의 발췌 소개이다. 모두 '6월 ××일'이라고 날짜 표시를 하고 있다. 처음에 그것들은 폭력과 폭력 시대에 대한 성찰을 내용으로 하는 진지한 수필에 가깝다. 다섯번째 날 일기에서 '나'(민 교수)는 "뭐라고 형언할 수 없이 부끄럽고 참담한 것이라는 느낌"에 대해 말하는데, 이 느낌이 하나의 전기(轉機)가 된다. 이 전기 이후로 정신착란증이 급격히 심해지면서 '나'는 온갖 망상을 겪

---

1) 『창작과비평』 1992년 가을호, pp. 122~23.
2) 같은 책, p. 124.

게 된다. 발췌 소개되는 망상은 모두 6개인데, 각각 정도의 차이는 있으나, 그 모두가 루쉰의 「광인일기」를 일정 정도 차용하고 있다. 그중 한 단락만 인용해보겠다.

(6월 ××일)

사람 같기도 하고 짐승 같기도 한 무시무시한 괴물이 교정에 나타났다. 괴물은 학생들을 악착같이 쫓아다니며 하나씩 둘씩 잡아먹는다. 가엾은 학생들은 아우성치며 울부짖으며 이리저리 쫓겨다닌다. 낯모르는 여학생 하나가 쫓기다 못해 내 연구실로 뛰어들었다. 나는 재빨리 문을 잠갔지만, 괴물은 으르렁거리며 문을 부수고 들어왔다. 결국 여학생은 그 흉측한 괴물에게 잡아먹히고 말았다. 머리부터 발끝까지 우적우적 씹어먹는 걸 보면서 나는 악! 하고 비명을 질렀다.

잠을 깨니, 등줄기에 식은땀이 쭉 흘렀다.[3]

제3부는 퇴원한 민 교수를 방문한 이야기이다. 민 교수는 자신의 상태를 "그저 귀신이 들어앉아 있는 것뿐"이라고 설명한다.

"이봐, 류선생. 어렵고 복잡하게 무의식이니 뭐니 하지 말고 그냥 알기 쉽게 귀신이라고 하면 뭐 어떤가? 내겐 말야, 무의식이나 귀신이나 그게 그거라고 생각되네. 말하자면 자궁 속에서 들었던 대포소리 같은 것, 또는 어머니의 노랫소리 같은 것에 대한 멀고 먼 기억이라고나 할까? 그걸 뭐라고 부르든간에 마음속의 벽장과도 같이 깊은 곳에 숨겨둔 가장 소중한 것들, 부끄럽고 참담하지만 싱싱하고 생명

---

3) 같은 책, p. 128.

력있는 그런 것들 말일세"[4]

　여기서 '광기'는 긍정적인 것으로 재평가된다. 이 재평가는 민 교수를 찾아가는 길에 '나'가 품었던 상념, 즉 "우리는 우리네 삶의 모습을 스스로 정직하게 성찰하기가 고통스럽기 때문에 그 고통을 그(민 교수—인용자)에게 떠맡겨버렸던 것이다"[5]라는 상념에서 이미 나타났었다. 그 광기는 '나'에 의하면 고통스러운 정직한 자기 성찰이고, 민 교수에 의하면 마음속 깊은 곳에 숨겨둔 가장 소중한 것들과의 대면이다. 이 재평가를 공유하게 된 두 사람이 루쉰의 「광인일기」에 대해 다음과 같은 대화를 나눈다.

　"류선생, 당장 떠오르는 소재가 없으면 나라도 모델로 해서 써봐. 내가 아주 제목까지 정해줄까? '귀신 들린 사람'이라고 하면 재미있을 거야. 어때? 한번 써볼 만하지 않겠어? 노신(魯迅)의 「광인일기(狂人日記)」처럼 말야."
　"아하, 그러고 보니 민선생 일기가 어딘지 그 「광인일기」를 닮았더구만! 사람을 잡아먹느니 어쩌니 하는 것도 그렇구. 하지만 노신은 예교(禮敎)를 비판한 것이 아닌가? 근대사회로 넘어오는 역사적 전환기에 봉건사상을 타파하자고 한 거구."
　"뭐 다를 게 있나? 지금도 전환기라면 전환기야! 〔……〕"[6]

　이 소설의 마지막 문단은 다음과 같다.

---

4) 같은 책, p. 134.
5) 같은 책, 같은 곳.
6) 같은 책, p. 135.

나는 저녁 늦게 민교수의 집을 나오면서, 정신질환이란 아주 깊은 정신의 휴식 또는 가장 외곬의 명상일는지도 모르겠다고 생각했다. 그리고 집에 도착한 즉시, 나는 책상 앞에 앉아 '귀신 들린 사람'이라는 제목으로 소설을 쓰기 시작했다.[7]

루쉰의 「광인일기」와 90년대 한국의 「광인일기」가 어떻게 같고 어떻게 다른지는 이상의 소개만으로도 대략 짐작할 수 있을 것이다. 다만, 덧붙여 강조하고 싶은 점 두 가지가 있다. 하나는 류양선이 보여주는, 광기의 긍정성에 대한 적극적 재평가에 주목할 필요가 있다는 점이다. 설사 그 적극적 재평가가 주로 관념적 진술에 의해 이루어진 것은 문학적 약점이라고 하더라도 말이다. 다른 하나는 내가 작가에게서 직접 들은 다음과 같은 말, 즉 "당시 상황에서는 교수가 한 사람쯤은 미쳐야 할 것 같아서 이 작품을 썼다"라는 말이다. 이 작품의 이야기는 전적으로 허구다. 당시 상황에서 있을 법한 일이며 실제로 이런 일이 있었는지도 모르겠지만, 적어도 우리에게 알려진 바는 없다. 작가는 그 없음을 자신의 소설 쓰기로 보완하거나 보충하고자 한 것이다. 90년대 한국의 「광인일기」는 지식인의 양심의 표현이며 그 자체가 일종의 현실 참여이자 정치적 저항이다. 아마도 이것이야말로 루쉰의 「광인일기」와 90년대 한국의 「광인일기」가 만나는 심층적인 지점일 것이다.

내가 90년대 한국의 「광인일기」를 소개하는 것은 '한국에서의 루쉰'이라는 하나의 맥락과 관련된다. 이하는 그 맥락에 대한 설명이다.

---

7) 같은 책, p. 136,

루쉰 문학이 한국인에 의해 한국어로 처음 번역·소개된 것은『동
광(東光)』1927년 8월호에 게재된 류수인(柳樹人, 본명 柳基石) 번
역의「광인일기」였고, 루쉰 문학에 대해 한국인이 한국어로 쓴 첫
평론은 1931년 1월에『조선일보』에 연재된 정래동(丁來東)의「노
신과 그의 작품」이었다. 나의 스승이며 타이징눙(臺靜農) 선생[8]의
제자인 김시준(金時俊) 서울대 명예교수의 연구에 따르면,[9] 외국인
에 의한 루쉰 문학의 번역 소개나 평론은 한국에서의 그것들이 세계
적으로 최초다. 예컨대,「고향」의 일본어 번역은『대조화(大調和)』
1927년 10월호에 실렸고, 임수인(林守仁, 본명 山上正義)의 평론
「루쉰과 그의 작품에 대하여」는 1931년 10월에 발표되었던 것이다.

처음은 이처럼 빨랐지만, 그 이후는 그다지 활발하지 못했다. 이
후 일본에서의 루쉰 붐과는 대조적이라 하겠는데, 이는 한국이 일제
치하였고 해방 이후에는 한국과 중국이 세계적 냉전 구조에 가장 깊
숙이 편입되었다는 데에서 주로 기인했다. 한국에서는 이와 같은 이
유로 오랫동안 루쉰이 금기시되거나 백안시되었다. 70년대에 들어
루쉰의 일부 소설만은 번역되어 종종 세계문학전집 중에 포함되기
도 했으나, 그 작품의 선정이나 작가와 작품에 대한 해설은 주로 반
(反)봉건성에 초점을 맞춘, 극히 온건하고 제한된 것이었다.

사정에 큰 변화가 생기는 것은 1980년대에 들어서였다. 1980년
5월 광주 민주화 항쟁이 비극으로 끝나고 잠시의 침묵기를 거친 뒤
한국 사회와 문화에서는 정치적 독재에 대한 거센 저항의 조류가 일
어났다. 그 저항의 조류 속에서 루쉰과 루쉰 문학에 대한 관심이 빠

---

8) 타이징눙(1903~90)은 루쉰의 제자로서 1920년대에 소설가로 활동했고 50년대부터 타
　이완 대학 중문과 교수로 재직했다.

9) 중국현대문학학회 편,『노신의 문학과 사상』, 백산서당, 1996, pp. 4~6.

른 속도로 증대되었다. 루쉰 번역이 활발해지고 루쉰 연구도 활발해
졌다. 중국현대문학에 대한 학문적 연구가 본격적으로 시작된 것도
바로 이 무렵이었는데, 그 중심에 있는 것이 바로 루쉰이었다. 나도
1984년 12월 「노신 소설과 5·4운동」이라는 글을 발표함으로써 중
국현대문학 연구 활동을 시작했다.

그 뒤로 지금까지 나온 번역이나 연구 성과를 소개하자면 엄청나
게 많은 지면이 필요할 것이므로 여기서 일일이 거론할 수는 없겠
다. 다만 다음 몇 가지는 특기할 만하다. 「광인일기」에서 「죽은 자
살려내기(起死)」까지 루쉰의 소설 작품 전부에 대한 첫 번역본은
『루쉰소설전집』(김시준 옮김, 중앙일보사)으로서 1989년에 출판되었
다. 한국인에 의한 루쉰 연구의 성과로 구성된 첫 단행본은 『노신의
문학과 사상』(한국중국현대문학학회 엮음, 백산서당)으로서 1996년
에 출판되었다. 한국인에 의한 루쉰 연구의 성과로 구성된 첫 중국
어판 단행본은 『한국루쉰연구논문집』(루쉰박물관 엮음, 하남문예출
판사)으로서 2005년에 출판되었다. 2007년에 결성된 루쉰전집번역
위원회에서 2010년부터 총 20권 계획의 한국어판 루쉰 전집을 간행
하기 시작했고 2011년 7월 현재 그 네번째 권이 출판되었다.

여기서 중요한 것은 루쉰 문학과 한국문학 사이의 내면적 관계라
고 나는 생각한다. 이것이야말로 "한국에서의 루쉰"의 진정한 내용
이 아니겠는가. 이상에서 살펴본 번역과 연구 들은 진공상태에서가
아니라 한국의 일정한 사회 문화적 문맥 속에서 이루어졌다. 바로
그 문맥이 중요하다. 그것 속에서 동시대의 한국문학도 형성된바,
루쉰의 번역자와 연구자 들은 바로 그것을 경유하여 루쉰과 한국문
학 사이의 소통을 수행해온 것이다. 나의 경우로 소박한 예를 들자
면, 나의 루쉰 연구와 번역은 그것을 통해 동시대 한국문학에 관여

하는 것을 의식적 목표로 삼아왔다. 개인에 따라 그 양과 질에 차이는 있겠지만 그 의도와 완전히 무관할 수는 없다고 생각한다.

그러나 루쉰 문학과 한국문학 사이의 내면적 관계의 정화(精華)는 번역이나 연구가 아니라 한국문학의 작품에서 나타난다. 이것은 더구나 새로운 창조이기까지 하다! 이 새로운 창조는 순차적인 발전 단계에 따라 이루어지지 않는다. 여기에는 비약이 있고 신생(新生)이 있다. 하나하나가 고유한 신기원이다. 돌이켜보면, 이미 1940년에 한설야(韓雪野)의 단편소설 「모색(摸索)」과 「파도(波濤)」가, 1941년에 김사량(金史良)의 단편소설 「유치장에서 만난 사나이」(일본어판 제목은 「Q伯爵」)가 루쉰의 「광인일기」 「공을기」 「아큐정전」 등과의 상호 관계 속에서 새로 태어났다. 이러한 흐름에서 본다면 오늘 우리가 살펴본 류양선의 단편소설 「광인일기」는 비교적 최근의 예에 지나지 않는다.

이제는 이 창조적 공간에 주목해야 한다. "한국에서의 루쉰"의 진정한 내용도 바로 여기에 있고, "루쉰의 세계적 의의" 중 가장 중요한 측면도 바로 여기에 있을 것이다. 이 창조적 공간을 밝히기 위해서는 한국의 중국문학 연구자와 중국의 한국문학 연구자 사이에 적극적인 협력이 필요하다.

왕멍과 김지하를 통한 「광인일기」 다시 읽기[*]

1. 두 개의 자아

1918년 5월에 발표된 루쉰(魯迅)의 「광인일기(狂人日記)」는 중국어로 된 근대소설의 첫 작품이며 씌어진 지 이제 한 세기가 다 되어감에도 불구하고, 여전히 살아 있는 텍스트로 작동하는 놀라운 작품이다. 그 동안 수많은 연구가 있었지만 작품에 대한 해석의 지평은 아직도 활짝 열려 있다고 생각된다. 이 글은 이러한 해석의 지평에 문제를 제기하기 위해 씌어진다.

1980년대까지의 수많은 「광인일기」 해석들에 대한 왕푸런(王富仁)의 요령 있는 정리[1]에서부터 논의를 시작해보자. 왕푸런은 기왕

---

[*] 『중국현대문학』 제63호, 중국현대문학학회, 2012. 12에 발표. 약간 수정함.

1) 王富仁, 「「狂人日記」 細讀」, 『중국현대문학』 제6호, 중국현대문학학회, 1992. 5. 이하 인용은 전형준 편, 『루쉰』, 문학과지성사, 1997에 수록된 「「광인일기」 자세히 읽기」(유세

의 해석들을 다음과 같이 크게 세 종류로 나누었다.

> 1) '광인'은 정신병자지 반(反)봉건 전사(戰士)[2]가 아니다.
> 2) '광인'은 반봉건 전사지 정신병자가 아니다.
> 3) '광인'은 정신분열증을 앓고 있는 반봉건 전사다.[3]

왕푸런은 그가 과거 세번째 해석의 입장에 서 있었다고 밝힌 뒤 그것을 스스로 부정했다. 그가 과거에 세번째 관점을 좇았던 것은, 세 견해가 모두 "'광인' 형상으로부터 현실 생활 속에 존재하는 인물을 찾고자 한 결과"인데 그중 1)과 2)는 리얼리즘의 요구('본질적 진실'과 '세부적 진실'이 하나로 통일되어야 한다는)에 위배되고 3)은 그렇지 않기 때문이다. 그러나 이번 글에서 왕푸런은 3) 역시 "소설 텍스트 속에서 어떤 근거도 찾을 수 없는 것이었다"고 스스로 인정하고, 그 이유를 다음과 같이 밝혔다.

만약 그가 반봉건 전사였다면 병이 완쾌된 후 보다 명료하게 각성한 의식으로 반봉건 투쟁에 투신하는 것이 순리일 것이다. 그러나 루쉰은 분명하게 그가 '어떤 지방의 후보(候補)로 부임해' 관리가 되었다고 말하고 있다. 이는 그가 병이 완쾌된 후 결코 이지를 갖춘 반봉건 전사가 되지 않았음을 말해준다. (212)

종 옮김)에 의함.

2) '광인'을 계몽가로 보거나 혁명가로 보는 견해들도 있지만 이것들도 넓은 의미에서 '반봉건 전사'에 포함시킬 수 있으므로 왕푸런의 정리는 여전히 유효하다는 게 필자의 생각이다.

3) 『루쉰』, 전형준 엮음, 문학과지성사, 1997, p. 211. 이하 이 책에서의 인용은 괄호 속에 쪽수만 표시함.

확실히, "'광인'은 정신병을 앓고 있는 반봉건 전사다"라는 말은 성립되지 않으며 위 인용은 그 성립되지 않음을 분명하게 입증해준 다. 그러나, "'광인'은 한편으로 정신병자면서 다른 한편으로는 반 봉건 전사다"라는 말은 성립될 수 있다. 왜냐하면, '광인'이 정신병 자인 것과 '광인'이 반봉건 전사인 것, 이 두 개의 사실은 서로 다른 차원에 속하는 일들이기 때문이다. 왕푸런은 그 서로 다른 차원 둘 을 각각 '예술 구조'와 '의미 구조'라는 틀로 파악했다. 그에 의하면 「광인일기」 백화문(白話文) 텍스트의 표층은 "미친 사람―광기 발 병―병세 악화―이해 구함―실망, 병 치유"라는 구조로 되어 있 는데 이것이 바로 '예술 구조'이고, 심층은 "각성자―각성―인식 심화―계몽 진행―실망, 소외화"라는 구조로 되어 있는바 이것이 바로 '의미 구조'이다. 이 두 구조가 한편으로 구조적 동일성(同構 性)과 동의성(同義性)을 가지면서 동시에 구조적 비동일성(非同構 性)과 반의성(反義性)도 갖는다는 데 주목한 왕푸런은 두 구조의 이러한 방식의 결합에 대한 이해를 다음과 같은 설명으로 감싼다.

중국 전통의 봉건문화는 식인적이고 부패하고 낙후한 문화이지만 광대한 사회 대중에 의해 받아들여지고 있는 현실적인 문화이기도 하 다. 당시 사상 계몽가가 부르짖는 문화는 인도적이고 선진적인 문화 이긴 하나 중국 사회에 발붙이고 서기 어려운 문화이며 문화 스스로 마땅히 가지고 있어야 할 계몽적 역할을 실현하기 어려운 문화이다. 후자의 존재는 전자로 하여금 접수하기 어려운 무언가 두려운 면을 가지고 있었고 전자의 존재 역시 마찬가지로 후자에게는 현실적 의의 를 결하고 있는 텅 빈 어떤 것이다. (239)

위 인용이 말하고 있는 일종의 딜레마 자체가 「광인일기」라는 작품의 진정한 내용이라는 데 대해 기본적으로 동의한다. 그러나 필자는 여기서 한 걸음 더 나아가고 싶다. 그것은 작중인물 '광인'과 작가 루쉰 사이의 관계라는 문제다. 이 문제에 대해 왕푸런은 두 가지의 주목할 만한 진술을 남겼다.

1) 이전에 우리는 광인과 루쉰을 간단하게 동일시하였는데 이는 부분적인 합리성만 있을 뿐이었다. 사실 루쉰이 우리들에게 제공하고 있는 것은 느끼고 이해할 수 있는 하나의 대상, 루쉰의 깊은 내면에 자리한 또 다른 자아이다. 흉내 내고 모방해야 할 어떤 대상도 아니며 더구나 루쉰 자체의 자아는 아니다. (237)

2) 루쉰은 광인과 다르다. 그는 일생을 마칠 때까지 현실의 땅 위에 서서 이상을 위해 싸웠다. 몸은 비록 전통과 봉건 문화 속에 처해 있었지만 새로운 문화의 출로를 찾은 문화 전사였다. (239)

1)은 '광인'이 "루쉰의 깊은 내면에 자리한 또 다른 자아"라고 하면서도 그것이 "루쉰 자체의 자아는 아니다"고 언명하고 있고, 2)는 "루쉰은 광인과 다르다"라고 분명하게 단언하고 있다.

왕푸런과는 달리, 필자의 발상의 요점은 '광인'과 루쉰 사이의 유사성에 대한 중시에 있다. 물론 이것이 '간단한 동일시'를 말하는 것은 결코 아니다. 소설의 작중인물과 작가가 서로 다른 존재라는 것(분명히 같아 보이는 경우조차)은 문학 이론에서 가장 초보적인 상식 중의 하나다. 하지만 작중인물과 작가 사이에 대체로, 어떤 형태로든, 내밀한 관계가 있다는 것(분명히 달라 보이는 경우조차) 또한 반드시 기억해야 할 상식 중 하나다.[4] 필자가 주목하는 것은 자아의 분열 양상이다. '광인'과 루쉰 사이의 유사성에 착목하면, 문언문 (文言文) 서문의 '나(余)'(즉, 작가와 동일하다고 여겨지는, '광인' 의 옛 학교 친구)[5]와 백화문 일기의 '나(我)'(즉, 작가와 유사하다고 파악되는 '광인')는 모두 작가의 분신(分身)들이고 작가 내면의 또 다른 자아들이라고 볼 수 있다.

이러한 관점에서의 해석을 필자는 이미 시도한 바 있지만,[6] 그 해석은 양적으로 충분하지도 못했고 지금 돌아보면 필자 자신이 보기 에도 사태를 너무 단순화한 점이 눈에 띈다. 그리하여 이번 기회 에,[7] 중국 작가 왕멍의 소설 작품 및 한국 시인 김지하의 시 작품과

---

4) 약간의 오해가 있을 듯하므로 해명이 필요하겠다. 필자의 이 진술은 「광인일기」를 '오토픽션 autofiction'으로 본다는 뜻이 아니다. 오토픽션은 세르쥬 두브로브스키의 『아들』(1977)을 최초로 하는, 자전적 글쓰기의 한 하부 장르로서, 소설이라고 공표함과 동시에 저자—화 자—주인공의 이름의 동일성을 드러낸다는 특징을 갖는다. 그 동일성이 드러나지 않으므로 「광인일기」는 당연히 오토픽션이 아니다. 그렇다면 '자전적 소설roman autobiographique' 로 보는 것인가. 전통적으로 사용되어온 자전적 소설이라는 말을 오토픽션과 구별하여, 소설이라고 공표됨과 동시에 저자—화자—주인공의 이름의 동일성이 성립되지 않는 자 전적 글쓰기에 적용할 수 있다는 주장은 일리 있다고 생각되지만, 필자의 생각으로 「광인 일기」는 그런 의미의 자전적 소설도 아니다. 애당초 「광인일기」는 자전적 글쓰기의 소산 이 아니다. 자전적 소설이 자신의 자전성을 내세우는 것과는 반대로 이 소설은 오히려 자 전성을 숨겼다. 필자는 이 숨겨진 자전성에 주목하자는 것이다. 필자의 관심은 자전적 글 쓰기에 있는 것이 아니라 소설에 있다. 소설에 어떤 형태로든, 또 어느 정도로든 관여되 는 자전성에 주목함으로써 소설을 더 잘 이해할 수 있으리라는 생각인 것이다.
5) 이 '나'는 서문의 말미에서 "민국 7년 4월 2일(즉 1918년 4월 2일—인용자) 적음"이라 고 쓴다.
6) 「소설가로서의 루쉰과 그의 소설 세계」,『중국현대문학』제10호, 중국현대문학학회, 1996. 6: 전형준 편, 앞의 책, pp. 41~43 참조. 이 글의 중국어판은 魯迅博物館編, 『韓國魯迅 研究論文集』, 鄭州: 河南文藝出版社, 2005에 수록되어 있음.
7) 이 글은 원래 2013년 봄에 외국에서 열리는 한 국제학술회의에서 발표하기 위해 준비되 었다. 김지하의 시를 선택한 데는 참조 대상으로서의 적절성 이외에도 외국 학계에 한국 시인을 소개하자는 취지가 있었다. 사실을 말하자면 이 글의 구상은 김지하 시의 재발견

의 비교를 통해 「광인일기」에 대한 필자 나름의 읽기를 다시 한 번, 그리고 전보다 더 자세하게 시도하고자 한다.

본론으로 들어가기 전에 약간의 첨언이 필요하겠다. 자기분석〔自我解剖〕이나 자기반성〔自我反思〕의 측면에 주목한 루쉰 읽기는 이미 오래전부터 행해져왔고 이제는 너무나 흔해졌다. 필자는 지금 「광인일기」를 자기분석이나 자기반성의 텍스트로 보아야 한다고 주장하려는 것이 아니라 이 소설에 나타나는 자아분열의 양상에 대해 살펴보려는 것이다. 루쉰에 관해서는 워낙 많은 글들이 생산되고 있기 때문에 필자와 관점을 같이 하는 선행 연구의 존재 여부를 확인하지는 못했다. 다만 「루쉰의 일인칭소설 중의 서술대변인 독해」라는 소논문8)의 관점은 필자와 비슷하면서도 달라 미리 검토해두는 것이 도움이 되리라 생각된다. 이 논문은 「머리털 이야기」「광인일기」「술집에서」「고독한 사람」의 네 편을 예로 들면서 거기에 나타나는 자아의 분열 양상에 대해, "작가의 '자아'가 두 개의 대립적 서술자로 분열된다. 하나는 1인칭 서술자로서 희망이라는 한 극을 대표하며 다른 하나는 3인칭 서술자(서술대변인)9)로서 절망이라는 한 극을 대표한다. 소설은 실질적으로 '자아'의 대화이고 영혼의 엄혹한 고문이다. 서로 힐난하는 하나의 '나'와 다른 하나의 '나'는 나누기 어렵다"라고 설명했다.(43) 사실 이 설명은 「광인일기」 이외의 세 작품에 부합되는 설명이다. 「광인일기」의 경우는 두 개의 1인칭 서술자들이 등장하기 때문이다. 그런데 서술자 '나'와 작중인물

에서 촉발되었다.

8) 晏杰雄·龔鵬,「魯迅自我小說中的敍述代言人解讀」,『南通紡織職業技術學院學報(綜合版)』第5卷 第4期, 2005. 12. 이하 이 논문에서의 인용은 괄호 속에 쪽수를 표시함.

9) 작중인물(그것도 1인칭 화자와 함께 등장하는)을 3인칭 서술자나 '서술대변인'이라고 파악하는 것은 납득하기 어렵지만 여기서는 논외로 하겠다.

'그'든, 두 개의 '나'든 그들 사이의 관계를, 아무런 근거나 매개 없
이, 자아의 분열로, 다시 말해 "작가의 '자아'의 서로 다른 두 측면
혹은 내면적 모순의 두 측면의 외화(外化)"(44)로 파악하는 게 과
연 타당할까. 필자 자신이 전에 이런 식의 파악을 시도한 적이 있기
때문에[10] 지금은 오히려 더 조심스러워진다. 그런 파악은 너무 단순
할 뿐만 아니라 도식적이고 자의적인 것으로 추락하기 쉽다. 그렇게
되지 않으려면 선결하여야 할 조건이 있다. 작가와 작중인물 사이의
관계 문제에 대한 충분한 검토가 필요한 것이다. 이 검토가 잘 수행
된다면 그런 파악의 타당성을 검증할 수 있을 뿐만 아니라 작가의
내면 갈등의 표현이라는 비교적 추상적인 해석에서 한 걸음 더 나아
가 보다 구체적인 해석을 시험해볼 수 있을 것이다.

2. 왕멍을 통해 보는 「광인일기」

왕멍(王蒙)의 1987년 발표작 장편소설 『변신인형(活動變人形)』
의 끝 부분(즉 속집 제5장 후반부)은 1인칭 화자 '나'가 1985년 여름
한 해변 휴양지에서 니자오(倪藻)와 만났던 일을 서술하고 있다. 니
자오는 이 장편소설의 주인공이고, '나'는 니자오의 친구로서 소설을
쓰는 사람인데 니자오가 나를 부르는 호칭은 '왕형(老王)'이다. '나'
와 니자오 두 사람은 함께 수영하고 식사하고 무도회에 참가한다.
두 사람의 행동에는 약간의 차이가 있다. '나'는 먼저 수영을 끝내고
뭍으로 나오고 니자오는 바다 깊숙이 헤엄쳐 갔다가 저물녘이 되어

---

10) 「소설가로서의 루쉰과 그의 소설 세계」, 『중국현대문학』 제10호, 중국현대문학학회,
　　1996. 6: 전형준 편, 앞의 책, pp. 41~43 참조.

서야 돌아오며(수영을 잘하면 이 정도까지 가능한 건가! 놀랍다), 무도회에서는 니자오만이 춤을 추고("뜻밖에도 니자오는 춤을 아주 산뜻하고 능숙하게" 춘다) 그때 '나'는 소설 구상에 깊이 잠긴다.[11]

이 장편소설은 기본적으로 3인칭으로 서술되는데 몇 군데만은 예외적으로 1인칭으로 서술되었다. 끝 부분 이외에도 제1장 첫머리, 제5장 첫머리, 제10장 후반부, 제18장 첫머리, 속집 제5장 전반부 등에 1인칭 화자 '나'가 거듭 등장하는 것이다. 하지만 그 '나'들은 니자오 이야기 바깥에서 자신의 이야기를 할 뿐인 데 비해 작품 말미의 '나'는 니자오 이야기 속에 한 인물로 직접 등장한다는 점에서 다른 '나'들과 다르다. 독자는 앞의 '나'들의 이야기를 들으면서 이 화자가 작가 자신이 아닐까 추측하게 되는데, 그 추측은 점점 더 강해지다가 작품 말미에 와서 확신으로 변한다. 이 '나'는 소설을 쓰는 사람이고 성도 왕씨이니 말이다. 독자가 이 '나'를 작가 왕멍 자신이라 받아들이는 것은 자연스러운 일이다. 그와 동시에, 니자오를 작가 왕멍의 실제 친구이거나 그 친구를 모델로 만들어낸 허구의 인물일 것으로 생각하게 되는 것 또한 자연스러운 일이다.

그러나 작가 왕멍의 전기적 사실에 대해 알면 알수록 우리는 작중 인물 니자오의 생애가 작가 왕멍의 생애와 비슷하다는 것을 발견하게 된다. 이를테면, 니자오는 1934년생이고, 그 아버지가 서양 유학을 갔다 와서 대학에서 강의를 했고 1946년에 해방구로 갔으며, 그 부모는 불화가 심했고, 어린 시절 시쓰파이러우(西四牌樓) 근처에서 살았고, 중학교 때 공산당에 가입하여 지하활동을 했고, 1960년대에 신장(新疆)에서 살았고, 1980년 6월에 독일을 방문, 문화대혁

---

11) 王蒙, 『活動變人形』, 北京: 人民文學出版社, 1987, pp. 364~69:『변신인형』, 전형준 옮김, 문학과지성사, 2004, pp. 497~503.

명 때 망명하여 독일에서 대학 교수가 되어 있는 옛 친구를 만난다. 이것들은 모두 작가 왕멍의 전기적 사실과 유사하다. 필자는 독일에 있는 왕멍의 친구 관위치엔(關愚謙)을 서울에서 실제로 만나 그에게서 왕멍에 대해 많은 이야기를 듣기도 했다. 아마도 왕멍의 전기적 사실을 알게 될수록 왕멍과 니자오 사이의 유사점도 더 많이 발견하게 될 것이다. 물론 그 유사성은 대부분의 경우 약간의 변형을 동반할 것이다. 니자오의 직업이 언어학자인 것처럼 말이다. 언어학자와 작가는 다르지만 둘 다 언어를 다룬다는 점에서 여전히 유사하다. 작중인물 니자오가 바로 작가 왕멍의 분신이라는 사실은 이 장편소설을 이해하는 데 결정적인 단서가 된다. 니자오가 작가의 분신이므로 이 작품은 자전적 소설임이 분명하다. 그런데 자전이라면 아주 독특한 자전이다. 왜냐하면 작품 속에 소설가 왕멍과 언어학자 니자오가 함께 등장하기 때문이다. 니자오만 등장시켰을 경우를 상정해보면 양자 사이에 커다란 차이가 존재함을 금세 알아차릴 수 있다.

니자오와 니우청(倪吾誠)이라는 작중의 부자 관계에서 니자오는 아버지 니우청을 끝내 증오한다. 그 증오는 유년 시절의 희미한 반감에서부터 독일에서의 회상을 거쳐 아버지의 죽음 이후의 회상에 이르기까지 끈질기게 지속되며 끊임없이 덧난다. 작품 말미에서 왕멍과 대화하는 1985년의 니자오도 여전히 그 증오를 벗어나지 못한 상태인 것으로 보인다. 그러나 이 작품의 서술이 보여주는 것은 아주 다르다. 니자오 이야기를 서술하면서 때로 작품 속에 직접 등장하기도 하는 작가 왕멍은, 다시 말해 1985년에 이 작품을 쓰고 있는 왕멍은 니우청과의(그리하여 왕멍 자신의 아버지와의) 화해를 이루고 그에 대한 사랑을 획득한다. 그 화해와 사랑은 이 장편소설을 쓰는 과정 속에서 생성된 것이라고 할 수 있다. 화해와 사랑이 먼저 있어서 이 작품이 씌어진 것이 아니라 작품이 씌어지는 가운데 화해와 사랑이 생성되었다고 보아야 한다는 것이다. 그리고 그 생성의 주체는 작가가 미리 가지고 들어간 관념이 아니라 소설 쓰기 자체, 특히 그중에서도 시점과 화법의 복합이라는 글쓰기 형태라고 할 수 있다. 복합적인 시점과 화법으로 말미암아 인물과 사건 들이 단순한 틀을 벗고 그 복잡한 진짜 모습을 드러낸다. 가령, 똑같은 일도 시점에 따라 그 설명과 판단이 달라진다. 아버지 니우청의 심정은 그것대로, 어머니 쟝징이(姜靜宜)의 심정은 또 그것대로 나름의 진정성을 드러내는 것이며, 그들을 부정하는 아들 니자오의 심정 또한 나름의 진정성을 드러내는 것이다. 그들의 삶은 왜곡되었을망정 어김없이 진정성을 내포하고 있으며 그것이 그들의 삶에 의미를 부여한다. 이 진정성과 의미가 화해와 사랑의 근거다.

니자오와 왕멍의 동시 출현은 일종의 자아분열이라 할 수 있다. 어떤 분열인가 하면, 반성하는 자아와 반성되는 자아로의 분열이다. 반성하는 자아 왕멍이 반성되는 자아 니자오에 대해 서술한다. 이 서술의 과정에서 위에서 살펴본 바의 화해가 이루어지는 것이다. 다시 말해 반성의 과정이 곧 서술의 과정이고 동시에 화해의 과정이다. 만약 니자오만 등장했다면 이러한 구조적 복합성은 실현되지 못했을 것이다.

「광인일기」에 등장하는 두 명의 '나'들의 관계는 『변신인형』에서 니자오와 '나' 사이의 관계와 기본적으로 같다. 우선 「광인일기」의 문언문 서문에 나오는 '나'가 독자들에게 작가 루쉰으로 여겨지는 것은 자연스러운 일이다. 마치 『변신인형』 말미에서 '왕형'이라고 불리는 '나'가 독자들에게 작가 왕멍으로 여겨지는 것이 자연스러운 것처럼. 백화문 일기의 1인칭 화자 '나'(즉 광인)는 서문의 '나'(즉 작가 루쉰)의 중학교 시절 친구 형제 중 동생이다. 독자들이 이 광인을 작가 루쉰의 실제 친구거나 그 친구를 모델로 만들어낸 허구의 인물이라고 여기는 것도 자연스러운 일이다. 마치 『변신인형』의 니자오에 대해 독자들이 그러는 것처럼. 그러나 니자오가 실제로는 작가 왕멍의 분신이라 하기에 충분할 정도로 전기적 사실에 있어서 유사한 것처럼, 광인 역시 작가 루쉰과 유사한 면을 가지고 있다.

이른바 본사(本事)라는 각도에서 볼 때 「광인일기」의 광인은 문학적으로는 러시아 작가 고골Nikolai Vasilevich Gogol(1809~52)이 쓴 동명의 단편소설에서 비롯되었고 현실적으로는 루쉰의 이종사촌동생에서 비롯되었다. 그 이종사촌동생은 이름이 롼쥬쑨(阮久孫)으로 산서성(山西省)의 한 관청에서 일하던 중 피해망상증이 발병하여 1916년에 북경으로 치료하러 왔지만 끝내 치료하지 못하고 고향으로 돌아갔다.[12] 그렇다면 「광인일기」의 광인은 그 이종사촌동생을 모델로 삼아 만들어낸 허구의 인물임이 분명하다. 그런데 문제

---

12) 루쉰은 자신의 1916년 10월 30일 자 일기에 "쥬쑨(久孫)이 집에 왔다"고 썼고, 31일 자에 "오후에 쥬쑨의 병이 많이 악화되고 밤이 되자 더 심해져서 이케다 의사의 진찰을 급히 청했다"고, 11월 6일 자에 "이케다 의원으로 가서 쥬쑨을 기차역까지 데려가 란더(藍德)를 시켜 남쪽으로 돌아가게 했다"고 썼다. 『魯迅日記』上卷, 北京: 人民文學出版社, 1976, pp. 205~206 참조. 북경의 루쉰박물관에 롼쥬쑨이 쓴 편지가 보존되어 있는데 그 내용은 다음과 같다. "어머님 전상서. 눈물을 흘리며 어머님께 아뢰나이다. 번치현의 장지사는 마음이 약하여 보통 일은 대체로 형님께서 대신해서 결정하나 봅니다. 그래서 형님을 미워하는 자가 매우 많습니다. 이번에는 번치현 읍내의 인사들과 상업계가 모여 어떻게 사람을 잡을 것인가를 모의해서 결정했습니다. 자금을 모은 후 거리에서 뇌물을 주면서 형님과 동생을 죽이려 하고 있습니다. 〔……〕" 王士菁, 『魯迅傳』: 『루쉰의 삶과 사상』, 유세종 옮김, 다섯 수레, 1992, p.104 참조. 조우쭈어런(周作人)은 1950년에 쓴 글(「「狂人日記」里的人」)에서 정신병자 친척이 두 사람 있었다고 밝혔다. 孫郁 · 黃喬生主編, 『書里人生』, 石家庄: 河北教育出版社, 2000, p. 177 참조.

는 허구의 인물인 이 광인이 작가 루쉰과 전기적으로 유사한 면을 보인다는 데 있다.

우선 이 광인은 일기 제1절에서 "오늘 밤은 달빛이 좋다./내가 이것을 못 본 지도 이미 삼십여 년이 되었는데, 오늘 보니 기분이 아주 상쾌하다"[13]라고 말하는데, 일기 쓰기의 현재를 1911년이라고 본다면 1881년은 정확히 30년 전이 된다. 1881년은 루쉰이 태어난 해이다. 또 루쉰이 1912년 2월 소흥을 떠나 남경으로 가서 교육부 직원이 된 것과 「광인일기」 중의 '광인'이 병이 나은 뒤 관리가 되어 다른 지방으로 간 것 사이에는 분명한 유사 관계가 있다. 그리고 1911년 10월부터 1912년 2월까지 소흥에서 겪은 루쉰의 신해혁명 체험은 '광인'이 발병하면서부터 병이 낫기까지의 병력(심층구조적 의미로는 계몽 활동)과 유사 관계가 있다(이 유사 관계를 몇 달간의 신해혁명 체험에 국한시키지 않고 더 확장할 수 있는가 하는 문제는 뒤에 다시 살펴보기로 한다).

이렇게 본다면 우리는 「광인일기」 서문의 '나'와 일기의 '나' 사이의 관계에 대해 다음과 같이 말할 수 있을 것이다. 이 두 개의 '나'는 모두 작가 루쉰의 분신들이며 작가 내면의 또 다른 자아들이다. 그중 서문의 '나'는 반성하는 자아이고 일기의 '나'는 반성되는 자아이다. 이 관계는 『변신인형』 중의 '왕멍'과 '니자오'라는, 작가의 분신들이며 작가 내면의 또 다른 자아들인 두 인물의 관계, 즉 '왕멍'이 반성하는 자아이고 '니자오'가 반성되는 자아인 관계와 똑같다. 「광인일기」와 『변신인형』 두 작품 사이의 차이는, 『변신인형』에서 '나―왕멍'과 '니자오'가 같은 시공간에 출현하여 대화를 나누는 데

---

13) 전형준 편역, 『아Q정전(루쉰소설선)』, 창비, 2006(개정판), p. 8; 『魯迅全集』 第1卷, 北京: 人民文學出版社, 1981, p. 422.

비해 「광인일기」에서 두 개의 '나'는 제각기 자신이 기록한 기록물의 기록자일 뿐이어서 둘이 같은 시공간에 출현하는 일이 발생하지 않는다는 것이다.

3. 김지하를 통해 보는 「광인일기」

「광인일기」와 『변신인형』, 두 작품의 같고 다름이 무엇을 뜻하는지를 알아보는 데에 한국 시인 김지하의 참조가 도움이 될 것이다. 이 생각을 불러일으킨 김지하[14]의 시 「무화과」 전문은 다음과 같다.

돌담 기대 친구 손 붙들고
토한 뒤 눈물 닦고 코풀고 나서
우러른 잿빛 하늘
무화과 한 그루가 그마저 가려섰다.

이봐
내겐 꽃시절이 없었어
꽃 없이 바로 열매 맺는 게
그게 무화과 아닌가
어떤가

---

14) 金芝河. 1941년생. 1969년에 등단하여 한국의 대표적인 저항시인으로 활동함. 1970년 장시 「오적(五賊)」을 발표하고 반공법 위반으로 체포 투옥되었고, 1974년엔 전국민주청년학생총연맹 사건으로 체포되어 사형을 선고받았다. 1980년 12월에 형집행정지로 석방된 뒤 활발한 문학 활동을 펼쳤다.

친구는 손뽑아 등 다스려주며
이것봐
열매 속에서 속꽃 피는 게
그게 무화과 아닌가
어떤가

일어나 둘이서 검은 개굴창가 따라
비틀거리며 걷는다
검은 도둑괭이 하나가 날쌔게
개굴창을 가로지른다[15]

　이 시는 1986년에 무크지『우리시대의 문학』제5호에 발표되었는데, 당시 이 무크지의 편집 동인이었던 필자가 시인에게 원고 청탁을 했고 또 해남에 있던 시인의 집을 찾아가 직접 원고를 받아왔었다. 200자 원고지에 육필로 쓴 상태의,「무화과」를 포함한 다섯 편의 시를 처음 읽은 독자는 필자였던 것이다. 그러나 그 다섯 편 중 필자는「무화과」의 얼핏 담담해 보이는 언어는 무심히 지나쳐버렸고 오히려「빗장질린 문」의 강렬한 언어에 주목했었다. 우둔한 필자가 무심히 지나쳐버린「무화과」에 '마음을 사로잡히고' 그래서 이 시의 '내면으로 내려가본'[16] 사람은 비평가 김현(1942~90)이었다. 김현의 평론「속꽃 핀 열매의 꿈」은 이 시에서 세 개의 자아를 발견했는데 우리가 참조하려는 것은 바로 이 발견이다.

---

15)『우리시대의 문학』제5호, 문학과지성사, 1986, pp. 110~11.
16) 내면으로 들어가는 게 아니라 내려간다는 것은 이 내면이 공간적으로 밑에 있다는 것이 되고, 그러므로 이 내면은 동시에 심층이기도 하다.

이 시에는 두 명의 인물이 등장한다. 하나는 술에 취해 무화과 나무 아래에서 토하는 '나'이고 다른 하나는 그런 나를 부축해주는 친구이다. '나'는 "꽃처럼 활짝 펴 남의 시선을 끌던 시절이 없었네〔나는 고생만 했네〕"라고 심정을 토로하고, 친구는 무화과를 가리키며 "〔자네는 무화과 같은 사람일세〕 무화과는 꽃 없이 바로 열매를 맺어. 아니 열매 속에서 속꽃 피네〔자네는 화려한 시절을 보낸 뒤에 성숙한 게 아니라, 성숙한 채로 화려한 걸세〕"라고 '나'를 위로해준다.[17] 이 대화에 대한 김현의 해석은 다음과 같다.

> 나의 절망과 친구의 위로는 매우 진부한 주제이다. 그러나 그 진부한 주제를 형용하는 무화과라는 이미지는 뛰어난 이미지이다. 무화과라는 이미지가 그 진부한 대화——나는 실패했다; 너는 위대하다——를 순식간에 비극적 높이로 이끌어올린다. 그 비극적 높이는 열매 속에 속꽃이 피어 있다는 놀라운 인식에 의해 가능해진다. 꽃시절이 없는 것처럼 보여도, 열매가 있으면 그 속에 꽃은 들어 있다! 그 인식은 비극적이다.[18]

무화과라는 뛰어난 이미지가 진부한 대화를 비극적 높이로 이끌어올린다는 김현의 말투는 그대로 그의 평론에도 적용될 수 있다. 즉, 김현의 뛰어난 해석이 외견상 담담해 보이는 이 시를 순식간에 치열한 비극적 시로 끌어올린다. 이 비극성은 신비주의, 낭만주의, 내부 초월 등의 문제와 함께 보다 자세히 검토될 수 있다. 하지만

---

17) 김현, 『분석과 해석/보이는 심연과 안 보이는 역사 전망』, 문학과지성사, 1992, pp. 61~ 62 참조.
18) 같은 책, p. 62.

필자가 여기서 참조하고자 하는 것은 세 개의 자아 문제이다. 문제
의 대목에서 김현은 다음과 같이 썼다.

> 나와 친구와의 대화는 탄식과 위로의 대화이다. 그 대화는 실제로
> 존재하는 두 사람 사이에서 일어난다. 그러나 그 두 사람이 과연 두
> 사람일까? 화자는 3련에서 "일어나 둘이서 개울가를 따라 비틀거리
> 며 걷는다"라고 씀으로써, 그 둘이 하나같이 '비틀거리고 걷'는 모습
> 을 보여준다. 〔……〕 그들은 어둠 속으로 사라진다. 어둠 속으로 사
> 라진 그 둘은 사실에 있어 하나가 아닐까? 더 나아가 나와 친구·화
> 자는 한 사람이 아닐까? 나는 꽃시절을 바랐다라는 바람의 동력이
> 그 나를 셋으로 나눠, 그 바람의 치기를 객관화시키고 있는 것이 아
> 닐까? 그렇다면 나는 실재적 자아이며, 친구는 잠재적 자아이며, 화
> 자는 그 두 자아를 관찰하는 예술적 자아이다. 실재적 자아의 욕망을
> 잠재적 자아는 너는 실패한 것이 아니라고 달래고, 그 두 자아의 대
> 화를 예술적 자아는 어둡게 그려내고 있다. 절망에만 빠져 있지 않기
> 위해 자아는 분열하며, 한 자아는 달래고, 한 자아는 그 달램을 예술
> 로 만든다. 한 자아의 욕망은 적절히 규제되어, 그의 절망은 폭발력
> 을 제어 받는다. 그 분열의 과정은 아름답고 감동적이다.[19]

김현과 김지하는 오랫동안 서로 만날 기회가 없었는데[20] 「무화과」
라는 시를 통해 오랜만의 만남을 이루었다. 김지하는 황지우와의 인

---

19) 같은 책, pp. 63~64.
20) 김지하는 1969년 11월에 시인 조태일(趙泰一)이 주재하던 『시인』에 「서울길」 외 4편의
　　시를 발표함으로써 등단했는데, 그때 조태일에게 김지하를 소개해준 사람이 바로 김현
　　이었다.

터뷰에서 김현의 이 평론에 대한 소감을 묻는 질문에 "과연 김현답다"고 하면서, 자신이 술에 취해 토하고 친구 모씨가 자신의 등을 두드려준 일이 실제로 있었다고 밝힌 바 있다. 이른바 본사(本事)를 중요시하는 사람들은 이를 증거로 삼아 김현의 해석이 잘못된 것이라고 주장할 수도 있겠다. 필자의 생각은 다르다. 이 시는 실제로 있었던 일을 재현한 것이 아니기 때문이다. 실제로 있었던 일은 이 시의 상상을 발동시키는 데 하나의 모티프로 작용했을 따름이다. 이 시는 본사(本事)의 재현이 아니라 상상이다. 이 상상은 시인의 의식 너머에 숨어 있는 내면을 통찰한다. 그리고 이 통찰은 자아의 분열을 통해 성취된다.

　김현의 개념을 우리 경우에 적용하면 다음과 같이 될 것이다. 우선 「무화과」의 실재적 자아는 절망하는 자아이고 잠재적 자아는 위로하는 자아인 데 비해 「광인일기」와 『변신인형』의 실재적 자아는 반성하는 자아이고 잠재적 자아는 반성되는 자아라고 볼 수 있다. 이렇게 보면 양자 사이에는 능동성/수동성의 역전이라는 차이가 있다. 즉, 「무화과」에서는 잠재적 자아가 능동적인 데 비해 「광인일기」『변신인형』에서는 실재적 자아가 능동적인 것이다. 이는 개성의 차이라기보다는 장르의 차이와 관련되는 게 아닐까 생각해볼 수 있다. 시는 서정 장르이고 소설은 서사 장르인 것이다. 장르의 차이를 좀더 적극적으로 고려한다면, 「광인일기」『변신인형』에서의 두 자아, 즉 반성하는 자아와 반성되는 자아 모두 잠재적 자아라고 파악할 수도 있겠다. 어쩌면 이 파악을 역으로 김지하의 시에 적용하는 것도 불가능하지만은 않을 듯하다. 그러니까 절망하는 '나' 역시 실재적 자아가 아니라 잠재적 자아라고 보는 것이다.[21] 다음으로 주목되는 것은 '예술적 자아'의 문제다. 「광인일기」에는 김현이 말하는

의미에서의 '예술적 자아'가 나타나지 않는다. 「광인일기」의 두 '나'
는 각자 자기가 기록한 기록물 내부에 제한된 존재들이고, 이 작품
이 제시하는 것은 두 개의 기록물들뿐이기 때문이다. '예술적 자아'
가 있다면 그것은 두 개의 기록물들 뒤에 숨어 있다. 『변신인형』의
경우에도 '예술적 자아'가 「무화과」에서처럼 뚜렷하게 인지되지는
않는다. 「무화과」에서는 두 자아를 관찰하는 제3의 시선이 제3연에
서 뚜렷이 나타났지만 『변신인형』의 경우에는 두 자아를 관찰하는
시선이 그중 한 자아, 즉 반성하는 자아와 겹쳐진 채 밖으로 나오지
않기 때문이다. 이렇게 보면 세 작품 사이에는 미묘한 차이가 존재
함을 알 수 있다. 그 미묘한 차이를 통해 우리는 「광인일기」에 대해
새로운 의미를 음미해볼 수 있을 것이다.

　만약 「광인일기」가 문언문 서문 없이 백화문으로 된 일기 부분만
으로 이루어졌다면(고골의 「광인일기」가 바로 여기에 해당된다), 그
것은 원래의 「광인일기」와 어떻게 다른 것일까. 또 만약에, 「광인일
기」를 『변신인형』처럼 구성했다면, 즉 '광인' 이야기를 니자오 이야
기처럼 3인칭으로 서술하면서 '나—루쉰'이 1인칭 화자로 등장했다
면, 이것은 또 어떻게 다른 것일까. 또 만약에, 거기서 한걸음 더
나아가, 두 자아를 관찰하는 '예술적 자아'가 나타나도록 서술된다
면, 이것은 또 어떻게 다른 것일까. 「광인일기」는 다른 것들과 달리
지금의 이 형태로 되어 있기 때문에 루쉰의 「광인일기」이다. 다른
것들은 각각 고골, 왕멍, 그리고 다른 어떤 작가의 「광인일기」가 될
것이다.

---

21) 솔직히 말해 필자의 마음은 이렇게 파악하는 쪽으로 쏠린다.

4. 광인과 루쉰의 관계

봉건에 반대하고 근대를 추구하는 반봉건 전사(혹은 계몽자)가 봉건에 매몰되어 있는 사람들의 눈에는 광인으로밖에 보이지 않는 게 루쉰 당시의 현실이다. 가령 1919년 4월 작품인 「약(藥)」에서 옥중의 샤위(夏瑜)— 주지하듯 그는 1907년에 처형된 감호여협(鑒湖女俠) 츄진(秋瑾)을 모델로 한 인물이다—가 "이 청나라의 천하는 우리 모두의 것"이라고 말했다가 옥리에게 따귀를 맞았는데, 따귀를 맞으면서도 "불쌍하다 불쌍해"라고 말했다는 이야기를 전해들은 사람들의 반응을 보자.

"아이(阿義)가 불쌍하다구…… 미친 소리, 완전히 미쳤군." 희끗희끗한 수염이 문득 크게 깨달았다는 듯이 말했다.
"미쳤어." 스무 살 남짓한 사람도 문득 크게 깨달은 듯이 말했다.[22]

이 대목은 전작인 「광인일기」에 대한 주석이라고 할 수 있다. 바로 이 맥락에서 반봉건 전사는 광인이다. 그러나 「약」의 혁명가는 사람들에게 광인이라고 평가되는 것이지 그 자신은 당당한 모습으로, 다시 말해 긍정적인 모습으로 나타난다. 아마도 츄진을 모델로 했기 때문일 것이다. 이에 비해 「광인일기」의 반봉건 전사는 사람들에게 광인이라고 평가될 뿐만 아니라 그 자신 실제로 광인으로 나타난다. 그것은 그 반봉건 전사가 바로 루쉰 자신이고 자기 자신에 대

---

22) 전형준 편역, 앞의 책, p. 44: 『魯迅全集』 第1卷, 北京 : 人民文學出版社, 1981, p. 446.

한 반성이 그만큼 엄혹하고 치열하기 때문일 것이다.

그러나 그 엄혹하고 치열한 반성의 대상은 시간적으로 신해혁명 당시에만 국한되는 것이 아닌 듯하다. 일기에 나타나는 시간적 표지로 주목되는 것은 "작년에 시내에서 죄인을 죽였을 때는, 폐병에 걸린 사람 하나가 만두에다 그 피를 적셔서 먹었습니다"라는 말이다. 후속 작품 「약」의 테마가 되기도 한 이 사건은 바로 1907년에 있었던 츄진의 처형을 가리키는 것인데 그렇다면 '지금'은 1908년이 되므로 일기의 시간적 배경을 신해혁명 당시, 즉 1911~12년이라고 보는 것과 부합되지 않는다. 하지만 다시 생각해보면 광인이 시간적 착각을 하는 것은 얼마든지 가능한 일이므로 그건 문제가 되지 않을 수도 있다. 이렇게 보면 사실은 일기 첫머리의 '삼십여 년'이라는 숫자에도 얽매일 필요가 없다. 이런 숫자들의 구속에서 벗어나서 다시 생각해볼 필요가 있겠다.

신해혁명 시기의 루쉰에 대해 자세히 살펴보자.[23] 1902년에 도일했던 루쉰이 일본 생활을 끝내고 귀국한 것은 1909년 8월의 일이었다. 귀국한 루쉰은 항주(杭州)의 절강양급사범학당에 화학 및 생리학 담당 교사로 있다가 이듬해 7월 사직하고 소흥(紹興)으로 돌아와 소흥부 중학당 교직을 맡았는데, 이듬해인 1911년 7월 또 사퇴했다. 10월 10일에 신해혁명이 발발하여 전국적으로 확산되는 가운데 루쉰은 부중학당 학생들의 요청으로 학교로 돌아가 교감[監學] 직을 맡았다. 11월 5일, 항주(杭州)가 광복되었다는 소식이 소흥으로 전해지자 소흥의 각계 인물들 약 백 명이 모여 회의를 했고, 이 자리에서 루쉰이 주석(主席)으로 선출되었다. 루쉰은 무장연설대[武裝講演隊]

---

23) 이하는 주로 蒙樹宏編, 『魯迅年譜稿』, 桂林: 廣西師範大學出版社, 1988, pp. 66~79 참조.

를 조직하여 혁명의 의의를 선전할 것을 제의했다. 11월 6일, 패전한 청나라 군대가 소흥으로 퇴각해온다는 소문이 퍼지며 민심이 뒤숭숭해지자 루쉰은 부중학당 학생들을 모아 무장연설대를 조직, 가두선전 활동에 나서 민심을 안정시켰다. 11월 5, 6일 이틀간의 루쉰의 활동은 루쉰의 막내동생 조우지엔런(周建人)의 회고록에 비교적 자세하게 기록되어 있다.[24] 며칠 뒤인 11월 10일 혁명당원인 왕진파(王金發)가 광복군(光復軍)을 이끌고 소흥에 입성, 11일에 소흥 군정분부(軍政分部)를 성립하고 스스로 도독(都督)이 되었다. 루쉰은 소흥의 초급사범학교 교장〔監督〕으로 임명되었다. 그러나 혁명은 금세 반동에 부딪혔다. 왕진파도 보수화되었고, 1912년 1월 3일에 창간된 『월탁일보(越鐸日報)』라는 신문 발행에 관여하면서(창간사도 썼고 '잡문란'을 만들어 필명을 바꿔가며 소흥의 여러 시대적 병폐를 질책했고 군정부를 공격하는 글까지 실었다)[25] 점점 더 왕진파와 대립하던 루쉰은 마침내 교장직을 그만두고 친구 쉬서우창(許壽裳)의 부름에 따라 남경으로 나와 중화민국 임시정부 교육부 직원이 되었다. 이때가 1912년 2월 말이다. 5월에는 정부가 북경으로 옮겨감에 따라 루쉰도 북경으로 이주했다.[26]

이상 간략히 살펴본바 신해혁명 당시 루쉰의 활동은 확실히 혁명활동이라고 불릴 만하다. 그러나 기왕의 대부분의 루쉰 논의는 일본 체류 시기와 북경의 소흥회관 거주 시기에 초점을 맞추었고 신해혁

---

24) 周建人, 「魯迅任紹興師範學校校長的一年」, 孫郁 · 黃喬生主編, 『年少滄桑』, 石家庄: 河北教育出版社, 2000, pp. 261~62 참조.

25) 王曉明, 『無法直面的人生: 魯迅傳』, 上海: 上海文藝出版社, 1993: 『인간 루쉰』, 이윤희 옮김, 동과서, 1999, pp. 76~77 참조.

26) 신해혁명 당시의 이러한 사정은 루쉰 자신이 1926년에 쓴 산문 「판아이눙(范愛農)」에, 약간 조소적으로 비틀고 있지만, 비교적 자세히 서술되어 있다.

명 시기에 대해서는 별다른 관심을 기울이지 않았다. 그것은 주로 루쉰 자신에게서 기인했다고 할 수 있다. 1922년 12월에 쓴, 『외침(吶喊)』의 서문에서 루쉰은 일본 체류 시의 환등 사건과 잡지 『신생(新生)』 사건에 대해 자세히 이야기하고 또 소흥회관 거주 시에 있었던 '쇠로 만든 방〔鐵屋子〕' 사건에 대해 자세히 이야기하면서 그 사이의 일에 대해서는 아주 모호하게 약간의 언급만 하는 데 그쳤던 것이다. 인용하면 다음과 같다.

내가 이제껏 겪어본 적이 없는 허무감을 느끼게 된 것은 그 이후(『신생』의 결말 이후—인용자)의 일이었다. 처음에 나는 그 이유를 몰랐다. 나중에 생각해 보니, 무릇 한 사람의 주장이 찬성을 얻게 되면 그 전진을 촉구하게 되고 반대를 받게 되면 그 분투를 촉구하게 되지만, 낯선 사람들 속에서 홀로 외쳤는데 그들에게서 아무런 반응이 없으면, 찬성도 반대도 없으면, 마치 끝없는 벌판에서 선 것처럼 어찌할 도리가 없게 되니 이 얼마나 슬픈 일인가! 그리하여 나는 내가 느낀 것을 적막이라고 생각했다.

그 적막은 날로 자라나서, 마치 큰 독사처럼 나의 영혼을 휘감았다.

그러나 나는 끝없는 비애에 사로잡혀 있으면서도 조금도 분노하지는 않았다. 왜냐하면 그 경험이 나를 반성케 했고 스스로를 돌아보게 했기 때문이다. 나는 팔을 높이 들고 한 번 외치면 그 외침에 응하는 자가 구름처럼 몰려드는 그런 영웅이 결코 아니었던 것이다.

다만, 나 자신의 적막은 떨쳐버리지 않으면 안 되었다. 왜냐하면 그것이 내게 너무 고통스러웠기 때문이다. 그래서 나는 여러 가지 방법을 사용하여 자신의 영혼을 마취시키고서, 자신을 국민 속으로 함몰시켰고, 자신을 고대(古代)로 돌려보냈다. 그 뒤에도 몇가지 더욱 적막하고 더욱 슬픈 일을 친히 겪거나 곁에서 지켜보았는데, 하나같이 돌이켜보고 싶지 않은 것들로서 그것들을 나의 머리와 함께 기꺼이 땅속에 묻어 없애고 싶었다. 그러나 나의 마취법이 주효했던 모양이다. 청년 시절의 비분강개하던 심정은 더 이상 생겨나지 않았다.[27]

위 인용의 가장 큰 글쓰기적 특징은 시간의 모호함이다. 처음의 『신생』의 결말과 마지막의 소흥회관 시절 이외에는 시간적 변별을 가능케 해주는 어떠한 표지도 제시하지 않았을 뿐만 아니라, 사건이나 행위들이 중복되고 뒤섞여서 시간적 선후가 드러나지 않거나 은폐된다. 우리는 루쉰이 겪은 신해혁명 시기, 즉 1911년 10월부터 12년 2월까지가 어디쯤에 해당하는 것일까, 라는 의문을 갖게 된다. 루쉰은 왜 그 시기에 대한 별도의 진술을 하지 않은 것일까. 신해혁명 시기가 그에게 별다른 의미가 없었기 때문일까, 아니면 거꾸로 너무 상처가 커서 회피하고 있는 것일까. 위 인용 중 주목할 곳은 상점을 찍은 구절들이다. "나중에 생각해보니"의 '나중에'는 언제인가? "그 경험이 나를 반성케 했고"의 '그 경험'은 무엇이며 '반성'한 때는 언제인가? 문맥상으로는, 『신생』의 결말 이후 허무감을 느끼게 되었고 나중에 그 이유를 알게 되었으며, 그 경험이 '나'를 반성케 했다, 라고 정리되니까 '그 경험'은 『신생』의 결말을 말하는 것 같다. 그렇다면 이유도 알게 되고 반성도 하게 된 '나중'은 대체 언제인 것일까? 신해혁명 이전인가, 이후인가? 필자는 이 모호함을 신해혁명 시기를 회피하고자 하는 마음의 움직임에서 비롯된 것이라고 본다. 그렇게 보면 위 인용에는 두 개의 사건이 하나는 드러나고

<hr>

27) 유세종·전형준 편역, 『투창과 비수(루쉰 산문선)』, 도서출판 솔, 1997, pp. 87~88: 『魯迅全集』第1卷, 北京: 人民文學出版社, 1981, pp. 417~18.

다른 하나는 숨겨진 채 겹쳐 있다고 할 수 있다. 드러난 것은 『신생』의 결말이고 숨겨진 것은 신해혁명 체험이다. 두 사건은 그 내용이 좌절이라는 점에서 똑같고, 그 이후가 허무감이라는 점에서도 똑같다. 그렇다면 같은 사건을 두 번 겪은 뒤에, 그러니까 남경으로 간 뒤에 비로소 반성이 이루어진 것이 아닐까.

　이렇게 보면 '광인'과 루쉰 전기(傳記) 사이의 유사 관계는 신해혁명 시기에 국한되지 않고 확장될 수 있다. 그 확장은 『신생』의 결말까지, 더 나아가 이른바 기의종문(棄醫從文)의 결심까지 거슬러 올라갈 수 있다. 일기에서 광인의 인식을 두 단계('나'도 사람 고기를 먹었을 수 있다는 걸 깨닫기 전과 후)로 나눌 수 있으므로, 약간의 도식화의 위험을 무릅쓰고 이 분기(分期)에 상응될 만하게 루쉰 전기의 분기를 해본다면, 우리가 주목할 만한 첫번째 시간은 1907년인 듯하다. 『신생』의 추진이 좌절된 것도 이 무렵이었고,[28] 또한 쉬시린(徐錫麟)의 봉기가 실패하여 쉬시린·천보핑(陳伯平)·마중한(馬宗漢)·츄진 들이 죽은 것이 1907년 7월이었다.[29] 1907년까지를 제1단계로 본다면, 이 시기는 "팔을 높이 들고 한 번 외치면 그 외침에 응하는 자가 구름처럼 몰려"들 것이라 믿은 나이브한 낙관주의, 소박한 계몽주의의 시기라 할 수 있겠다. 그에 비해 1908년 이후의 제2단계는 소박한 계몽주의가 좌절된 뒤 적막과 비애로 고통받은 시기라 할 수 있는데 이때 새롭게 시도한 나름대로의 노력들도 계속 실패 내지 좌절을 겪었다. 1907년 12월부터 1908년 8월까지 유학생 잡지 『하남(河南)』에 발표된 네 편의 글(「인간의 역사」 「과

---

28) 추진을 시작한 것은 1906년 4월경이었고, 좌절로 결말이 나온 것은 1907년 여름이었다. 蒙樹宏編, 앞의 책, p. 55, 59 참조.
29) 마중한의 죽음은 8월.

학사 교편」「문화 편향에 대해 논함」「악마파 시의 힘에 대해 논함」)이
실은 모두 1907년에 이미 쓴 글이었고, 1909년에는『역외소설집(域
外小說集)』의 출판이 참혹한 결과를 맞이했고(3월에 발행한 제1책이
21권, 7월에 발행한 제2책이 20권이라는 극도로 저조한 판매량이었
다), 점점 심해지는 경제적 어려움에 몰려 더 이상 일본에 있지 못하
고 드디어 8월 말에 귀국했으며, 귀국 후에는 교육계의 봉건적이고
부패한 분위기 속에서 교편을 잡았다가 사퇴하는 일을 되풀이했다.

　주목할 만한 두번째 시간은 1911~12년이다. 1911년 10월 루쉰
은 드디어 신해혁명을 맞이했고 적극적으로 혁명 활동을 벌였다. 이
에 대해 쑨위(孫郁)는 "루쉰이 일생 동안 그처럼 즐겁게 혁명에 투
신한 적은 매우 드문 일이었다"라고 썼고,[30] 왕샤오밍(王曉明)은
"[혁명의 전개가—인용자] 그를 희망에 부풀게 하였다. [……] 루
쉰은 다시 '목숨 건 사내'로 변모하였다"라고 썼다.[31] 그러나 순식간
에 혁명이 반동화됨에 따라 루쉰은 결국 환멸에 빠지고 신변의 위협
에도 봉착하여 소흥을 떠나게 되었다.

　작중의 광인이 사람들에게 "당신들은 고칠 수 있어, 진심으로 고
치라구! 앞으로는 사람을 잡아먹는 사람은 세상에 살아갈 수 없게
된다는 걸 알아야지"라고 외치는 모습과 흡사한 장면을 우리는 루쉰
의 전기에서 시기적으로 두 차례 발견한다. 신해혁명 때의 루쉰의
활동, 특히 11월 5, 6일 양일간의 활동이 그 하나이고, 1907년에
쓴 글「악마파 시의 힘에 대해 논함」에 나오는 영웅적 이미지(팔을
높이 들고 한 번 외치면 그 외침에 응하는 자가 구름처럼 몰려든다는)가

---

30) 孫郁,『魯迅與周作人』, 石家庄: 河北人民出版社, 1997:『루쉰과 저우쭈어런』, 김영문·이
　　시활 옮김, 소명출판, 2005, p. 117.
31) 이윤희 옮김, 앞의 책, p. 76.

그 둘이다.

이상의 검토로부터 우리는 루쉰이 일본 체류 기간의 활동과 귀국 이후 신해혁명 체험까지의 자기 자신에 대한 포괄적인 반성을 아이러니컬하게 그려낸 것이 「광인일기」라는 결론에 도달하게 된다. 이렇게 보면, '광인이 병이 나은 뒤 관리가 되었다'라는 결말을 두고 봉건 현실에 굴복한 것으로 해석하는 것은 대단히 잘못된 것임이 확연해진다. 광인이 병이 나은 뒤 정상적인 반봉건 전사가 되었어야 했다고 생각하는 사람들은 당연히 그렇게 해석할 것이다. 그들뿐만이 아니다. 그 결말과, 더 나아가서는 작품 전체로부터 아이러니적 구조를 읽어내고 그 결말을 작가의 회의와 절망의 표현이라고 보는 사람들도 똑같이 그런 해석을 전제한다. 그런 해석에는 프레드릭 제임슨이 『다국적 자본주의 시대의 제3세계 문학』(1986)에서 제시한 「광인일기」 분석이 큰 영향을 미쳤다. 요약보다는 직접 인용하는 편이 정확하겠다.

「광인일기」는 사실상, 별개의 상반되는 두 개의 결말을 갖는데, 그것들은 자신의 사회적 역할에 대한 작가 자신의 주저와 불안을 살피는 데 도움이 된다. 하나의 결말은, 광인 자신의 것으로서, 거의 보편적인 식인 풍속이라는 불가능한 상황 속에서 미래를 향해 외치는 것인데, 허공으로 뱉어지는 절망적인 마지막 구절은 "아이들을 구해라"라는 말이다. 그러나 이야기는 시작 페이지에 나오는 또 하나의 결말을 갖는다. 그 형(아마도 식인을 한)은 다음과 같은 쾌활한 말로 화자를 맞이한다. "먼 길을 보러 와줘서 고맙네만, 내 동생은 얼마 전에 병이 나아서 관직an official post을 맡아 다른 곳으로 갔다네." 그리하여, 이미, 악몽은 소멸되었고, 그 망상, 즉 외관 아래의 소름

끼치는 현실에 대한 잠깐 동안의 무서운 응시(이제는 허용되는)는 미
망과 망각의 영역으로 돌아갔고, 그러면서 그는 다시 관료적 권력과
특권의 공간에 자신의 자리를 차지했다. 동시적이고 상반되는 메시
지들의 복잡한 놀이를 통해서만, 오직 그것을 대가로 해서만 비로소
그 서사 텍스트가 현실의 미래에 대한 구체적인 시각을 열 수 있었다
고 나는 제안하고 싶다.[32]

지금까지 진행해온 우리의 논의는 제임슨의 이러한 제안에 대한
동의를 불가능하게 만든다. 오히려 다음과 같은 반론이 제기될 수
있다. 제임슨은 '관직을 맡아 다른 곳으로 갔다'는 구절을 지나치게
중시한 것 아닌가? 만약 '관직'이 아니라 '일본 유학'이나 '학교 교
사', '신문사 기자' 등으로 갔다고 썼다면 완전히 다른 소설이 되는

---

32) Fredric Jameson, "Third-World Literature in the Era of Multinational Capitalism",
Social Text, No. 15, Duke University Press, 1986, p. 77. 필자의 번역이 부정확할 수
있으므로 참고를 위해 영어 원문을 제시하겠다: "Diary of a Madman" has in fact two
distinct and incom-patible endings, which prove instructive to examine in light of
the writer's own hesitations and anxieties about his social role. One ending, that of
the deluded subject himself, is very much a call to the future, in the impossible
situation of a well-nigh universal cannibalism: the last desperate lines launched into
the void are the words, "Save the children……" But the tale has a second ending
as well, which is disclosed on the opening page, when the older (supposedly
cannibalistic) brother greets the narrator with the following cheerful remark: "I
appreciate your coming such a long way to see us, but my brother recovered some
time ago and has gone elsewhere to take up an official post." So, in advance, the
nightmare is annulled; the paranoid visionary, his brief and terrible glimpse of the
grisly reality beneath the appearance now vouchsafed, gratefully returns to the
realm of illusion and oblivion therein again to take up his place in the space of
bureaucratic power and privilege. I want to suggest that it is only at this price, by
way of a complex play of simultaneous and antithetical messages, that the narrative
text is able to open up a concrete perspective on the real future.

것인가? 필자는 대동소이하다고 본다. '관직'으로 갔으면 봉건 현실
에 굴복한 것이고 일본 유학을 갔으면 굴복하지 않은 것인가? 게다
가 그 관직은 구체적으로는 '후보(候補)'로서 '관료적 권력과 특권'
을 뜻할 정도로 대단한 것도 아니다.[33] 그것은 그냥 중하급, 이 경우
에는 특히 하급 관리일 뿐이다(고골의 「광인일기」의 화자는 하급 관
리인데 미친다). 관리든 일본 유학이든 학교 교사든 신문사 기자든
그것들은 모두 '광기＝반봉건'이라는 양가성의 세계를 벗어난 것이
라는 점에서 공통되며 중요한 것은 바로 이 점이다(정상적 상태에서
의 반봉건 추구가 이제 새로운 과제가 된다). 일기를 쓰는 사람과 일
기를 보는 사람이라는 이중 구조에서 중요한 것은 두 세계(양가성의
세계와 정상적인 세계)의 대립이지 두 결말(아이들을 구하라고 외치
는 결말과 관리로 갔다는 결말)의 대립이 아니다. 두 결말의 내용은
바꿀 수 있지만 두 세계의 성격은 바꿀 수 없다. 두 세계의 성격을
바꾸면 완전히 다른 소설이 되어버릴 것이다.

　우리가 보기에 그 결말은 '광기＝반봉건'이라는 양가성의 세계로
부터 벗어나기를 뜻한다. 그 세계를 벗어나서 '광인'은 '모지(某地)
의 후보(候補)'로 갔고 루쉰은 '교육부의 직원'으로 갔다. 그리로 간
그들을 기다리고 있는 것은 적막과 비애와 고통이다. 그러나 그것
들은 그 자체로 끝나는 것이 아니라 반성의 토대가 된다. 그런 의

---

33) 제임슨은 양시엔이와 글래디스 양이 번역한 영문판("A Madman's Diary")을 읽은 것 같
　　다. 그래서 "take up an official post"라는 양씨 부부의 영어 번역을 해석의 자료로 삼았
　　다. 이 영어 표현은 원래의 '후보'라는 뜻을 전혀 반영하지 못한다. 1981년판 루쉰 전집
　　의 주석에 의하면 청나라의 관제에서 직함만 있고 실제 직무는 없는 중하급 관리로서 이
　　부(吏部)에서 각 부(部)나 각 성(省)으로 추첨 배정하면 그 임용을 기다리는 것이 '후
　　보'인데, 「광인일기」의 '후보'는 청대의 그것에 해당하는 중화민국의 관직이라고 보아야
　　할 것이다.

미에서 그것들은 단순히 부정적이기만 한 것이 아니다. 이 점이 중요하다.

　김현의 말투를 「광인일기」에 적용한다면, 고통에만 빠져 있지 않기 위해 자아는 분열하여, 한 자아는 반성하고 다른 한 자아는 반성되며 또 다른 한 자아는(뒤에 숨은 채) 그 반성을 예술로 만든다, 라고 말할 수 있겠다. 그 반성의 결과 고통은 극복의 계기를 얻고 새로운 전망을 생성한다. '광인'을 작가 루쉰의 잠재적 자아이며 반성되는 자아라고 볼 때 「광인일기」의 의미는 더욱 치열해지고 풍부해진다. 앞에서도 인용했던 왕푸런의 말처럼[34] 루쉰이 "광인과 다르"며, "일생을 마칠 때까지 현실의 땅 위에 서서 이상을 위해 싸"웠고 "몸은 비록 전통과 봉건 문화 속에 처해 있었지만 새로운 문화의 출로를 찾은 문화 전사"였다고 한다면, 그것은 「광인일기」에서의 그 치열하고 풍부한 자기반성을 거쳐서 비로소 가능해진 것이다.

---

34) 전형준 편, 앞의 책, p. 239.

2부

다시 문화에서 문학으로

문화 간 번역에 대하여*
── 레이 초우와의 대화

포스트식민주의 번역 이론에 대한 일반적 고찰은 중국문학 연구자 고유의 몫이 아니다. 그러나 오늘날의 중국문학 연구는 포스트식민주의 번역 이론으로부터 적지 않은 영향을 받고 있으므로 중국문학 연구자 역시 그 고찰을 나름대로 수행하지 않으면 안 된다. 그러지 않고서는, 예를 들어, 우리가 이 글에서 대화 대상으로 삼는 레이 초우의 『원시적 열정』과 이 책에서 제기되는 여러 가지 주장들을 어떻게 받아들이는 게 적절할지 결정하기가 어렵다.

1957년 홍콩 출생으로 홍콩 대학을 졸업하고 스탠퍼드 대학에서 박사 학위를 받았으며 2005년 현재 브라운 대학 교수로 재직하면서 미디어론과 비교문학을 전공하고 있는 레이 초우[1]는 1995년에 캘리

---

* 『문학판』 2005년 가을호에 초고가 발표되었고, 수정·보완한 제2고는 『中外文學』 第406號, 臺灣大學外文系, 2006에 발표. 다시 약간 수정·보완했음.
1) 2013년 현재는 듀크 대학 교수이며 비판이론 및 문화연구 전공이라고 밝히고 있다. 영문

포니아 대학 출판부에서 『원시적 열정』을 출판했고 이 책으로 현대 어문학회MLA의 '제임스 러셀 로웰James Russel Lowell 상'을 수상했다. 이 책은 현대 중국 영화에 대한 연구이면서, 그 연구를 통해 나름대로의 포스트식민주의적 주장들을 전개하고 있다(어느 편이냐 하면 후자가 더 주된 의도라고 할 수 있다). 그런데 그 주장들 및 그 주장들에 도달하는 과정에서 수행되는 논의들에는 중국문학을 연구하는 한국 학자로서 간과할 수 없는 내용이 적지 않다. 그것들이 집중적으로 나타나는 곳은 저자가 자기 나름의 포스트식민주의 번역 이론을 전개하는 결론부이다. 이 책이 나온 지 이미 10년이 되었지만(2005년 현재) 정재서(鄭在書) 교수에 의해 한국에 번역된 지는 1년밖에 되지 않았고 그 사이에 한국 학계에 적지 않은 영향을 미쳤으므로 지금쯤은 이 책에 대한 비판적 독해가 이루어질 필요가 있다고 생각된다. 비판적 독해는 저자에 대한 비판이 될 수도 있고 '나' 자신에 대한 반성이 될 수도 있을 것이다.

『원시적 열정』을 포스트식민주의 번역 이론이라는 각도에서 보면, 얼핏 복잡해 보이는 결론부에서의 논의가 비교적 명쾌하게 정리될 수 있다.

통문화적 의사소통의 인류학적 연구가 번역 연구의 모습을 띠게 되는 것은 1980년대 중반부터였다. 탈랄 아사드Talal Asad의 소논문 「영국 사회인류학에서 문화 번역의 개념」, 요하네스 파비언Johannes Fabian의 저서 『언어와 식민 권력』, 제임스 시걸James Siegel의 『새로운 질서의 독주(獨奏)』가 그것들인데 이 소논문과 저서 들은

명은 Rey Chow, 중국명은 조우레이(周蕾).

모두 1986년에 발표되거나 출판되었다. 이 저작들은 "인류학자의 '원주민'에 대한 이해가 이전에 생각한 것만큼 그렇게 간단한 문제가 아니라는 다소 염려스러운 인식"(더글러스 로빈슨Douglas Robinson 의 표현)[2]을 공유하면서 포스트식민주의 번역 이론의 선구자 역할을 했다. 그 뒤를 이어, 빈센트 라파엘Vincente Rafael의『식민주의의 계약』(1988), 에릭 체이피츠Eric Cheyfitz의『제국주의의 시학』(1991), 테자스위니 니란자나Tejaswini Niranjana의『번역의 위치』(1992) 등이 나오며 본격적인 포스트식민주의 번역 이론이 전개되었다.

포스트식민주의 번역 이론에는 몇 가지 서로 다른 관점이 존재한다. 더글러스 로빈슨이 그 관점들에 대해 행한 요령 있는 정리를 간략히 소개하면 다음과 같다.[3]

첫째, 번역을 "해롭고 치명적인 제국의 도구"로 여기는 관점(체이피츠): 헤게모니 문화가 주변 문화를 번역한다는 것은 주변 문화의 텍스트를 자국의 용어로 번역함으로써(자국화 번역) 문화의 차이를 없애는 것(주변 문화의 파괴)이라고 본다. 이 관점은 흔히 번역 이전의 원주민 세계는 선이고 번역하는 식민 권력은 악이라는 원주민주의와 결합되며, 논리를 끝까지 밀고 나가면 번역의 거부에 도달하게 된다.

둘째, 탈식민화decolonization에 긍정적으로 작용하는 번역이 가능하다고 여기는 관점(니란자나): 자국화 번역에 반대하고 외국화(外國化) 번역을 주장한다. 외국화 번역은 슐레겔Schlegel 형제,

---

2) Douglas Robinson, *Translation and Empire*, Manchester: St. Jerome Publishing, 1997:『번역과 제국』, 정혜욱 옮김, 동문선, 2002, p. 14.
3) 같은 책, pp. 166~77 참조.

괴테Goethe, 슐라이어마하Schleiermacher, 훔볼트Humboldt에서
벤야민Benjamin에 이르기까지 독일 낭만주의 전통에서 유래하는
신직역주의(축어역, 단어 대 단어의 번역)와 연결된다. 이 관점은 외
국화 번역이 차이와 다양성을 보존하고 드러낼 것이라 기대하며 '의
사소통의 저지'를 중요시한다.

　셋째, 번역이 적응과 저항을 동시에 할 수 있다고 보는 관점(라파
엘) : 라파엘의 경우, 초기 스페인 치하의 필리핀에서 피식민지 타
갈로그Tagalog족이 주로 기독교 개종과 관련하여 스페인어의 단어,
구, 그리고 개종과 같은 문화적 실천들을 유희적으로 오역한 데 대
해 검토한다. 이는 앞의 두 관점이 식민지 문화(주변 문화)를 종주
국 문화(헤게모니 문화)가 번역하는 데 주목하는 것과는 달리 그 역
의 경우를 제시했다. 또한 이 관점은 이미 잡종성 문제를 건드리고
있다. 언어의 잡종성에 주목하면 크리올Creole어, 이중 언어가 대
두된다.

　『원시적 열정』의 결론부 첫머리에서 레이 초우는 "중국의 영화감
독들이 '중국인' 관객보다는 '외국의' 관객에 영합하고 있다고 비난
하는 비평가들은 중국문화의 어떤 '원래의 본질'을 우선시하고 있는
것은 아닐까?"[4]라는 물음을 제기한다. 이 물음에 이어지는 논의는
위에서 살펴본 첫번째 관점에 입각해 있다. 즉, 서양에 의한 문화 번
역은 불평등한 관계 속에서 비서양의 문화를 변형시키는데, 이는 문
제라는 것이다. 그러나 중국 비평가들의 비난에 대해서는 동의하지
않는다. 왜냐하면 그 비판은 "방어적인 토착주의defensive nativism

---

4) Rey Chow, *Primitive Passions*, New York: Columbia Univ. Press, 1995, p. 176. 이하,
　이 책에서의 인용은 인용문 뒤의 괄호 속에 영문판 쪽수를 표기하기로 한다. 한글 번역은
　『원시적 열정』, 정재서 옮김, 이산출판사, 2004의 번역을 따르는 것을 원칙으로 했다.

에서 나온 것"(178)이며 문화 번역 전체에 대한 저항이기 때문이라는 것이다. 이는 위에서 살펴본바 첫번째 관점이 지닌 원주민주의와 번역 거부의 태도에 대한 지적이라 할 수 있다. 그런데 우리가 주목해 둘 것은, 앞의 첫번째 관점은 서양인에 의한 비서양 문화의 번역을 보는 것인 데 반해, 레이 초우가 예로 든 장이모우(張藝謀) 영화는 중국인에 의한 문화 생산물이라는 점이다. 포스트식민주의 번역이론의 입장에서 보면 장이모우 영화가 주변화된 문화의 구성원들이 쓸 수밖에 없는 '번역하기 위한 글'에 해당할 수는 있겠지만 그것이 자체로 '번역'인 것은 아니다. 또한 첫번째 관점에서 나타나는 원주민주의와 번역 거부는 그런 관점을 지닌 서양인의 그것이지 원주민의 그것이 아닌데, 레이 초우가 말하는 토착주의와 번역에 대한 저항은 '원주민'의 그것이다. 왜 이렇게 되는지는 뒤에 가서 밝혀질 것이다.

　결론부 세번째 절(「번역 그리고 기원의 문제」)과 네번째 절(「'문화적 저항'으로서의 번역」)에서 레이 초우는 기본적으로 앞의 두번째 관점에서 살펴본 외국화 번역의 입장에 서서 번역론을 전개한다. 외국화 번역의 주된 논자인 니란자나는 「번역가의 과제」라는 글[5]에 개진된 벤야민의 축어역 개념을 자신의 재번역 전략에 채용하며 축어역을 통해 의사소통을 저지시킬(혹은 의사소통에서 물러날) 것을 주장했다. 그러나 레이 초우는 니란자나와는 반대로 축어역을 통해 '전달 가능성'과 '접근 용이성'이 생겨난다고 본다. 어떻게 그럴 수 있는가. 축어역을 통해 대리보충supplement이 이루어지기 때문이라는 것이 레이 초우 주장의 논리적 핵심이다. 레이 초우에 의하면 오리지널은 자기차연self-différance이고 번역은 대리보충이다. 오

---

5) 1923년에 벤야민은 보들레르의 『파리의 풍경Tableaux Parisiens』을 독일어로 번역하여 출판했는데, 이 번역서의 서문으로 씌어진 것이 바로 「번역가의 과제」이다.

리지널을 자기차연으로 파악하는 것은 폴 드 만Paul de Man 같은 해체주의자들과 견해를 같이 하는 것인데, 번역이 대리보충이라는 것은 벤야민과 데리다를 자기 나름대로 연결시킴으로써 가능해진 새로운 발상이다. 오리지널에 결여되어 있는 것, 결여되어 있지만 '의도intention'로서 잠재되어 있는 것, 오직 대리보충에 의해서만 파악될 수 있는 것이 번역에 의해 파악 가능해진다는 것이다. 폴 드 만의 번역론이 오리지널의 자기차연에만 집중하는 데 비해 레이 초우는 번역의 대리보충 작용에도 주목한다는 점에서 양자는 확실히 구별된다. 이 발상이 겨냥하는 것은, 첫째, 일종의 소통 가능성을 확보하려는 것이다. 이는 외국화 번역 이론이 '소통의 저지'를 강조하는 것과는 정반대의 방향을 바라보고 있다. 둘째는 오리지널과 번역이라는 이항대립 자체를 해체하려는 것이다. 이 이항대립은 오리지널의 안정성(혹은 원본성, 순수성)을 전제하고 있다. 자국화 번역이 오리지널을 훼손시키는 것이나 외국화 번역이 오리지널을 보존하려 하는 것이나 그 이항대립 속에 들어 있다는 점에서는 마찬가지가 된다. 여기서 레이 초우가 말하고 싶은 것은 오리지널, 즉 타자의 진정한 역사, 문화, 언어라는 것 자체의 불안정성이다. 말하자면 번역에 의한 훼손 이전에 오리지널 자체가 이미 훼손되어 있다는 것이다. 그리하여 파비언에게서 원용해온 '동시대성coevalness' 개념이 주장된다. 동양과 서양, 오리지널과 번역이라는 두 항의 대립을 뛰어넘는 것, "두 항을 모두 현대세계문화에 참가할 자격을 갖춘, 실리적이면서도 십중팔구는 똑같이 부패하고 똑같이 퇴폐적인 참가자로 보는 것"(195)이 필요하다는 것이다. 이 말을 쉽게 바꾸면, 레이 초우 자신이 인용한 디페시 차크라바르티Dipesh Chakrabarty의 말, 즉 인도를 예로 삼을 때, "'유럽'을 분해함과 동시에 '인도'를 문제화해야 한다"(195)는 말과 같아진다.

이상으로 포스트식민주의 번역 이론의 두 관점과 레이 초우의 관계는 대강 드러난 것 같다. 『원시적 열정』에서는 세번째 관점과 레이 초우의 관계는 거의 나타나지 않는다. 그 대신에 레이 초우는 독특한 번역 이론의 구축으로 나아간다.

레이 초우가 보기에 외국화 번역 이론이(즉 니란자나가) 오리지널과 번역이라는 이항대립(그 불균형하고 위계적인 권력관계)을 뛰어넘지 못하는 것은 번역을 문학 및 문자문화의 장에 한정시키고 있기 때문이다. 그리하여 레이 초우는 번역 개념을 문화 간 번역으로 확대할 것을 주장한다. 문화 간 번역에 대한 레이 초우의 설명은 두 군데에 자세히 나온다. 하나는 여섯번째 절(「쇠약, 유동성 그리고 세계의 우화화」)에서,

이제는 문화번역을 단지 언어단계에서의 번역, 서양언어와 동양언어 사이의 번역으로만 이해할 수는 없다. 그보다는 오히려 문화번역은 어떤 특정 언어 혹은 표상의 형식으로는 통합할 수 없을지도 모르는 다양한 기호 체계를 전개하는 서로 다른 사회집단 사이의 공시적인 교환과 투쟁으로 재고될 필요가 있다. 따라서 문화번역 혹은 여러 문화 사이의 번역을 고찰하기 위해서는 언어와 문학언어를 넘어서 라디오, 영화, 텔레비전, 비디오, 팝뮤직 같은 미디어의 각종 사상(事象)을 포함시켜서 생각해야 할 것이다. (196~97)

라고 말하는 장면이고, 다른 하나는 두번째 절(「보여지는 것의 중요성」)에서 토마스 엘제서Thomas Elsaesser의 뉴저먼시네마에 대한 연구를 인용한 뒤,

엘제서의 의미심장한 문장은 영화에서 적어도 두 가지 유형의 번역이 작동하고 있음을 시사하고 있으며 이것이 결정적으로 중요하다. 첫째는 각인으로서의 번역. 즉 세대, 국가, 문화가 영화라는 미디어로 번역되거나 치환되는 것이다. 둘째는 전통의 변용 혹은 미디어 사이의 변화로서의 번역. 즉 문자로 쓰인 텍스트의 주변에서 기원하는 문화가 이미지의 지배를 받는 문화로 전환되고 번역되는 과정에 있다는 것이다. (182)

라고 말하는 장면이다.

이렇게 되면 문화 간 번역이라는 것은 다중적 의미를 갖게 된다. 한 나라의 문화와 다른 나라의 문화 사이의 번역이라는 전통적 의미도 가지면서, 문자문화의 산물인 소설이 시각문화의 미디어인 영화로 전환되는 경우도 포함하고, 마지막으로 세대, 국가, 문화가 영화라는 미디어로 전사(轉寫)되는 것까지를 포괄한다. 『원시적 열정』에서 다룬 현대 중국 영화들은,[6] 그중 상당수가 소설을 영화로 전환한 것이기는 하지만, 주로 세번째 의미에서의 번역으로 상정되고 있다. 포스트식민주의 번역 이론이 논의하는 번역은 비서양 언어와 문화를 서양 언어로 번역하는 문제인 데 반해, 현대 중국 영화를 통해 레이 초우가 말하는 번역은 중국인에 의해 중국의 세대, 국가, 문화가 영화로 번역되는 문제인 것이다.

레이 초우는 다시 벤야민을 빌려 이 영화라는 번역의 특성을 아케이드 개념으로 설명한다: "벤야민의 말처럼 '축어성'은 하나의 아케

---

6) 「신녀(神女)」「오래된 우물(老井)」「황토지(黃土地)」「아이들의 왕(孩子王)」「붉은 수수밭(紅高粱)」「국두(菊豆)」「홍등(紅燈)」 등이다.

이드이며, 통로인 것이다."(200) 아케이드란 상품이 전시된 상가의 통로이다. 앞에서 살펴보았듯이, 벤야민의 축어성을 외국화 번역 이론에서는 '의사소통의 저지'라고 보는 데 반해, 레이 초우는 전달 가능성과 접근 용이성으로 본다. 말하자면 외국화 번역 이론이 보기에 아케이드는 다만 전시할 뿐 전달하지는 않는 것이고, 레이 초우가 보기에 아케이드는 전시함으로써 전달과 접근을 가능하게 해주는 것이다. 자국화 번역 식의 의사소통을 거부하는 입장에서 전자의 관점이 나오고, 자국화 번역에 반대하지만 자국화 번역 비판자의 번역 거부에 대해서도 반대하는 입장에서 후자의 관점이 나온다. 또한 전자는 언어에 관한 규정이고 후자는 영화에 관한 규정이라는 점에서도 차이가 있다(사실 벤야민이 이 말을 했을 때는 언어에 대해서 말했던 것이지만). 대사라는 부분이 남아 있기는 하지만 이를 제외하면 영화는 언어와 관계없이 관객에게 자신을 직접적 시각의 대상으로 내놓는 것이고, 그렇기 때문에 이 아케이드—전시에서 전달과 접근의 가능성이 강조될 수 있다. 그렇다면 현대 중국 영화라는 번역의 아케이드가 전시하는 것은 무엇인가. 레이 초우는 그것은 여성이라는 원시적 존재라고 말한다: 이 존재는 "부패한 중국 전통을 폭로"함과 동시에 "서양의 오리엔탈리즘을 패러디"한다(202); 즉, 이 영화에 기록되는 대상은 "단지 '제3세계'가 아니라 서양의 타자의 눈에 비친, 서양의 타자의 수공품에 반영된 서양 그 자체"(202)이다. 이는 '동시대성' 개념에 입각하여 동양과 서양이라는 이분법을 넘어서서 수행된 해석이다. 이 해석을 수긍하고 보면, 중국 비평가들의 비난은 부적절한 것이 되고 이 영화에서 중국의 야만성만을 보는 서양 관객의 반응 또한 부적절한 것이 된다.

현대 중국 영화에 대한 레이 초우의 결론적 해석은 충분히 존중할 만하고 그 통찰력을 인정하는 데 인색할 필요가 없다고 생각된다. 그러나 그 결론에 도달하기 위해 저자가 거쳐가는 과정에서 나타나는 여러 부분적인 논의들은 우리(즉, 중국문학을 연구하는 한국 학자)가 동의하기 어려운 점들을 많이 포함하고 있다. 냉정히 말하자면 이 결론을 도출하기 위해 그런 과정이 반드시 다 필요한 것인지를 의심해볼 수도 있다. 나는 몇 가지 물음을 제기해보겠다.

1) 문학 및 문자언어는 서양 지배의 기초이고 그 자체 폭력의 구조, 불평등의 구조를 지닌 것이며 오리지널과 번역의 이분법에 갇혀 있는 것인가? 반대로 영화 및 시각문화는 서양 지배의 기초를 약화시키는 데 기여하고(혹은 기여할 수 있고) 폭력의 구조, 불평등의 구조를 넘어선 것(혹은 넘어설 수 있는 것)이며 오리지널과 번역의 이분법을 벗어난 것(혹은 벗어날 수 있는 것)인가? 나는 문학 및 문자언어와 영화 및 시각문화의 이러한 구별에 동의할 수 없다. 레이 초우의 중요한 전제는 문학은 근대의 폭력적 구조에 갇혀 있고(문자라는 것이 본래적으로 그러하므로) 영화는 그 구조를 벗어나 있거나 벗어날 수 있다(시각적 제시라는 것이 본래적으로 그러하므로)는 것, 그리고 포스트모던 시대에 문학은 영화로 대체되고 있다는 것이다. 여기서 근대문학과 전(前)근대문학은 한통속으로 취급된다. 그러나 나의 견해는 다르다. 나는 전근대문학과 근대문학의 구별이 중요하고, 근대문학 안에서도 보들레르 이전과 이후의 구별이 중요하고, 근대문학과 영화는 둘 다 똑같이 근대적인 것이며, 둘 다 똑같이 탈(脫)근대적인 것이 될 수 있다고 생각한다. 또 문학과 영화는 대체 관계나 대립 관계에 있는 것이 아니라고 생각한다. 빵과 국수는 대체 관계이지만 옷과 신발은 대체 관계가 아니라고 할 때, 문학과 영

화의 관계는 전자가 아니라 후자의 관계인 것이다. 오히려 문학과 영화 사이에 일종의 동맹 관계가 성립될 수 있다고 나는 생각한다.[7] 문학과 영화 사이에는 장르의 특성상 많은 차이가 있지만 그중에서도 결정적인 차이는, 한 작품이 외국인에게 읽힐 때 문학은 언어 간 번역을 통해서만 소통될 수 있는 데 반해 영화는 언어 간 번역 없이도 소통될 수 있는 것이다(엄밀히 말하면 대부분의 영화에서는 언어 간 번역, 즉 더빙이나 자막 없이는 온전한 소통이 이루어질 수 없는 것이지만 이 문제는 일단 차치하기로 하자). 그러나 이 차이가 문학과 영화를 레이 초우식으로 구별 짓는 충분한 근거가 된다고는 생각할 수 없다. 이 차이가 의미 있는 것은 작품(진부한 말이지만 사용할 수밖에 없겠다)과 독자 혹은 관객과의 소통에서일 뿐이다. 오리지널과 번역의 문제는 전혀 다른 문제이다. 왜냐하면, 문학의 경우 오리지널이 A언어로 씌어졌고 번역이 B언어로 이루어지는 것을 두고 오리지널과 번역을 구분하지만, 레이 초우적 의미에서의 영화는 현실이 오리지널이고 영화가 번역이기 때문이다. 그렇다면 시각적 제시가 관객에게 직접 호소한다는 것은 언어 간 번역의 문제를 상당 정도 완화하기는 하지만 영화에서의 오리지널과 번역의 이항대립 문제를 해결하는 데는 아무런 관련이 없는 것이라고 말해야 한다.[8]

---

7) 지나는 김에 지적하자면, 레이 초우가 거듭 인용하며 근거로 삼은 벤야민이 영화에 대해 가진 주된 관심은 그 시각성이 아니라 그 대중성에 있었다고 나는 알고 있다. 「기술복제 시대의 예술 작품」(1936) 참조.

8) 결론부의 내용은 아니지만 1부의 처음 두 개의 절(「"하나의 뉴스릴이 근대중국사를 바꿨다": 오래된 이야기를 다시 말하기」와 「문학이라는 기호를 탈중심화하기」)은 루쉰(魯迅)을 예로 문학(문자문화)에서 영화(시각문화)로 문화적 중심이 이행되는 현상에 대해 자세히 논의하고 있다. 문학 연구자이며 특히 루쉰 연구자인 나로서는 결론부 못지않게 많은 대화가 필요하다고 생각되는 것이 이 부분에서의 논의다. 이에 대해서는 별도의 글에서 따로 자세히 검토해보고 싶다.

2) 다소 지엽적이라는 느낌은 있지만 그래도 검토는 해야 할 문제가 있다(오히려 더 자세한 검토가 필요할 수도 있다). 레이 초우가 사용하는 대리보충supplement이라는 말은 아무래도 이상하다. 그녀는 이 말을 데리다적 의미에서 사용하고 있는데, 엄밀히 말하면 데리다의 대리보충과 레이 초우의 대리보충 사이에는 간과할 수 없는 차이가 있다. 예컨대 "해리 존Harry Zohn에 의해 대리보충된 번역translation-cum-supplement은 벤야민 자신이 오리지널의 '의도'라고 부른 그 형식으로 오리지널에 잠복해 있는lurking 무언가를 명확히 하는 것이다"(186)라는 진술을 살펴보자. 여기서 주목할 것은 '잠복lurk'이라는 말이다. 데리다의 대리보충은 원래 없는 것을 대신하여 있게 하는 것이다. 원래 없다는 것은 현전(現前)의 상실, 현전의 부재를 말하는 것인바 이것이 '잠복'과 다르다는 것은 말할 나위도 없다. 다시 말해, 데리다에게는 본래부터 현전은 없고 대리보충만 있다. 그렇다면 오리지널에 잠복해 있는 것을 명확히 하는 것은 대리보충이라고 할 수 없다.[9] 그것은 오히려 통상적 의미에서의 '보충'이라는 뜻에 가깝다. 데리다에게 의미는 항상 차연이고 대리보충이다. 그러므로 오리지널도 차연이자 대리보충이며, 번역도 차연이자 대리보충이라고 말하는 게 데리다의 본의에 맞을 것이다. 레이 초우가 대리보충이라는 말을 굳이 이렇게 사용한 것은 소통의 저지에 반대하여 번역의 전달 가능성, 접근 가능성을 확보하고, 오리지널과 번역의 위계적 관계를 역전시키거나 해체하고자 했기 때문이라고 생각되지만, 그렇더라도 용어 사용이 지나치게 자의적이라는 혐의로부터 자유로울 수는 없다. 오리지널에 잠복해 있는 것

---

9) 예를 하나 더 들자면, "이 중요한 교차점에서 민족지에 대한 우리의 논의는 번역의 이론에 의해 대리보충되어야 한다"(181)라는 진술도 마찬가지로 적절하지 않다.

('의도')을 명확히 한다는 발상은 벤야민의 번역론에 대한 나름대로의 해석에서 비롯된 것이고 그것을 데리다의 대리보충 개념과 연결 지은 것은 레이 초우 나름의 논술 전략에서 비롯된 것이라고 할 수 있을 것이다. 그러나 그 전략은 적절치 않아 보이고, 나아가서는 벤야민 해석 자체도 조심스럽게 점검될 필요가 있을 것 같다. 벤야민이 말한 '의도'는 일반적으로 말하는 '의미'나 '내용'과 같은 것이 아니다. 그것은 '순수 언어'라는 벤야민의 개념과 관계된다. 「번역가의 과제」라는 벤야민의 글은 사실을 말하자면 번역론이라기보다는 언어철학 에세이라고 해야 한다. 레이 초우가 말하는 '잠복해 있는 무언가'는 뒤에 개진되는 논의를 보면 현대 중국 영화에서 제시되는 '여성이라는 원시적 존재'가 그 예가 되는 그런 종류의 것이다. 그러나 벤야민이 말하는 '의도'는 바로 '순수 언어'이다: "오히려 역사를 초월하는 모든 언어 상호간의 이러한 친화성은 하나의 전체로서 각각의 언어 속에 놓여 있는 의도, 다시 말해 각각의 개별적 언어 그 자체로서는 실현될 수 없고, 각 언어 상호간의 상호작용을 통한 총체성에 의해서만 획득될 수 있는 언어 그 자체에 내재하는 의도 ─ 우리는 이를 순수한 언어라고 부를 수 있을 것이다 ─ 속에서만 찾아질 수 있다."[10] 다음 두 대목은 레이 초우 자신도 인용한 것인데 (188, 187), 이 인용들은, 벤야민에 대한 해체론적 읽기, 특히 번역을 오리지널의 해체로 파악하고 번역의 실패는 오리지널에 이미 존재하고 있던 실패라고 보는 폴 드 만을 반박하고 번역이 대리보충임을 입증하기 위해 채택한 것이지만, 실제로 우리가 여기에서 보는

---

10) 강조 인용자. 이 부분의 한글 번역은 독일어 원문을 텍스트로 삼은 독문학자 반성완(潘星完) 교수의 번역이다. 『발터 벤야민의 문예이론』, 민음사, 1983, p. 324: Walter Benjamin, *Illuminationen*, Frankfurt am Main: Suhrkamp, 1977, p. 54.

것은 무슨 데리다적 의미의 '대리보충'이나 레이 초우적 의미의 '의
도'가 아니라 벤야민의 신비주의적 언어철학이다: "번역은 오리지
널의 의미를 똑같이 닮게 하는 대신에 오리지널의 의미작용 양식을
애정을 가지고 또 세부에 이르기까지 자기 안에 편입시켜야 한다.
그리하여 오리지널과 번역 양자가 마치 그릇의 파편들이 그릇의 일
부인 것처럼 하나의 보다 큰 언어의 파편으로 인식되도록 해야 한
다";[11] "번역자의 과제는 번역자 자신의 언어에서 다른 언어의 마법
에 걸려 있는 순수 언어를 해방시키고, 작품 속에 갇혀 있는 언어를
그 작품의 재창조를 통해 해방시키는 것이다".[12] 레이 초우에 의해 인
용되지는 않았지만, 위의 두 인용문 사이에서 벤야민은 또 이렇게 말
하기도 했다: "이에 반해 의미라는 면에서 보면, 번역의 언어는 그 자
신의 전개를 통해 원문의 의도intentio를 의미의 재현으로서가 아니
라 조화harmonie로서, 그 의도가 전달되는 언어의 보완Ergänzung
zur Sprache으로서, 의도의 고유한 형태를 울려 퍼지게 할 수 있고,
해야 한다".[13] 이 대목의 Ergänzung을 어떻게 번역할 것인가. 독일
어 Ergänzung은 영어의 complement(내적 보완)와 supplement(외
적 보충) 두 가지 뜻을 다 갖는다. 해리 존은 이 대목의 Ergänzung은
supplement로 번역했는데, 바로 다음에 나오는 "Sprachergänzung
에 대한 위대한 동경"이라는 구절에서는 linguistic complementation

---

11) 이 부분은 레이 초우가 인용한 영문판(Walter Benjamin, *Illuminations*, Translated by
    Harry Zohn, New York: Schoken Books, 1985, p. 78)의 정재서 번역임(한글판
    p. 281).

12) 강조 인용자. 이 부분 역시 레이 초우가 인용한 영문판(같은 책, p. 80)의 정재서 번역
    임(한글판 p. 279).

13) 이 부분은 독일어 원문에서 번역했다. Walter Benjamin, *Illuminationen*, Frankfurt
    am Main: Suhrkamp, 1977, p. 59.

이라고 번역했고 이 번역을 레이 초우가 그대로 인용하기도 했다
(185). 나는 내용상으로 보아 내적 보완이라는 뜻의 complement가
더 적합한 역어라고 생각하지만, 설사 supplement라는 역어를 사
용한다 하더라도 그 뜻은 데리다적 의미의 대리보충이 아니라 통상
적 의미의 보충이 되어야 할 것이다. 요컨대 벤야민의 번역론은 문
자 그대로의 의미에서 번역론이 아니라 언어철학(그것도 신비주의적
언어철학)이고, 따라서 여기에서 '원작에 잠복해 있는 무언가(예를
들어 '원시적 존재')의 전달 가능성'을 보는 레이 초우나 '소통의 저
지'를 보는 니란자나나 모두 단장취의 내지 견강부회를 범했다는 혐
의로부터 자유로울 수 없다. 오히려 데리다가 벤야민의 언어철학을
정확하게 바라보고 있다. "이 조화accord가 일어나지 않는 한, 순수
언어는 'noyau'의 l'intimité nocturne 속에 숨은 채로, 감추어진 채로,
감금된 채로 남아 있다. 오직 번역만이 그것을 나타나게 할 수 있다"[14]
라는 데리다의 진술은 벤야민 번역론의 핵심이 순수 언어임을 정확히
지적하고 있고, "번역은 이 양식들(modes: 의도의 양식들——인용자)
사이에서 보완complémentarité이나 '조화harmonie'를 찾고, 생산
혹은 재생산해야 한다"[15]라는 데리다의 진술은 supplémentarité가
아니라 complémentarité라는 불어 단어를 사용하고 있다.[16]

　3) 레이 초우식으로 번역 개념을 확장하는 것이 적절하며 유효한
지 되돌아볼 필요가 있을 것 같다. 문학작품을 영화화하는 것을 번역

---

14) Jacques Derrida, "Des Tours de Babel," *Psyché: Inventions de l'autre*, Paris: Galillée,
　　1987, p. 233.
15) 같은 책, 같은 곳.
16) 데리다는 Ergäzung의 불어 번역어로 complémentarité와 supplémentarité를 병용했다.
　　예컨대 같은 책 같은 곳에서 Sprachergänzung을 supplémentarité linguistique로 옮기
　　기도 했다.

이라고 부르는 게 적절한지도 약간 의심스럽지만, 특히 현대 중국 영화를 중국인에 의해 중국의 세대, 국가, 문화가 영화로 번역된 것이라고 본다면 모든 문화 생산물은 다 번역이 되어버린다. 이렇게 되면 번역 아닌 것이 어디 있겠으며, 역으로 번역이라는 말이 무슨 의미를 갖겠는가(우리는 한때 모든 것을 다 리얼리즘이라고 부름으로써 역으로 리얼리즘을 말살시킨 쓰디쓴 경험이 있다). 엘제서는 'transcription'이라는 말과 'translate'라는 말, 그리고 'change'라는 말을 병용했는데(번역자 정재서 교수는 이것들을 각각 전사, 번역, 이행으로 옮겼다), 레이 초우는 엘제서를 인용한 뒤 그중 translate라는 말을 선택한다. 재현의 성립 가능성을 부정하는 입장에서는 재현은 물론 반영이라거나 형상화, 표현 등의 말을 사용하는 것 또한 용인될 수 없을 것이므로 대신 번역이라는 말을 사용하는 것도 안 될 것은 없지만, 이 경우 언어 간 번역은 말할 것도 없고 소설에서 영화로,라는 일종의 문화 간 번역과도 엄밀히 구별해야 할 것이다. 영화가 현실의 번역이라고 할 때 이 번역의 문제를 해결하고서 그것으로 언어 간 번역이나 문화 간 번역의 문제를 해결하거나 해결했다고 생각하는 것은 적절하지 않다. 레이 초우는 양자를 같은 범주 속에 넣고 뒤섞어 논의함으로써 범주 착오의 오류를 범했다.

4) 언어 간 번역에서 레이 초우가 검토하는 것은 전부 서양의 언어로 비서양의 문화를 번역하는 경우들이다. 포스트식민주의 번역 이론 대부분이 그러하므로 이는 그다지 이상한 일은 아니다. 그러나 앞에서 살펴봤듯이 포스트식민주의 번역 이론의 세번째 관점에서는, 라파엘의 경우에 보듯, 비서양의 언어로 서양의 문화를 번역하는 경우를 논의한다(그리고 이 논의에는 우리가 귀를 기울일 만한 많은 성찰들이 들어 있다). 레이 초우는 이 관점에 대해서는 언급하지

않거나 슬쩍 건드리고 지나가며, 대신 자신의 문화 간 번역(언어의 차이가 문제되지 않고 동서의 대립이 문제되지 않는)이라는 논제로 건너뛴다. 더구나 중국문학을 연구하는 한국 학자의 입장에서 중요한 문제가 되는 한국어로(즉 비서양 언어로) 중국의 문학과 문화를(즉 비서양의 문학과 문화를) 번역하는 일은 레이 초우의 시야에는 아예 존재하지 않는다. 포스트식민주의 번역 이론이 불평등 관계를 전제한 번역을 전문적으로 고찰하는 것이기 때문에 이는 일견 자연스러운 일이라 할 수 있다. 그러나 포스트식민주의 번역 이론이 자신을 번역 일반 이론으로 세우려 한다면 동서 간의 번역만이 아니라 동 내부의 번역과 서 내부의 번역에 대해서도 고찰하지 않으면 안 된다(레이 초우가 그토록 많이 인용한 벤야민의 번역론은 실제로 어떤 경우를 상정한 것인지 돌이켜볼 필요가 있다). 꼭 일반 이론화라는 목적이 아니더라도 그 자신에 대한 반성을 위해 이 고찰은 필요하다.

5) 4)와 관련하여, 번역자의 신분을 문제 삼는 흥미롭기도 하고 의아스럽기도 한 대목을 살펴볼 필요가 있겠다. "우리는 하나의 언어를 '오리지널'이라고 부르고, 또 하나를 '번역'(오리지널이 아닌 '파생적인'이라는 의미에서)이라고 부른다. 이 용어법이 은폐하는 것은 그 '오리지널이 아닌' 언어가 번역자의 '토착어native tongue' ─ 오리지널 언어─일지도 모른다는 사실이다. 그리고 그런 번역자에 의한 번역은 실제로 그녀의 토착/오리지널 언어가 아닌 '원작 original의 언어'를 그녀의 '토착' / '오리지널' 언어로 치환하는 것을 필연적으로 수반할지도 모른다는 것을 은폐한다."(183) 여기서 레이 초우가 "……일지도 모른다"라고 말하는 것이 실은 대부분의 번역에 나타나는 일반적 양상이지 않은가? 자국화 번역이든 외국화 번역이든 그것들은 모두 번역자에게 외국어로 되어 있는 오리지널

을 번역자의 모국어로 번역하는 문제인 것이다. 다시 말해 번역자가 오리지널의 언어를 자신의 오리지널 언어로 바꾸는 것이 일반적이라는 것이다(심지어는 라파엘이 예로 든 타갈로그족의 경우에도 그러하다). 자신의 오리지널 언어로 된 원작을 외국어로 번역하는 성공적인 예를 나는 별로 보지 못했다. 나 자신도 중국어로 된 원작을 나의 모국어인 한국어로 옮기는 일은 해도 그 역은 하지 못한다. 공교롭게 오리지널이라는 말이 같이 사용되어서 그렇지, 원작의 오리지널과 번역자의 모국어라는 의미에서의 오리지널은 서로 층위가 다른 개념이다.

6) 현대 중국 영화가 서양 관객에게 보여주기 위해 만들어진 것인가? 국제영화제에 출품하거나 외국 시장에 수출하는 경우 서양인이 주요 관객이 되기는 하겠지만 그 이전에 그 영화들이 상정하는 일차적 관객은 중국인 자신이다. 설사 그 영화들이 중국 국내에서 상영금지가 된다 하더라도, 또 외국에서 먼저 인정받고 뒤에 중국에서 재평가된다 하더라도 말이다. 심지어 국제영화제에서의 수상을 노리고 제작되는 경우에도 서양 관객에게 보여주기 위해서만 만들었다고 단순히 규정짓기는 어렵다. 장이모우의 경우에는 확실히 서양 관객에게 보여준다는 의도가 있었다고 할 수 있지만, 그렇다고 그 영화의 모든 것들을 그 의도의 소산으로만 보는 것은 적절하지 않으며 그 의도 바깥에 있거나 그 의도를 넘어서는(심지어 그 의도를 배반하기도 하는) 많은 것들이 더 중요한 것이다. 「오래된 우물」이나 「아이들의 왕」 같은 경우는 더 말할 나위도 없다. 이 영화들을 서양 관객에게 보여주기 위해 만들었다고 생각하는 것 자체가 이미 서양중심주의의 발로가 아닐까. 이 서양중심주의가 지독히 심해지면 가령 영화 「붉은 수수밭(紅高粱)」의 원작 소설인 모옌(莫言)의

『붉은 수수 가족(紅高粱家族)』조차 서양 관객을 위해 씌어졌다고 말하는 우스꽝스러운 사태까지 생겨날 수 있다. 아니, 실제로 이미 그렇게 말하고 있는 것인지도 모른다. 소설은 서양인에게 보여주기 위한 것이 아니었지만 영화화하는 과정에서 장이모우가 서양인에게 보여주기 위한 것으로 바꾸었다,라는 항변이 예상되지만 이 항변에는 결정적인 맹점이 존재한다. 영화 「붉은 수수밭」의 몫이 아니라 소설 『붉은 수수 가족』의 몫인 것을 두고 서양인의 시선에 자신을 보여주기 위한 것으로서 해석할 때 그 해석은 실제로 영화와 함께 소설까지 서양 관객을 위해 씌어진 것으로 만들어버리는 것이다.

7) 현대 중국 영화를 자기 민족지로 파악하는 것도 6)의 서양중심주의와 관계된다. 서양인에 의한 민족지에 반대하고 자신의 주관적 기원에서 출발하여 자기 민족지를 쓰는 일은 물론 가능한 일이다. 그리고 그 자기 민족지 쓰기에서 영화는 매우 훌륭한 미디어가 될 수 있을 것이다. 앞에서 살펴본 것처럼 그것은 시각 위주의 양식임으로 해서 상당히 큰 장점을 가질 수 있다. 그러나 대부분의 현대 중국 영화는 자기 민족지로서 만들어진 것이 아니다. 마치 미국 영화나 프랑스 영화가 자기 민족지로서 만들어진 것이 아닌 것처럼 말이다. 서양인의 눈이 그것을 자기 민족지로 읽는 것일 따름이다. 서양인의 눈에 비서양의 문화 생산물 중 흥미로운 것은 민족지뿐이란 말인가. 나는 요즘 문화연구에서 유행하고 있는 민족지 개념이 못마땅하다. 그 개념 자체가 이미 일종의 식민주의적 폭력을 포함하고 있는 것처럼 느껴진다. 이 개념은 제3세계의 문화적 생산물 중 민족지 개념에 포섭되지 않는 것은 배제하고, 민족지 개념에 포섭될 수 있는 것은 그것이 지닌 다른 측면들을, 많은 경우 이 다른 측면들이 더 중요함에도 불구하고, 삭제해버리고 오직 민족지적인 측면에만

주목하게 만든다. 설사 서양인들에게는 그것이 관심이고 취향이라고 양해한다 하더라도, 제3세계 사람들 자신이 그 개념에 흡수되어서는 안 된다고 나는 생각한다.

8) 레이 초우는 중국의 비평가들을 '토착주의적 비평가'라고 부르고 있다. 민족주의적(그것도 민족주의 우파적인) 성향이 강한 경우를 토착주의적이라고 부르는 것은 일리가 있다. 그러나 중국에 토착주의적 비평가만 있는 것은 아니다. 이렇게 이의를 제기하면, 중국에는 토착주의적 비평가와 서양화된 비평가 두 종류가 있다,라는 답변이 돌아올 것이다. 하지만 사태는 그렇게 단순하지 않다. 중국 내의 비평에는 여러 이질적인 경향들이 공존하거나 혼합되어 있다. 그것을 토착주의적 비평가와 서양화된 비평가로 이분하는 것은 그 자체 서양중심적 시각이다. 만약 중국 학자가 이렇게 항변한다면 그 항변 자체도 일종의 토착주의로 몰리기 쉬울 것이다. 하지만 나는 중국 학자가 아니라 한국 학자이다. 이렇게 말하면 '너는 한국의 경우를 중국에 투영하고 있다'라는 답변이 돌아올는지 모르겠다. 최근 한국에서 유행했던 농담 중에 비슷한 사례가 있다. 세상에는 술 마시는 사람과 술 마시지 않는 사람 두 종류가 있다는 식의 농담. 이 농담은 말하자면 음주를 세상을 보는 유일하고 절대적인 기준으로 설정(물론 아이러니컬하게 설정한 것이지만)하는 데서 성립된다. '토착주의'라는 개념 자체가 그 개념으로 규정되는 사람들에게서 발언권을 박탈해버리거나 그들 발언의 정당성을 원천적으로 손상시켜버릴 수 있다는 점에 주의하지 않으면 안 된다.

9) 내가 가장 놀란 것은 "이 불평등은 고전적 인류학이 작동하기 위한 전제조건이며, 우리가 서양의 '타자'에 접근하는 유일한 방법이 되었다"(177)는 진술이다. 여기서 '우리'는 누구인가. 아주 좁게

는 서양의 백인 남성이겠지만, 레이 초우 자신이 그 속에 포함되는 것일 터이므로 아마도 서양 사회에 편입된 제3세계 출신의 학자까지 포함하는 서양인일 것이다. 그렇다면 여기서 레이 초우는 서양인의 정체성에 입각해서 발언하고 있는 것이다. 물론 레이 초우는 그 불평등이나 고전적 인류학에 찬성하는 것이 아니고 오히려 그에 반대하며 그것을 극복하고자 노력하는 입장에 서 있고, 위에 인용한 진술도 그런 입장에서 나온 진술이다. 하지만 그 '우리'라는 인칭은 고전적 인류학의 작동자들이나 그에 반대하는 포스트식민주의 주창자들을 하나로 묶어준다. 여기서는 제3세계 사람들과의 구별이 더 중요하지 제1세계 안에서의 입장의 구별은 '우리'라는 인칭에 의해 포괄될 수 있는 것이고, 레이 초우는 그 '우리' 속에 들어 있는 것이다. 레이 초우 자신은 서양에 속하지 서양의 타자에 속하지는 않는 것이다. 이 발언 뒤에 레이 초우의 고뇌가 숨어 있는 것일까. 이는 미국 학계에서 제3세계 출신 지식인(즉 이른바 디아스포라 지식인)이 살아남기 위한 전략의 소산일까. 그들은 경계에 있으면서 제1세계에 대해 말할 때는 디아스포라의 입장에서 말하고, 제3세계에 대해 말할 때는 제1세계의 입장에서(제1세계의 자기반성 기능이 살아 있음을 입증해주는 일종의 알리바이로서) 말하는 것이 아닐까. 어쩌면 미국에서 행해지는 포스트식민주의 담론 중 다수는 국제적 불평등 관계를 비판하고 극복한다는 명분 아래 실제로는 비서양에 대해 무장해제를 관철시키려는 것일지도 모른다는 의심이, 문득, 든다. 가령 니란자나에 대한 레이 초우의 다음과 같은 논평은 이런 맥락에서 음미해볼 만하다. "니란자나의 의도가 정치적으로 통찰력 있는 것임에도 불구하고, 그녀의 작업은 서양과 동양 사이의 불균형적이고 위계적인 권력관계를 역전시키는 데는 성공했어도 '오리지널'과

'번역' 사이의 불균형적이고 위계적인 권력관계를 역전시키는 데는 실패했다."(192) 그 실패의 이유를 레이 초우는, 앞에서 지적했듯이, 문학 및 문자언어의 장에 국한되었기 때문이라고 설명한다. 그러나 그 이유가 무엇인가를 따지기 이전에 그 역전에 실패했다는 것이 무엇을 의미하는지를 살펴볼 필요가 있다. 니란자나가 다룬 오리지널은 동양이고 번역은 서양이다. 종래의 자국화 번역이 한편으로는 동양을 서양에 복종시켰고 다른 한편으로는 오리지널을 번역에 복종시켰다면, 니란자나의 외국화 번역은 그 복종을 거부하고 동양/오리지널의 권리를 회복시켰다고 할 수 있다. 라파엘의 경우에는 니란자나와 달리 서양이 오리지널이고 동양이 번역이다. 타갈로그족의 유희적 오역은 서양/오리지널에 대한 동양/번역의 전복이며 권리 회복이라 할 수 있다(서양을 번역하는 일 속에서 살아가는 동양인들에게는 니란자나보다 라파엘이 오히려 관심사가 될 수도 있다). 하여간, 전자의 경우는 동양―오리지널/서양―번역의 구조이고, 후자의 경우는 서양―오리지널/동양―번역의 구조이다. 후자의 경우는 서양과 동양 사이의 위계적 권력관계를 역전시키는 일이 오리지널과 번역 사이의 위계적 권력관계를 역전시키는 일과 동일해질 수 있다. 이에 반해 전자의 경우는 서양과 동양 사이의 위계적 권력관계를 역전시키는 일이 오리지널과 번역의 관계에 있어서는 오히려 오리지널의 권력을 강화시켜주는 결과가 될 수 있다. 이 점을 레이 초우는 지적한 것이지만, 그러나 여기서 오리지널과 번역 사이의 위계적 권력관계를 역전시킨다면 이때 번역이 다시 이전의 자국화 번역(이것이야말로 오리지널과 번역의 위계적 권력관계가 완전히 역전된 것이 아닌가!)으로 돌아가지 않는다는 것을 무엇으로 보장하겠는가. 포스트식민주의 담론에서 이 문제는 대단히 민감하며 조심스러운 사안이다. 동양이 오리지널인 경우 반(反) 오리지널을 무분별하게 강조하는 포스트식민주의 담론은 새로운 서양 지배에 기여하는 결과가 되어버릴 위험이 의외로 클 수 있다. 사실은 레이 초우가 단어를 잘못 사용했는지도 모른다. 즉, '역전reverse'이 아니라 '해체'라고 말해야 했을지도 모른다는 것이다.

이 모든 의심에도 불구하고, 레이 초우의 최종적 결론은 존중할 만하다. 현대 중국 영화에서 동양과 서양이라는 이분법을 넘어선 보편적 의미를 도출해내고 있기 때문이다. 그런 의미에서 나의 문제 제기가 동맹을 맺으려는 대화로 읽히기를 바란다. 레이 초우 자신이 니란자나에 대해, "아래의 비판이 그녀의 개입과 대립하는 것이 아니라 동맹을 맺으려는 대화로 읽히기를 바란다"(190)라고 말했던 것처럼 말이다. 나는 이 대화를 진행하면서, 중국문학을 연구하는 한국 학자로서 할 수 있는 구체적인 문화 간 번역 연구를 하나 해야겠다는 생각을 갖게 되었다. 타이완 작가 황춘밍(黃春明)이 1971년에 발표한 단편소설 「두 페인트공(兩個油漆匠)」이 1986년 한국에서 연극 「칠수와 만수」로 먼저 '번역'되고 1988년에 영화 「칠수와 만수」로 다시 '번역'된 바 있다. 비서양의 두 나라 사이의 문화 간 번역이기도 하고 문학과 영화 사이의 문화 간 번역이기도 한 이 사례에 대한 분석 작업이 좋은 대화의 자료가 되기를 기대한다.

동아시아 내부의 문화 간 번역[*]
―― 황춘밍 소설과 한국의 연극·영화

본고의 배경에 대해 약간의 설명이 필요하겠다. 필자는 『원시적 열정』에 개진된 레이 초우Rey Chow의 문화 간 번역론에 대해 비판적 고찰을 수행한 뒤 "나는 이 대화를 진행하면서, 중국문학을 연구하는 한국 학자로서 할 수 있는 구체적인 문화 간 번역 연구를 하나 해야겠다는 생각을 갖게 되었다. 타이완 작가 황춘밍(黃春明)이 1971년에 발표한 단편소설 「두 페인트공(兩個油漆匠)」이 1986년 한국에서 연극 「칠수와 만수」로 먼저 '번역'되고 1988년에 영화 「칠수와 만수」로 다시 '번역'된 바 있다. 비서양의 두 나라 사이의 문화 간 번역이기도 하고 문학과 영화 사이의 문화 간 번역이기도 한 이

---

* 2006년 10월 타이완 칭화대학에서 열린 〈제5차 동아시아 학자 현대 중국어 문학 국제학술대회(第5屆東亞學者現代中文文學國際學術硏討會)〉에서 초고가 발표되고 丘貴芬, 柳書琴 共編, 『臺灣文學與跨文化流動』, 臺北: 行政院文化建設委員會, 2006에 게재됨. 수정·보완한 제2고는 『중국문학』 51호, 한국중국어문학회, 2007. 5에 발표. 다시 약간 수정·보완했음.

사례에 대한 분석 작업이 좋은 대화의 자료가 되기를 기대한다"라고 말한 바 있다. 본고는 바로 그 계획의 실행 결과이다.

본고의 계획은 '번역'이라는 말이 인문학의 핵심어 중 하나로 새롭게 떠오르고 있는 현상과 관계된다. 이 현상 속에서 '번역'은 언어 간 번역, 즉 언어들 사이의 번역이라는 오래된 문제와는 근본적으로 구별되는 새로운 문제로서, 통문화적 의사소통의 인류학적 연구로부터 시작되어 포스트식민주의 번역 이론에 와서 패러다임이라는 말에 값하는 일정한 체계를 형성하고 있다. 여기서 중요한 것은 번역의 주안점이 언어에서 문화로 이행하고 문화들 사이의 불평등이 핵심적 사안으로 등장했다는 점이다. 포스트식민주의 번역 이론은 제1세계와 제3세계 사이의 문화 간 번역을 비판적으로 검토하고 관점의 차이에 따라 번역의 거부(에릭 체이피츠), 재번역(테자스위니 니란자나), 의도적 오역(빈센트 라파엘), 잡종 교배(사미아 메헤레즈) 등을 대안으로서 제시하고 있다. 또 서로 다른 언어를 사용하는 문화들 사이의 번역에 그치지 않고 더 나아가서는 언어와 상관없이 서로 다른 문화 장르들(예컨대 문학과 영화) 사이의 전환(혹은 각색)을 번역이라는 개념 아래 문제시하기도 하고 극단적으로는 역사와 현실의 기록(문학, 영화 등)까지도 일종의 번역으로 파악하기도 한다. 번역 개념이 계속적으로 확장되고 있는 것이다. 이러한 번역 개념의 혼란스러울 정도의 확장과 그에 따른 새로운 인문학적 패러다임의 형성에 대해 체계적이고 객관적인 이해가 시급하다.

그런데 위에 말한 바와 같은 번역 개념의 계속적인 확장은 일정한 경향성을 띠고 있다. 문화들 사이의 불평등 관계를 보편적인 것으로 상정하고 있는 것이다. 예컨대 문학—영화의 관계나 역사—기록의 관계가 식민—피식민이나 오리지널—번역의 불평등 관계로 파악되는 식이다. 그러나 이렇게만 보면 불평등이 아닌 대등 관계에서의 번역은 논의의 대상에서 배제된다. 구체적으로 말하자면, 제1세계와 제3세계 사이의 번역 관계만 문제시되고 제1세계 내부의 번역이나 제3세계 내부의 번역은 배제되며 예컨대 문학과 영화가 각각 지니고 있는 상대적 자율성의 세계는 삭제되는 것이다. 이렇게 되면 번역의 일반 이론은 갈수록 멀어지게 된다. 따라서 제3세계 내부의 번역 현상과 각 문화 장르의 상대적 자율성을 포괄하는 고찰에 의해 새로운 번역 이론이 수정·보완될 필요가 있다.

앞에서 언급한 레이 초우의 저서 『원시적 열정』은 번역 개념의 확장을 보여주는 대표적 예이다. 레이 초우는 기왕의 포스트식민주의 번역 이론과 다소, 혹은 현저히 다른 모습을 보여준다. 기본적으로 외국화 번역의 입장에 서 있다는 점에서 니란자나와 유사한 면모를 보이지만 오리지널을 자기차연으로, 번역을 대리보충으로 파악하는 명제의 제시에서 출발함으로써 매우 다른 주장에 도달한다. 그 명제는 첫째, 일종의 소통 가능성을 확보하려는 데에, 둘째, 오리지널과 번역의 이항대립을 해체하고 오리지널 자체의 불안정성을 문제시하려는 데에 그 의도가 있다. 레이 초우가 보기에 오리지널과 번역의 이항대립을 뛰어넘지 못하는 것은 번역을 문학 및 문자문화의 장에 한정시키기 때문이다. 그리하여 오리지널과 번역이라는 이항대립을 넘어서는 문화 간 번역이라는 개념이 세워진다. 그에 따르면 이 문화 간 번역은 다양한 기호 체계를 전개하는 서로 다른 사회집단 사이의 공시적인 교환과 투쟁으로 재고될 필요가 있으며, 언어와 문학 언어를 넘어서서 라디오, 영화, 텔레비전, 비디오, 팝뮤직 같은 미디어의 각종 사상(事象)을 포함한다. 더 나아가서는 세대, 국가, 문화가 영화라는 미디어로 치환되는 것 역시 일종의 번역으로 간주된다. 예컨대 중국 영화 「국두(菊豆)」(장이모우 감독)는 한편으로 중국 소설 「복희 복희(伏犧伏犧)」(류헝 작)를 영화로 번역한 것이면서 동시에 중국의 세대, 국가, 문화를 영화로 번역한 것일 수 있다는 것이다. 여기서 레이 초우가 중시하는 것은 후자의 번역이고, 이 영화라는 번역을 통해 보고자 하는 것은 '부패한 중국 전통의 폭로'와 '서양의 오리엔탈리즘의 패러디'의 동시적 존재이다.

체이피츠와 니란자나는 제1세계 문화가 제3세계 문화를 번역하는 것을 대상으로 삼고, 반대로 라파엘은 제3세계 문화가 제1세계 문화를 번역하는 것을 대상으로 삼으며, 메헤레즈는 제3세계 문화 속에서 제1세계 언어가 제3세계 언어와 뒤섞이는 잡종화를 대상으로 삼는 데 비해, 레이 초우는 제3세계 문화의 번역이라는 생산물 속에 동시에 존재하는 제3세계 자체의 훼손과 제1세계의 허위를 대상으로 삼는다. 관점과 입장이 조금씩, 혹은 크게 다르지만 이들은 제1세계와 제3세계 사이의 문화적 불평등이라는 문제틀을 공유하고 있다. 이 문제틀이 일정한 범위 안에서 유효하다는 것은 말할 나위도 없지만 이 문제틀 바깥의 문제를 배제한다는 점이 간과되어서는 안 된다. 제3세계 내부에서의 수평적 문화 간 번역은 여기서는 아무런 존재 의의를 갖지 않는다. 더욱 위험한 것은 제3세계 문화의 생산물을 그 문화 내부의 맥락에서 보는 시각이 배제되고 전적으로 제1세계와 제3세계 사이의 불평등 관계라는 맥락에서만 보고자 하는 레이 초우의 경우이다. 이러한 문제틀의 설정 자체는 긍정적 의미가 있는 것이지만 그것에 보편적 포괄성을 부여하는 순간, 그것 자체가 이미 일종의 서양중심주의로 변질되어버릴 위험이 있는 것이다. 이 점은 서로 다른 문화 장르 사이의 번역 문제를 고찰할 때도 마찬가지다. 두 장르 사이의 관계를 수평적 관계로 보아야 파악될 수 있는 많은 요소들이 그것을 불평등 관계로 바라보면 시야에서 사라져버린다.

주의해야 할 것은 비서양과 서양의 관계가 반드시 불평등 관계이기만 한 것은 결코 아니고 마찬가지로 비서양 내부의 관계나 서양 내부의 관계가 반드시 평등 관계이기만 한 것도 결코 아니라는 점이다. 포스트식민주의 번역 이론이 불평등 관계 속에서 이루어지는 번역에 대해 적확한 성찰을 제공한다는 데 대해서는 필자 역시 동의하지만, 그것이 스스로에게 번역 일반 이론의 지위를 부여하는 데 대해서는 반대할 수밖에 없다. 불평등 관계를 전제한 번역은 번역 일반에 속하는 특수한 한 부분일 따름이다. 필자가 동아시아 내부의 한 번역 케이스를 살펴보고자 하는 것은 바로 이러한 사실을 환기시키기 위해서이다. 레이 초우식으로 끝까지 밀고 나가면 언어의 차이가 문제되지 않고 동서의 대립이 문제되지 않는 문화 간 번역의 가능성을 시각문화—영화에서 배타적으로 찾게 되지만, 예컨대 동아시아 내부의 번역에만 주목해도 우리는 그러한 문화 간 번역의 가능성이 시각문화—영화에 독점될 수는 없으며 문자문화—문학에도 여전히 그 가능성이 존재한다는 것을 확인할 수 있다. 관건은 영화냐 문학이냐의 선택에 있는 것이 아니라 영화든 문학이든 공통되는 다른 곳에 있는 것인데, 사실을 말하자면 우리는 진작부터 그곳이 어디인지를 알고 있다.

황춘밍의 단편소설 「두 페인트공」이 한국에 처음 번역·소개된 것은 1983년이었다. 1982년 12월 무렵이었던 것으로 기억되는데, 당시 중문과 대학원 석사과정 재학 중이던 필자는 황춘밍의 단편소설 몇 편을 선정하여 번역해달라는 출판사 창작과비평사의 요청을 받았다. 그해 초에 신춘문예를 통해 문학평론가로 등단하여 막 문학평론 활동을 시작한 터였기에 출판사에서 필자가 중문학 전공임을 알고 번역을 의뢰했던 것으로 생각된다. 소설가 이호철 선생이 일본어판 황춘밍 선집 『사요나라 짜이지엔(莎喲娜啦·再見)』(田中宏·福田桂二 공역, 文遊社, 1979)을 한국어로 번역했고 이를 창작과비평사의 제3세계총서 제6권으로 간행하려 하는데 그 분량이 조금 모자라니 중국어 원본에서 직접 번역하여 몇 편 보충해달라는 것이었다. 일본어판에서 중역(重譯)한 작품은 「사요나라 짜이지엔」 「바다를 바라보는 날(看海的日子)」 「사과 맛(蘋果的滋味)」 등 세 편이었고 필자가 중국어 원본에서 직접 번역한 작품은 「두 페인트공」 「아웨이와 경찰(阿屘與警察)」 「익사한 고양이(溺死一隻老猫)」 등 세 편이었다.[1] 당시 「두 페인트공」이라는 작품을 만나고 필자가 받은 감동은 지금도 생생하게 기억난다.

1986년에 당시 한국의 대표적인 진보적 극단이었던 '연우(演友)'가 「칠수와 만수」라는 연극을 공연했다. 당시에는 밝히지 않았지만 이 연극은 황춘밍 소설 「두 페인트공」의 번안이거나 그로부터 모티프를 따온 것이었다. 최인석에 의하면, 극본을 쓰고 있을 때 마침 한국어판 황춘밍선집이 금서가 되는 바람에 원작을 밝히지 못했다고 한다.[2] 「칠수와 만수」의 연극 대본은 극작가 오종우가 썼고 공연

---

1) 이러한 사정을 이호철 선생이 쓴 해설은 "「아웨이와 경찰」, 「두 페인트공」, 「익사한 고양이」만은 중국문학 연구자 전형준 씨가 중국어 원본에서 번역하였고, 아울러 일본판 번역문도 원본과 대조하는 수고를 끼쳐드렸다"라고 밝혔다. 황춘밍, 『사요나라 짜이젠』, 이호철 옮김, 창작과비평사, 1983, p. 282. 「아웨이와 경찰」에서 아웨이의 웨이는 웨이즈(尾子), 즉 막내라는 뜻이다

2) 필자는 2006년 여름에 영화 「칠수와 만수」의 각색을 맡았던 소설가 최인석(그는 한국문학에서 대단히 중요한 소설가이다)을 만나 연극 「칠수와 만수」 및 영화 「칠수와 만수」에 대해 의견을 주고받았는데 이때 최인석이 필자에게 해준 말들이 본고에 많은 도움을 주었다. 본고에서 "최인석에 의하면"이라고 표현한 것은 전부 이 인터뷰를 가리킨다.

과정에서 극작가 오종우와 연출가 이상우에 의해 약간 수정되었는데, 이 두 사람과 필자가 잘 아는 사이이기는 했지만 필자가 그들에게「두 페인트공」을 직접 소개한 일은 없다. 그러니 그들 스스로가 창작과비평사판 황춘밍 작품집에서 이 작품을 발견했던 것이다.

1988년에 당시 프랑스에서 갓 돌아온 한국의 새로운 젊은 감독 박광수가 그의 데뷔작으로 영화「칠수와 만수」를 상영했다. 이 영화는 극단 연우의 연극「칠수와 만수」를 원본으로 하여 이를 각색한 것이다. 이 영화의 오프닝 크레디트 타이틀은 원작 오종우, 각본 최인석이라고만 밝히고 있는데, 최인석에 의하면 오종우의 연극 대본뿐만 아니라 황춘밍의 원작 소설도 참조했다. 타이완에서도「두 페인트공」을 원작으로 한 동명의 영화가 1984년에 상영되었지만, 이 영화는 한국에 알려지지 않았다.[3]

배경 설명은 이쯤에서 그치고 세 작품에 대한 고찰을 시작하기로 하자.

황춘밍의 소설「두 페인트공」의 이야기는 간단하다. 제1장은 배경 설명이다. 치산(祁山) 시에서 제일 높은 24층짜리 신축 건물 인싱(銀星) 호텔의 옆 벽에 콜라 광고 그림으로 여배우 VV의 거대한 반라상을 그리는 작업이 진행 중이다. 제2장과 제3장은 아리(阿力)

---

3) 필자가 이 영화의 존재를 안 것도 최근의 일이다. 타이완의 황관(皇冠) 출판사에서 간행한 황춘밍 경전작품집(黃春明典藏作品集) 제3권『看海的日子』의 작가연보에는 작가 자신이 이 영화의 각색과 감독을 맡았다고 밝히고 있는데, 2006년 10월 〈동아현대중문문학국제학회〉에서 만난 황춘밍은 그렇지 않다고 필자에게 말했다. 원작 사용만 허락했을 뿐, 감독은 물론이고 각색에도 자신은 관여하지 않았다는 것이다. 두 주인공을 타이완 원주민으로 바꿔놓은 이 영화의 '산만함'에 대해 황춘밍은 큰 불만을 표시했다. 참고로 말하자면, 황춘밍은 한국 영화「칠수와 만수」를 대단히 높이 평가했다.

와 원숭이(猴子) 두 페인트공의 이야기이다. 아리와 원숭이는 17층 쯤 되는 곳에 매달려 하루 종일 여배우 VV의 유방 부분을 그리고 있다. 두 사람은 하루 일이 끝난 뒤 옥상으로 올라가, 2미터 길이의 쇠 파이프를 통해 옥상과 연결된 허공의 조명등 갓(쇠 바구니 모양의) 속으로 들어가 이런저런 이야기를 나눈다. 강풍에 날려 페인트 통 하나가 까마득한 길바닥으로 떨어지는 바람에 두 사람은 사람들의 주목을 끈다. 두 사람이 자살하려는 것으로 오인한 경찰은 '자살'을 말리고, 방송국 기자가 두 사람과 인터뷰를 한다. 그러나 그 인터뷰가 오히려 죽음을 불러들인다. 격동한 아리는 미친 듯이 울음을 터뜨리고 옥상으로 건너가려던 원숭이는 실족하여 밑으로 떨어져버린다.

연극 「칠수와 만수」는 '뉴서울예술공사' 사장의 직원들에 대한 훈시로 시작된다. 이 훈시를 통해 신축 중인 20층짜리 와이오 그룹 사옥 벽에 초대형 와이오 맥주 간판을 그리는 일이 시작된다는 사실과 여배우 정애마(「애마부인」이라는 에로 영화 제목에서 따온 가상의 이름이다)의 유방이 이 간판의 포인트라는 점이 알려진다. 다음 장면부터 장칠수와 박만수의 이야기가 시작된다. 칠수와 만수 두 페인트공이 15층 벽에 매달려 여배우 정애마의 유방 부분을 그리고 있다. 하루 일이 끝난 뒤 두 사람은 옥상 위의 철탑 꼭대기로 올라가 오줌을 싸고 이런저런 이야기를 나눈다. 장난을 치다가 만수 발에 차인 깡통이 밑으로 떨어지고 그 바람에 자동차 사고가 나고 사람들이 몰려든다. 두 사람이 자살하려는 것으로 오인한 구조대는 '자살'을 말리고, 방송국 기자가 두 사람과 인터뷰를 한다. 인터뷰 과정에서 두 사람이 격동하자 구조대가 마취총을 준비하고, 총을 본 두 사람은 밑에 쳐진 그물을 향해 뛰어내린다.

우선 원작 소설과 개편된 연극을 비교해보자. 소설에서 아리와 원숭이는 동부 산간 마을 진자춰(金家厝) 출신으로 함께 고향을 떠나 치산 시로 왔다. 아리는 고향에 계신 늙은 홀어머니에게 매달 5백 원을 부치고 있는데, 그의 봉급은 천 2백 원에 불과하다(어머니에게는 봉급이 2천 원이라고 거짓말을 해놓았다). 지금 아리는 빨리 천 원을 부쳐달라는 어머니의 편지 때문에 고민 중이다. 부모가 안 계시는 원숭이는 큰아버지 집에서 성장했고 노름꾼인 큰아버지를 증오하는데 큰아버지 집을 도망쳐 나왔다. 원숭이는 외적으로만 관찰되고 아리는 내면묘사가 이루어지니 소설의 주인공은 아리라고 할 수 있다.

연극에서 칠수와 만수는 고향이 다르고 서울에 와서 만난 사이이다. 바닷가 시골 마을 출신인 만수는 3대 머슴집 아들인데 고향에 홀어머니가 남아 계시고 또 대처로 식모살이 나간 여동생이 하나 있다. 지금 만수는 애를 밴 여동생의 입원비 50만 원을 보내달라는 어머니의 편지를 받아놓은 참이다. 기지촌 출신인 칠수는 어머니는 돌아가셨고 기지촌에 살고 있는 재혼한 아버지와 행방을 모르는 형이 하나 있다. 칠수는 얼마 전에 여대생 미영에게 퇴짜를 맞은 일이 있다. 만수가 아리에 해당한다면 칠수는 원숭이에 해당한다고 할 수 있는데, 만수와 칠수의 사연을 알려주는 회상 장면들이 중간중간에 삽입된다.

호텔 벽의 콜라 광고가 재벌그룹 사옥의 맥주 광고로 바뀌었다는 점도 흥미롭다. 이는 연출가 이상우가 한때 오비맥주 계열의 광고회사 오리콤에 근무한 적이 있었던 것과 관련되는데(그러고 보면 황춘밍도 젊었을 때 광고회사에 근무한 적이 있다), 연극 도입부에 사장의 훈시가 등장한다는 사실과 함께 연극이 자본 및 자본가에 대한 비판의식을 좀더 직접적으로 드러내고 있는 것으로 해석될 수 있다. 같은 도시화 산업화 시대이지만 대만의 70년대 초와 한국의 80년대 중반 사이에 존재하는 15년 가량의 시차가 이를 가능케 한 것 같다. 연극에 정치적 징후가 더 많이 나타난다는 점도 이와 관련된다. 한국의 80년대는 학생 및 노동자의 시위와 농성이 한창 진행되던 때다. 그래서 기자가 "농성하는 거예요?"라고 묻고 구조대 쪽 전문가가 "이 사람 농성이라니? 무슨 소릴 하는 거야"라고 발끈하는 것이다. 칠수가 농촌 출신이 아니라 기지촌 출신이라는 것도 한국의 특수한 상황과 관련된다. 기지촌은 미군 부대 근처에 형성되어 미군들의 소비에 의존하는 마을이다. 그러나 두 작품의 더욱 결정적인 차이는 인물의 성격에 있다. 칠수가 철탑 꼭대기까지 올라가자고 하는 직접적인 이유는 오줌을 싸기 위해서다. "우리 꼭대기 올라가서 시원하게 오줌이나 깔기구 가자"라고 칠수는 말하고 실제로 오줌을 싼다. 이는 "어쨌든 우리 시간이잖아. 위에서 좀 쉬자"라고 말하는 아리에 비해 '좆같은 세상'에 대한 반항과 야유의 의미를 한층 강하게 띤다. 또 소설에서는 바람에 날려 페인트통이 떨어지지만 연극에서는 만수가 발로 깡통을 찬다. 이는 결말의 차이를 미리 암시하는 중요한 장치다. 소설에서는 옥상으로 건너가려던 원숭이가 카메라 플래시에 눈이 부셔 손으로 눈을 가리다가 실족하지만, 연극에서는 두 사람이 스스로 뛰어내리는 것이다. 연극의 마지막 장면은 다음과 같다.

칠수: 저건 뭐야? 저 새끼들, 총 들고 뭐하는 거야?
만수: 우릴 죽이려는 거야.
칠수: 잘못했어. 잘못했다구! 잘못했단 말이야!!
만수: 안 되겠다. 내려가자.

칠수: 어딜 내려가?

만수: 뛰자.

칠수: 미쳤냐?

만수: 그럼 총 맞아 죽을래 이 새끼야? 아까 바로 밑에 그물이 있
　　　었잖아. 거기로 뛰어.

칠수: 보이지도 않는데……?

만수: 바로 아래야. 우리 바로 밑에 있었잖아. 똑바로 떨어지기만
　　　하면 살 수 있어.

칠수: 괜찮을까?

만수: 잘하면 다리 하나 부러지면 끝나는 거야.

칠수: 병원에서 보자.

만수: 뛰자!

칠수: 하나, 둘…… 셋!!

(떨어지는 소리. 비명. 일기예보)

뛰어내린 결과가 어떠할지는 알 수 없다. 다리 하나 부러지고 끝날
지, 아니면 목숨을 잃을지 말이다. 그러나 두 사람이 이렇게 스스로
뛰어내리는 것은 반항이나 능동성의 의미를 갖는 것이 분명하다. 이
에 비하면 소설에서 실족하는 원숭이나 자궁 속의 태아처럼 몸을 웅
크리고 흐느껴 우는 아리의 모습에서 두드러지는 것은 피해와 수동
성이다. 소설의 주인공이라 할 수 있는 아리에 초점을 맞추어 보면
원래 옥상으로 올라가자고 한 아리가 차츰 소극적이거나 수동적인
태도로 바뀌는 데 비해 연극의 만수는 처음에는 소극적이지만 나중
에는 적극적이고 능동적인 태도로 바뀐다. 깡통을 차는 것도 만수고
뛰자고 하는 것도 만수다. 이러한 인물 성격의 차이는 미학적 특성

의 차이와도 부합된다. 소설도 기본적으로 해학적이지만 연극은 소설보다 훨씬 더 해학적이다. 원래 극작가 오종우와 연출가 이상우의 뛰어난 점이 해학성에 있기도 하지만, 이 연극에서의 강렬한 해학성은 기성 질서에 대한 야유의 능동성에서 비롯된 것이다. 결과적으로 소설에서 비극성이 부각된다면 연극에서는 비극성이 희석되는 대신 해학성이 부각된다. 물론 이 차이는 우열을 말해주는 것이 아니라 개성을 말해주는 것으로 이해되어야 한다.

영화 「칠수와 만수」는 창밖을 내다보는 만수(안성기 분)의 모습과 이어지는 민방위 훈련 중인 서울 시가지의 풍경, 그리고 민방위 훈련 때문에 버스에서 내린 칠수(박중훈 분)가 여대생 지나(배종옥 분)를 처음 만나는 장면에서부터 시작된다. 극장 간판 그리는 일을 때려치우고 뛰쳐나온 칠수는 극장 간판 제작실에서 처음 만난 만수를 따라간다. 이때부터 칠수와 만수 두 사람의 동업과 동거가 시작된다. 밧줄을 타고 건물 외벽에 페인트칠하는 것이 그들의 일이다. 기지촌 출신인 칠수는 어머니가 돌아가셨고 기지촌에 살고 있는 재혼한 아버지는 알콜 중독으로 폐인이 되어 있으며 미군을 따라 미국에 간 누나는 소식이 끊겼다. 만수는 아버지가 양심수로 27년째 감옥살이를 하고 있고 여동생은 여성 노동자인데 노동조합 활동을 하고 있으며 어머니는 홀로 시골집을 지키고 있다. 두 사람은 빌딩 옥상의 광고탑에 여배우 반라상의 대형 위스키 간판 그리는 일을 어렵게 맡는다. 하루 일이 끝난 뒤 간판 꼭대기에 올라앉아 실의에 잠겨 있는 칠수. 칠수를 따라 올라온 만수. 만수가 갑자기 벌떡 일어나 고함을 지른다. "야—! 서울에 있는 높은 놈 배운 놈 잘난 놈 있는 놈 모두 다 내 얘기를 들어봐라. 나도 말 좀 해야겠다. 이 높은 데 있을 때 큰소리 좀 쳐보자." 칠수도 일어나 함께 고함을 지른다. 그런 두 사람의 모습을 발견하는 아이들, 아이들에 이어 사람들이 모여들어 구경하고 결국 경찰이 오고 방송국 기자들이 온다. 노사 문제로 인한 농성이나 자살극이라고 오인하는 경찰과 기자들. 대치가 밤까지 계속되고 결국 경찰 구조대가 광고탑으로 올라온다. 칠수는 구조대에게 잡히고 구조대를 피해 사다리를 타고 내려오던 만수는 서치라이트 불빛 속에서 아래로 뛰어내린다. 밑은 옥상 위이고 경찰들이 그물을 치고 있는데 만수가 어디로 떨어졌는지는 보여주지 않는다(만수가 자살하기 위해 뛰어내린 것인지 그물을 향해 뛰어내린 것인지는 분명치 않다). 들것에 실려 앰뷸런스에 실려가는 만수, 경찰에게 끌려가며 구경꾼들 속에서 지나를 발견하는 칠수, 경찰차 뒷좌석에서 돌아보는 칠수.〔마지막 두 장면은 루쉰(魯迅)의 소설 「아큐정전」 마지막 장면과 이 소설을 원작으로 천바이천(陳白塵)이 각색한 영화 「아큐정전」의 마지막 장면을 연상케 한다〕.

서사적으로 볼 때 영화의 가장 큰 특징은 시간 순으로 선조적 서술을 하고 있다는 점이다. 소설과 연극이 몇 시간 동안의 현재를 서술하면서 과거사는 회상 장면으로 처리하는 것과 근본적으로 다른 것인데, 이러한 선조적 서술은 대중 관객의 기대 지평에 부응하기 위한 것, 다시 말해 대중성과의 일정한 타협의 소산이라는 측면이 있을 수 있다. 소설에는 전혀 없었고 연극에서 잠깐 나왔던 연애 사건이 영화에서는 자세하게 그려져 칠수를 주인공으로 만들 정도로 상당히 높은 비중을 차지하고 있는 것도 역시 대중성이라는 측면에서 이해될 소지가 있다(각본을 쓴 최인석에 의하면 지나와의 연애는 최인석 자신의 발상이다). 물론 꼭 그렇게 해석되어야만 하는 것은 아니고 대중성이 곧 통속성과 동의어인 것만도 아니다. 어려운 문제인데 이 문제는 여기서는 논외로 하겠다. 그 밖에 소설과 연극에서 고층 빌딩의 거대한 벽에 그리는 광고가 영화에서 10층쯤 되는 빌딩(서울 고속버스터미널 부근에 있는 청록회관 건물이다) 옥상의 광고탑으로 축소된 것은 영화가 실물을 보여주어야 한다는 제약이 있기 때문일 것이다. 이런 차이들도 여기서는 논외로 하겠다. 우리의 맥락에서 중요한 것은 다음과 같은 점들이다.

우선 정치성이 소설과 연극에 비해 훨씬 더 짙어졌다는 점을 지적할 수 있다. 처음의 민방위 훈련 장면이라든지 포장마차 장면에서 텔레비전 방송을 통해 보여주는 김대중 대통령 후보의 연설 같은 것들도 주목되지만, 무엇보다도 만수의 아버지가 양심수로 복역하고 있다는 사실이 중요하다. 만수의 아버지는 1960년경에 좌익 활동이나 반체제 활동으로 투옥된 것으로 추정된다(최인석에 의하면, 이러한 설정은 박광수 감독의 주장에 따른 것이다. 최인석은 그에 반대했다고 한다). 반면에 소설이 저임금 문제를 분명하게 부각시키는 데 비해 연극에서는 이 문제의 부각이 다소 약화되고 영화에서는 더욱 약화된다.

소설의 원숭이는 부모가 다 안 계시고 아리는 홀어머니만 계신다. 두 인물은 1939년 의란(宜蘭) 태생으로 어려서 모친과 사별하고 중학생 때 계모의 학대에 견디다 못해 어느 날 밤 충동적으로 의란으로부터 대북으로 가는 화물열차에 숨어들어 가출을 단행한 것으로 알려진 작가 황춘밍 자신과 닮았는데 두 인물의 가족 구성은 작가의 그것과 미묘하게 다르다. 오히려 어머니는 돌아가셨고 재혼한 아버지가 있는 연극과 영화의 칠수의 가족 구성이 황춘밍과 비슷하다. 인물을 비교하자면 소설의 아리와 연극·영화의 만수를 비교해야 할 것이다. 아리와 홀어머니의 관계는 연극의 만수와 홀어머니의 관계와 비슷하다. 이들에게 어머니의 존재는 불가해한 짐이다. 어머니가 안 계시는 원숭이나 칠수가 상대적으로 자유로운 것과는 달리 이들은 하소연하는 어머니에게 불가피하게 구속되어 있다. 두 사람은 어머니에게 자신의 처지가 알려지는 것을 극도로 꺼린다는 점에서도 공통된다. 영화의 만수는 양심수인 아버지의 존재에 구속되어 있고 그 구속으로 인해 고통받는다는 점에서 아리나 연극의 만수와 구별된다. 영화의 가장 큰 특징은 이 점일 것이다. 소설과 연극이 아버지의 부재로 특징지어진다면, 영화는 아버지의 존재가 일종의 억압으로 작용한다. 아버지 자신은 감옥에 있다고만 되어 있고 직접적으로는 전혀 등장하지도 않지만, 그 보이지 않는 존재가 만수의 삶을 규정하고 끊임없이 만수의 삶에 간섭한다.

세 작품의 흥미로운 차이는 커뮤니케이션의 양상에서도 발견된다. 소설에서는 2미터의 거리와 거센 바람을 사이에 두고 처음에는 고함을 쳐서, 나중에는 확성기와 마이크를 통해 경찰 및 기자들과 아리, 원숭이 사이의 대화가 진행된다. 그런데 아리가 작은 소리로 원숭이에게 하는 말이 장대 끝에 장치한 마이크를 통해 옥상 사람들에게 들리는 장면이 한 번 나오고, 옥상 사람들이 주고받는 이야기(아리와 원숭이가 들어서는 안 될 내용의)가 확성기를 통해 흘러나와 아리와 원숭이에게까지 계속 들린다. 이에 비해 연극에서는 양측의 대화가 별다른 물리적인 장애 없이 이루어지며 각 측 내부의 대화도 내부에서만 이루어진다. 그러나 영화에서는 완전히 양상이 달라진다. 옥상에서 확성기를 통해 하는 말은 광고탑 꼭대기의 칠수와 만수에게 들리지만 칠수와 만수가 하는 말은 옥상 사람들에게 전혀 들리지 않는 것이다.

소설에서 원숭이가 부르는 노래는 고향의 민요인데, 연극에서 칠수가 부르는 노래는 '뽕짝'풍의 유행가 「댄서의 순정」이다. 이에 비해 영화에서 만수가 부르는 노래는 저항 가수 김민기의 「친구」이고 배경음악으로 깔리는 것은 김수철이 부르는 록풍의 최신 가요다. 이는 농촌과 도시에 대한 감수의 차이에 상응하는 것으로 보인다. 소설은 비록 싫어서 고향을 등졌고 돈을 벌기 전에는 고향에 돌아가지 않겠다고 다짐하지만 고향—농촌에 대한 그리움, 고향—농촌으로부터 위안을 기대하는 마음의 움직임이 잠재되어 있고, '해적선에 탔다(上了賊船)'라는 말에서 보듯 도시는 '해적선'일 뿐이고 아리와 원숭이는 도시에 대해 영원히 이방인일 뿐이다. 연극에서 만수의 바닷가 고향 마을은 소설의 고향과 유사하지만 칠수의 고향인 기지촌은 이미 일종의 도시다. 영화에 이르게 되면 고향—농촌은 애당초 부재한다. 영화의 칠수와 만수에게는 서울이라는 대도시가 이미 그들의 삶의 불가피한 조건이 되어 있어서 그 바깥에 대한 사유 자체가 성립되지 않고 있다.

이상 살펴본 차이들은 여러 가지 이유에서 비롯되었고 또 여러 가지 의미로 해석될 수 있다. 예컨대 1970년대 초와 80년대 중반이라는 시간의 차이, 타이완과 한국이라는 역사와 문화의 차이, 그리고 소설과 연극과 영화라는 장르의 차이, 나아가서는 황춘밍이라는 소설가, 오종우·이상우라는 극작가와 연출가, 최인석·박광수라는 각색자와 영화감독의 예술가적 개성의 차이 등을 들어 설명하는 것이 가능한 것이다. 그러나 그러한 차이에도 불구하고, 아니, 어쩌면 그러한 차이가 있기 때문에 오히려 더 분명하게 부각되는 공통점이 중요하다고 볼 수 있지 않을까?

예컨대 커뮤니케이션 양상의 차이에 대해 좀더 자세히 살펴보자. 영화에서 경찰이 확성기를 통해 하는 말은 칠수와 만수에게 들리지만, 칠수와 만수의 발언은 관객에게는 전달되되 경찰에게는 전달되지 않는다(심지어 일부 장면에서는 관객에게조차 들리지 않게 처리되고 있다). 이것은 매우 절망적인 상황이다. 이런 상황에서 칠수와 만수의 입장은 왜곡될 수밖에 없다. 그 왜곡이 가장 극명하게 나타나는 경우가 경찰 간부의 다음과 같은 발언이다. 만수의 아버지가 감옥살이를 하고 있다는 것을 알게 된 경찰 간부가 만수를 설득한답시고 이렇게 말하는 것이다.

"박만수 씨. 당신에 대해 모든 걸 다 알고 있습니다. 그러나 아버님은 아버님이고 당신은 당신인 겁니다. 이 사회를 밝게, 긍정적으로 봅시다. 사회는 보기에 따라서는 밝기도 하고 어둡기도 한 겁니다. 당신 아버님이 과거에 아무리 이 사회에 물의를 끼쳤던 분이라 해도 2세인 당신까지 이 복지사회에서 암적인 존재가 되어서야 되겠습니까? 세상을 다시 한 번 시작해봅시다. 제가 도와드리겠습니다. 자, 장칠수 씨, 박만수 씨, 제가 협조해드리겠습니다. 가만히 계세요. 조용히 계세요. 우리 구조대를 올려 보내드리겠습니다."

이 발언에야말로 얼마나 큰 폭력적 재단이 들어 있는 것인가 말이다. 이 발언이 만수에게 치명적인 상처를 입힌다. 그러나 소설의 커뮤니케이션 상황이 영화에 비해 덜 절망적이라고 말할 수만도 없다. 대화가 이루어지지만 그 대화는 애당초 피상적으로 겉돌 수밖에 없는 가짜 대화이다. 옥상 사람들의 몰이해와 폭력적 규정 때문이다. 그것은 다음과 같은 대화에 극명하게 나타난다.

"좋아요! 그럼 당신들이 한 달에 얼마나 버는지 말해주겠어요?"

"원숭이! 말하지 마!"

아리가 갑자기 악을 썼다. 그토록 긴장하는 아리를 보고는 원숭이
는 나오려던 말을 도로 삼켜버렸다.

뚜 주임 뒤쪽에서 누군가가 말했다.

"얘기가 문제의 핵심에 도달했소. 그들로 하여금 심중의 고뇌를
털어놓게 할 수 있다면 좋겠는데."

"삼천 원쯤 됩니까?"

그들은 입을 봉해버렸다.

"이천 원? 아니면 얼마나?"

"그런 건 묻지 말아, 제발!"

아리가 부르짖었다. 그는 격동한 것 같았다.

"좋아요! 그럼 다른 걸 이야기합시다."

"아무것도 이야기하지 않겠어!"[4]

아리가 받는 월급은 천 2백 원에 불과해서 일당으로 백 원을 받는
임시직을 그렇게도 부러워했는데 말이다. 가짜 대화는 오히려 아리
에게 치명적인 상처를 입힌다. 자기들끼리 하는 이야기가 부주의로
확성기를 통해 아리와 원숭이에게 들리는 장면에서 그 대화의 거짓
이 적나라하게 폭로된다. 사정이 이러하다면 어느 의미에서는 소설
의 커뮤니케이션 상황이 오히려 더 비극적이지 않은가?

소설이든 연극이든 영화든, 세 작품에 공통되는 핵심 모티프는
'높은 곳에 올라가기'이다. 두 페인트공에게 '높은 곳으로 올라가
기'는 소외된 삶의 고통으로부터의 일시적 도피이며 사회의 기성질

---

4) 황춘밍, 『사요나라, 짜이젠』, 이호철 옮김, 창작과비평사, 1983, p. 239.

서로부터의 일탈이다. 일종의 놀이이기도 한 그 도피와 일탈은 그 자체로 이 사회, 연극의 칠수 표현대로 하자면 '좆같은 세상'에 대한 항의의 표시이기도 하다. 좀더 생각해보면 그것은 일종의 전복이라는 측면도 갖는다. 높이라는 점에서 잘 드러나는 이 전복은 소설과 연극, 영화 사이에 약간의 차이를 나타낸다. 소설에서 두 인물이 올라가 있는 조명등 같은 지상에 대해서는 높은 곳이지만 옥상과는 같은 높이이다. 그래서 옥상 위의 사람들과 아리, 원숭이는 같은 높이에서 서로를 마주 보게 된다. 연극, 영화에서는 두 인물이 올라가 있는 광고탑 꼭대기와 옥상 사이에 적지 않은 높이 차이가 있다. 이 차이는 영화에서 더 커서 양자 사이에 육성에 의한 대화가 불가능할 정도다. 이 차이와 관련하여 영화는 카메라의 시점으로 이른바 개구리 시점과 새 시점을 번갈아가며 사용한다. 두 시점이 번갈아 사용될 경우 개구리 시점의 피사체는 지배자로서의 이미지를, 새 시점의 피사체는 복종자로서의 이미지를 갖게 되는 것이 일반적이므로, 이렇게 보면 영화 「칠수와 만수」의 '높은 곳에 올라가기'는 일상적인 권력관계를 전복하는 행위라고 할 수 있다. 그러나 그 전복은 아이러니한 전복이다. 실제 내용에 있어서 권력관계는 여전히 그대로이기 때문이다. 결국 실제 내용과 카메라의 시점 사이의 모순은 아이러니를 극대화하고 비극성을 강화한다. 그리고 이 모든 것들을 '매의 눈'으로 하늘 높은 곳에서 한꺼번에 내려다보는 장면에서 비극성은 거의 숭고의 상태로까지 고양되는데, 한편으로 이 시점은 헬리콥터에서 찍는 방송국 카메라의 눈이기도 해서 아이러니를 더욱 고조시킨다.

이 사회는 '높은 곳에 올라가기'를, 다시 말해 도피와 일탈, 항의와 전복을 용납하지 않는다. 그것은 소극적으로는 몰이해 때문이지만 적극적으로는 폭력적 재단 때문이다. 어느 의미에서 기성 질서 입장에서는 폭력적 재단이야말로 자신을 수호하기 위한 적절한 대응 방식일 수 있다. 두 페인트공의 진실은 이렇게 해서 왜곡된다. 심지어는 그 왜곡을 통해 방송국이라는 이름의 자본은 두 페인트공을 마지막으로 한 번 더 상업적 목적으로 착취하기까지 하는 것이다. 이런 맥락에서 볼 때 연극의 결말은 인물들의 능동성을 부각시켰다는 주목할 만한 면이 있음과 동시에 그럼으로써 오히려 전체적인 의미론적 통일성에 균열을 일으킨 면도 있다고 볼 수 있는데, 그럼에도 불구하고 세 작품의 공통점은 아주 분명하다. 도시화·산업화 시대의 도시 빈민의 고통스런 삶을 묘사했다는 점에서, 그리고 그 묘사를 통해 사회적 모순과 그 폭력적 억압을 고발하고 그 모순과 억압에 길든 우리 자신에 대한 반성을 촉구하며 나아가서 인간다운 삶에 대한 꿈을 일깨웠다는 점에서 타이완의 소설과 한국의 연극 및 영화는 공통되는 것이다.

차이도 중요하지만 근본적으로는 이 공통성이 더 중시되어야 한다. 차이가 오히려 이 공통성의 성립을 위해 기여하는 것일 수도 있다. 완전히 같다면 그것은 공통성이 아니라 단순한 동어반복일 뿐일 것이다. 차이가 의미를 갖는 것은 차이 자체에서가 아니라 공통성 위에서다. 이 점에 주목하여, 차이에 대한 의미부여에 집중하는 기왕의 많은 문화 간 번역 이론들은 일정 정도 수정될 필요가 있다는 점을 환기시키고 싶다.

필자의 이러한 발언이 차이를 경시하는, 순진한 보편주의의 그것으로 오해될 염려가 있다고 생각되므로 문학이라는 범위 내에서 약간의 논의를 추가하기로 하겠다. 최근 필자는 「세 편의 「고향」: 치리코프, 루쉰, 현진건」이라는 몇 년 전 글[5]을 한국의 한 잡지의 요

청에 따라 재발표하면서 원래의 글에 약간의 내용을 추가한 바 있는
데 여기에 소개하면 다음과 같다.

　서두에서 논의했던 문학의 보편성 문제와 관련하여 다음과 같은
반론이 예상된다. "문학의 보편성의 현현을 궁극적으로 지향한다면
서 공통점의 규명에는 관심이 없고 오히려 차이에 대해 관심을 갖는
것은 잘못이 아닌가?" 그렇지 않다. 경계 넘기에서 발견되는 공통성
을 통해 자신을 현현할 만큼 문학의 보편성이라는 것이 저차원의 것
일 수는 없다. 그것이 현현된다면 오히려 차이를 통해 가능할 것이
다. 차이야말로 경계 넘기의 핵심이다. 서양─식민/비서양─피식민
이라는 역사성과 동시대적 맥락에 있는 오늘날, 그 차이는 서양 대
비서양의 일국이라는 틀에서는 발견될 수 없다는 점, 그리하여 한국
의 경우는 동아시아라는 중간항 내지 매개항이 필요하다는 점, 그리
고 그 중간항 내지 매개항에서조차도 여전히 공통성보다는 차이가 중
요하다는 점을 환기시키는 것이 필자의 의도이다. 그 차이를 통해 문
학의 보편성과 개별 문학의 정체성이 동시에 그 비밀의 일단을 내보
일 것이라 기대하면서 말이다.[6]

　얼핏 보면, 차이를 중시한 이 논술이 공통성을 중시한 본고의 논
의와 모순되는 것 같다. 하지만 양자는 모순되는 것이 아니다. 중요
한 것은 보편성이라는 것이 공통성과 같은 것이 아니라는 점이다.
'변증법'이라는 말이 낡은 말임을 잘 알지만 편의상 '공통성과 차이

---

5) 『중국문학』 제34집, 한국중국어문학회, 2000. 11에 발표.
6) 「동아시아적 시각으로 본 세 편의 「고향」: 치리코프, 루쉰, 현진건」, 『현대비평과 이론』
　　13권 1호, 옴니북스, 2006, p. 97.

의 변증법'이라는 표현을 사용해본다면, 보편성은 그 변증법을 통해 비로소 현현된다고 말할 수 있다. 그러므로 공통성만 보려 하는 관점(한국에 최근 10여 년간 유행한 동아시아 담론 중 다수가 그러하다)에 대해서는 차이를 강조할 필요가 있고, 반면 차이만 보려 하는 관점(포스트식민주의 담론이 대체로 그러하다)에 대해서는 공통성을 강조할 필요가 있는 것이다. 본고는 그 두 가지 상반되는 필요성 중 주로 두번째 필요성에 부응하고자 한 것이다.

문자문화와 시각문화*
─문화연구의 루쉰관에 대한 한 검토

　20세기 내내 중국문학의 강력한 중심으로 작동해온 루쉰(魯迅)이 요즘 들어 수난을 겪고 있다. 사실 루쉰의 수난은 새삼스러운 일이라 할 수 없다. 오도된 루쉰 해석이 루쉰 자신을 대체해버리고 결과적으로 루쉰 자신은 소외되는 현상은 루쉰 사후(死後) 수십 년 동안 지속되었던 것이다. 마오이즘Maoism의 신격화된 루쉰 해석이 바로 그것이다. 그러나 그것은 적어도 루쉰에 대한 긍정적 평가를 전제한 것이었다. 설사 그 평가의 내용이 부당하다 하더라도 말이다. 1980년대 이후의 계몽주의 시각은 종래의 신격화된 루쉰상(魯迅像)을 거부하고, 인간 루쉰과 문학가 루쉰을 기본적으로 긍정적 평가의 맥락에서 파악하고자 노력했다. 이 노력에 해석의 오류가

---

* 『현대비평과 이론』 12권 2호, 옴니북스, 2005에 초고가 발표되었고, 수정 보완한 제2고
는 『魯迅硏究月刊』 第288期, 北京: 魯迅博物館, 2006에 발표. 본고는 대폭 수정·보완한
제3고임.

포함되지 않았다고 할 수 없고 일정한 이데올로기적 연관이 없다고
할 수 없음은 물론이지만, 적어도 그것이 루쉰 자신을 향한 진지한
탐색이었다는 점을 부정할 수는 없다. 그러나 최근의 양상은 무척
다르다. 중국 네티즌과 작가들이 주동이 되어 종래의 루쉰 해석을
비판했는데, 이 비판은 요즘 유행하는 말로 하자면 루쉰 텍스트의
정전성(正典性, canonicity)에 대한 비판이다. 마오이즘에 의한 정
전화(正典化)와 1980년대 이후 계몽주의에 의한 정전화를 비판하
는 것은 필요한 일이지만, 그렇다고 해서 그 필요성이 그 비판에 자
동적으로 정당성을 부여해주는 것은 아니다. 비판이 정당한 것이 되
려면 무엇보다도 텍스트에 대한 존중을 바탕으로 새로운 해석에 대
한 추구가 있어야 하겠고, 기왕의 해석들의 상대적 의미에 대한 인
정이 있어야 하겠으며, 그와 동시에 자기 해석의 상대성에 대한 객
관화가 있어야 한다. 그런데 실상은 그렇지 않고, 그렇기는커녕 심
지어 루쉰 텍스트의 정전성을 거부함과 동시에 루쉰 텍스트 자체를
아주 간단하게 부정하기까지 하고 있는 것이다. 그 정전화들은 결코
루쉰의 의도도 아니었고 루쉰 텍스트의 의도도 아니었는데, 정전화
에 대한 비판이 어느 틈에 루쉰 비판으로 바뀌어버리곤 한다. 그러
나 지금 우리가 살펴보고자 하는 것은 또 다른 맥락에서 오는 수난,
즉 문학 안에서가 아니라 문학 밖에서 오는 수난이다. 영화를 중시
하는 문화연구에 의해 루쉰과 그의 문학이 오독되고 평가절하되는
것이 그것이다. 이는 문자문화에 대한 시각문화의 우위를 주장하는
최근의 유행 담론과 관계된다.

1. 레이 초우의 해석과 번역에 대한 질문

루쉰은 1923년 8월에 출판된 첫 소설집 『외침(吶喊)』의 서문(「自序」) 말미에 이 서문을 쓴 날짜를 1922년 12월 3일이라고 적었다. 그날 하루만에 다 쓴 것인지 아니면 전부터 써오다가 이날 완성한 것인지 분명치 않지만, 상식적으로 볼 때 후자일 가능성이 더 많다. 후자라면 언제부터 이 글을 쓰기 시작했는지가 궁금해지는데, 어쩌면 이 글의 내용 중 일부에 대한 구상은 1922년보다 훨씬 이전부터 있었는지도 모른다. 이 점을 염두에 둘 필요가 있다. 그렇기는 하나, 일단은 이 글이 1922년 중에 씌어졌다는 전제 아래 우리의 논의를 진행하기로 한다.

이 글은 아마도 동서고금을 막론하고 소설집 서문들 중 가장 많이 인용된 서문일 것이다. 이 글 중에서도 가장 많이 인용된 부분은 환등 사건 에피소드이다. 이 에피소드는 루쉰이 어떻게 해서 의학에서 문학으로 전향하게 되었는가에 대한 이야기로 잘 알려져 있다. 즉, 루쉰이 센다이 의학전문학교에서 러일전쟁의 환등 사진을 보고서 문학에 뜻을 두게 되었다는 것이다. 좀더 자세히 말하면, 일본군에게 러시아군의 첩자라는 이유로 처형당하는 중국인과 이 처형을 구경하는 중국인들의 '마비된 표정'이 루쉰이 본 환등 사진의 내용이었고, 그로부터 충격을 받은 루쉰이 중요한 것은 중국인의 신체적 건강이 아니라 정신의 개조라고 생각하게 되었으며, 그리하여 의학에서 문학으로 전향했다는 것이다. 환등 사건에 대한 이러한 해석은 통설이다. 이 해석에 이의를 제기하고 다른 새로운 해석을 시도한 예가 적지 않지만, 그럼에도 불구하고 이 해석은 여전히 통용되고 있다.

새로운 해석의 시도들 중 아마도 가장 특이한 예는 환등 사건을
시각문화와의 대면이라는 각도에서 해석한 레이 초우일 것이다. 레
이 초우가 전개한 논의는 매우 흥미로우며 대단히 논쟁적이다. 레이
초우는 그녀의 저서 『원시적 열정』 제1부의 첫번째 절(「"하나의 뉴
스릴이 현대중국사를 바꿨다": 오래된 이야기를 다시 말하기」)에서 루
쉰의 『외침(吶喊)』 서문 중 환등 사건 에피소드를 인용하였는데 그
인용은 루쉰의 중국어 문장 그대로가 아니라 다음과 같은 영어 번역
문이다.

I do not know what advanced methods are now used to teach microbiology, but at that time lantern slides were used to show the microbes; and if the lecture ended early, the instructor might show slides of natural scenery or news to fill up the time. This was during the Russo-Japanese War, so there were many war films, and I had to join in the clapping and cheering in the lecture hall along with the other students. It was a long time since I had seen any compatriots, but one day I saw a film showing some Chinese, one of whom was bound, while many others stood around him. They were all strong fellows but appeared completely apathetic. According to the commentary, the one with his hands bound was a spy working for the Russians, who was to have his head cut off by the Japanese military as a *public demonstration*, while the Chinese beside him had come to *appreciate this spectacular event*.

Before the term was over I had left for Tokyo, because after

this <u>film</u> I felt that medical science was not so important after all.
The people of a weak and backward country, however strong
and healthy they may be, can only serve to be made *materials or
onlookers of such meaningless public exposures*; and it doesn't
really matter how many of them die of illness. The most important
thing, therefore, was to change their spirit, and since at that time
I felt that literature was the best means to this end, I determined
to promote a literary movement. 〔……〕 I was fortunate enough
to find some kindred spirits. 〔……〕 Our first step, of course, was
to publish a magazine, the title of which denoted that this was a
new birth. As we were then classically inclined, we called it *Xin
Sheng*〔New Life〕.[1]

레이 초우는 이 영어 번역이 양시엔이Yang Hsien-yi와 글래디스
양Gladys Yang의 번역[2]을 자신이 약간 고친 것이라고 하며 그 내
역을 다음과 같이 밝혔다: "나는 중국어 원문의 시각에 관한 표현
을 강조하기 위해 영어의 자연스런 유려함을 다소 희생시키면서 표
준적인 번역에 손질을 했다(위 인용문에서 수정을 가한 부분은 이텔
릭체로 표시했다)."[3]

---

1) Rey Chow, *Primitive Passions*, New York:: Columbia University Press, 1995,
   pp. 4~5.
2) 레이 초우는 "Preface to the First Colletion of Short Stories, 'Call to Arms,' " *Selected
   Stories of Lu Hsun*, Beijing: Foreign Languages Press, 1960, pp. 2~3이라고 그 출전
   을 밝혔다.
3) Rey Chow, 앞의 책, p. 5: 『원시적 열정』, 정재서 옮김, 이산출판사, 2004, pp. 21. 인
   용은 원칙적으로 정재서 역에 따르되 필요 시 고치기도 했다. 이하 인용 쪽수는 영문판의
   것을 괄호 속에 숫자만 표기하기로 한다.

이탤릭체로 표시된 부분은 다음과 같다: 1) public demonstration, 2) appreciate this spectacular event, 3) materials or onlookers of such meaningless public exposures.

양시엔이와 글래디스 양의 영어 번역은 문제의 대목들을 1) warning to others, 2) enjoy the spectacle, 3) examples of, or to witness such futile spectacles로 번역했었다.[4] 레이 초우의 수정에서 시각에 관한 표현이 강조된 것은 1)이다. 2)는 spectacle, spectacular라는 동일한 표현을 사용했고 3)은 spectacles에서 exposures로 바뀌었지만 둘 다 시각적 표현이라는 점에서 똑같다. 결국 1)의 수정만 비시각적 표현을 시각적 표현으로 바꾼 것이고 2)와 3)은 똑같은 시각적 표현으로서 특별히 그 정도가 강화된 것도 아니다. 이렇게 보면 번역문 수정에 대한 레이 초우의 해명은 다소 과장된 것이 아닌가 싶고, 특히 2)와 3)의 수정은 꼭 필요한 것이었는지 의심스럽다. 그 밖에 더 주목할 것은, '이양(二楊)'[5]이 나중에 스스로 자신들의 번역을 수정했다는 사실이다. *Lu Xun Selected Works* 제2판에 실린 "Preface to *Call to Arms*"에는 3)이 examples of or as witnesses of such futile spectacles라고 되어 있다.[6] 이쪽이 좀더 원문에 가까운 번역인 듯한데, 다행히 전과 크게 달라지지는 않아 이 장면에서 우리의 논의가 더 복잡해질 필요는 없겠다.

---

4) 나는 "Preface to the First Colletion of Short Stories, "Call to Arms"", *Selected Stories of Lu Hsun*, New York, London: W.W.Norton & Company, 1977, pp. 2~3을 참조했다. 이 영어판은 外文出版社 제2판(1972년 판)을 미국에서 재출판한 것이다.

5) 이하, 양시엔이(楊憲益, 1915~2009)와 글래디스 양(1919~99) 부부를 간편하게 '이양(二楊)'이라 약칭하기로 한다. 두 사람은 1941년에 결혼했다. 영국인인 글래디스 양의 본명은 Gladys Margaret Tayler, 중국명은 다이나이디에(戴乃迭)임.

6) *Lu Xun Selected Works Volume One*, Beijing: Foreign Languages Press, 1980年 第2版/1985年 第2次印刷, p. 35.

루쉰의 중국어 원문은 이 대목들을 다음과 같이 썼다: 1) 示衆, 2) 賞鑑這示衆的盛擧, 3)毫無意義的示衆的材料和看客. 루쉰은 '示衆'이라는 시각적 의미의 단어를 반복해서 사용했던 것이다. 이에 비해 '이양'은 1)의 '示衆'을 원래의 시각적 의미를 포기하면서 warning to others로 의역하고, 2)와 3)의 '示衆'에는 spectacle이라는 말을 일관되게 적용했다. 레이 초우의 경우는, 1)에 시각적 의미를 갖는 말(demonstration)을 사용한 반면 2)와 3)에 각각 다른 말(spectaclular와 exposures)을 배당했다. 나는 '示衆'에 단어 대 단어로 대응하는 하나의 단어를 사용하여 번역하는 것이 옳다고 생각하기 때문에 두 영어 번역 모두에 대해 찬성하지 않는다. 두 영어 번역이 중국어의 한 단어를 영어로 매번 다르게 번역한 것은, 같은 단어의 반복을 피하는 영어 글쓰기의 관습과 관계가 있을 것이다. 그러나 같은 단어의 단순 반복을 피하는 관습은 중국어 글쓰기나 한국어 글쓰기에서도 마찬가지로 나타난다. 그러므로 그러한 관습에도 불구하고 의도적으로 같은 단어를 거듭 사용했을 때는 그 의도 자체가 중요한 번역 대상이 되어야 한다고 나는 생각한다.

레이 초우는 왜 이처럼 인용문의 번역에서부터 시각에 관한 표현을 강조하고자 한 것일까. 그것은 환등 사건을 시각문화의 체험으로 보았기 때문이다. 루쉰이 환등 사건에서 충격을 받았고 그 충격으로 인해 의학에서 문학으로 전향했다는 통설 그 자체는 크게 문제될 게 없지만 그렇게 말할 때 충격을 받은 방식의 중요성이 간과된다고 레이 초우는 지적한다. 말하자면 '중국인의 정신의 마비'와 '시각적'으로 '조우'함으로써 충격을 받은 것인데, 여기서 중요한 것은 '중국인의 정신의 마비와의 조우'가 아니라 '시각적 조우visual encounter'라는 것이다. 그녀가 보기에, "비평가들은 (이 에피소드에 대해—인용자) 획일적으로 문학의 문제로밖에 생각하지 않았으므로, 루쉰의 이야기 자체에는 주의를 기울이지 않고, 그 이야기의 문학사적 의의에만 주목했던 것"(7)이다.

'시각적 조우'란 무엇인가. 레이 초우는 먼저, "루쉰은 화면을 보면서 중국인 구경꾼들이 무감각한apathetic[7] 상태로 있는지를 어떻게 아는가"(7)라고 묻는다. 그것을 레이 초우는 소급적 해석으로 보았다. 그녀가 강조하고자 하는 것은, "루쉰의 설명이 이미 소리 없는 시각적 사건을 언어화하고 내러티브화하려는 소급적 시도라는 사실"(7)이다. 그러니까 1922년에 서문을 쓰면서 17년 전에 본 화면을 소급적으로 언어화했다는 것인데, 이렇게 보게 되면 실제로 17년 전에 충격을 준 것은 '시각적 조우' 자체임이 분명해진다.

그렇다면 그 '시각적 조우'에서, "정확히 말해서 루쉰이 보고 있었던 것은 무엇인가? 그것을 어떻게 보고 있었는가?"(8) 이 수사적 질문에 대한 레이 초우 자신의 답은 다음과 같다.

film 관객으로서 루쉰 자신의 관점에서 볼 때, 그가 '보고' '발견한' 것은 처형의 잔혹함이나 구경꾼들의 표면상의 냉혹함만은 아니다. film이라는 미디어 자체가 가지고 있는 직접적이고 잔혹하고 날것 그 대로의 힘이다. 투사를 통해 뿜어져 나오는 힘에 의해 film은 잔혹함 이 주는 충격을 공격이라는 형태로 증강시킨다. 희생자를 불시에 내 리치는 참수의 형태와 마찬가지로 그 영상은 루쉰에게 한 방 얻어맞 은 듯한 충격을 주었다. 본다는 그 자신의 행위를 통해, 루쉰이 직면 한 것은 첫째, 마치 매개 없이 메시지를 전달하는 것 같은 film이라

<hr>

7) 중국어 원문은 '麻木的神情', 즉 '마비된 표정'이라고 되어 있다.

는 새로운 미디어의 투명성이었고, 둘째, 이 새로운 미디어의 힘과 처형 그 자체의 폭력성 사이의 친연성이었다. (8)

요컨대 레이 초우가 말하고자 하는 것은 'film' 보기를 통해 루쉰이 받은 충격은 두 가지로서 첫째는 "그나 그의 동포들의 존재가 세계의 눈에는 구경거리로밖에 보이지 않는다는 깨달음"(10)이고 둘째는 "문학이나 글쓰기가 전통적으로 점하고 있던 역할을 빼앗고, 그것을 대체할지도 모르는 강력한 미디어와 자기가 만나고 있다는 그의 인식과 관련이 있다"(10)는 것인데, 그녀에게 중요한 것은 두번째 충격이다. 그래서 "루쉰의 이야기는 고대 이래의 언어중심문화가 20세기로 진입하는 교차로에 서 있고 현대문화와 포스트모던 문화에서는 모든 예술 형태를 포괄하는 힘을 가진 시각 이미지가 곧 실현되리라는 예감으로 가득 차 있다"(10)는 진술이 나온다. 이 두번째 충격이 주는 '위협'에 대한 루쉰의 반응을 "시각적인 것을 거부해버리는 것이 아니라, 시각이 주는 고통을 참고 견디면서 문학으로 회귀"(10)한 것이라고 레이 초우는 본다〔약간 앞 쪽에서는 "루쉰은 문학으로 도피하여 '해결'하려고 하지만 시각 이미지가 가하는 위협은 언제나 그를 괴롭혔을 것이다"(9)라고 쓰고 있는데 둘 다 같은 얘기이다〕. 여기서 루쉰 이야기의 양가성이라는 개념이 도출된다. 즉, "현대에 있어서 문학의 시작을 알리는 몸짓 자체가 문학적 글쓰기의 자기 완결성이나 유효성을 부정하고 있다"(11)는 것이다.

이상과 같은 루쉰 해석의 의도는 명백하다. 문자문화에 대한 시각문화의 우위를 주장하고자 하는 것이며 시각문화 중에서도 film을 특권화하고자 하는 것이다. 이 의도는 두번째 절(「문학이라는 기호를 탈중심화하기」)에서 "20세기 초, 중국의 지식인들에게 'film'의

등장은 언어기호와 문학기호가 지위를 상실하는 획기적인 순간이었
다"(18)라고 단언하는 순간 그 표출의 절정에 도달한다.

레이 초우의 논의에는 부분적으로 예리한 통찰들이 적지 않지만,
전체적으로 볼 때 우리는 더 많은 의문을 품지 않을 수 없고 더 많
은 이의를 제기하지 않을 수 없다. 우리의 비판적 검토는 다시 『외
침』 서문을 인용한 영어 번역문으로 돌아가는 데서부터 시작할 필요
가 있다.

레이 초우가 제시한 영어 번역문은 루쉰이 '電影'이라고 쓴 것을
lantern slides로, '畵片'이라고 쓴 것을 처음 한 번은 slides로, 뒤의
두 번은 films, film으로 번역했다. 또 영어 번역문에는 film이라는
말이 한 번 더 나온다. 두번째 문단의 "after this film"이 그것이다.
이것은 원문의 "그 일이 있은 뒤로(從那一回以後)"에 대한 의역이
다. 여기서의 film은 원문에는 없는 말이다.[8] 이러한 번역은 '이양'
의 번역을 그대로 따른 것이지만, 그대로 따랐다는 것도 하나의 선
택이므로 이 번역에 문제가 있다면 그것을 선택한 레이 초우 역시
그 문제로부터 자유로울 수 없다. 지금 우리의 논의는 레이 초우가
루쉰의 중국어 원문을 읽어보지 않고 양시엔이와 글래디스 양의 영
어 번역문만을 읽었을 리는 없다는 것을 전제로 한다.[9] 나에게는 둘
다 외국어이기는 하지만, 루쉰의 '電影'은 filmslide로(즉 환등으로),
'畵片'은 slide(s)로(즉 슬라이드로) 일관되게 번역하는 게 옳다고
판단된다. 그리하여 루쉰의 이 서문에 대한 필자의 축어적 번역은
다음과 같이 된다. 문제의 대목들은 상점을 찍어 표시했다.

---

8) 그리하여 영어 번역문에는 랜틴 슬라이드, 슬라이드, 필름 등의 말이 전부 다섯 번 나온
   다. 앞의 인용문에 밑줄로 표시해둔 바와 같다.
9) 이 전제가 성립되지 않을 가능성은 상상하기 어렵다.

미생물학의 교수법이 지금은 또 어떻게 발전했는지 모르지만, 요컨대 그때는 환등을 이용하여 미생물의 형상을 보여주었고, 그래서 때로 강의가 일찍 끝나고 시간이 남으면 교수는 학생들에게 풍경이나 시사에 관한 슬라이드를 보여주는 것으로 남은 시간을 사용했다. 당시는 마침 러일전쟁 때였으므로 자연히 전쟁에 관한 슬라이드가 많은 편이었는데, 나는 그 강당에서 항상 나의 학우들의 박수와 갈채에 동조해야 했다. 한번은, 헤어진 지 오래된 많은 중국인들을 갑자기 슬라이드 속에서 만나게 되었다. 한 사람이 가운데 묶여 있고, 많은 사람들이 좌우에 서 있었다. 하나같이 건장한 체격이었지만 마비된 표정을 띠고 있었다. 해설에 의하면, 묶인 자는 러시아를 위해 군사상의 간첩 활동을 한 사람으로서, 바야흐로 일본군이 목을 쳐서 공개처형을 하려는 참이었고, 둘러싼 자들은 이 공개처형이라는 큰 행사를 구경하러 온 사람들이었다.

그 학년이 채 끝나기도 전에 나는 도쿄로 와버렸는데, 그것은 그 일이 있은 뒤로 의학이란 것이 결코 중요한 일이 아니며, 무릇 어리석은 국민은 몸이 제아무리 건강하고 튼튼하다 하더라도 무의미하기 짝이 없는 공개처형의 재료나 구경꾼이 될 수밖에 없고, 그에 비하면 병에 걸려 죽는 이가 많은 것은 꼭 불행이라고 할 것까지도 없다고 느껴졌기 때문이다. 그러므로 우리가 제일 먼저 할 일은 그들의 정신을 개조하는 데 있고 정신 개조에 좋은 것은 당시의 나에게 생각되기로는 당연히 문예가 제일이었으므로 문예운동을 제창하기로 마음먹었다. 도쿄에 있는 유학생들 중에는 법, 정치, 물리, 화학이나 경찰, 공업을 배우는 사람이 대부분이었고 문학이나 미술을 공부하는 사람은 없었다. 하지만 그런 냉담한 분위기 속에서도 다행히 몇 사람의 동지를 찾아냈고, 그 밖에 필요한 몇 사람을 더 불러 모아 상의한 결과 제일보는 당연히 잡지를 내는 것이었다. 이름은 '새로운 생명(新的生命)'이라는 뜻을 취하기로 했는데, 당시 우리가 대체로 복고적인 경향을 띠었기 때문에 단지 『신생(新生)』이라고 부르기로 했다.

루쉰이 미생물학 수업 자료로 본 것은 미생물의 형태를 찍은 '電影'이고, 강의가 끝나고 남은 시간에 본 것은 자연 풍경이나 시사(時事)에 관계되는 '畵片'이다. '電影'이든 '畵片'이든 환등으로 보여주는 슬라이드 필름(즉 정지 사진)이지 영화(즉 동영상)는 아니었다. 알다시피 film이라는 영어 단어는 본래 모든 필름을 포괄하는 의미이지만 현재적 용법은 cinema나 movie라는 말들과 함께 주로 영화(동영상)를 의미하는 데 사용된다. 레이 초우가 처음에는 slide라는 말을 사용하고 나중에는 이 말을 film으로 바꿔버린(film이라는 말이 본래 모든 필름을 포괄하는 의미였기 때문에 이런 바꿈이 가능해진다) 영어 번역문을 제시한 뒤 그것들을 절 제목에서 아예 news-reel이라는 말10)로 감싸버린 데는 확실히 어떤 의도 내지 경향이 엿보인다. news-reel은 뉴스 슬라이드가 아니라 뉴스 영화인 것이다. 정지 사진과 동영상 사이의 차이는 거의 본질적일 수 있다. 이 차이에 대해서는 레이 초우 자신도 두번째 절 말미에서 다음과 같이 분명히 언급하고 있다.

그리고 마지막으로 사진이나 회화의 경우와 다르게, film에서는 가시적인 것이 시간 안에서 움직이기도 한다. 이 움직이는 내러티브라

---

10) 이 말은 레이 초우가 Jay Leyda, *Dianying: An Account of Films and the Film Audience in China*, Cambridge, Mass: MIT Press, 1972, p. 13에서 따온 것이다.

고 하는 film의 특징 때문에 film은 다른 시각 양식들과는 전혀 다른 방식으로, 전통적으로 내러티브를 독점해온 언어텍스트와 당당히 겨룰 수 있는 것이다. (18)

그럼에도 불구하고 레이 초우는 film이라는 말의 사용을 통해 영화와 환등을 구분 없이 뒤섞고 있다. 루쉰의 시각 테크놀로지 체험은 환등의 그것이지 영화의 그것이 아니다. 환등의 정지 사진과 영화의 동영상 사이의 차이가 크다는 것을, 양자가 전혀 다르다는 것을 인정한다면, "20세기 초, 중국의 지식인들에게 film(영화)의 등장은 언어기호와 문학기호가 지위를 상실하는 획기적인 순간이었다"(18)라는 주장을 입증하기 위해 루쉰의 film(환등) 사건을 끌어들이는 것은 부당하다 하지 않을 수 없다. 레이 초우가 루쉰의 환등 사건에 대해 이야기하면서 자꾸 film이라는 말을 사용하는 것은 바로 그 부당성을 은폐하기 위한 전략적 어법일 수 있다. 제시된 영어 번역문은 이 전략적 어법이 정당성을 획득하는 데에 대단히 유용한 근거가 되어준다.

그런데 흥미로운 것은 이양(二楊)이 *Lu Xun Selected Works* 제2판에서는 기왕의 번역을 대폭 수정했다는 사실이다. 앞에서도 그 한 예를 보았지만 사정이 그리 간단치 않다. 수정된 번역문을 직접 인용하는 편이 낫겠다.

I have no idea what improved methods are now used to teach microbiology, but in those days we were shown lantern slides of microbes; and if the lecture ended early, the instructor might show slides of natural scenery or news to fill up the time. Since this was during the Russo-Japanese War, there were many war **slides**, and I had to join in the clapping and cheering in the lecture hall along with the other students. It was a long time since I had seen any compatriots, but one day I saw a **news—reel slide** of a number of Chinese, one of them bound and the rest standing around him. They were all sturdy fellows but appeared completely apathetic. According to the commentary, the one with his hands bound was a spy working for the Russians who was to be beheaded by the Japanese military as a warning to others, while the Chinese beside him had come to enjoy the spectacles.

Before the term was over I had left for Tokyo, because this **slide** convinced me that medical science was not so important after all. The people of a weak and backward country, however strong and healthy they might be, can only serve to be made examples of or as witnesses of such futile spectacles; and it was not necessarily deplorable if many of them died of illness. The most important thing, therefore, was to change their spirit; and since at that time I felt that literature was the best means to this end, I decided to promote a literary movement. [······] I was fortunate enough to find some kindred spirits. [······] Our first step, of course, was to publish a magazine, the title of which denoted that this was a new birth. As we were then rather classically inclined, we called it *Vita Nova*[*New Life*].[11]

밑줄 친 부분들이 수정된 곳이니 수정의 정도가 꽤 크다는 것을 알 수 있다. 여기서 특히 주목할 것은 고딕체로 표시한 곳이다. 기왕의 번역에서 films, film, film이었던 것들이 이제 slides, news-reel slide, slide로 바뀐 것이다. 이는 루쉰의 ‘電影’은 filmslide로(즉 환등으로), ‘畵片’은 slide(s)로(즉 슬라이드로) 일관되게 번역해야 한다는 나의 주장과 거의 부합된다.[12] 만약 레이 초우가 ‘이양’의 새 번역문을 인용하고 그리하여 film이란 말 대신 slide라는 말을 사용했다면 『원시적 열정』에서의 논의는 지금 같은 모습이 될 수 없었을 것이다.

2. 환등 사건을 어떻게 읽을 것인가

레이 초우에 의해서는 무시되고 배제되었지만, 나는 『외침』 서문의 환등 사건 이야기를 문학비평 내지 문학연구 쪽에서 지금까지 어떻게 읽어왔는가 하는 문제를 살펴보아야 한다고 생각한다. 물론 통설은 루쉰의 이야기를 액면 그대로 받아들이는 것이다. 하지만 통설에 이의를 제기하고 새로운 읽기를 시도한 예도 적지 않다. 그 대표적인 예가 일본의 다케우치 요시미(竹內好)이다. 다케우치는 이미 1943년에 집필한 그의 저서 『루쉰(魯迅)』에서 환등 사건 전에 이미 하나의 사건이 있었다는 점에 주목했다. 그것은 루쉰이 산문 「후지

---

11) *Lu Xun Selected Works Volume One*, Beijing: Foreign Languages Press, 1980年 第2版/1985年 第2次印刷, pp. 34~35.

12) 외문출판사의 불어판은 ‘un appareil de projection’(영사기)와 ‘diapositives’(슬라이드)로 번역했다.

노(藤野) 선생」에서 쓰고 있는 해부학 강의 노트 사건이다.[13] 후지노 선생이 루쉰의 강의 노트를 고쳐주면서 시험 문제를 유출시켰으며 그 때문에 루쉰이 낙제를 면할 수 있었다는 일본인 학생들의 비난을 받은 것이 이 사건의 내용이다. 환등 사건은 강의 노트 사건과 마찬가지로 루쉰에게 굴욕감을 주었다고 다케우치는 말한다. 다케우치의 생각으로는 루쉰은 "동포의 정신적 빈곤을 문학으로 구제하는 따위의 기분 좋은 지망을 품고서 센다이를 떠났던 것이 아니"라 "아마 굴욕을 씹으면서 센다이를 뒤로 했을 것"이다. 요컨대 환등 사건과 문학 지망은 직접적인 관계가 없다는 것이 다케우치의 판단이다. 루쉰에게 문학으로의 전향이라는 것이 있었다면 그것은 갑자기 일어난 것이 아니라 전부터 서서히 이루어져온 것이고, 강의 노트 사건과 환등 사건 같은 것들은 "그 자체가 그의 회심을 의미하는 것이 아니며 그가 받았던 굴욕감이 그의 회심의 축을 형성하는 여러 가지 요소 가운데 하나로 첨가되었을 것"이라고 다케우치는 설명한다.[14] 다케우치에 동의하든 않든(나는 동의하는 편이지만), 중요한

---

13) 蒙樹宏編, 『魯迅年譜稿』, 桂林: 廣西師範大學出版社, 1988, p. 48은 환등 사건을 러일전쟁 중이었던 1905년 3월 13일 전후의 일이었으리라 추정한다. 강의 노트 사건이 1905년 9, 10월 무렵의 일이었으므로, 이 추정에 따르면 환등 사건이 먼저고 강의 노트 사건은 나중이다. 그러나 「후지노 선생」에서 루쉰 자신이 두 사건의 선후에 대해 다음과 같이 분명하게 밝히고 있는 데 주목하면(바로 이 대목을 다케우치가 인용했다), 다케우치의 파악이 옳다고 하지 않을 수 없다. "중국은 약한 나라다. 따라서 중국인은 당연히 저능아다. 점수가 60점 이상이 되는 것은 자신의 힘이 아니다. 그들이 이렇게 의심하는 것도 무리가 아닐지 모른다. 그러나 나는 뒤이어 중국인이 총살당하는 것을 지켜보아야 할 운명에 놓이게 되었다. 2학년이 되면 세균학 수업이 생겨 세균의 형태는 모두 환등으로 보여주는데, 〔……〕"(다케우치 요시미, 『루쉰』, 서광덕 옮김, 문학과지성사, 2003, p. 72). 루쉰이 『외침』 서문에서 "마침 러일전쟁 때였으므로"라고 썼는데 러일전쟁이 끝난 것은 1905년 5월이었으므로 환등 사건은 5월 이전의 일일 수밖에 없다고 판단해도 될까? 종전 후에도 한동안은 '러일전쟁 때였다'라고 말할 수 있다고 필자는 생각한다.
14) 다케우치 요시미, 『루쉰』, 서광덕 옮김, 문학과지성사, 2003, pp. 73~74. 내 생각으로

것은『외침』서문의 서술을 액면 그대로 받아들이지 않는다는 점이
다. 의혹을 품고 보면 우리는 여러 가지 질문을 떠올릴 수 있다.

우선, 환등 사건이 있었던 1905년과 서문을 쓴 1922년 사이에 17년
이라는 시차가 있다는 점에 주목해야 한다. 레이 초우는 이 점을 간
과하지 않고, 중국인 구경꾼들의 표정이 마비된 것이라는 루쉰의 설
명은 소급적 해석이라고 지적했다. 레이 초우는 특히 시각 이미지의
언어화 문제를 1905년과 1922년 사이의 시차라는 맥락에서 제기한
것인데, 따지고 보면 사태는 그보다 훨씬 복잡하다. 루쉰의 문장 안
에 이미 두 개의 서로 다른 시간이 존재한다. 환등 사건의 시간이
하나이고 도쿄로 온 뒤의 시간이 다른 하나이다. 의학 따위는 조금
도 중요한 것이 아니고 중요한 것은 정신 개조이며 이를 위해 문예
운동을 해야겠다고 결정한 것은 센다이에서의 일인가, 도쿄에서의
일인가. 뿐만 아니라, 의학을 그만두겠다는 결정과 문학을 하겠다
는 결정 사이에 시간적 거리가 있을 수도 있지 않은가.

루쉰이 후지노 선생에게 의학을 그만두고 생물학을 하겠다고 말
하자 후지노 선생이 "의학을 위해 가르친 해부학 따위가 생물학에
큰 도움이 되겠는가"라고 탄식했다는 에피소드(1926년에 쓴 산문
「후지노 선생」에 나오는 에피소드이다. "2학년이 끝날 때(到第二學年
的終結)"라고 쓰고 있는데 1906년 2, 3월 무렵으로 추정된다)를 참조
할 수도 있겠다. 그 에피소드에서 루쉰은 "사실 나는 생물학을 배울
마음은 없었으나, 그의 서글픈 표정을 본 나는 빈말로나마 위안하지
않을 수 없었다"라고 덧붙이고 있는데, 그 위안이 정말로 빈말이었
다고 하더라도 이때 루쉰이 이미 '문학으로의 전향'을 결심한 상태인

는, 다케우치에게 있어, "루쉰의 문학을 본질적으로 공리주의로 보지 않는" 관점이 이
러한 설명의 출발점임을 주목해야 한다.

지는 여전히 확실하지 않다(의학을 그만두기로 결심한 상태인 건 분명하지만). 루쉰이 센다이 의전을 그만두고 도쿄로 나온 것은 1906년 3월 20일 전후의 일인데(공식적 퇴학 날짜는 3월 15일이다), 루쉰의 고향 친구 쉬서우창(許壽裳)은 이 무렵에 있었던 일을 1936년에 다음과 같이 서술했다.

〔……〕 그러나 2학년 봄방학이 되었을 때 그는 예전처럼 도쿄로 돌아왔는데, 갑자기 '전변(轉變)'했다.

"나 퇴학했어." 그가 내게 말했다.

"왜?" 나는 그 말에 깜짝 놀라 물었다. 마음속으로 그의 의지가 약해진 건가 싶었다. "자네 정말 재미있게 공부하고 있는 거 아니었어? 왜 중단하겠다고……"

"그래," 그는 잠시 머뭇거리다가 결국 이렇게 말했다. "나는 문예를 공부하기로 결심했네. 중국의 바보들과 대바보들을 의학으로 고칠 수 있겠는가?"

우리는 마주 보며 쓰게 웃었다. 바보들 대바보들이라는 두 부류는 우리의 일상적 대화 재료였기 때문이다.[15]

이로 보면 문학으로의 전향을 결심한 것이 그 이전의 일이었음이 분명하다 할 것이다. 대체로, 1905년 가을 학기의 환등 사건 이후부터 1906년 3월 하순 도쿄에서 쉬서우창을 만난 때까지, 그 몇 달간의 시간 어딘가에서 그 결심이 이루어졌다고 보는 게 온당할 것이다.

루쉰의 진술을 자세히 음미해보면 우리의 추정이 좀더 그럴듯하

---

15) 許壽裳, 「懷亡友魯迅」, 孫郁・黃喬生主編, 『摯友的懷念』, 石家庄: 河北敎育出版社, 2000, p. 73.

게 느껴진다. 루쉰 자신은, 환등 사건 당시에 바로 기의종문(棄醫從文)을 결심했다는 식으로는 결코 쓰지 않았다. 후세의 해석자들이 루쉰을 그렇게 읽었을 뿐이다. 해당 부분을 다시 인용해보자.

그 학년이 채 끝나기도 전에 나는 도쿄로 와버렸는데, 그것은 그 일이 있은 뒤로 의학이란 것이 결코 중요한 일이 아니며, 무릇 어리석은 국민은 몸이 제아무리 건강하고 튼튼하다 하더라도 무의미하기 짝이 없는 공개처형의 재료나 구경꾼이 될 수밖에 없고, 그에 비하면 병에 걸려 죽는 이가 많은 것은 꼭 불행이라고 할 것까지도 없다고 느껴졌기 때문이다. 그러므로 우리가 제일 먼저 할 일은 그들의 정신을 개조하는 데 있고 정신 개조에 좋은 것은 당시의 나에게 생각되기로는 당연히 문예가 제일이었으므로 문예운동을 제창하기로 마음먹었다.

위 인용은 원문의 구두점을 그대로 따라 직역한 것이어서 우리말로 읽기에 좀 불편하거나 어색할 수 있을 것이다. 불편하거나 어색하더라도 오해를 피하기 위해 이렇게 직역한 것인데, 위 인용은 크게 두 문장으로 구성되어 있다. 의전 중퇴의 원인이 환등 사건 이후에 갖게 된 새로운 생각(신체 건강이 별로 중요하지 않다는) 때문이라는 것이 첫번째 문장이다. 정신 개조가 중요하다는 내용의 두번째 문장은 앞 문장과 '그러므로'라는 접속사로 연결되는데 문제는 이 접속사다. 논리적으로 보면, 신체 건강이 별로 중요하지 않다는 새로운 생각은 한편으로(그 문장 안의 인과관계에서) 의전 중퇴의 원인이기도 하고 다른 한편으로(다음 문장과의 인과관계에서) 정신 개조가 중요하다는 생각의 원인이기도 하다. 그렇다면 이 두 개의 인과관계는 동시적인 것인가, 순차적인 것인가? 이 물음과 관련하여 볼 때 루쉰의 서술은 매우 모호하다. 종래의 통설은 그 모호함에 주목하지 않고 그것을 동시성으로 읽었다고 할 수 있다. 하지만 지금 우리는 그 모호함에 주목하면서 그것을 비동시적인 것으로 보고자 한다. 사실은, "그 일이 있은 뒤로" 의학이 무의미하다고 느끼게 되었고 "그러므로" 정신 개조가 시급하고 정신 개조를 위해 문예운동을 해야겠다고 생각하게 되었다, 라는 게 루쉰의 실제 진술인데 여기에는 '시간을 두고 점점 더'라는 뉘앙스가 뚜렷이 포함되어 있다. 이 뉘앙스가 암시하는 시차의 존재는 대단히 중요하다. 그 시차의 사이에 환등 사건에 대한 루쉰의 해석이 진행되었을 것이기 때문이다. 시각 이미지의 언어화 문제, 즉 중국인 구경꾼들의 표정이 마비돼 있었다고 본 것 역시 바로 이때의 해석이 아니었을까? 이것을 1922년의 소급적 행위로 보는 것이 과연 온당할까? 필자는 그 해석이 환등 사건 당일부터 1906년 3월 하순 사이에, 일회적으로가 아니라 거듭해서 곱씹는 형태로 이루어졌으리라고 본다. 심지어는 1905년 환등을 보던 바로 그 순간에, 동시적으로, 첫 해석이 이루어졌고 그 뒤로 거듭해서 재해석이 이루어졌다고 보는 편이 더 사실에 가까우리라 생각된다.

1922년에 이루어진 것은 과거의 소급적 해석이 아니라 과거의 재구성이었다고 말하는 편이 적절할 것 같다. 이렇게 볼 때 정말로 중요한 것은 루쉰이 왜 하필 환등 사건만을 선택적으로 서술했는가 하는 문제다. 앞에서 보았듯이 강의 노트 사건도 있었는데 말이다. 더욱이 『외침』 서문의 서술만으로 보자면 마치 루쉰이 환등 사건 이전에는 문학에 대해 아무 관심이 없었던 것만 같고, 중국인의 정신 개조의 필요성에 대해 아무런 인식이 없었던 것만 같다. 그러나 다른 많은 자료들을 통해 우리는 루쉰이 센다이 의전 시절 이전부터 문학에 많은 관심이 있었고, 중국인의 정신 개조의 필요성에 대한 인식 또한 이미 진행되고 있었음을 잘 알고 있다. 『외침』서문의 서술은 이러한 실제 사정을 은폐함으로써 일정한 내러티브 효과를 빚어낸다. 환등 사건을 계기로 한, 의학에서 문학으로의 전향이라는 드라마틱한 이야기가 생겨나는 것이다. 이 드라마틱한 이야기는 '기원'에 관한 이야기로 읽힐 소지를 다분히 지니고 있다. 좁게는 루쉰 문학의 기원이, 넓게는 중국근대문학의 기원이 거기서 생겨난다. 어쩌면 이것이 루쉰의 서술 의도였는지도 모른다.

　『외침』서문 해석의 문제에 대해 레이 초우가 기여한 결정적인 공헌은 시각적 충격에 대한 성찰의 필요성을 제기했다는 데 있다. 이 점을 인정하는 데 인색할 필요는 없다고 본다. 그러나 아무래도 레이 초우는 그 시각적 충격의 의미를 지나치게 과장하고 있다고 생각된다. 레이 초우가 정지 사진인 슬라이드와 동영상인 영화를 film이라는 영어 단어의 포괄성을 이용하여 동일시하고 그럼으로써 영화의 미디어 효과를 슬라이드에까지 확대 적용한 것은 자신의 과장을 정당화하기 위한 책략이다. 레이 초우의 과장은 새로운 신화의 구축을 위해 봉사한다. "20세기 초, 중국의 지식인들에게 film의 등장은 언어기호와 문학기호가 지위를 상실하는 획기적인 순간이었다"(18)라는 신화가 그것이다. 이는 루쉰 문학에 대해서도 새로운 '기원'을 마련해준다. 환등 사건에서 겪은 시각 테크놀로지의 위협이 루쉰 문학의 새로운 '기원'이 되는 것이다(종래의 '기원'은 환등 사건에서 얻은, 중국인의 정신 개조의 필요성에 대한 깨달음이었다). 그러나 공개 처형 장면을 환등으로 본 사건 이전에도 루쉰은 이미 환등이라는 미디어에 접촉하고 있었다(마치 환등 사건 이전에도 정신 개조의 필요성에 대한 인식을 가지고 있었던 것처럼). 미생물의 모습이나 시사나 풍경에 관한 슬라이드를 이미 적지 않게 보아왔던 것이다. 그 슬라이드들에서도 루쉰이 환등 사건에서와 동일한 정도의 시각적 충격을 받았을까? 그렇지 않았을 것이다. 그러므로 여기서 중요한 것은 이 환등 사건이 환등이라는 미디어와 중국인의 병든 국민성이라는 내용이 결합된 것이었다는 점이다. 이 결합의 쌍방이 상호간에 충격의 증폭을 최대화해주었다고 보는 편이 온당할 것이다. 루쉰이 환등 사건을 선택적으로 서술한 것은 바로 그 때문일 것이다.

그러나 우리가 더욱 주의해야 할 것은 환등 사건은 『외침』 서문의 극히 일부에 지나지 않는다는 사실이다. 서문의 전체 맥락에서 보면 환등 사건과 문학으로의 전향이라는 '기원'은 다시 해체된다. 그것은 잡지 『신생』의 실패(레이 초우가 제시한 인용 부분 바로 뒤에 서술된다)라는 쓰디쓴 또 하나의 굴욕으로 귀결되는 것이다. 이 굴욕들 위에서 루쉰은 또 다른 '기원'의 이야기를 만들어냈다. 『외침』 서문의 후반부에서 서술되는 '쇠로 만든 방(鐵屋子)' 이야기, 즉 1918년에 잡지 『신청년』의 원고 청탁을 받았을 때 루쉰이 치엔쉬엔퉁(錢玄同)에게 해주었다는 그 유명한 이야기가 그것이다. 이것은 루쉰 '문학'의 '기원'이 아니라 루쉰 '소설'의 '기원'이다. 여기서는 이에 대한 자세한 논의는 피하기로 한다.

3. 문자문화와 시각문화의 관계

레이 초우 논의의 대전제는 문자문화와 시각문화가 대립 관계에 있고 대체 관계에 있다는 것인 듯하다. 하지만 나는 그 전제에 동의하지 않는다. 내가 보기에, 그것들은 단지 서로 다를 뿐이다. 문학에서 상상력과 이미지를 중시하는 입장에 서서 보면 시각적인 것은 문학의 본질적 요소다. 이 문학 내적인 시각성은 문학 바깥의 시각문화와 밀접한 관계를 갖기 때문에 시각문화의 시대적 환경의 차이에 따라 그 역시 다양한 변화를 보이는 것은 당연하고도 자연스러운 일이다. 이는 이를테면 원근법 이전의 회화와 원근법 이후의 회화, 인상주의 회화, 사진, 영화 등이 문학 내적 시각성에 어떤 영향을 주었는지를 생각해 보면 쉽게 납득할 수 있는 일이다. 레이 초우도 루쉰을 비롯한 중국 작가들의 소설에서 영화의 영향을 발견하고 있지 않은가. 한편 시각문화의 경우, 같은 시각문화라고 해서 다 똑같이 취급될 수는 없다. 회화와 조각이 다르고, 또 그것들과 사진이 다르며, 같은 정지 사진이라 해도 사진과 영사기를 통해 투영되는 환등이 다르고, 똑같이 영사기를 통해 투영된다 해도 정지 상태의 환등과 동영상인 영화가 다르며, 똑같은 영화라고 해도 무성영화와 유성영화가 다르고, 똑같은 유성영화라고 해도 영화사적으로 보아 다양한 차이가 존재하는 것이다. 문학과 영화는 기본적으로 상호 영향 관계를 가지면서 각각의 내적 차이에 따라 때로는 대립 관계가 될 수도 있고 때로는 보완 관계 내지 동맹 관계가 될 수도 있다. 문화의 중심(엄밀히 말하자면 중심이라는 게 무슨 의미인지도 따져볼 필요가 있지만)에서 문학이 밀려나고 그 자리에 영화가 들어선다는 진술은 성립될 수 있지만, 그렇다고 문학이 소멸되고 영화로 대체되는 것은 아니다. 문학과 영화 사이에는 무슨 서열 관계나 질적 우열의 관계가 없다. 양자는 기본적으로 서로 다른 것으로서 양립 가능한 관계인 것이다. 마치 문학과 음악이 그렇고, 영화와 미술이 그런 것처럼 말이다.

하지만 레이 초우의 생각은 나와 다른 것 같다. 레이 초우의 논의
는 문학에 대한 일정한 규정을 대전제로 하고 있는 것으로 보인다.
가령 다음과 같은 진술을 보자.

> 1920년대와 1930년대에, 문학의 지위가 점점 더 낮아지는 데 대해
> 작가들이 "글쓰기를 사회적·물질적 세계 안에서의 활동과 구분되는
> 것이라기보다 그 활동의 일부로 재정의"하는 대안을 선택했을 때조차
> 도, 그러한 "사회적·물질적 세계 안에서의 활동"과 시각적인 것
> visuality 사이의 연결은 이루어지지 않았다. (6~7)[16]

이 진술의 전반부는 웬디 라슨Wendy Larson의 원용[17]이다. 그
출전을 밝히면서 레이 초우는 다음과 같은 설명을 덧붙였는데 이 보
충 설명 역시 웬디 라슨의 원용이다.

> 라슨의 명제는, 20세기 초의 근대modern 중국문학이 문학 혹은
> 텍스트 생산 노동을 정당화하기 위해 사용된 권위authority와 참조성
> referentiality상의 현저한 변화로 특징지어졌다는 것이다. 텍스트 참
> 조의 권위는 계속적으로 사회적·물질적 세계의 권위에 길을 내주고
> 있었다. 전통이 붕괴되고 있었기 때문에 작가들은 점점 더 텍스트 생

---

16) 이 인용문은 한국어 번역판의 번역을 내가 고친 것이다. 원래 한국어 번역판은 다음과
   같이 되어 있다. "1920년대와 1930년대에 문학의 위상이 점차 낮아지자 작가들은 '글쓰
   기를 사회적·물질적 세계와 구분되는 행위라기보다 그 세계 안에서의 활동으로 재정의
   하는' 대안을 선택했다. 그러나 그때조차도 이와 같은 '사회적·물질적 세계 안에서의 활
   동'과 시각 사이의 연결은 이루어지지 않았다." (pp. 23~24)

17) Wendy Larson, *Literary Authority and the Modern Chinese Writer: Ambivalence and
   Autobiography*, Durham, N.C.: Duke University Press, 1991, p. 8.

산 노동을 부정적으로 바라보게 되었지만, 그럼에도 불구하고 텍스트 생산 작업을 계속해서 특권화했다. (205)

웬디 라슨은 미국의 오레곤 대학 동아시아 어문학부 교수고 현대 중국의 문학과 영화를 전공한 백인 여성 학자다. 1984년에 박사 학위를 받았으니 나나 레이 초우보다 약간 선배다. 그녀의 저서『문학의 권위와 근대 중국 작가: 양가성과 자서전』은 궈모뤄(郭沫若), 선충원(沈從文), 루쉰(魯迅), 후스(胡適), 바진(巴金) 등의 에세이와 자서전을 통해 20년대 말 30년대 초에 중국 작가들이 겪은 권위authority상의 위기를 해명하고자 했다. 그녀에 의하면, 그들은 사회적 삶에 대한 문학작품이나 텍스트 형태의 학술literary works or textual scholarship의 영향력에 의심을 품게 되었고, 그 불신으로 인해 텍스트 생산 작업을 비판하거나 심지어 포기하게 되었다; 그들이 대안으로 택한 것은 혁명적 작업, 군사적 작업, 육체노동 등, 즉 사회적·물질적 세계 안에서의 활동이었다; 그러나 여전히 글쓰기를 포기할 수 없었기 때문에 작가들 중 일부some는 글쓰기 작업을 물질적 생산에 더 가깝거나 그 일부인 것으로 재정의하고자 했다.[18)

레이 초우가 웬디 라슨을 원용한 것은 자신의 논거로 삼기 위해서였지만, 실제로 두 사람 사이에는 결코 작지 않은 차이가 있는 것 같다. 웬디 라슨은 "20세기 내내, 중국 작가들은 어떻게 새로운 문학 전통을 창조할 것인가 하는 문제와 씨름했다. 문학의 권위와 사회적·물질적 권위 사이의 갈등은 그 싸움의 일부이다"[19) 라고 말했

---

18) 같은 책, p. 153 참조.
19) http://eal.uoregon.edu/faculty-and-staff/larson/

는데, 이는 20세기 초의 권위상의 위기 경험을 경계로 그 이전의 옛 문학 전통과 그 이후의 새로운 문학 전통을 나누었기 때문에 가능한 진술이다. 이에 반해 레이 초우에게는 그런 구별이 없다. 위의 두 번째 인용문을 보면, "권위authority와 참조성referentiality상의 현저한 변화"(즉, '20세기 초의 권위상의 위기 경험')가 단지 '전통'의 '붕궤' 과정으로만 인식되고 있다. 웬디 라슨이 보고 있는 새로운 문학 전통의 창조가 레이 초우에게는 보이지 않는다. 레이 초우에게는 오직 고대 이래 오래도록 지속되어온 문학 전통이 급격히 붕궤되어가는 모습만 보인다. 웬디 라슨이 20년대 말 30년대 초라는 시간 속에서 새로운 문학 전통의 창조와 관련한 작가들의 고뇌를 보는 데 반해 레이 초우는 그보다 15년 안팎 이전의 시간 속에서 '문학이라는 전통'의 붕궤를, 그리고 그 전통으로의 재전향을 보는 것이며 20년대 말 30년대 초의 문학 현상 또한 그 재전향이라는 커다란 틀 속에 들어 있는 것으로 파악하는 것이다. 1905~1906년에 루쉰이 시각적인 것으로 나아가지 않은 점, 그리고 20년대 말 30년대 초에 이르러서도 중국 작가들이 여전히 시각적인 것을 중시하지 않은 점이 레이 초우의 불만 사항이다.

예를 하나 더 들어보자. 제1부 세번째 절(〈원시적 열정의 출현〉)에 나오는,

5·4 작가들이 문학을 회춘시키려 했을 때, 그들은 영감을 얻기 위해 하층계급의 비참함과 좌절에 눈을 돌렸다. (21)

라는 진술은 우리를 곤혹스럽게 만든다. 이 진술은 5·4운동 작가들이 구문학을 부정하고 신문학을 건설하려고 했을 때(즉 1919년 전

후)를 말하는 것인가, 아니면 5·4문학의 퇴조와 프로문학의 대두(즉 20년대 말 30년대 초)를 말하는 것인가. 만약 전자라면, 위 진술은 오류이다. 왜냐하면 5·4운동 작가들의 목적은 결코 '문학의 회춘'이 아니었기 때문이다. 기존 문학을 붕궤시키고 새로운 문학을 생성하는 것이 목적이었다고 말해야 옳다. 만약 후자라면, 위 진술은 대단히 수상한 진술이다. 문학이 자신의 '회춘'을 위해 하층계급의 비참함과 좌절을 이용했다는 이런 식의 말투는 내게 몹시 불쾌한 기억을 불러일으킨다. 고백하자면, 이 대목에서 나는 5, 60년대 미국에 팽배한 반공주의의 논술 전략(사회주의자 내지 공산주의자를 헐뜯는 교묘하다면 교묘하고 천박하다면 천박한 솜씨)을 연상했다. 7, 80년대 한국에서도 당시의 노동운동가, 사회운동가, 학생운동가 들에 대해 이런 식의 의사(擬似)-정신분석이 관변 홍보자료나 어용학자의 글에서 행해진 바 있다.

레이 초우의 이런 식의 논술이 나오는 배경에는 중국의 전통문학(즉 전근대문학)과 20세기의 신문학(즉 근대문학) 사이의 구별을 삭제하고 그것들을 하나의 정체성(整體性)으로 파악하는 시각이 있다. 작가가 문학이라는 제도(혹은 체제) 속에 들어 있다는 사실은 물론 중요하다. 하지만 중국에서 전통문학과 신문학 사이에는 명백히 제도의 단절, 마치 푸코가 말한 에피스테메의 단절과도 같은 단절이 존재한다(그 단절에 비하면 근대문학과 포스트근대문학 사이의 차이는 그저 약간의 차이에 지나지 않는다). 그 단절을 무시하고 양자를 하나의 제도로 취급하는 것은 잘못이다. 20세기의 신문학 작가들은 새로운 제도의 형성에 관여되었던 것이지 붕궤되어가는 옛 제도의 존속 내지 회춘에 관여되었던 것이 아니다. 그들은 전통을 붕궤시키는 운동 속에 능동적 주체로 서 있었다.

이와 관련하여 주의할 것은, 전통이라는 말의 용법이 서양과 동양에서 서로 다르다는 점이다. 예컨대 2, 30년대에 발터 벤야민이 전통문학을 비판하고 아방가르드와 영화를 긍정했을 때의 전통문학은 근대문학이지만, 동시대에(그리고 지금까지도) 중국에서 이야기되는 전통문학은 전근대문학이다. 그러므로 중국의 전통문학과 신문학 사이의 관계는 벤야민적 의미의 전통문학과 아방가르드 사이의 관계와 결코 같을 수가 없다. 중국의 신문학은 벤야민적 의미의 전통문학과 아방가르드를 다 포괄하는 것으로서 전근대 중국의 전통문학과 첨예하게 단절을 이룬다.[20]

레이 초우의 근본 동기는 서문 말미에 잘 나타난다.

---

20) 그럼에도 불구하고 중국 연구 분야의 연구자들 중에는 그 단절에 주목하지 않는 경우가 종종 있는 것 같다. '단절이라니? 중국의 신문학은 전통문학을 계승하면서 창신한 것이지 단절만 한 것이 아니야'라는 반박이 들리는 듯하다. 오해를 피하기 위해 조금 더 부연하자면, '전통'이라는 말의 막연한 사용이 문제라는 점을 분명하게 인식할 필요가 있다. '전통'이라는 말을 사용하지 않으면 우리는 다음과 같이 말하게 되는 게 당연하다. 즉, 중국의 근대문학과 전근대문학 사이에 존재하는 날카로운 단절은 서양의 근대문학과 전근대문학 사이에도 똑같이 나타난다. 또한, 중국의 근대문학과 전근대문학 사이의 단절에도 불구하고 존재하는 연속은 서양의 근대문학과 전근대문학 사이에도 똑같이 나타난다. 이러한 점들은 중국문학과 서양문학을 하나의 동일한 지평, 즉 문학 일반이라는 지평에 함께 놓고 보면 명백해지는 것이라고 나는 생각한다. 만약 이런 점들이 충분히 인식되지 않았다면 그것은 근대문학의 근대성에 대한 성찰이 충분하지 않았다는 뜻이다. 근대성의 비판과 부정이 오늘날의 대세라지만 그 비판과 부정은 근대성에 대한 충분한 성찰 위에서 나와야 하는 것이라고 나는 믿는다(미셸 푸코의 근대성 비판이 바로 그렇지 않은가). 중국 연구가 문학을 대상으로 할 때 그 연구는 중국 연구이기에 앞서 먼저 문학 연구가 되어야 한다는 나의 주장은 바로 이런 문제의식으로부터 나오는 것이다. 어쩌면 레이 초우는 전-근대의 중국과 20세기 전반기의 중국, 문화대혁명 시기의 중국, 그리고 오늘날의 중국을 전부 하나의 정체성으로 파악하고 있는지도 모르겠다. 그런 파악이 필요한 장면도 있지만 분별이 필요한 장면이 더 많은 법이다. 분별을 하지 않기 때문에 문화대혁명 시기의 중국을 오늘날의 중국을 비판하는 근거로 삼고, 오늘날의 중국을 설명하기 위해 전-근대의 중국을 자료로 삼는 일이 생겨나는 것이다. 이것이 단순한 착오가 아니라 일정한 의도를 내포하고 있는 것이 아닌지 냉정히 반성할 필요가 있다.

비록 '문학'이 나의 전문 영역이기는 하지만,[21] 현대/모더니즘적인
문학이 '혁명적'(혹은 '전복적')인 동시에, 내가 이 책에서 검증하는
시각이미지 같은 대중문화의 형식들보다 높은 서열에 있다고 보는 그
런 유의 학문적 낭만주의를 믿지 않는다. (xiii)

여기서 '현대/모더니즘적'은 'modern/modernist'의 한국어 번역
이다. 이로 보면 레이 초우는 모더니즘 문학의 엘리트주의에 대해
적대적이며, 특히 모더니즘 문학이 시각문화 및 대중문화를 평가절
하하는 데 대해 강력히 반발하는 입장이다. 모더니즘 문학의 엘리트
주의는 비판받을 만하고 시각적 표상양식의 권리는 회복되거나 획
득되어야 한다는 데 대해 나 역시 동의하는 바이다. 그러나 그 비판
과 권리 획득을 위해 모든 문학을 무차별하게 모더니즘 문학의 엘리
트주의와 동일시하는 데는 동의할 수 없다.
그 무차별한 동일시가 다음과 같은 진술을 낳는다.

루쉰이 택한 문학으로의 전향이라는 '해결책'은 말의 의의를 계속
해서 특권화한다는 오래된 대책이었다. 〔……〕 앉아서 슬라이드를
보도록 강요당한 루쉰은 충격을 받아 그것에 반응한 것이지만, 그는
영상을 시각에 의한 폭력의 기억으로 간주하고 보이는 것을 수동성과
결부짓는다. 한편 쓰인 문자는 문화적 변용을 가져오는 능동적 요인
이라는 의미를 다시 부여받는다. 그 영상이 희생자 산출과 연관된다

---

21) 1995년 당시에는 레이 초우도 문학을 자신의 전문영역으로 인정하고 있었음을 알 수 있
다. 2012년 현재에는 그렇지 않은 것 같다. 지금은 비판이론 및 문화연구를 자신의 전문
영역으로 밝히고 있기 때문이다.

면, 쓰인 문자는 권력 획득의 한 형식으로 상상되는 것이다. 따라서 루쉰의 이야기에는 의학에서 문학으로의 근본적인 전향말고도 또 하나의 다른 전향, 즉 전통으로의 재전향이 있다. 그것은 문자문화로서의 문화를 재확인하는 것이며, 문자문화란 쓰기와 읽기 중심의 문화이고 영화와 의학을 포함하는 테크놀로지의 대극에 위치한 문화인 것이다. (14)

루쉰의 문학 선택이 '말의 의의를 계속해서 특권화'하는 것이었는가? 루쉰이 '권력 획득의 한 형식'으로서 문학을 선택한 것인가? 루쉰의 문학 선택이 '문자문화로서의 문화를 재확인'한 것인가? 그렇다면 루쉰은 문학이 아니라 시각문화를, 다시 말해 슬라이드 필름이나 영화를 선택했어야 했다는 말인가? 때로는 소박하게 물을 때 사정이 더욱 명료하게 드러나기도 하는 법이다.

심지어 레이 초우는 문자문화 일반을 모더니즘 문학의 엘리트주의와 등치시킨다. 문자문화 일반은 말할 것도 없고 문학 일반만 하더라도 그 내부에는 엄청난 차이가 다양하게 존재하며 모더니즘 문학의 엘리트주의는 그중 정말로 한 특수한 일부에 불과하므로 그 등치는 어불성설이다. 더구나 모더니즘 문학도 간단히 엘리트주의로 설명해버릴 수만은 없는 복잡한 내역을 가지고 있다. 또한 문자문화 내부에 다양한 차이가 존재하는 것처럼 시각문화 내부에도 다양한 차이가 존재하며, 더구나 시각 테크놀로지의 경우 글쓰기보다도 더 권력의 문제와 긴밀하게 관계될 가능성이 높다.

문자문화 대 시각문화라는 거대한 틀에서 문제를 단순화시켜 보기보다는 각각의 내부에 존재하는 다양한 차이들에 대한, 그리고 문자문화와 시각문화 사이의 소통과 상호작용에 대한 섬세한 고찰이 더 필요하다고 나는 생각한다. 루쉰의 경우, 시각 테크놀로지의 충격이 그의 문학에 어떻게 내면화되어 나타나는가를 섬세하게 고찰하는 것이 시각문화 우위론에 입각해서 루쉰의 문학 선택 자체를 비난하는 것보다 훨씬 생산적인 일일 것이다. 시각문화를 특권화하는 게 목적이 아니라 시각문화의 진정한 의미와 가치를 밝히는 게 목적이라면 그것은 두말할 나위도 없는 것이 아닐까.

문학과 영화의 상호성에 대한 한 고찰[*]
──「인생」과「붉은 수수밭」의 영화화를 통해

1. 문학과 영화의 상호성에 대한 비판적 고찰의 의의

중국문학이라는 연구 분야의 정체성이 매우 불안정한 상태로 돌입한 것이 현금의 현실이다. 한편으로는 중국학이라는 단위가 부각되면서 중국문학의 상대적 독립성을 희석시키고 있고, 다른 한편으로는 문화연구라는 분야가 성행하면서 문학의 상대적 독립성을 희석시키고 있는 것이다. 이 현상에는 나름대로 그럴 만한 이유가 있고 학술적으로도 긍정적 의미가 있음이 분명하지만, 동시에 적지 않은 오류를 수반하고 있다는 점 또한 묵과할 수 없다. 본 연구가 특히 문제 삼고자 하는 것은 그중에서도 문학과 영화 사이의 상호성을 바라보는 문화연구적 시각의 편향성이다. 중국문학 연구를 영화 연

* 『중국문학』53호, 한국중국어문학회, 2008. 5에 발표, 『中國現代文學硏究叢刊』2011年 第10期, 北京: 中國現代文學硏究叢刊雜誌社, 2011에 게재됨. 약간 수정·보완했음.

구로 확장시키고 있는 근자의 새로운 추세는 앞에서 말한 현상 중에서도 특히 주요한 일부를 이루는데, 이 확장이 문학과 영화 사이의 상호성을 바라보는 문화연구적 시각의 편향성에 대한 비판적 거리를 확보하지 못하고 있기 때문에 적지 않은 오류들이 발생하고 있는 것으로 보인다. 본 연구는 이에 대한 문제 제기가 될 것이다.

문학을 평가절하하고 영화를 높이 사는 문화연구적 시각의 편향성을 전형적으로 보여주는 예는 1995년에 영어로 출판되고 2004년에 한국어로 번역된 레이 초우의 저서 『원시적 열정』[1]에 잘 나타난다. 여기서 레이 초우는 루쉰의 환등 사건을 '영화'라는 새로운 미디어와의 조우로 해석하면서 시각적 표상 양식을 근대적인 것으로, 문학적 표상 양식을 전근대적인 것으로 보는 자신의 입론을 전개했다. 이 입론에 따르면 루쉰의 문학 선택은 시각적 표상 양식으로 나아가지 못하고 문학적 표상 양식으로 후퇴한 것이 된다. 그러나 이 입론에는 많은 혼란이 섞여 있다. 예컨대, 모더니티 내부의 섬세한 분별이 사라지고 있다는 점, 시각적 표상 양식 내의 상이한 단계들이 무시되고 있다는 점, 문학적 표상 양식 자체를 아무런 단서 없이 전근대적인 것으로 단순 규정하고 있다는 점 등이 그렇다. 이러한 편향이 반성 없이 통용된다면 문학 연구에 대해서는 물론이고 영화 연구에 대해서도 부정적인 영향을 미칠 것임이 분명하다.

장이모우(張藝謨) 감독의 영화 두 편을 케이스로 삼은 본 연구는 문학적 표상 양식과 시각적 표상 양식 각각의 특수성 및 두 가지 표상 양식 사이의 상호성에 주목하는 관점에 입각하여 일련의 비판적 고찰을 수행하고 이 문제에 관한 새로운 질문을 제기하고자 한다.

---

1) Rey Chow, *Primitive Passions*, New York: Columbia Univ. Press, 1995.

물론 이 비판적 고찰은 문학과 영화 어느 쪽에도 선험적으로 특권을
부여하지 않는다. 레이 초우는 문학에 특권을 부여하는 비평가들을
비판하고 있지만 그 자신은 반대로 미리부터 영화에 특권을 부여하
고 있는 것이다. 본 연구는 상호성을 통해 문학과 영화 각각을 상대
화하고 객관화하는 데 작업의 초점을 맞출 것이다.

크로이처Helmut Kreuzer가 제안한 전환 형식의 공시적 유형학에
서는 문학작품의 영화로의 전환[2]을 크게 다음과 같은 네 가지 유형
으로 나누고 있다. ①문학작품을 원자재로 보는 전환 유형, ②도해
로서의 전환, ③변형으로서의 전환, ④기록으로서의 전환.[3] 이 중
중요한 것은 ②와 ③이다. ②에 대한 크로이처의 설명을 볼프강 가
스트Wolfgang Gast는 "이는 문학의 '전환' 유형 중에서 가장 흔한
것으로서 '문학의 영상화'로 표현되기도 한다. 여기서는 바쟁André
Vazin이 요구했던 문학과 영화라는 매체의 고유한 법칙성에 대한
통찰이 소홀하게 되거나 경시되며, 이미 기술한 바 있는 '원전에의
충실성'이라는 사실상 해결 불가능한 목표가 추구되는 것을 흔히 목
격할 수 있다"[4]라고 요약한다. ③에 대한 크로이처의 설명을 직접
인용하면 다음과 같다.

---

2) 영어의 adaption(혹은 adaptation)에 해당하는 우리말은 '각색'이다(중국에서는 '改
編'). '각색'이라는 말 대신 '전환'이라는 말을 사용한 것은 조길예의 제안을 따른 것이다.
"새로운 용어를 선택한 이유는 우선 '전환'이 원어의 어의에 충실하다는 점과 각색이라는
기존의 용어가 갖는 관습적 의미를 탈피하려는 데 있었다. 기존의 용어를 사용할 경우
'단순한 용도 변경'이라거나 원전의 권위에 의한 새로 탄생한 작품의 평가절하와 같은 문
제를 해결할 수 없다는 우려 때문이었다. 상이한 매체, 혹은 기호 체계 간의 고유성을 인
정하면서도 무궁무진한 상호 전환/변형 가능성을 열어주는 용어인 '전환'을 adaption의
번역어로 사용하는 것이 더 적절하다고 본다." 볼프강 가스트, 『영화』, 조길예 올김, 문
학과지성사, 1999, p. 126.
3) 같은 책, pp. 135~40 참조.
4) 같은 책, pp. 135~36.

'변형'을 얘기할 때는 단지 내용 차원만 영상으로 전이됨을 의미하는 것이 아니라 그보다는 오히려 원전이 갖는 내용과 형식의 관계라거나 기호 및 텍스트 체계, 그리고 의미나 특유의 영향 방식 등이 파악되어야 함을 전제로 하며, 이를 바탕으로 상이한 기호 재료를 갖는 다른 매체, 예술 양식, 혹은 장르라고 부를 수 있는 것 속에서 하나의 새로우면서도 가능하면 유사성을 갖는 작품이 탄생하는 것을 가리킨다. 여기서 아날로기를 말한다고 해서 대사를 문자 그대로 수용할 것을 요구하는 것은 아니다. 오히려 정반대로 아날로기는 달라질 것을 요구하며, 이를 통해 영화라는 맥락 안에서 유사한 기능이 행해질 수 있기를 기대한다.[5]

②와 ③은 둘 다 원전에의 충실을 추구하지만, 원전에의 충실이란 무엇이며 어떻게 가능한지에 대한 입장이 서로 다르다고 말할 수 있다. 지금 우리의 문맥에서 중요한 것은 ③인데, 여기서 말하는 변형은 기본적으로 양식 내지 미디어의 차이, 각 미디어의 특수성으로 인해 변형이 불가피하다는 소극적 측면도 포함하지만 거기에 머물지 않고 그 불가피성에 대한 능동적 대응으로 나아간다는 적극적 측면을 주로 지칭한다. 필자는 크로이처의 제안과 볼프강 가스트의 설명에 또 다른 한 측면을 추가해야 한다고 생각한다. 그것은 아날로기Analogie의 범위를 벗어난 변형이다. 아날로기를 위한 변형은 원전에의 충실을 달성하기 위한 것이지만 아날로기의 범위를 벗어난 변형은 원전에 대한 의도적인 불충실이라고 할 수 있다. 필자의 주

---

5) 같은 책, pp. 136~37.

된 관심은 이 의도적인 불충실로서의 변형이라는 측면이다. 이 측면을 고찰함으로써 소설 작품의 특성과 영화 작품의 특성이 각각 더 명료해질 수 있을 것이다. 만약 이 측면에서의 어떤 공통된 변형이 한 시대, 한 문화권에서 집중적으로 나타난다고 하면 그것은 그 시대 그 문화권의 어떤 중요한 현상을 반영하거나 표현하는 것일 수 있다. 본 연구가 변형을 중시하는 입장은 바로 이런 문제의식에 기반한다.

2. 장이모우의 영화 「인생」과 위화의 소설 『살아간다는 것』

「인생」은 한국어 번역 제목이고 중국어 원제는 '훠저(活着)'이다. '훠(活)'는 동사로서 '살다'는 뜻이고 '저(着)'는 동작의 지속을 나타내는 조사이다. 그러므로 '훠저'는 '살다' 내지 '살아가다' 정도로 번역되는 게 옳겠다. 실제로 일본에서는 '活きる(살다)'라고 번역했다. 영화 속 인물 춘성(春生)이 자살하려는 기색을 보이고 떠날 때 여주인공 쟈전(家珍)이 "잘 살아야 해요(你得好好活着)"라고 말하는 대목을 보면 제목의 '훠저'가 '살다' '살아가다' 내지 '살기' '살아가기'로 번역되는 게 확실히 옳을 것 같다. 원작 소설의 제목 역시 '훠저'이다. 백원담 역의 한국어판[6]은 제목을 '살아간다는 것'으로 옮겼는데 '인생'보다는 낫지만 역시 꼭 맞는 번역이라고 보기는 어렵다.

  1993년에 발표된 영화 「인생」은 주인공 푸구이(福貴)가 도박을 하는 장면으로 시작한다.[7] 때는 중일전쟁이 끝난 지 얼마 안 되어서

---

6) 위화, 『살아간다는 것』, 백원담 옮김, 도서출판 푸른숲, 1997.
7) 동우영상에서 1995년에 제작한 한국판 비디오 테이프 「인생」을 텍스트로 사용한다.

이고, 곳은 시골의 소도시 내지 읍인 어느 진(鎭)이다. 푸구이의 도박에 지친 아내 쟈전(家珍)이 둘째 아이를 임신한 몸으로 어린 딸 펑샤(鳳霞)를 데리고 친정으로 가버린 뒤, 푸구이는 결국 도박으로 가산을 탕진한다. 푸구이의 아버지는 울화가 치밀어 쓰러져 죽고, 저택을 빼앗긴 푸구이는 어머니를 모시고 한동네의 작은 집으로 이사한다. 집안의 물건들을 내다 팔며 생계를 잇던 중, 둘째 아이 요우칭(有慶)을 낳은 쟈전이 두 아이를 데리고 집으로 돌아온다. 푸구이는 피영희(皮影戱, 그림자 연극) 공연으로 생계의 방편을 삼는다. 그러던 어느 날 공연 도중에 들이닥친 국민당 군대에게 짐꾼으로 끌려간 푸구이는, 국민당 군대가 패퇴하자 이번엔 공산당 군대(해방군)에게 붙잡혀 가서 춘성(春生)과 함께 해방군을 위해 피영희 공연을 한다. 국공내전이 끝난 뒤 집으로 돌아오는 푸구이. 어머니는 돌아가셨고, 쟈전은 물 배달로 생계를 잇고 있고, 딸 펑샤는 열병의 후유증으로 벙어리가 되어 있다. 푸구이의 저택을 도박으로 빼앗은 룽얼(龍二)이 악질 지주로 몰려 처형되는 것을 목격하는 푸구이. 푸구이는 해방군에게서 받은 혁명 참가 증명서를 소중히 벽에 걸어놓는다.

대약진운동이 시작되고 푸구이는 소규모 제철공장에서 사람들을 위해 피영희 공연을 한다. 강철 제조에 성공한 다음 날, 간밤에 잠을 못 잔 요우칭을 억지로 학교에 보내는데(학교에 데려다 주며 푸구이는 아들에게 병아리가 닭이 되고 닭이 거위가 되고 거위가 양이 되고 양이 소가 되는 이야기를 해준다), 요우칭이 사고로 죽는다. 구장(區長)의 자동차가 담에 부딪치고, 무너진 담이 그 밑에서 졸고 있던 요우칭을 덮친 것이다. 알고 보니 구장은 바로 춘성이었다. 문화대혁명이 시작되고 푸구이는 진장(鎭長)의 권유에 따라 피영희 도구를 상자만 남겨 놓고 모두 불태운다. 딸 펑샤는 절름발이인 노동자 얼시(二喜)와 결혼하여 집을 떠난다. 문화대혁명이 진행되면서 춘성은 비판을 받고 자살한다. 펑샤는 병원에서 아이를 낳다가 출혈 과다로 죽는다. 출산 당시 의사는 반동분자로 몰려 조리돌림을 당하고 있었고 진료는 간호학교 학생들이 맡고 있었는데 이 학생들에게는 출혈 과다를 막을 능력이 없었던 것이다. 태어난 손자의 이름을 '만터우(饅頭)'라고 짓는데, 만터우는 찐빵이라는 뜻이다.

세월이 제법 지난 어느 날, 따사로운 햇살이 비치는 푸구이네 집의 정경이 영화의 마지막 장면이다. 병상에 누운 쟈전을 중심으로 푸구이와 사위 얼시, 손자 만터우가 모여 이야기를 나누고 있다. 피영희 도구 상자에 병아리를 넣고서 푸구이는 만터우에게 병아리가 소가 되는 이야기(전에 요우칭에게도 해주었던)를 해준다.

1992년에 발표된 위화(余華)의 소설『살아간다는 것』은 작가 자신이 1인칭 화자로 등장하여 시골에서 만난 푸구이 노인의 이야기를 전해주는 형태로 되어 있다. 푸구이의 이야기를 푸구이 자신의 목소리로, 즉 직접화법의 형태로 들려주는 게 이 소설의 서술상의 특징이다. 그 자신의 회술에 따르면, 푸구이는 젊은 시절 도박에 빠져 가산을 탕진했다. 푸구이는 진(鎭)에서 10여 리 떨어진 농촌의 대지주 집 아들인데, 진에 가서 도박을 하며 방탕한 생활을 했던 것이다(1945~46년경으로 추정된다). 저택과 토지를 룽얼에게 빼앗긴 푸구이 가족(아버지, 어머니, 푸구이, 아내 쟈전, 딸 펑샤의 5인)은 한동네의 작은 초가집으로 이사한다. 아버지가 쓰러져 죽고, 장인이 들이닥쳐 둘째 아이를 임신 중인 아내 쟈전을 데리고 진으로 가 버린다. 푸구이는 생계를 위해 룽얼의 소작인이 되고, 쟈전이 낳은 지 6개월 된 아들 요우칭을 데리고 집으로 돌아온다. 그러던 어느 날 병든 어머니를 위해 의원을 모시러 진으로 간 푸구이는 국민당 군대에게 짐꾼으로 끌려간다. 국민당 군대가 해방군에게 패퇴하고 푸구이는 해방군에게서 여비까지 받아 집으로 돌아온다. 어머니는 돌아가셨고, 펑샤는 열병으로 벙어리가 되어 있다. 푸구이는 토지개혁으로 그동안 소작하던 땅을 그대로 분배받아 가난한 농민으로서의 삶을 살아간다. 푸구이의 가산을 빼앗았던 룽얼은 악덕지주로 몰려 총살당한다.

1958년에 인민공사가 성립되어 푸구이의 다섯 묘 토지도, 요우칭이 기르던 두 마리 양도, 밥을 짓던 쇠솥도 모두 공출당하고 공동경작에 공동 취사, 그리고 강철을 제조하는 농촌 공업 활동이 시작된다. 쟈전은 연골병이라는 난치병에 걸려 일상적인 거동조차 제대로 못 하는 상태가 된다. 인민공사 정책은 실패하고 기근으로 고통받는 나날이 계속된다. 그러던 어느 날, 학교에 간 요우칭이 출산하는 교장 선생에게 수혈을 해주다가 출혈 과다로 죽는다(학교도 병원도 현성에 있다. 푸구이가 사는 마을에서 현성까지는 50리 거리이다). 교장 선생은 현장(縣長)의 부인이었는데 알고 보니 현장은 바로 국민당 군대에서 푸구이와 함께 고생했던 춘성이었다. 쟈전도 병이 심해져 의사로부터 희망이 없다는 얘길 듣지만, 다행히 살아나고 어느 정도 건강을 회복한다. 문화대혁명이 시작되었다. 진은 시끄러웠지만 촌은 그에 비하면 비교적 태평스러웠다. 촌장의 소개로 펑샤가 현성 사람인 노동자 얼시(그는 편두, 즉 머리가 한쪽으로 기운 장애인이다)에게 시집간다. 문화대혁명의 와중에 춘성이 주자파로 몰려 고초를 겪고 결국 죽는다〔춘성이 푸구이네 집을 찾아왔을 때 쟈전은 춘성에게 "춘성, 살아야 해요(春生, 你要活着)"[8]라고 말한다〕. 펑샤가 현성의 병원(요우칭이 죽은 바로 그 병원이다)에서 아이를 낳다가 출혈 과다로 죽는다.

외손자 이름을 쿠건(苦根)이라고 지어준 쟈전 역시 석 달도 안 되어 죽는다. 죽기 전에 쟈전은 "당신은 잘 살아가야 해요(你還得好好活下去)"[9]라고 푸구이에게 말한다. 쿠건이 네 살 되던 해에 이번엔 사위 얼시가 콘크리트 판 사이에 끼여 죽는다. 푸구이는 쿠건을 현성에서 촌으로 데리고 온다. 그러나 쿠건마저 일곱 살을 넘기지 못하고 죽는다. 삶은 콩을 너무 많이 먹어 배가 터져 죽은 것이다.

그 이후의 세월을 푸구이는 홀로 지냈다. 쿠건이 죽은 뒤 2년째 되던 해에 푸구이는 모은 돈으로 늙은 소를 사고 그 소에게 자신과 같은 '푸구이'라는 이름을 붙여주었다. 그 뒤로 사람 푸구이와 소 푸구이가 함께 농사일을 하며 살아온 것이다. 긴 이야기를 끝낸 푸구이는 소와 함께 멀어져 가고, 작가의 눈앞에서 황혼이 서서히 사라지고 있다.

장이모우 감독에 대해서는 호평과 함께 여러 가지 비판(때로는 내용이 서로 반대되기도 하는)도 있어왔다. 예를 들면, 공산주의를 찬양하는 면이 있다, 중국공산당에 대해 비판적이다, 오리엔탈리즘에 영합한다, 중국 현대사를 정면으로 다루지 않고 피해 갔다, 상업주의와 타협했다 등등. 이런 평가들 각각은 나름대로 일리가 있지만 전면적으로 항상 옳은 것은 아니고 특히 개별 작품의 경우 위와 같은 관점을 거칠게 적용하게 되면 작품에 대한 올바른 이해가 어려워진다. 한편, 대부분의 독자들은 영화「인생」을 먼저 알고 소설『살아간다는 것』을 뒤에 알게 되는데, 소설을 읽지 않은 사람은 물론이고 소설을 읽은 사람도 영화의 이미지가 압도적인 나머지 영화의 이

---

8) 『余華作品集』第3卷, 北京: 中國社會科學出版社, 1995, p. 355.
9) 같은 책, p. 363.

미지에 맞추어 소설을 이해하게 되곤 한다. 그러나 소설과 영화를 비교해보면 우리는 그런 식의 거친 이해로는 설명할 수 없는 많은 디테일들을 발견하게 된다.

가장 중요한 차이는 영화가 푸구이, 쟈전, 얼시, 만터우 네 가족이 살아 있는 것으로 끝나는 데 비해 소설은 모두 죽고 푸구이만 남은 것으로 끝난다는 점이다. 영화 마지막 장면의 만터우는 예닐곱 살쯤 되는 것으로 보인다. 만터우가 문화대혁명 초기에 태어났으므로 이 아이가 만약 일곱 살이라면 영화 마지막 장면의 시기는 대략 1974년 전후쯤이라 할 수 있다. 소설에서는 펑샤가 죽은 뒤 석 달도 되지 않아 쟈전이 죽고, 쿠건이 네 살 되던 해에 얼시가 죽으며, 쿠건은 일곱 살 때 죽는다. 영화에서는 만터우가 일곱 살쯤 되는 때에 얼시는 물론이고 쟈전도 살아 있으니 소설의 이야기를 중간에 끊어서 영화의 종결로 삼았다고 말할 수 없다. 이야기 자체가 달라진 것이다. 이로 보면 영화는 확실히 희망의 서사라고 할 수 있겠지만 소설은 그렇지 않다. 병아리가 자라서 거위가 되고 거위가 자라서 양이 되고 양이 자라서 소가 되는 이야기가 영화에는 두 번 나온다. 첫번째는 푸구이가 요우칭을 업어서 학교에 데려다주는 장면에서이고(여기서 소 다음에는요, 라는 만터우의 물음에 푸구이는 공산주의가 된다고 대답한다), 두번째는 마지막 장면에서이다. 마지막 장면에서 푸구이는 외손자 만터우에게 이 이야기를 들려주는데, 소 다음에는요, 라는 만터우의 물음에 쟈전이 만터우가 자란다고 답하고, 만터우가 내가 자라면 소 등에 탈 거야라고 말하자 푸구이는 만터우가 자라면 기차와 비행기를 탈 거라고 말한다. 이를 두고 희망의 서사라고 하지 않을 도리가 없다. 이것이 장이모우가 위화의 소설 『살아간다는 것』을 이해한 방식이고("푸구이의 생각으로는 이 단순한 이야기 하나가 더 나은 삶을 바라는 자신의 희망을 그대로 축약해 보여주는 것이다. 어려운 상황에 직면해서 희망을 간직한다는 것, 산다는 것은 바로 이런 것이다"[10]라고 장이모우는 말한 바 있다), 이 이해에는 문화대혁명 종결 이후의 미래에 대한 낙관적 전망과 일종의 근대주의가 깔려 있다. 위화 역시 자신의 소설 서문에서 희망의 서사와 관련되는 발언을 한 바 있다. "나는 여기에서 사람이 고난을 감수하는 능력과 세계에 대한 낙관적 태도를 써나갔다. 글 쓰는 과정에서 나는 깨달았다. 사람은 살아가는 것 자체를 위해 살아나가고 있는 것이지, 살아가는 것 이외의 어떤 것을 위해서 살아가는 것은 아니라는 것을."[11] 그러나 과연 그럴까. 푸구이에게만 초점을 맞추면 그렇게 말할 수도 있겠으나 하나씩 죽어간 푸구이의 가족들은? 차례로 죽어간 요우칭, 펑샤, 쟈전, 얼시, 쿠건은 물론이고 그들을 보내고 소와 함께 살고 있는 푸구이에게서 우리가 실제로 보는 것은 삶의 비극적 정황이 아닌가? 우리는 여기서 미묘한 역설과 아이러니를 발견할 수 있다. 위화의 서문이 거짓말이나 능청이 아니라 진담이라고 하더라도 작가의 언술에 반하여 작품은 삶의 근본적 결핍과 비극을 보여주고 있는 게 아닌가? 병아리가 자라는 이야기는 소설에서도 두 번 나온다. 한 번은 푸구이의 아버지가 푸구이에게 들려주는 것이고,[12] 다음은 푸구이가 외손자 쿠건에게 들려주는 것이다.[13] 첫 이야기는 병아리에서 소가 된 쉬(徐)씨 집안이 다시 병아리가 되고 아예 그것마저 없어졌다는 내용이고 이 이야기 뒤를 아버지의 죽음

---

10) 백원담 옮김, 앞의 책, 앞날개.

11) 같은 책, p. 8.

12) 『余華作品集』 第3卷, p. 251.

13) 같은 책, p. 373.

이 따르며, 두번째 이야기의 뒤에는 쿠건의 죽음이 따른다. 그러니 소설에서 병아리가 자라는 이야기는 희망을 말해주는 이야기가 아니라 배반당하는 희망, 좌절되는 희망을 증거하는 이야기인 것이 아닌가.

위화의 낙관과 희망은 병아리가 자라는 이야기에서 나오는 것이 아니라 다른 곳에서 온다. 바로 농촌의 에로스가 그것이다. 소설의 작중 화자는 농촌에서 민요를 수집하는 일을 하면서, 성적 욕망을 자유롭게 분출하는 농촌 사람들의 모습을 빈번히 목격하고 다음과 같이 말한다. "도처가 녹색으로 충만한 땅을 바라보고 있노라면, 농작물이 무엇 때문에 그토록 왕성하게 자라나는지를 한결 잘 알 수 있었다."[14] 이 농촌과 에로스가 푸구이의 고통스러운 삶에 낙관과 희망을 가능하게 해주는 것이다. 이는 푸구이의 이야기 속에 이미 그 구체적인 모습을 나타내고 있다. 소설 속에 나타나는 공간적 대립에 주목할 필요가 있다. 촌과 진(그리고 현성)의 대립, 다시 말해 농촌과 도시의 대립이다. 이 대립은 신화적 색채가 짙다. 푸구이는 진에서 가산을 다 빼앗기고 진에 갔다가 국민당 군대에 끌려가며 현성의 병원에서 아들과 딸을 잃고 현성의 공사 현장에서 사위를 잃는다. 도시는 재앙의 공간이고 죽음의 공간이며 흡혈의 공간인 것이다 (특히 병원은 도시의 부정성을 집약해놓은 곳이다). 이에 반해 농촌은 삶, 희망, 재생의 공간이다. 푸구이의 아버지는 촌에서 죽지만, 똥을 누다가 쓰러져 죽은 그 죽음은 비참한 사고사가 아니고, 죽음을 선고받은 쟈전이 다시 살아나 의사의 선고보다 훨씬 더 오래 산 것은 그녀가 현성의 병원으로 가지 않고 촌에 머물러 있었기 때문에

---

14) 같은 책, p. 231.

가능했다고 할 수 있다. 쿠건의 죽음만이 농촌에서 일어난 비참한 죽음이다(그렇기 때문에 쿠건의 죽음에서 비극은 최고조에 달한다). 무엇보다도 주인공 푸구이가 원래 유한계급(대지주)이었지만 가산을 탕진한 뒤 농민으로 존재 전이를 하고 농촌에서 농사를 지으며 살아왔고 살고 있다는 점이 중요하다. 신화적 공간으로서의 농촌이 푸구이의 삶에 낙관과 희망을 가능하게 해준 것이다.

영화「인생」은 이 점에서 대폭 바뀌었다. 푸구이는 원래 진에 살았고 몰락한 뒤에도 진의 한 작은 집에서 산다. 그러니 영화에는 농촌과 도시의 대립이라는 신화적 공간의 대립이 없는 것이다. 병아리가 소가 되는 이야기와 마지막의 햇살 가득한 장면이 희망의 근거가 되어주기 때문에 신화적 공간이 필요 없었던 것일까? 푸구이의 생계도 물 배달과 피영희 공연에 의해 이루어진다(특히 피영희야말로 이 영화가 오리엔탈리즘과 영합한 결정적 증거로 거론된다).

좀더 자세히 살펴보면, 영화는 1958, 9년의 대약진운동 당시를 일종의 축제로 긍정적으로 묘사하는 한편, 문화대혁명은 자세한 부분까지 부정적 묘사에 힘을 기울이고 있다. 이에 반해 소설은 대약진운동 당시의 기근으로 인한 고통을 자세히 묘사하고 문화대혁명에 대해서는 상대적으로 덤덤한 태도를 보인다(굶주림은 소설의 주요 모티프이다. 쿠건의 죽음도 굶주림에서 비롯된다). 펑샤의 죽음도 영화에서는 문화대혁명에 직접적 책임이 있지만(의사들이 쫓겨나고 간호학교 학생들이 진료했기 때문에), 소설에서는 그렇지 않다(의사가 진료한다). 아마도 1951년생인 장이모우와 1960년생인 위화의 문화대혁명 체험의 차이가 한 이유가 되었으리라 생각된다. 그러나 대약진운동에 대한 태도의 차이는 세대 차이로 설명되지 않는다. 여기에서 우리는 장이모우의 공동체주의적(공산주의적 경향이라고까지 말하기는 어렵더라도) 성향을 엿볼 수 있다.

　종합해서 말하자면 영화 「인생」은 정치적 상상력에 기반하여 푸구이의 삶을 통해 도시 안의 갈등을 내용으로 하는 정치적 공간을 보여주었다고 할 수 있다. 이에 비하면 소설 『살아간다는 것』은 신화적 상상력에 기반하여 농촌과 도시의 대립을 내용으로 하는 신화적 공간을 보여주었다고 할 수 있다. 정치적 상상력에 근거한 영화의 희망은 신화적 상상력에 근거한 소설의 희망에 비해 확실히 천박하다. 지금까지 살펴보았듯이 『훠저(活着)』의 경우, 소설과 영화 사이에는 상반이라고 말해야 할 정도의 커다란 차이가 존재한다.

　마지막으로 생각해볼 것은 소설에서 영화로의 전환을 담당한 각색자들의 문제다. 오프닝 크레디트 타이틀에 의하면 각색('編劇')을 담당한 두 사람 중 하나가 바로 원작 소설의 작가 위화이다. 위화가 이 각색에서 어떤 역할을 했고 어떤 태도를 취했는지가 궁금하다. 소설과 영화의 커다란 차이가 위화의 의도일까, 아니면 다른 각색자 루웨이(蘆葦)나 감독 장이모우의 의도일까. 후자라면 이때 위화는 어떤 생각을 했을까. 필자는 지금까지 위화를 두 번 만나보았고[15] 처음 만났을 때 이 문제를 질문해보았지만 그는 웃기만 할 뿐 아무런 대답도 하지 않았다.

---

15) 첫번째는 2002년 2월 한국 부천에서 개최된 〈동아시아 문화공동체 포럼 제1차 국제회의〉에서였고, 두번째는 2007년 4월 중국 상하이에서 개최된 〈제1차 한중작가회의〉에서였다.

3. 장이모우의 영화 「붉은 수수밭」과 모옌의 소설 『붉은 수수 가족』

영화의 중국어 원제는 「紅高粱」이다. 번역하면 '붉은 수수'가 된다. 그러니 이 영화가 한국에서 개봉될 때 붙여진 '붉은 수수밭'이라는 번역 제목은 옳지 않다. 모옌(莫言)의 원작 소설 제목은『붉은 수수 가족(紅高粱家族)』이다. 다섯 편으로 이루어진 연작소설인데 그중 「붉은 수수(紅高粱)」를 중심으로 하고 「고량주(高粱酒)」 중의 일부를 추가하여 영화 「붉은 수수밭」의 '각색'이 이루어졌다. 심혜영 역의 한국어판 「붉은 수수밭」[16]은 다섯 편의 연작 중 「붉은 수수」 한 편을 번역한 것인데, 역자가 '붉은 수수'라는 제목을 사용하지 않고 '붉은 수수밭'이라는 제목을 사용한 것은 이미 영화가 그 제목으로 널리 알려져 있다는 점을 중시했기 때문이라고 생각된다.

1988년에 발표된 영화 「붉은 수수밭」은 목소리로만 나오는 나레이터의, "이것은 내 조부모님의 이야기입니다"라는 소개의 말로 시작한다.[17] 이 나레이터의 목소리는 곳곳에서 등장하여 상황을 설명해준다. 나레이터의 소개말에 이어, 나레이터의 할머니인 여주인공 쥬얼(九二)의 혼례가 묘사된다. 가마를 타고 드넓은 수수밭 들판을 가로질러 신랑인 양조장 주인 리 씨(그는 쉰이 넘도록 장가를 못 간 나병 환자다)네로 가는 여주인공. 중간에 강도의 습격이 있지만 이 강도는 가마꾼들에게 맞아 죽는다. 여주인공과 가마꾼 위잔아오(余

---

16) 모옌, 『붉은 수수밭』, 심혜영 옮김, 문학과지성사, 1997.

17) 서륭프로덕숀에서 1990년에 배포한 한국판 비디오 테이프 「붉은 수수밭」을 텍스트로 사용한다.

占鰲)는 서로에게 관심을 갖게 된다.

가위를 품은 채 신랑의 접근을 경계하는 여주인공. 사흘째 되는 날 친정 나들이를 가는 도중, 위잔아오가 수수밭에서 그녀를 범한다. 친정 나들이를 마치고 돌아와 보니 양조장 주인 리 씨는 누군가에게 살해당했다. 나이 많은 일꾼 뤄한(羅漢)의 도움으로 양조장을 계속 운영하는 쥬얼. 낡은 기물을 불태우고 병균을 죽인다는 고량주를 도처에 뿌린다. 술에 취한 위잔아오가 들이닥쳐 쥬얼과의 관계를 밝히고 주인 행세를 하려고 하자 쥬얼은 빗자루로 그를 때리고 일꾼들이 그를 빈 술독에 쳐넣는다. 그때 유명한 비적 신창삼포가 들이닥쳐 쥬얼을 납치한다. 사흘만에 몸값을 내고 돌아온 쥬얼. 그때야 술에서 깬 위잔아오는 신창삼포를 찾아가 담판을 벌이고 그가 쥬얼을 범하지 않았다는 것을 확인한다. 쥬얼의 생일이기도 한 9월 9일, 새 술을 빚는다. 그때 돌아온 위잔아오가 새 술에 오줌을 싸고, 쥬얼을 안아 들고 안채로 들어간다(반항하지 않는 쥬얼). 그날 밤, 뤄한은 떠난다.

9년 뒤. 아홉 살이 된 나레이터의 아버지 더우관(豆官). 돌아온 뤄한(멀리서 양조장을 바라보고는 곧 사라져버린다). 그해 7월, 일본군이 와서 수수밭 가운데로 군용도로를 낸다. 신창삼포와 뤄한이 일본군에게 잡혀와 산 채로 껍질을 벗기는 형벌을 받고 죽는다(뤄한은 공산당원으로 항일 게릴라 활동을 하다가 일본군에게 잡혔다고 한다). 남자들에게 뤄한의 복수를 해달라고 요청하는 쥬얼. 땅에 폭약을 묻고 일본군 트럭이 오기를 기다리는 사람들. 먹을 것을 가지고 매복지로 가는 쥬얼과 더우관. 그때 일본군 트럭이 오고, 일본군의 총격에 쓰러지는 쥬얼. 고량주에 불을 붙여 트럭을 향해 던지는 사람들. 마침내 폭약이 터지고 트럭은 화염에 휩싸인다. 쓰러진 쥬얼 앞에

선 위잔아오와 더우관 부자. 그들 이외에는 모두 죽은 것 같아 보인다. 마침 일식이 진행된다. 일식이 끝난 뒤 붉은색으로 가득찬 화면. 더우관이 부르는 진혼가, 그리고 북소리. 엔딩 크레디트.

1986년에 발표된 소설 「붉은 수수밭」은 1939년 음력 8월 9일 산둥성 가오미현(高密縣)의 한 토비(土匪) 부대가 일본군 부대를 매복 공격하기 위해 출전하는 장면으로 시작하여 일본군 부대와 전투를 벌이고 그 전투에서 승리하는 한나절 간의 이야기를 서술하고 있다. 그런데 이 서술에는 아주 특이한 점이 있다. 1인칭 화자는 서술되는 사건이 일어났을 때는 태어나지도 않은(1955~56년생으로 설정되어 있다. 작가는 1955년생이다) 인물인데, 서술되는 사건 중의 인물들이 바로 그의 아버지, 할머니, 할아버지다. 열네 살의 소년 더우관, 삼십대 초반의 다이펑리엔(戴鳳蓮), 삼십대 후반의 토비 부대 사령관 위잔아오—그들을 화자는 그냥 아버지, 할머니, 위 사령관(나중엔 할아버지)이라고 부른다. 이 서술 사이사이에 아버지와 할머니의 시점을 빌려 그전에 있었던 일이나 사정을 회술함으로써 전체적으로 서술이 복잡해지고 있다. 소설의 구성을 요약하면 다음과 같다.

  1장: 토비 부대의 출전(할머니가 위 사령관과 아버지를 전송한다)
      —출전 중인 아버지의 회상(뤄한 아저씨에 대한)
  2장: '나'의 진술(가오미현 동북향에서 조사할 때 들은 92세 노파의
      이야기, 현 당국의 뤄한 아저씨에 대한 기록)
  3장: 뤄한 아저씨 이야기(그가 어떻게 일본군 진영의 노새의 발굽과
      말의 다리를 분질렀는지에 대한)
  4장: 토비 부대의 매복—아버지의 회상〔전전날 밤, 할머니와 위

사령관이 렁(冷) 지대장(支隊長)과 벌인 담판)—아버지의 회
상(1년 전, 뤄한 아저씨의 죽음)

5장: 할머니 이야기(할머니의 혼사, 가마를 타고 수수밭 지대를 가
로질러 나병에 걸린 신랑 집으로 가는 길)

6장: 위 사령관의 지시에 따라 집으로 달려간 아버지, 치아삥(전
병의 일종)을 만들어 오라는 지시를 할머니에게 전한다—할
머니의 회상(위 사령관과 런 부관 사이에 있었던 일)

7장: 치아삥을 가지고 매복지로 가는 할머니—매복지에 먼저 도
착한 아버지—매복지로 접근해 오는 일본군—일본군의 총
격으로 쓰러지는 할머니—쓰러진 할머니에게 달려간 아버지

8장: 위 사령관이 친아버지라고 알려주는 할머니—죽어가는 할머
니의 내면묘사(시집간 사흘간, 사흘째의 친정 나들이, 할머니
와 위잔아오의 수수밭에서의 성애, 시집 산 씨네 부자의 죽음 등
에 대한 회상)—만족감 속에서 숨을 거두는 할머니

9장: 토비 부대와 일본군의 전투—죽은 할머니의 눈꺼풀을 감겨주
는 위 사령관—1958년에 일본에서 돌아온 할아버지의 병든
모습과 할아버지가 땅에서 파낸 부식된 총 이야기—늦게 도
착한 렁 지대장의 군대, 전투의 종결, 할아버지에게 치아삥을
건네주고 다시 치아삥 하나를 주워서 힘껏 베어 무는 아버지.

주목할 것은 1) 뤄한 아저씨라는 인물이 갖는 중요성, 2) 할아버
지의 만년의 비참한 모습, 3) 5장의 할머니의 과거에 대한 이야기
의 출처가 분명치 않다는 점(서술자는 그 이야기를 누구에게서 들었
을까?), 4) 8장에서 묘사되는 할머니의 내면은 할머니 자신 이외에
는 아무도 알 수 없는 것이라는 점 등인데, 이에 대해서는 영화와

비교하면서 살펴보기로 한다.

중편소설「붉은 수수」와 비교해보면 영화「붉은 수수밭」이 무얼 추가하고 무얼 제외했으며 무얼 바꿨는지가 확연히 드러난다. 우선, 또 다른 소설「고량주」의 이야기가 추가되었다. 양조장 주인이 죽은 뒤의 일련의 사건이 그것이다(수수밭에서 여주인공을 따라가며 위잔아오가 부르는 노래 같은 몇몇 에피소드들도「고량주」에서 따온 것이다).「고량주」의 추가도 소설을 그대로 가져온 것이 아니고,「붉은 수수」의 경우보다도 한층 더 많은 제외와 변형을 포함하고 있지만, 우리는 소설「고량주」의 추가는 논외로 하고 나머지를 가지고 따져 보기로 하겠다.

1) 일본군과의 전투 당시 더우관의 나이가 소설에서는 열네 살이고 영화에서는 아홉 살이다. 5년이라는 차이가 있는데, 전투 당시를 1939년으로 보고(소설「붉은 수수」는 이 연도를 분명히 밝히고 있다) 시간을 역산하면 여주인공의 혼례가 소설에서는 1923년이고(소설「고량주」에서 이 연도가 분명하게 밝혀지고 있다) 영화에서는 1928년이 된다. 영화가 더우관을 아홉 살쯤의 어린 나이로 만들 필요가 있었다면 그것은 어떤 연유에서였을까.

2) 소설의 뤄한은 순박한 농민일 뿐인데 영화의 뤄한은 공산당원이자 항일 게릴라가 되어 있다.

3) 소설에서 여주인공 다이펑리엔이 시집가는 곳은 양조장집 산(單) 씨네 아들인데 영화에서는 나이 쉰이 넘은 양조장집 주인 리(李) 씨이다.

4) 소설의 위잔아오는 토비의 두목으로서 총으로 무장한 토비 부대를 이끌고 일본군을 공격하는데 영화에서는 마을 사람들(아마도 양조장 일꾼들을 중심으로 한)을 이끌고 총도 없이, 매설한 폭약과

고량주 화염병을 가지고 일본군을 공격한다. 물론 소설에 나오는 렁(冷) 지대장(支隊長)의 국민당 정규군이라든지 토비 부대의 훈련교관 런(任) 부관(副官) 같은 인물은 영화에 나오지 않는다.

5) 소설에서 가장 중요한 부분은 죽어가는 여주인공의 내면묘사인데 이것이 영화에는 전혀 나타나지 않는다. 영화에서 가장 중요한 부분은 마지막 장면의 이미지(여성의 죽음을 밟고 선 두 남자의 실루엣과 온통 붉은색으로 가득찬 세상)인데 소설에서는 그런 이미지가 거의 나타나지 않는다. 심지어 영화의 일식이 소설에는 아예 없다. 또 소설에 나오는 위잔아오의 비참한 만년이라는 후일담이 영화에는 전혀 나오지 않는다. 영화는 심지어 마지막 장면의 강렬한 이미지를 성립시키기 위해서 만들어진 것처럼 보인다(그래서일까, 계속해서 간헐적으로 개입하던 나레이터가 마지막 장면에서는 아무런 발언도 하지 않고 침묵한다).

영화에서 뤄한을 공산당원으로 만든 것은 역시 장이모우 감독의 정치 지향성과 관련이 있다 할 것이다. 영화 「인생」에서 우리는 장이모우 상상력의 정치적 성격을 확인한 바 있다. 그러나 영화 「인생」보다 5년 전에 만들어진 영화 「붉은 수수밭」의 상상력은 정치적 상상력이라기보다는 신화적 상상력의 성격이 짙다. 어느 의미에서는, 신화적 상상력으로 충만한 원작 소설보다도 한층 더 신화적이라고 할 수도 있다. 가령 여주인공이 나병 환자에게 시집가는 것은 신화적 맥락에서는 곧 죽음의 세계를 의미하므로 마땅히 타파되어야 한다. 현실 속에서는 그 신랑을 죽인다는 것은 어김없는 살인일 뿐이지만, 신화적 맥락 속에서는 그 살인이야말로 이 세계를 되살리기 위해 꼭 필요한 의식이다. 소설에서는 나병 환자인 산 씨네 아들뿐만 아니라 멀쩡한 그 아버지까지 살해되어야 하지만, 영화에서는 그 둘을 합쳐놓음으로써, 즉 쉰이 넘은 리 씨가 신랑이기 때문에 그 한 사람만 살해되면 되고 그 살해의 필요성도 그만큼 더 강화된다. 또 소설의 토비 부대는 어느 정도의 개연성을 지니고 있지만 영화의 마을 사람들이 일본군과 싸워 이기는 것은 개연성이 약한데, 그 대신 그만큼 신화성이 강해진다. 특히 영화 마지막 장면의 강렬한 이미지는 그야말로 신화적 이미지이다. 이 신화는 어떠한 신화인가. 여성의 희생을 딛고서 가능해지는 남성성의 재생이라는 신화일 것이다. 바로 이 점에서 페미니즘적 비판이 영화 「붉은 수수밭」을 향해 겨눠져왔다.

반면에 소설의 신화적 상상력은 여성성에 초점을 맞추고 있다. 여주인공의 죽음이, 영화에서 마지막 장면에 배치된 것과 달리, 소설에서는 9장 중 제8장에 배치되어 있고, 무엇보다도 눈여겨봐야 할 것은 소설에서의 묘사는 죽어가는 여주인공 자신의 시점을 통해 이루어지고 있다는 점이다. 친행길에 벌어진 위잔아오와의 정사가 회상되고, 온갖 상념들을 거쳐 마침내 죽음을 해방으로 승화시키는 여주인공의 내면이 섬세하게 묘사된다(이 내면묘사는 영화에서는 전혀 나타나지 않는다).

인간 세상과의 마지막 끈이 막 끊어져가고 있었다. 모든 근심과, 고통과, 긴장과, 슬픔이 다 수수밭으로 떨어져서 우박처럼 수수 이삭을 때렸다. 그것들이 흑토 위에 뿌리를 내리고 꽃을 피우고 다시 시큼하고 쌉쌀한 열매를 맺으면 그것이 다음 세대로 다음 세대로 이어지는 것이다. 할머니는 자신의 해방을 완성했다. 그녀는 비둘기를 따라 날고 있었다. 고작 주먹 하나만큼 작아진 그녀의 사유 공간 속에 기쁨과 고요와 따뜻함과 평안함과 조화가 넘치고 있었다. 할머니는 만족해하며 경건하게 중얼거렸다.

"하느님! 나의 하느님……"[18]

이 묘사는 여주인공의 죽음을 일종의 초월로 만들어주고 여주인 공에게 일종의 신성성(神聖性)을 부여해주며 이 신성한 죽음을 통해 이 세계가(남성성이 아니라) 재생을 획득하게 되는 것처럼 보인다. 소설의 이 대목에도 약간의 난점은 있는데, 그것은 할머니의 시점을 빌린 3인칭 서술에 개연성이 결여되어 있다는 점이다. 서술자(손자)는 할머니가 죽기 직전에 그런 회상을 하고 그런 상념을 가졌었다는 것을 어떻게 알았는가? 이 서술자는 전지적 화자가 아니지 않은가? 혹시 이 서술자는 전지적 화자가 위장한 것일까? 아니면, 서술자가 자신의 상상을 사실인 것처럼 능청스럽게 서술하고 있는 것일까? 이에 대해서는 섣부른 결론을 내리기보다는 좀더 숙고할 문제로 남겨두기로 하자.

소설의 마지막 장은 할머니의 죽음 이후를, 두 시기(그 직후와 그로부터 20년쯤 뒤)에 걸쳐 서술하고 있다. 그중 할머니의 죽음 직후 위잔아오가 다이펑리엔의 채 감기지 않은 눈꺼풀을 감겨주는 장면이나 위잔아오 더우관 부자가 할머니가 남긴 치아삥을 먹는 장면은 남성성의 재생이라는 의미를 띤다고 보기 어렵다. 20년쯤 뒤의 서술에서는 더욱더 그렇다. 늙고 병든 위잔아오의 모습은 영웅과는 거리가 멀고 오히려 퇴화의 모습에 가까운 것이다. 이 서술들은 다이펑리엔의 신성한 죽음 및 이보다 1년 전에 있었던 뤄한의 장렬한 죽음과 대조를 이룬다. 말하자면 그 두 죽음이 영웅의 완성을 의미한

---

18) 莫言, 『紅高粱家族』, 海口: 南海出版公司, 1999, p. 71: 심혜영 옮김, 앞의 책, p. 170.

다면 살아남은 위잔아오는 영웅의 몰락 내지 퇴화를 의미하는 것이다. 소설의 서술은 위잔아오의 몰락이라는 후일담을 소개한 뒤 다시 30년대의 현장으로 돌아가 할머니가 남긴 치아뼁을 먹는 장면에 대한 묘사로 종결을 삼고 있다. 이 서술에 대해서는 이 작품의 한국어판 번역자 심혜영이 다음과 같은 적절한 해석을 제시한 바 있다. "위대한 '종'의 신화에 흠을 남기지 않으려는 '나'의 열망은 투쟁의 과정에서 끝나버린 위 사령관의 불완전한 삶에 할머니의 죽음을 연결시킨다. 할머니가 남기고 간 치아뼁을 위 사령관과 '아버지'가 함께 베어 무는 작품의 마지막 장면은 치아뼁으로 상징되는 할머니의 죽음이 새로운 생명의 씨로서 위 사령관과 아버지에게 전수되는 의식으로 해석할 수 있다. 이 의식을 통해서만 위 사령관의 불완전한 삶은 그 불완전함을 극복할 수 있게 된다."[19] 이와 달리 영화에서는 두 죽음보다 살아남은 두 부자의 실루엣에 더 초점이 맞춰지고 있다. 살아남은 두 부자의 우뚝 선 모습을 통해 장이모우는 남성성이라는 영웅의 모습을 보여주고자 한 것이다.

또 하나 주목할 것은, 소설에 등장하는 런 부관과 렁 지대장의 모습이다. 이들은 각각 공산당, 국민당을 대표하며 정도의 차이는 있으나 가오미현 동북향 공동체에 대해 일본이나 마찬가지로 외적 존재로 나타나고 있다. 이 점을 중시하면 국가라는 것과 일정한 거리를 둔, 일종의 지역 공동체의 정체성에 대한 탐색이 이 소설의 감추어진 주제라고 볼 수도 있다.[20] 그 정체성은 뤄한과 다이펑리엔 두 사람의 죽음 위에 성립되는 신화적 정체성이다. 이에 비해 영화에서

---

19) 심혜영 옮김, 위의 책, p. 193.
20) 『붉은 수수 가족』의 탈국민국가적 면모에 대한 자세한 논의로는 이욱연, 「신시기 문학 속의 민간과 국가」, 『중국어문학지』 12집, 중국어문학회, 2002가 있음.

는 런 부관도 렁 지대장도 등장하지 않고, 대신 뤄한이 공산당원으로 암시되고 있는데 뤄한이라는 인물의 이러한 설정은 영화를 소설에 비해 훨씬 더 친공산당적인 것으로 만들어준다. 그러고 보면 영화가 「고량주」의 에피소드를 추가함으로써 일종의 원시적 공동체주의를 강조하고 있는 것도 우연이 아닌 것 같다.

영화 「인생」의 경우와 똑같이, 「붉은 수수밭」 역시 소설에서 영화로의 각색을 맡은 사람들 중에 원작 작가인 모옌이 포함되어 있다. 공동 각색자 3인 중 한 사람으로서 모옌은, 우리가 지금까지 살펴본 차이의 생성에 대해 어떤 입장이었으며 어떤 역할을 했을까. 필자는 몇 년 전 서울에서 모옌을 만나[21] 적지 않은 대화를 나눈 적이 있지만, 애석하게도 이 문제에 대해서는 물어보지 못했다.

4. 문학과 영화의 상호성에 대한 새로운 질문

서론에서 소개한 크로이처의 공시적 유형학에 비추어보면 영화 「인생」과 「붉은 수수밭」은 도해로서의 전환의 측면도 분명히 가지고 있으면서 동시에 변형으로서의 전환의 측면도 분명히 가지고 있다. 또한 그 변형에는 아날로기를 추구하는 변형도 있으면서 동시에 아날로기의 범위를 벗어나는 변형도 있다. 아날로기의 범위를 벗어나는 변형은 대부분의 경우 원작에의 충실성을 위한 변형이 아니라 원작의 왜곡 내지 변질을 초래하는 변형이라고 판단할 수 있겠지만, 아날로기를 추구하는 변형은 어느 쪽인지 판단하기가 쉽지 않다. 변

---

21) 2005년 5월에 개최된 〈제2회 서울국제문학포럼〉(대산문화재단 주최)에서였다. 필자는 모옌의 발표가 포함된 세션의 사회를 맡았었다.

184

형의 의도는 원작에의 충실성에 있었다 하더라도 그것이 원작에 대한 잘못된 해석에 입각했을 경우 결과적으로 왜곡 내지 변질을 피할 수 없다는 점을 고려하면 이는 단순히 의도의 차원에서 판단될 문제가 아니다. 나아가서는 해석의 정당성이라는 것에 대한 객관적 척도가 분명하게 존재하지 않기 때문에 사태는 더욱 복잡해진다. 이러한 난점들을 충분히 고려하면서도 약간의 논의가 가능할 것 같다.

먼저 주목할 것은 대중적 전환이라고 부를 만한 변형의 모습이다. 영화 「인생」과 「붉은 수수밭」이 그 원작 소설들과 비교해볼 때 공히 드러내는 가장 큰 차이는 서술 방식에 있다. 원작 소설들은 서술 방식에서 일정한 실험성을 띠며 시간 순서에 따른 단순한 선조적 서술을 피하고 있는 데 비해 영화들은 시간 순서에 따른 단순한 선조적 서술을 적극적으로 채택하고 있는 것이다. 이것을 미디어의 차이로 인해 발생하는 불가피한 변형이라고 할 수 있을까? 혹은 아날로기를 위한 변형이라고 할 수 있을까? 영화 중에도 서술 실험을 시도한 경우가 많다는 점을 상기하면 대답은 '아니다'일 수밖에 없다. 이 서술상의 변형은 대중성과의 타협의 소산이라고 판단할 소지가 많다. 그밖에도 두 영화에 나타나는 변형들 중 대중적 전환으로 파악될 만한 것들이 적지 않다. 예컨대 「인생」에서 여주인공이 문화대혁명 초기에 죽지 않고 70년대 중반까지 살아 영화의 마지막 장면까지 장식하는 것은 궁리(鞏俐)라는 매력적인 여배우에 초점을 맞춘 대중적 전환이라고 볼 수 있고, 피영희를 전면에 내세운 것도 관객에게 볼거리를 제공하기 위한 대중적 전환이라고 볼 수 있다. 「붉은 수수밭」에서 결혼식 가마 행렬 묘사에 많은 시간을 할애한 것도 같은 맥락으로 볼 수 있다.

다음으로 주목할 것은 이데올로기적 전환이라고 부를 만한 변형

의 모습이다. 영화「인생」의 경우, 대약진운동을 더욱 부정적으로
바라보고 문화대혁명에 대해서는 상대적으로 담담한 소설의 정치적
시각과 반대로, 대약진운동을 일종의 축제로 묘사하고 문화대혁명
을 대단히 부정적으로 바라본다. 또 영화「인생」이, 존재의 비극적
조건을 드러내는 소설과 달리, 할아버지 할머니 사위 외손자로 구성
된 한 가족의 단란한 하루로 결말을 삼은 것도, 그 멜로드라마적 성
격에 주목하면 대중적 전환이라 할 수 있겠지만, 이 영화가 제작된
신시기의 정치적 역사적 현실과 관련하여 보면 이데올로기적 전환
의 맥락에서 이해될 수 있다. 영화「붉은 수수밭」의 경우, 일본제국
주의는 물론이고 국민당이든 공산당이든 국민국가적인 것과도 비판
적 거리를 두고 그것들 모두를 외부적인 것으로 대하며 지역공동체
의 정체성에 주목하는 소설과 달리, 친공산당적 모티프를 확실하게
장치했다. 또 영화「붉은 수수밭」이, 여성성의 성화(聖化)에 초점
을 맞춘 소설과는 달리, 남성성의 승리(여성의 희생 위에 가능해지
는)를 전경화하는 것도 같은 맥락의 현상으로 이해할 수 있다. 그
밖에도 장이모우에게 서양의 오리엔탈리즘에 영합했다는 비판을 받
게 만든 장면들, 즉「인생」의 피영희라든지「붉은 수수밭」의 과잉된
결혼식 풍속 묘사 같은 것들도 같은 맥락으로 볼 수 있다.

　신화적 상상력으로부터 정치적 상상력으로의 전환에 의한 변형은
특히「인생」에 뚜렷이 나타난다. 소설이 신화적 상상력에 기반하여
농촌과 도시의 대립을 내용으로 하는 신화적 공간을 보여주었다면
영화는 정치적 상상력에 기반하여 푸구이의 삶을 통해 도시 안의 갈
등을 내용으로 하는 정치적 공간을 보여주었다고 할 수 있는 것이
다. 이러한 상상력의 전환이라는 패턴은 1980년대 후반 이후 중국
에서의 소설의 영화화로부터 흔히 발견된다. 그 원작 소설들은 대체

로 신시기 이후의 작품들이고 작품 경향은 문학적 스타일로 볼 때 균질적이지 않고 상당히 다양한 편이지만 그것들을 원작으로 한 영화들과 비교해 보면 일정한 방향으로 변형되고 있음을 알 수 있고, 그때 그 원작 소설들이 정도의 차이는 있으나 본래 신화적 상상력을 공유하고 있었다는 사실을 알아볼 수 있다. 대부분 제5세대 감독들에 의해 이루어진 그 영화화가 소설의 신화적 상상력을 정치적 상상력으로 변형시키고 있기 때문에 그 변형을 거꾸로 되짚어 가면 그것들의 신화적 상상력이 뚜렷이 인지되는 것이다. 또 반대로, 영화만을 놓고 보면 신화적인 것과 정치적인 것이 혼재되어 있는 것으로 보이거나 심지어는 신화적인 것을 지향하는 것처럼 보이기도 하는데, 이를 원작 소설과 비교해 보면 실은 신화적인 것을 정치적인 것으로 전환시키고 있음이 뚜렷이 드러난다. 일반적으로 제5세대 감독들은 사회 비판이나 정치 문제 등 민감한 부분에 대한 언급은 가급적 피하고 운명, 종교 등 삶의 진실에 더 치중한다고 얘기되지만, 이 상상력의 전환을 중시하고 보면 오히려 그들에게 선명히 나타나는 경향은 정치성 추구라 할 수 있다. 이 상상력의 전환을 보여주는 대표적 감독이 장이모우이다. 흥미로운 것은 장이모우의 데뷔작인 「붉은 수수밭」의 경우는 일정한 정치적 색채가 추가되고 있음에도 불구하고 어느 의미에서는 원작 소설보다 더욱 짙은 신화적 성격을 보여준다는 점이다. 이 점에 착안하면 「붉은 수수밭」으로부터 「인생」으로의 장이모우의 궤적에 대한 한 설명 방식이 가능해질 것 같다. 사실은 정치적 상상력이라는 것도 현대적 신화를 만들어내는, 일종의 새로운 신화적 상상력일 수 있기는 하다.

장이모우의 영화 두 편과 그 원작 소설 사이에 존재하는 이상과 같은 변형들을 종합하면, 대체로 신화적이며 반성적이고 비대중적인 원작 소설과 정치적이며 타협적이고 대중적인 영화라는 도식을 발견할 수 있다. 본래 위화라는 작가와 모옌이라는 작가, 그리고 『휘저』라는 소설과 『붉은 수수 가족』이라는 소설 사이에는 커다란 개성의 차이가 존재하는 것인데, 그것들을 원작으로 한 장이모우의 영화와 비교해 볼 때 우리는 두 작가, 두 소설 사이의 커다란 개성의 차이 밑에 공통된 속성이 있음을 새롭게 발견하게 된다. 물론 이 발견을 곧장 문학과 영화에 대한 장르 일반론으로 확대시킬 수는 없는 것이지만, 적어도 다른 경우들을 고찰하는 데 참조가 될 수는 있을 것이다.

그러나, 지금 이 자리에서 우리는, 지금까지의 우리 논의의 전제 자체를 의심해볼 필요가 있다. 원작에의 충실성이라는 개념이 바로 그것이다. 어쩌면 근본적으로 발상의 전환이 필요하지 않을까? 즉, 원작에의 충실성이라는 개념을 버리는 것이 필요할는지 모른다는 것이다. 우리가 문학에서 패러디를 말할 때 A와 B 두 작품의 패러디 관계를 따지는 것은 B가 A를 얼마나 충실하게 재현했는가를 알기 위해서가 아니라 A, B 두 작품 각각의 독립된 개별성 차원의 이해를 위해서다. 여기서 중요한 것은 원작에의 충실성이 아니라 상호텍스트 관계이며 각 작품의 독립적 의의이다. 소설과 영화의 경우에도 이렇게 보아야 하지 않을까. 다시 말하면, 소설을 원작에 충실하게 영화화하려는 시도가 있을 수 있으며 이때는 원작에의 충실성이 중요한 기준이 되겠지만, 그게 아니라 소설과의 상호텍스트 관계 위에서 완전히 독립된 새로운 작품으로서의 영화를 만들려는 시도가 있을 수 있다는 것이다. 후자의 경우에 원작에의 충실성을 따지는 것은 넌센스가 될 것이다. 영화 「인생」이나 「붉은 수수밭」을 전자의 경우로 본다면 그것들은 분명 실패작이거나 정당성이 부족한 경우

188

이다. 하지만 그것들을 후자의 경우로 본다면 근본적으로 담론의 방식이 달라져야 한다.

어떻게 달라져야 하는가. 이때, 다음과 같은 방식의 언술은 모두 오류일 것이다. 1) 원작에의 충실성이 실현되었다는 전제 아래 영화와 소설을 동일시하는 것, 2) 원작에의 충실성이 실현되지 못했다고 보고 영화를 비난하는 것. 우리가 앞에서 행한 비교 작업은 2)의 범주와 깊은 관련이 있다. 이처럼 뒤에 와서 그 작업의 한계를 인정할 것이면서도 굳이 그 작업을 수행한 이유는 무엇인가. 그것은 1)의 언술이 너무 많이 유통되고 있다는 문제의식과 관련된다. 특히 문화연구 쪽에서 제출되는 많은 강력한 주장들에 1)의 오류가 빈번히 포함되고 있다. 본고가 2)의 범주와 관련하여 작업을 진행한 것은 1)의 오류를 분명히 드러내기 위한 전략적 선택이었다.

사실을 말하자면 패러디 관계에 있는 A와 B 두 문학작품에 대해, 우리는 그중 한 작품에 대해 공감하고 다른 한 작품에 대해서는 공감하지 않을 수도 있고, 두 작품 모두에 대해 공감하거나 두 작품 모두에 대해 공감하지 않을 수도 있다. 원작 소설과 그것을 전환한 영화에 대해서도 마찬가지이다. 그렇다면 소설의 영화화라는 특별한 종류의 상호텍스트 관계에 있어서도 중요한 것은 보편적 의미의 비평일 것이다. 우리의 비교 작업은 주로 2)의 범주와 관련하여 진행되었지만 사실은 이미 그 진행 속에서 보편적 의미의 비평이 조심스럽게 시험되었다.

3부

중국문학과의 대화

1990년대 중국문학의 신상태와 신해석(1)*
― 선봉파 및 신사실 소설과 신상태 문학의 관계

1. 단절인가 연속인가

1990년대 들어 중국문학이 크게 변모한 것은 분명한 사실이다. 이에 대해서는 이의의 여지가 거의 없는 것 같다. 그러나 그 변모를 어떻게 이해하고 설명할 것인가에 대한 견해들은 상이할 수 있다.

그런데 그동안 중국에서 이 문제에 관해 견해를 제출한 주요 논자들에게서는 일정한 경향이 나타난다. 일종의 세대론적 전제가 깔려 있는 듯하다. 그것은 넓은 의미의 인정 투쟁과 관련되는 것으로 여겨지는데, 모든 인정 투쟁이 그렇듯이 연속보다는 단절을 강조하고 그러기 위해 전체를 보기보다는 부분에 몰두하며 특정 부분을 과장하는 경향이 있다. 이 경향에 반대하여 이의를 제기하는 것이 본고

<hr>

* 『중국현대문학』 제29호, 한국중국현대문학학회, 2004. 6에 발표, 『評論』, 南京: 中國江蘇省作家協會, 2005年 第1期에 게재됨. 약간 수정·보완했음.

의 의도이다.

본고의 기본 관점은 1980년대 문학과 90년대 문학 사이에 단절만이 아니라 연속의 측면도 있고, 오히려 연속의 측면이 더욱 중요하다고 보는 것이다. 본고가 겨냥하는 것은 크게 보면 다음 두 가지다. 첫째, 단절론이 80년대 문학에 대해 명백히 범하고 있는 설명의 오류와 왜곡을 바로잡는다(그 오류와 왜곡은 당연히 90년대 문학에 대한 설명의 오류와 왜곡으로 이어진다. 아니, 이 순서는 겉보기에만 그렇고 실제 내용에 있어서는 그 역일 수도 있다. 즉, 전자가 먼저가 아니라 후자가 먼저일 수도 있다는 것이다). 둘째, 단절론에 내포된 이데올로기를 드러낸다(당겨 말하면 단절론은 사회주의 시장경제의 급속한 진전에 대한 순응주의의 표현이라는 혐의로부터 자유롭지 못하다. 90년대 문학이 그렇다는 것이 아니라 그에 대한 단절론적 설명이 그렇다는 것이다).

단절론 비판을 위해 본고에서 집중적으로 살펴보고자 하는 텍스트는 다음 두 가지다.[1]

1)「'신상태 문학' 3인담('新狀態文學'三人談)」: 1994년 4월에 있었던 왕간(王干), 장이우(張頤武), 장웨이민(張未民) 3인의 좌담으로『문예쟁명(文藝爭鳴)』1994년 제3기에 게재되었다.

2)「주변에서의 서사 — 90년대 신생대 작가론(在緣變處敍事 — 90年代新生代作家論)」: 우이친(吳義勤)이『종산(鍾山)』1998년 제1기에 발표한 글이다.

이 글들에 대한 비판적 검토 결과를 근거로 본고는 80년대 문학

---

1) 이 두 편의 글은 陳思和 · 楊揚 共編,『90年代批評文選』, 上海: 漢語大詞典出版社, 2001에 재수록되었다. 이 글들의 인용은 이 재수록본에 의거했는데, 번거로움을 피하기 위해 출전 표시를 "(문선, 쪽수)"의 방식으로 본문 중에 부기하고 따로 각주를 달지 않기로 한다.

(선봉파와 신사실 소설로 대표되는)과 90년대 문학(흔히 '신상태 문학'이라고 불리는)의 관계에 대한 새로운 견해를 제출하고자 한다.

2. '신상태(新狀態)' 담론의 사례 분석

「'신상태 문학' 3인담」은 서로 다른 의견들 사이의 논쟁이나 대화와는 거리가 먼 좌담이다. 3인의 좌담 참석자는 처음부터 끝까지 서로 의견이 같다는 점만 계속 확인하고 있다. 그러니 일종의 상승 작용이 일어나 그들과 다른 의견의 성립 가능성은 철저히 배제된다. 왕간의 말처럼 이 좌담이 한편으로 남북대화(장웨이민이 관여하는 잡지 『문예쟁명』은 북방—창춘이 근거지고 왕간이 관여하는 잡지 『종산』은 남방—난징이 근거지다. 이 좌담은 두 잡지가 '신상태 문학 특집'을 공동 기획하기 위해 베이징에서 만났을 때 개최되었고, 여기에 베이징이 근거지인 장이우가 참석한 것이다)이고 다른 한편으로 주변과 중심의 대화(베이징 대학 중문과 교수인 장이우가 학술 중심에 있다면 왕간과 장웨이민은 주변에 있다는 것이다)라고 할 때, 더 나아가서는 장웨이민의 말처럼 문학 창작 잡지(『종산』)와 이론·비평 잡지(『문예쟁명』) 사이의 대화라고 할 때 이처럼 의견이 일치하는 것은 의외라고 하지 않을 수 없다. 심지어는 대화라기보다 독백이라고 하는 편이 더 적절해 보일 정도다.

세 사람은 90년대 들어 문단에 '신상태'가 나타났다는 판단을 논의의 전제로 삼고 있다. 90년대 들어 중국문학에 나타난 변모를 그냥 변모라고 부르는 것과 그것을 '새로운 상태'라고 부르는 것 사이에는 큰 차이가 있다. 도대체 여기서 말하는 '상태'란 무슨 뜻이며,

새롭다는 것은 또 무슨 뜻인가. 좌담에서 '신상태 문학'이라는 명칭을 처음 제기하는 장면은 다음과 같다.

> 왕간: 〔……〕 90년대 중국의 사회 경제와 사회 문화의 날로 심화되어 가는 진전에 따라, 오늘의 관점에서 보자면, 작가들은 서서히 자신의 상태를 찾았고 문학 창작도 목전의 생활에 적응하는 새로운 모습을 형성한 것 같다. 이 점은 소설과 산문에 더욱 뚜렷이 나타난다.
> 장이우: 우리는 그것을 일컬어 '신상태 문학'이라 한다.[2] (문선, 436)

이로 보면 '신상태'의 표지는 두 가지다. 하나는 작가들이 '자신의 상태를 찾았다는 것(找到了自己的狀態)'이고 다른 하나는 창작이 '목전의 생활에 적응했다는 것(與當下生活相適應)'이다. 그렇다면 소위 '신상태 문학'이 나타나기 전에는 작가들이 자신의 상태를 찾지 못했고 창작이 목전의 생활에 적응하지 못했다는 것인가. 이들은 그렇다고 말한다. 왕간은,

> 80년대 말 90년대 초 문단에 침체기가 나타났다. 많은 작가와 비평가가 모두 새로운 창작 계기와 목표를 찾고자 서둘렀으나, 사회 정치 생활과 경제 생활, 문화 생활의 큰 동요와 변천과 전도로 말미암아 그들은 곤혹을 느꼈고 자신의 상태를 찾지 못했다. 어느 의미에서 당시의 문학은 사고도 자각도 없었던 것 같은데, 당시의 사회 문화에는 오히려 커다란 변동이 다양하게, 심지어 때로는 극렬하게 발생하고 있었다. (문선, 435)

라고 말한다. 이 말을 자세히 살펴보면 문제의 핵심에 있는 것은 사회 문화(그리고 경제) 생활의 대변동이다. 이 대변동이 생활과 문학 사이의 괴리를 초래했고 그리하여 생활과 문학을 적응시킬 수 있는 작가의 새로운 상태가 요청되게 되었으며, 그 상태를 찾은 것이 신상태 문학이라는 것이다. 그렇다면 대변동 이전의 문학은 어떠했는가,라는 질문이 당연히 제기될 수 있고 제기되어야 한다. 주지하듯 80년대 후반 중국문학의 주요 문학사조는 신사실(新寫實) 소설과 선봉파(先鋒派)다. 이들은 '신사실'과 '실험문학(선봉문학)'이 대변동에 직면하여 '자신의 상태'를 찾지 못했다는 점을 거듭 지적한다. 장웨이민은,

> 자신의 상태를 찾지 못했기 때문에 '신사실'은 굳어버린 채 '냉상태(冷狀態)', 즉 이른바 십분 객관화된 '원생태(原生態)'를 그리게 되었고, 마찬가지로 자신의 상태를 찾지 못했기 때문에 '실험문학' 혹은 '선봉문학'은 굳세게 형식 탐색과 자아 분석을 해나갔고 그 또한 목전의 생활에 대해서는 '냉처리(冷處理)'의 태도와 거리를 갖게 되었다. (문선, 435)

라고 말한다. 하지만 이것은 대변동 이전에 대한 설명은 아니다. 대변동 이전에, 즉 80년대 후반에 신사실 소설과 선봉파는 당시의 생활에 적응하고 있었는가, 작가들은 자신의 상태를 갖고 있었는가. 이 질문에 대해 이들은 답변하지 않을 뿐만 아니라 아예 질문 자체를 꺼내지 않는다(그러니 그보다 더 이전의 문학에 대해서는 더 말할 나위도 없다). 사실은 직접적으로 말은 않더라도 암묵적인 전제는

있는 것으로 보인다. 이들은 신사실 소설과 선봉파가 80년대 후반의 생활에 적응하여 자신의 상태를 갖고 있었을 가능성을 애당초 배제하고 있는 것이다(다시 말하거니와, 그러니 그보다 더 이전의 문학에 대해서는 더 말할 나위도 없다). 장이우는,

근본적 의미에서 말하자면 '신사실'과 '실험문학'은 80년대에 형성된 문학 모델에 대한 자각적 초월을 대표하지 못하며 오히려 일종의 연속성 속의 조정이다. 물론, 그들의 구호에 80년대 문학 모델을 벗어나고자 하는 의도가 이미 들어 있는 듯하다는 점은 귀중하지만, 그러나 어떻게 벗어나느냐는 여전히 불명확했고 그들의 방법은 제출되자마자 곤경에 빠졌다. 그들은 80년대의 인성(人性) 탐색과 자아 탐색, 예술 탐색 등의 주제를 지속해가는 점에서는 대단히 분명했고 열성적이었지만, 그러나 그 '탐색'은 이미 곤경에 빠졌고 갈수록 목전의 생활 상태와 멀어졌으며 태도도 갈수록 '냉(冷)'해졌다. 이러한 문학은 새로운 상태를 실현할 수가 없다. (문선, 435)

라고 말한다. 장이우의 말에는 80년대 문학은 자신의 상태를 갖지 못했으며 당시의 생활 현실과 유리되어 있었다는 암시가 숨어 있다. 신사실 소설과 선봉파 역시 마찬가지다. 장이우가 보기에 신사실 소설과 선봉파가 중요한 것은 그것들이 80년대 문학을 벗어나고자 하는 의도를 갖고 있었다는 데 있을 뿐이고, 실제로 그 의도는 실현되지 못했으며 오히려 그것들은 80년대 문학의 연속성 속에 들어 있는 채로 "갈수록 목전의 생활 상태와 멀어졌"다. 이 대목의 뉘앙스가 묘하다. 여기서 말하는 '목전의 생활 상태'는 80년대 말 90년대 초의 대변동의 그것이 아니라 80년대 후반의 그것을 가리킨다. 그

렇다면 신사실 소설과 선봉파는 대변동에 직면하여 자신의 상태를 찾지 못한 것이 아니라 이미 그 이전부터 자신의 상태를 갖지 못했다는 얘기가 된다. 왕간이 논리의 핵심부에 놓았던 80년대 말 90년대 초의 대변동이 여기서는 동시대의 생활 상태 일반으로 슬며시 바뀌고 있는 것이다. 이렇게 보면, 신사실 소설과 선봉파는 애당초 동시대의 생활 상태와 괴리된 채 자신의 상태를 갖지 못했고 그들 이전의 80년대 문학은 더더욱 그렇다는 판단이 장이우의 논설에 전제되어 있다고 하지 않을 수 없다.

이쯤 되면 우리는 이들에게 특이한 이분법적 사유가 있음을 알아차릴 수 있다. 그것은 '신상태 문학' = '자신의 상태 확보' = '생활 상태와의 적응' = '문학 본래의 모습'을 한 항목으로 하고 '80년대 문학(신사실과 선봉문학을 포함한)' = '자신의 상태 결여' = '생활 상태와의 괴리' = '불구 상태의 문학'을 다른 한 항목으로 하는 이분법이다. 이 이분법은 한쪽에 대해서는 전면 긍정을 하고 다른 한쪽에 대해서는 전면 부정을 한다. 앞으로 자세히 검토하겠지만, 이 이분법은 사실(혹은 진실)과 너무나 거리가 멀다. 오직 신상태 문학의 정당성을 입증하기 위해 그 이전의 모든 것을 한데 싸잡아 비판하고 부정하는 형국에 지나지 않는다. 이럴 때 신상태 문학의 정당성 입증 자체도 정당한 것이 되지 못할 것임은 두말할 나위가 없다. 이 이분법이 더욱 문제가 되는 것은 여기에 현실순응주의적 이데올로기가 개재되고 있다는 점이다. 대변동 이후의 현실(그리고 생활 상태)은 정상적이고 바람직하며 정당한 데 비해 그 이전의 현실은 비정상적이고 바람직하지 못하며 정당하지 못하다는 또 하나의 이분법이 심층에 숨어 있다(우리는 중국의 현대사에서 이런 이분법이 여러 차례 되풀이되는 것을 보아왔다. 신중국의 건립 당시, 문화대혁명

발발 당시, 신시기 시작 당시 등을 돌이켜보라). 이 심층의 이분법이,
대변동 이후의 현실에서는 문학이 자신의 상태를 찾는 것이 가능하
지만 그 이전의 현실에서는 문학 자신의 상태라는 것이 애당초 불가
능하다는 전제를 암묵적으로 성립시켜준다.

우리가 보기에 이 이중의 이분법은 근본적으로 오류다. 만약 대변
동 이후의 현실이 정상적인 것이라면 그 이전의 현실도 정상적인 것
일 수 있으며, 그 이전의 현실이 정당하지 못하다면 대변동 이후의
현실 역시 정당하지 못할 수 있다고 보아야 한다(도대체 정상의 기준
은 무엇이며 정당의 기준은 또 무엇인가?). 이는 신상태 문학과 80년
대 문학 및 신사실 소설, 선봉파에 대해서도 똑같이 말할 수 있다.
80년대 문학이 인성 탐색, 자아 탐색, 예술 탐색에 초점을 두었다고
한다면 그것은 당시의 생활 상태와 유리되어서가 아니라 그러한 탐
색 자체가 당시 생활 상태에 적응하는 유효한 방식의 하나이기 때문
일 수 있고, 신상태 문학이 소위 생활의 흐름(生活流)의 문학적 표
현에 주력한다고 할 때 그것이 만병통치약이 될 수는 없고 오히려
일종의 자연주의적 피상성으로 함몰될 위험이 커질 수 있는 것이다.
그러니 잘못된 것은 이분법 자체다. 정확하게 말하자면 사실(혹은
진실)은 애당초 그 이분법의 틀 바깥에 있다고 해야 한다.

「'신상태 문학' 3인담」이 신상태 문학의 특징으로 지적하는 여러
면모들을 자세히 살펴보면 사태가 일목요연해지리라 생각된다. 이
좌담의 발언을 직접 인용하여 신상태 문학의 특징을 정리하면 대체
로 다음과 같이 된다.

1-1) 장웨이민: 신상태 문학은 '신사실'처럼 완전히 외재적 시각에
서 객체를 묘사하지 않고 실험 문학처럼 언어 형식의 탐색에 빠져들지

도 않는다. 그것은 생활의 생생한 상태에 대해 예민한 감각을 갖고 예술 형식 탐색에서 거리낌 없는 자유 상태를 갖는데, 이 모든 것들은 목전의 생존 상태를 충분히 드러낼 것을 주지로 삼는다. (문선, 448)

1-2) 왕간: 원래의 '신사실 소설'은 하나의 외재적 서술자를 가졌지만 신상태에 이르러서는 서술자와 작가가 동일하고 서술자가 작가의 신분을 갖는다. 이 작가는 생활 상태 중의 일원으로서 작중인물과 초거리적 관계를 갖지 않고 등거리적이거나 부합적인 관계를 갖는다. (같은 쪽)

1-3) 장이우: 신상태 문학은 더 이상 과거처럼 알레고리 모델의 창조에 열중하지 않는다. 알레고리 모델의 작품은 상징을 기초로 하고, 모든 인물과 이야기와 서술이 미리 설계된 큰 주지에 복종하여 결국 하나의 구조를 형성하고, 비약과 승화에 도달한다. 그러나 신상태 작품은 구조의 경영에 뜻이 없고, 느슨하고 유동적인 서술로 승리를 얻으며, 알레고리 모델을 초월한 일종의 상태의 흐름(狀態流), 자연의 흐름(自然流)이지 결코 알레고리적 상징을 완성하기 위해 서술을 전개하지 않는다. (같은 쪽)

이상은 그 이전 문학과의 대비를 통해 신상태 문학의 특징을 논한 경우이다. 1-1)은 신상태 문학의 가장 중요한 특징을 '생활의 흐름(生活流)'으로 파악하는 관점에서 비롯된다. 목전의 생존 상태, 혹은 생활 상태를 드러내는 것이 주지이므로 형식은 미리 주어지는 것이 아니라 개방되어 있고 생활 상태를 잘 드러내기 위해 적절한 형식이 자유롭게 선택되거나 새롭게 만들어진다는 것이다. 확실히 신상태 문학에는 이러한 모습이 뚜렷하게 나타난다. 그러나 이러한 모습이 이전의 문학에 없었다고 말하기는 어렵다. 특히 신사실 소설은 그 요점이 바로 여기에 있었던 것이고 선봉파의 형식 실험 역시 그 근본 취지가 이와 무관하지 않다. 인용문에서 주장한 것처럼 과연 신사실 소설은 "완전히 외재적 시각에서 객체를 묘술"했고 선봉파는 "언어 형식의 탐색에 빠져들었"는가? 그런 경우도 있지만 그렇지 않은 경우도 있다고 말해야 옳을 것이다. 심지어는 그런 경우들조차 그렇다고 해서 꼭 부정적으로 평가되어야 하는 것은 아니다. '외재적 시각에서의 객체 묘술'은 나름대로 의미 있는 방법이 될 수 있고, "언어 형식의 탐색에 빠져들었다"는 것은 이전에 문학적 보수주의가 문학적 아방가르드를 비난하기 위해 즐겨 사용하던 말인데다가 그 말이 꼭 들어맞는 경우는 선봉파 중에서도 이류나 말류에 국한된다.

1-2)의 지적은 확실히 일리가 있다. 신사실 소설은 대체로 작가의 개입이나 직접적 드러남을 피한 것이 사실이고(그러나 이를 두고 '상태'를 작가의 바깥에 두었다고 표현하는 것이 적절한지는 확실치 않으며, 이를 신사실 소설의 한계로 규정하는 것은 동의하기 어렵다), 신상태 문학에 작가의 개입이나 직접적 드러남이 현저히 많아지고 있는 것도 사실이다(그러나 80년대 문학에서 작가의 개입이나 직접적 드러남이 전혀 발견되지 않는 것은 결코 아니다. 오히려 적지 않은 사례들을 찾아볼 수 있다). 왕간은 이 인용보다 약간 앞에서(문선, 446) 왕안이(王安憶), 왕멍(王蒙), 주쑤진(朱蘇進) 등 80년대 작가의 90년대 작품—『기록과 허구(紀實與虛構)』『연애의 계절(戀愛的季節)』「무한 투명에 접근하기(接近于無限透明)」—을 신상태 문학으로 인정하고 있는데, 그 이유는 이 작품들이 자전적 성격을 갖는다는 데 있다. 『기록과 허구』『연애의 계절』 두 작품에서 왕간이 주목하는 또 하나의 특징은 주인공—작가가 현재에 선 채 과거의 세월을 탐색하며 과거 세월의 탐색이 현재 생활 상태의 가장 중요한 부

분이 된다는 점이다. 특히 『연애의 계절』에 대해서는 좀더 자세한 설명을 하고 있는바, 그에 따르면 이 작품은 50년대의 열정을 그리는 한편 90년대의 냉정한 상태도 표현했으며 그린 것은 50년대지만 투사한 것은 현재의 상태다. 이 설명에 이어 왕간은 "이 작품은『변신인형(活動變人形)』등 80년대 작품과 크게 다르다"라고 단언했다. 그러나 왕간이 주목한 『연애의 계절』의 특징적 모습은 1987년에 발표된 『변신인형』이 이미 뚜렷이 보여준 바 있는 것이다. 왕간은『변신인형』을 읽지 않은 것일까. 아니면 단절론의 성립을 위해 고의로 오독을 한 것일까.

1-3)의 논의 방식은 상당히 폭력적이고, 장이우 자신이 경계하고 있는 서양 이론에의 얽매임을 역설적으로 보여준다는 점에서 매우 아이러니컬하다. 폭력적이라고 하는 이유는 장이우가 80년대 문학을 한데 싸잡아 알레고리 모델로 치부해버리기 때문이다. 장이우의 논의는 프레드릭 제임슨의 제3세계 문학론이 제출한 민족 알레고리론과 유관하다고 생각된다. 제임슨의 민족 알레고리론에는 확실히 오리엔탈리즘적 성향이 들어 있다고 생각되고 이 점에 대해 장이우는 비판적 태도를 취하고 있음이 분명하다. 그래서 제임슨이 긍정적으로 평가한 제3세계 문학의 민족 알레고리를 장이우는 부정적으로 평가한다. 그런데 여기에 약간의, 그러나 중요한 오해가 개재된다. 제임슨의 민족 알레고리는 좁은 의미의 알레고리 형식에 국한되지 않는, 보다 심층적이고 포괄적인 개념인 데 반해 장이우의 알레고리는 문자 그대로 좁은 의미의 알레고리 형식을 지칭한다(위 인용의 논의를 보면 명백히 그렇다). 그렇기 때문에 장이우가 80년대 문학을 알레고리로 총칭하고 전면 부정하는 것은 옳지 않다. 80년대 문학은 좁은 의미의 알레고리 형식보다 그렇지 않은 것들이 훨씬 많았

다. 장이우의 이러한 논의 방식은 옳지 않을 뿐만 아니라 제임슨 이론에 대한 적절한 대응이 되지도 못한다.[3]

이전 문학과의 대비 없이 신상태 문학의 특징을 직접 지적한 발언들을 인용하면 다음과 같다.

2-1) 왕간: 그것의 표현은 순간성과 장시간의 결합인데, 전체 상태의 분위기는 순간 상태이고 그 목전의 상태 속에서 장시간의 지난 세월로 확산된다. (문선, 448)

2-2) 장웨이민: 그것의 구조는 수의적(隨意的) 특징을 갖는다. 드러나는 상태도 다의적이고 모순적이다. (같은 쪽)

2-3) 장이우: 신상태 문학은 아(雅)와 속(俗) 두 가지 문학의 한계를 상당 정도 혼합한다. 전체적으로는 여전히 순문학의 상태이지만 더 이상 대단히 숭고하고 장엄한 형상을 견지하지 않으며 자유롭고 느슨한 상태 속에서 통속문학 모델의 모방을 배제하지 않고 그리하여 문학이 일상생활의 상태에 접근하는 모습을 갖게 된다. (문선, 449)

2-4) 장웨이민: 신상태 문학의 글쓰기는 일종의 언어의 흐름(語言之流)을 나타내는데 이 언어의 흐름은 고전과 현대, 중국과 서양(의 구분)을 뛰어넘는 형세를 갖는, 일종의 과문화적 언어의 흐름이다.

---

3) 오히려 좁은 의미의 알레고리조차도 제임슨적 의미의 민족 알레고리와 같지 않음을 밝히는 것이 적절하고 효과적인 대응이 될 것이다. 모옌(莫言)의 『붉은 수수 가족(紅高粱家族)』이 좋은 예가 될 것 같다. 장이우는 "서양을 향해 동양의 구경거리를 보여주고 중국인 자신들에게는 일종의 문화적 억압감을 보게 한"(문선, 440. 이곳보다 좀더 뒤쪽인 444쪽에서 장이우가 한 말을 가지고 달리 표현하면, "서양식의 해석을 제공하거나 중국인에 대해 전면적인 영혼 소조(塑造)의 중임을 짊어지게 하는") 알레고리의 예로 장이모우(張藝謀)의 영화를 들었다. 예컨대 장이모우의 영화 「붉은 수수밭(紅高粱)」은 확실히 그러한 혐의로부터 자유롭지 못할 것이다. 그러나 이 영화의 원작인 소설 『붉은 수수 가족』은 그와 같지 않아서 다른 방식의 해석을 향해 활짝 열려 있는 것으로 보인다.

204

(같은 쪽)

　2-5) 왕간: 신상태 문학은 주로 도시의 상태를 표현하는 문학이다. (같은 쪽)

　2-1)은 1-2)와 같은 것을 말하고 있으므로 여기서 논의를 반복할 필요가 없겠다. 2-2)와 2-4)가 지적하는 모습 역시 80년대 문학에서 적지 않게 찾아볼 수 있다. 왕멍의 『변신인형』, 모옌의 『붉은 수수 가족』, 그리고 중국 밖에서 씌어졌지만 가오싱지엔(高行健)의 『영산(靈山)』 등이 두 가지 모두에 대한, 혹은 그중 한 가지에 대한 좋은 예가 된다. 2-5)에서 말하는 도시 문학은 80년대 문학은 물론이요 이미 30년대 문학에서부터 활발히 나타났다. 다만 2-3)에서 지적하는 현상은 시장경제의 급속한 진전과 더불어 나타난 것으로 확실히 90년대적 현상이라고 할 만하다(하지만 이 현상이 과연 긍정적인 것인지는 따로 검토가 필요하고, 통속문학 모델을 수용함으로써 문학이 일상생활의 상태에 접근하게 된다는 진술은 더더욱 납득하기 어렵다).

　이상 검토한 바를 종합해보면 90년대의 신상태 문학과 80년대 문학 사이에 날카로운 단절이 존재한다는 주장에는 설득력이 없다고 하지 않을 수 없다. 그 주장이 자신의 정당성의 근거로 제시하고 있는 것들은 대부분 논리적 취약성을 드러냈다. 오히려 우리가 확인한 것은 80년대 문학과 90년대 문학 사이의 연속성이다. 그 연속성을 입증하는 가장 좋은 예는 좌담자들 중 왕간 자신이 거명한바 왕멍, 왕안이, 주쑤진 등 80년대 작가들의 90년대 작품과 80년대 작품 사이의 관계다. 여기에 더 많은 작가들의 이름이 추가될 수 있을 것이다. 80년대에 심근파(尋根派)로 활동했던 한사오궁(韓少功)과 모엔, 신사실 소설의 츠리(池莉), 예자오옌(葉兆言), 선봉파의 위화(余華), 쑤퉁(蘇童) 등이 대표적인 예들이다.

3. '신생대(新生代) 담론'의 사례 분석

80년대 문학과 90년대 문학 사이에 나타나는 차이 중 가장 분명한 것은 80년대에는 없었고 90년대에는 있는 새로운 작가들, 즉 소위 '신생대' 작가들의 존재이다('신생대'는 중국어고 우리말로는 신세대에 해당되겠지만 여기서는 일종의 고유명사로 취급하여 그 말을 그대로 쓰기로 한다). 신생대 작가는 '신상태 문학'의 일부다. 신상태 문학이 단일하게 동질화되어 있는 것이 아니라면 그 다양한 구성 중 80년대 문학과 가장 큰 차이를 나타낼 가능성은 이들 신생대 작가들에게서 기대될 수 있다. 즉, 단절론이 그 근거로서 택하기에 가장 좋은 사례가 바로 신생대 작가들인 것이다. 그러므로 신생대 문학에 대한 고찰은 연속이냐 단절이냐 하는 데 대한 우리의 논의에 유용한 단서를 제공해주리라 기대된다.

본고에서 살펴보고자 하는 텍스트는 1998년에 발표된 우이친(吳義勤)의 「주변에서의 서사 —90년대 신생대 작가론」이다. 「'신상태 문학' 3인담」과는 4년이라는 시차가 있는데, 「'신상태 문학' 3인담」이 의욕이 과잉되어 있는 등 다소 흥분된 분위기가 지배적이었다면 이 글은 논의가 한결 차분해지고 있다는 점이 특징이다. 여기에는 개인적 시각의 차이도 있겠으나 4년이라는 시차가 작용한 점도 있을 것이다.

우이친이 말하는 신생대 작가는 60년대에 출생하여 90년대에 성명한 작가들이다. 이렇게 규정하는 이유는 같은 60년대 출생이라도 80년대에 성명한 작가들은 창작 경향이 현저히 다르기 때문이다(문선, 288). 우이친은 이들 신생대 작가들에게 문학 스타일상의 차이가 분명히 나타나므로 이들을 하나로 묶어 논하는 것은 무리라고 본다. 그래서 우이친은 신생대 작가를 창작 유형에 따라 다음과 같이 세 부류로 나눈다.

첫째는 철학형(哲學型)〔혹은 기술형(技術型)〕이다. 이 부류의 작가들은 신조 소설(新潮小說)[4]의 텍스트 탐색 스타일을 계승하여 여전히 깊이 있는 주제에 대한 철학적 표현을 위주로 하고, 그래서 텍스트의 난삽함과 기술(技術)상의 실험 색채가 80년대의 신조 작가와 일맥상통한다고 할 수 있다. 이 부류 작가의 대표적 인물로는 루양(魯羊), 류지엔보(劉劍波), 비페이위(畢飛宇), 둥시(東西) 등이 있다. 둘째는 '사어형(私語型)'이다. 이 부류 작가의 소설은 순수하게 사적인 생활 체험을 표현하는 데 중점을 두어 개체의 주변적 경험이 텍스트 속에서 돌출적인, 심지어 극단적인 지위로까지 강화되는데, 이 소설들이 형식상으로 여전히 신조 소설의 실험성을 견지하고 있기는 하지만 독자에 대해 말하자면 형식 또한 그들의 사적인 경험의 부속물 혹은 배경일 따름이어서 몽환 같은 개체 심리 체험의 표출에 덮

---

4) '신조 소설'은 '선봉 소설', 즉 선봉파 소설의 별칭이다. '실험 소설' '탐색 소설' '형식주의 소설' 등의 용어가 뚜렷한 구분 없이 함께 사용되어 왔는데, 같은 대상을 가리키는 말들이지만 말마다 그 뉘앙스가 조금씩 달라지는 것이 사실이다. 대체로 한 논자가 몇 개의 용어를 특별한 원칙 없이 뒤섞어 사용하는 것이 통상적이지만 논자에 따라서는 자신의 관점에 더 잘 부합된다고 생각되는 특정 용어를 선호하기도 한다. 우이친은 '신조 소설'이라는 용어를 선호하는 경우인데 그 선호의 이유는 그의 저서 『中國當代新潮小說論』, 南京: 江蘇文藝出版社, 1997의 「서론」에 잘 밝혀져 있다. 본고에서는 일단 이 뉘앙스의 차이는 논외로 하기로 한다.

여버린다. 이 부류 작가의 대표적 인물은 주로 현 문단에서 인기를 끌고 있는 몇몇 여성 작가들, 천란(陳染), 린바이(林白), 하이난(海男) 등이다. 셋째는 '사실형(寫實型)'이다. 이 부류의 작가들은 목전의 현실에 대한 글쓰기를 위주로 하여 텍스트가 시대 심리 사실(寫實)의 분위기를 짙게 풍기고, 90년대의 상업적 컨텍스트 속에서의 각종 생존 현실에 대해 전방위적인 투시와 묘사를 진행한다. 이 작가들은 기본적으로 신조 소설의 기술 실험 색채를 버리고 대신 소박하며 생활과 구조적 상동성을 갖는 서사 방식을 추구하여 작품이 강렬한 생활감과 현실감을 갖게 된다. 이 부류 작가의 대표적 인물로는 허둔(何頓), 장민(張旻), 주원(朱文), 한둥(韓東), 츄화둥(邱華棟), 수핑(述平), 쉬쿤(徐坤) 등이 있다. (문선, 288~89)

「'신상태 문학' 3인담」이 주목한 것은 이 중 둘째와 셋째라고 할 수 있다(그래서 신상태를 보여주는 신세대 작가의 대표적인 예로 천란과 허둔, 장민, 한동, 수핑을 꼽는다). 우이친이 「'신상태 문학' 3인담」과 결정적으로 다른 것은 그가 '철학형(혹은 기술형)'이라고 부른 창작 유형을 주목했다는 데 있다. 우이친에 따르면 이 '철학형' 작가들은 신조 소설—선봉파의 계승이다. 그러니 선봉파와 신상태 문학 사이의 명쾌한 단절을 주지로 하는 「'신상태 문학' 3인담」이 우이친의 '철학형'을 무시한 것은 조금도 이상한 일이 아니다. 더욱이 우이친은 그가 '사어형(私語型)'이라고 부른 창작 유형에 대해, 부속물 내지 배경으로 그치고 있을 망정 신조 소설—선봉파의 실험성을 견지하고 있다고 본다. 「'신상태 문학' 3인담」은 천란 등의 자전적이고 사소설적인 작품 경향을 설명하면서 이 실험성에 대해서는 전혀 언급하지 않았고, 나아가서는 그것이 실험성과 무관하거나 오히려 반(反)실험적 내지 탈(脫)실험적이라고 파악했다. 이는 양자 사이의 근본적인 차이가 선봉파와 신상태 문학 사이의, 더 넓히면 80년대 문학과 90년대 문학 사이의 관계를 파악하는 데 있음을 말해준다. 뿐만 아니라 실험성이라는 것에 대한 인식 자체에도 차이가 있는 것 같은데, 어느 것이 원인인지는 말하기 어렵지만 이 두 개의 차이 사이에 상응 관계가 있는 것은 분명해 보인다.

그런데 우이친은 신생대 문학의 세 부류가 서로 다름에도 불구하고 이들 사이에 유사성이 없지 않고 이들에 대한 공통적 이해가 가능하다고 주장한다. 우리의 논의 맥락에서는 이 주장이 중요하다. 우이친에 의하면, 우선 신생대 작가는 90년대의 주변화된 문학 컨텍스트의 필연적 산물이다. 시장 경제의 진전과 더불어 생겨난 문학의 주변화 현상은 오히려 문학에 일종의 자유 상태를 가능케 해주었는데 신생대 문학의 세 부류는 모두 그 자유 상태의 소산이라는 것이 우이친의 요지이다. 이 주변화론의 내용은 이의의 여지가 있지만,[5] 적어도 주변화 현상 속에서 신생대 문학이 태어났다는 요점만은 동의할 수 있다. 우이친의 두번째 지적은 신생대 문학이 80년대 이래의 신조 문학―선봉파의 자연스러운 연속이라는 점이다. 여기서 우이친은 「'신상태 문학' 3인담」과 정반대의 자리에 서는 셈이다. 변함없는 지속만 연속인 것이 아니다. 연속은 오히려 변화 속에서 더 중요해지는 개념이다. 변화 속의 연속을 보았기 때문에 우이친은 다음과 같이 말할 수 있었다.

---

5) 문학의 주변화 문제는 꼭 90년대 중국만의 문제가 아니고 전세계적인 현상이다. 그렇다는 것은 시장 경제만이 주변화의 이유가 아니라는 것, 보다 구체적으로 소비 사회, 정보화 사회, 미디어 사회 등의 컨텍스트와 관련지어야 제대로 설명될 수 있다는 것을 암시한다. 이 문제는 근대문학의 출현에서부터 지금까지를 통시적으로 조망하는 가운데 심층적으로 검토될 필요가 있으나 이 검토를 위해서는 별도의 글이 필요할 것이다.

일찍이 80년대 말 90년대 초에 신조 소설의 '종언'과 '죽음'에 관한 선고가 끊임없이 들려왔지만, 나는 이러한 선고가 단지 비평가의 일방적인 독단적 결론에 불과하며 애당초 중국의 당대 신조 문학 발전의 실제에 부합되지 않는다고 느낀다. (문선, 292)

우이친의 연속론은 신생대 문학을 아예 신조 문학의 새로운 단계로 파악하기까지 한다. 우이친은 신조 소설의 발전이 3단계를 거쳤다고 보는데, 제1단계는 85년 전후 마위엔(馬原), 찬쉬에(殘雪) 등으로 대표되는 전기(前期) 신조파이고, 제2단계는 87년 이후 위화, 쑤퉁, 거페이(格非), 쑨간루(孫甘露) 등으로 대표되는 후기 신조파이며, 90년대의 신생대 문학이 제3단계라는 것이다. 이 제3단계의 신조 문학이 그 전단계들과 갖는 결정적 차이를 우이친은 바로 '문학의 주변화'에서 찾는다(우이친 글의 후반부는 '문학의 주변화' 속에서 가능해진 신생대 문학의 여러 가지 특징적인 면모들을 고찰하는 데 바쳐지고 있다). 이 결정적 차이에도 불구하고 90년대의 신생대 문학이 신조 문학 발전의 제3단계가 되는 이유는 무엇인가. 우이친은 적극적인 측면과 소극적인 측면 두 가지를 제시한다. 신조 소설의 문학 관념에 대한 전면적인 반역과 각종 문학 형식에 대한 성공적인 연습이 일종의 문학 성과로서 신생대 작가들에게 온전히 계승되어 그들의 예술적 출발점을 높은 수준으로 끌어올린 것이 적극적 측면이고, 신조 소설의 딜레마와 오류, 모순이 타산지석이 되어주었다는 것이 소극적 측면이다.

90년대의 신생대 문학을 신조 문학의 제3단계로까지 보는 것이 과연 적절한가는 논란의 여지가 있다고 생각된다. 하지만 이 신조 문학 3단계설에 동의하지 않더라도, 이제 우리는 왕간, 장웨이민, 장이우 3인의 신상태론과 우이친의 신생대론의 차이가 문학사적으로 무엇을 의미하는지를 짐작할 수 있겠다. 우이친처럼 80년대의 신조 문학과 90년대의 신생대 문학 사이의 관계를 연속의 관계로 파악할 때 문학사적 맥락에서의 단절은 신조 문학과 그 이전 사이에서 발견될 가능성이 커진다. 반면에 왕간, 장웨이민, 장이우 3인처럼 신조 문학과 신생대 문학 사이에서 단절을 발견할 때 신조 문학은 그 이전의 신시기 문학과 동질적인 것으로 파악될 가능성이 커진다. 모든 세대는 자기 세대를 신기원으로 보고자 하는 속성이 있는 바 이 속성이 인정 투쟁의 전략과 맞물려 과격한 세대론을 빚어내는 예는 흔히 보인다. 이와 관련하여 보면, 단절론은 90년대의 신세대에게서, 연속론은 구세대에게서 제출되는 것이 자연스럽다. 그런데 왕간, 장웨이민, 장이우 3인의 단절론과 우이친의 연속론은 반대 양상을 보인다는 점이 흥미롭다. 1966년생이니 말하자면 90년대의 신생대에 속하는 우이친이 연속론을 제출하고 있는 것이며, 이미 80년대 후반에 활발한 비평 활동을 전개했을 뿐만 아니라 그 자신이 '신사실주의'를 주장한 대표적 논객이었던 왕간이 오히려 단절론을 제출하고 있는 것이다.

4. 문학사적 시각: 단절과 연속의 복합

앞 절에서 살펴본 우이친의 연속론은 여러 대목에서 우리의 동의를 받을 만하다고 생각된다. 신생대 작가들 속에서 차이를 읽어내는 대목, 그 차이들에 대한 공통적 이해를 시도하는 대목, 신생대 문학과 80년대 후반의 선봉문학 사이의 관계를 연속적 관계로 파악하는 대목 들이 그러하다. 그러나 신생대 문학을 신조 문학—선봉 문학의 제3단계로 파악하는 데는 선뜻 동의하기 어렵다. 무엇보다도 결정적인 문제는 우이친의 논의 구도에 신사실 소설의 자리가 없다는 점이다. 우이친은 신사실 소설에 대한 논의를 한사코 거부하거나 회피했다. 이 점은 왕간, 장웨이민, 장이우 3인의 단절론이 선봉파보다 신사실 소설에 대한 논의에, 그 논의 내용이야 어떻든, 한층 더 주력한 것과 미묘한 대조를 이룬다.

필자는 다른 한 글에서[6] 신사실 소설에 대해 비교적 자세히 검토한 적이 있다. 그 검토와 약간의 중복을 무릅쓰고 말하자면, 먼저 '신사실'이라는 명명 자체가 적절치 못하다는 점을 지적해야 한다.

'신사실'이라는 명칭은 1989년 잡지 『종산(鍾山)』이 '신사실소설대련전(新寫實小說大聯展)' 특집을 만들면서 처음으로 사용되었다.[7] 이 명칭이 가리키는 것은, 주지하는 바와 같이, 1980년대 중엽부터 나타나 빠른 속도로 확산된 소설의 한 새로운 흐름이다. 이 흐름을 대표하는 팡팡(方方), 츠리(池莉), 류헝(劉恒), 류전윈(劉震雲) 들의 주요 작품이 발표되기 시작한 것은 1986, 7년경이었다. 그러니까 '신사실'이라는 명칭은 작가들의 자기 명명으로 생겨난 것이 아니라 저널리즘(내지 크리티시즘)에 의해 사후에 붙여진 것이다. 이 명명에는 "현실 생활의 원생(原生) 형태의 환원을 특히 중시하며 성실하게 현실에 직면하고 인생에 직면한다(特別注重現實生活原生

---

6) 「신사실소설의 풍문과 실제」, 『중국어문학』 제38집, 영남중국어문학회, 2001. 이 글은 김영철 편역, 『중국 현대 신사실주의 대표작가 소설선』, 책이있는마을, 2001에 대한 서평이다.

7) 이 특집을 비롯하여 '신사실' 소설과 관련한 잡지 『종산』의 일련의 기획에 왕간이 관여했으리라 생각되는데 그 자세한 사정에 대해서는 미처 확인하지 못했다.

形態的還元, 眞誠直面現實直面人生)"라는, 창작 특징에 대한 특집 편집자의 개괄이 수반되었다. 그런데 애당초 이 명명과 이 개괄이 문제였던 것이다.

'신사실'이라는 명칭은 주로 종전의 '사회주의 리얼리즘'(중국에서는 통상 '사회주의 현실주의'라고 불렸다)에 대한 대타의식을 그 내용으로 한다.[8] 『종산』 편집자가 '신사실' 소설의 창작 특징을 "현실 생활의 원생 형태의 환원을 특히 중시하며 성실하게 현실에 직면하고 인생에 직면한다"라고 개괄했을 때 거기서 강조되는 것은 '원생(原生)'이라는 어사이고 이 어사는 종전의 '사회주의 리얼리즘'과의 차별을 위해 사용되고 있다. 다른 방식으로 설명하자면, 종전의 '사회주의 리얼리즘'이 현상과 본질의 이분법에 근거하여 본질 차원의 '현실'에 대한 인식과 반영을 이루고자 하면서 실제로는 그것을 정치권력의 현실 해석과 이데올로기로 대체해버린 데 반해 '신사실' 소설은 그러한 현실 해석과 이데올로기 및 그것에 의한 현상 차원의 '현실'의 은폐를 거부하고 현상 차원의 '현실' 자체를 관찰하고 묘사한다고 말할 수 있다. 이러한 대타적 차별을 지시하기 위한 것으로서는 '신사실'이라는 말에 일정한 적절성이 있다고 인정할 수 있다. 그러나 적극적으로 생각해보면 여기에는 적지 않은 문제들이 숨어 있다.

첫째, '사회주의 리얼리즘'에 대한 거부와 그것으로부터의 이탈은

---

8) 이 새로운 소설의 흐름은 1988년 『문학평론』과 『종산』이 공동 주최한 '현실주의와 선봉파' 토론회에서 토론 대상이 된 뒤 '후(後)현실주의' '신(新)현실주의' 등으로 불리다가 1989년 『종산』에 의해 '신사실'이라 명명됨으로써 비로소 확정된 명칭을 갖게 되었다. 陳思和, 『中國當代文學史教程』, 上海: 復旦大學出版社, 1999, p. 320 참조. '신사실' 이전에 사용되던 명칭들도 사회주의 리얼리즘에 대한 대타 의식으로부터 나온 것임이 분명해 보인다.

이미 70년대 말 80년대 초 왕멍(王蒙), 쭝푸(宗璞), 천룽(諶容) 등
에게서부터 시작되었고, 80년대 중엽 이전에 이미 그 문학사적 과제
를 완수했다고 보아야 한다. 그러니 80년대 말에 와서 탈(脫)―사회
주의 리얼리즘에 '새롭다'는 관형어를 붙이는 것은 상당히 어색한 꼴
이 되며, 신사실 소설은 그보다 더 진전된 곳에서 그 문학사적 의미
가 파악되어야 한다. 80년대 말에 와서 굳이 '신사실'이라는 말을 사
용하고자 한다면 그것은 '새롭다'는 말보다는 '사실(寫實)'이라는 말
에 강조점이 놓일 때에만 가능해진다. 왕멍, 쭝푸, 천룽 등과 80년
대 중반부터의 '선봉파'는 그들의 모더니즘 지향을 중시하면 확실히
'신사실'이 될 수 없을 것이다. 그렇다면 '신사실' 소설이라 불리는
것들은? 그것들이 과연 리얼리즘 지향인가라고 물을 때 그 대답은
쉽지 않다. 예컨대 '신사실' 소설의 대표작으로 꼽히는 팡팡의 「풍
경」을 리얼리즘 지향이라고 할 수는 없는 것이다. 이 점에 대해서는
신사실론이 한창 진행되던 당시에도 이미 적지않은 지적이 있었다.
예컨대 진한(金漢)은 '신사실' 소설을 두고, "전통적인 사실적 성분
을 가지면서도 모든 모더니즘 수법을 거절하지 않는다"라고 말했
다.[9] 그러나 당시의 논의는 리얼리즘이냐 모더니즘이냐 하는 양자
택일적 구도를 벗어나지 못했고, 그래서 필경은 리얼리즘 쪽을 선택
할 수밖에 없었다. 진한이 "현실주의로 해석하기도 어렵고 모더니
즘의 변종으로 규정할 수도 없"는 딜레마를 "전체적으로 말하면 현
실주의적"이고 "전통 현실주의와 약간 다른" '새로운 현실주의'라
할 수 있다는 식으로 해결한 것을 보면[10] 그 사정을 충분히 짐작할
수 있다.

---

9) 金漢, 『中國當代小說史』, 杭州: 杭州大學出版社, 1990, p. 410.
10) 같은 책, 같은 곳.

둘째, '신사실'이라는 명칭에는 적극적 의미 내용이 없다. 대부분의 논자들이 '신사실' 소설의 정체성으로 '현실 생활의 원생 형태의 환원'과 '생존의식'을 들고 있는데, 만약 이러한 파악에 일리가 있다면 그것을 적극적 의미 내용으로 하는 명칭이 모색되어야 할 것이다. 그리고 그 모색을 위해서는 '현실 생활의 원생 형태의 환원'과 '생존의식'이라는 것들로 '신사실' 소설의 정체성을 파악하는 것이 과연 적절한가부터가 재검토될 필요가 있다. '생존의식'이라는 개념은 너무 광범위해서 '신사실' 소설 이외의 다른 많은 작품들에도 적용될 수 있다고 생각되며, '현실 생활의 원생 형태'라는 것은 그 자체로 하나의 이데올로기적 관념일 수 있다고 생각된다(그런 것이 과연 존재하는 것인지, 설사 존재한다고 해도 그것을 인식하고 묘사하며 서술하는 과정에 일정한 이데올로기적 작용이 있을 수밖에 없는 것은 아닌지, 다시 말해 서술된 것은 이미 '원생'이 아닌 것이 아닌지, 그렇다면 그 이데올로기적 작용이야말로 정체성의 근거가 되는 것이 아닌지 의심스럽다).

셋째, '신사실'이라는 편의상의 이름 아래 한데 묶이는 작가와 작품들이 단일한 설명으로는 포괄되지 않는 다양성을 갖고 있다. '신사실' 소설의 대표로 공인되어온 팡팡, 츠리, 류헝, 류전윈 네 사람만 놓고 보더라도 공통점보다는 그들 각자의 개성이 훨씬 더 뚜렷하다.

이러한 문제에 대해 맹목인 상태에서 오직 처음의 명명과 개괄에 갇힌 채 소위 '신사실' 소설을 논하다 보니 오류의 연쇄가 나타나는 것이다. 이 오류는 특히 '신사실' 소설을 비판 내지 비난할 때 더욱 정도가 심해지는데, 이 점을 왕간, 장웨이민, 장이우는 잘 보여주고 있다.

우리가 보기에 '신사실' 소설은 결코 사실주의—리얼리즘이라는 틀 속에 가둘 수 없다. 아니, 그 틀과 별다른 관계가 없다고 말하는 편이 더 적절할 것이다. 오히려 주목할 것은 '신사실' 소설과 '선봉' 소설 사이의 경계가 불분명하다는 점이다. 천쓰허(陳思和) 같은 경우는 '신사실' 소설과 '선봉' 소설을 따로 떨어져 있는 두 개의 범주로 보지 않는다. 천쓰허는 양자의 차이가 '선봉' 소설은 소설의 서사 형식에서 의미를 규정하는 데 비해 '신사실' 소설은 현실 생활 자체(생존 과정) 속에서 의미를 규정하는 데 있다고 설명한다.[11] 천쓰허의 설명에 일리가 있다면, 물론 그 의미 규정의 방식이 다른 데서 오는 차이도 있겠지만 그 이전에 양자 사이의 중첩이 얼마든지 가능해지는 것이다. 실제로 천쓰허는 '신사실' 소설을 더 넓은 개념으로 설정하는 듯하다. '신사실' 소설이라는 이름 아래 귀속시킬 수 있는 작가는 대단히 광범위하여 '뿌리찾기[尋根]' 문학 이후 문단에서 가장 활약이 큰 작가들을 거의 다 포괄한다고 하고 쑤퉁 같은 선봉파 작가를 여기에 포함시키는 천쓰허의 논법은[12] 그래서 가능해진다.

그렇다면 선봉파에 대해 다시 살펴볼 필요가 있겠다. 선봉파는 넓은 의미에서의 서양 모더니즘 모델(아방가르드에서 포스트모더니즘에 이르는)의 수용을 주된 동인으로 하였음이 분명하다(특히 프랑스의 누보 로망과 중남미의 가르시아 마르케스의 영향이 지대하다). 우선 많이 퍼져 있는 오해부터 바로잡자. 서양 문학의 영향—수용이라는 것이 꼭 타기해야 할 것인가. 그렇지 않다. 역사상 어떠한 문학(넓게는 문화)도 외래의 영향—수용 없이 존재한 적은 없다. 문제는

---

11) 陳思和 主編, 앞의 책, p. 306 참조.

12) 같은 책, 같은 곳. 여기서 천쓰허가 거명하는 작가들은 다음과 같다. 류전윈(劉震雲), 팡팡(方方), 츠리(池莉), 판샤오칭(范小青), 쑤퉁(蘇童), 예자오옌(葉兆言), 류헝(劉恒), 왕안이(王安憶), 리샤오(李曉), 양정광(楊爭光), 자오번푸(趙本夫), 조우메이썬(周梅森), 주쑤진(朱蘇進).

그 영향—수용의 방식과 내용일 뿐이다. 만약 선봉파가 서양 모더니즘의 기계적 모방에 불과하고 오직 형식 실험을 위한 형식 실험을 한 것이라면 당연히 비판을 받아야 할 것이다. 하지만 좀더 세밀하게 들여다보면 선봉파의 서양 모더니즘 수용은 단순한 기계적 모방도 있지만 동시에 반발, 변형, 의도적 왜곡 등이 뒤섞여 있다. 그 다양한 태도들은 넓은 의미의 모더니즘에 속하는 다양한 조류들 중 어느 것에 대한 것이냐에 따라, 즉 영미 모더니즘이냐 아방가르드냐(표현주의, 다다이즘, 초현실주의, 부조리, 실존주의, 누보 로망 등) 혹은 더 나아가서 포스트모더니즘이냐에 따라 미묘하게 다르게 나타난다. 이 복잡하고 미묘한 변주를 올바르게 파악하지 못한다면 선봉파와 모더니즘의 관계에 대한 파악은 피상적인 것에 머무르거나 오도될 수밖에 없다. 또 이러한 다양한 태도들은 단순히 형식 실험의 문제에 그치는 것이 아니다. 그것은 현실 생활을 드러내기 위한 방법으로서 실험된 것이다(물론 성공의 정도는 작가와 작품에 따라 다 다르게 나타났지만 말이다).

이에 비하면 '신사실' 소설에서 중요한 것은 어떤 삶을 어떻게 바라보느냐이지 어떤 형식이고 어떤 방법이냐가 아니다. 그렇다는 것은 신사실 소설이 상당한 형식적·방법적 개방성을 특징으로 했다는 뜻이 된다. 그리고 이렇게 보면, 선봉파 중 현실 생활의 드러냄이라는 계기와 긴밀하게 결합된 형식 실험은 신사실 소설의 형식적·방법적 개방성 속에 들어올 수 있는 것이 된다. 필자는 기본적으로 천쓰허의 논법에 동의하면서 그로부터 한걸음 더 나아가고자 한다. 즉, 신사실 소설이 선봉파를 포괄하면서 자기확대를 이루고 90년대라는 새로운 현실(6·4라는 정치적 충격의 체험과 사회주의 시장경제의 급속한 진전으로 특징지어지는)에 직면하여 자신을 발전적으로 변화시키는 가운데 소위 신상태 문학을 생성시켰다고(혹은 소위 신상태 문학으로 변모했다고) 파악하는 것이다.

　이러한 파악은 앞에서 비판적으로 살펴본 신상태 담론과도 상당 정도 부합한다. 신사실 소설과 선봉파에 대한 파악, 그것들과 신상태 문학(신생대 문학은 그중 일부다) 사이의 관계에 대한 파악에서는 다르지만 신상태 문학 자체에 대한 파악에서는 기본적으로 같은 것이다. 가령, 신상태 문학은 형식상으로 일종의 자유 상태에 도달했다; 이 자유 상태에서 모더니즘은 다른 창작 방법 및 형식들과 대등한 입장으로 나타나는 한 부분일 뿐이다; 이 자유 상태는 서열이 없는 혼잡 상태다; 여기서는 전통이 반드시 낡은 것이 아니고 선봉이 반드시 새로운 것이 아니며 각종의 형식이 동시적으로 공존한다; 이 혼잡한 공존의 근거는 목전의 일상적 삶 자체다; 현실의 삶 자체에서 전통과 현대, 토착과 외래, 문명과 몽매가 교착하며 모순을 일으키고 있으므로 이러한 목전의 삶의 상태를 동태적으로 드러내는 신상태 문학이 각종 형식의 혼잡한 공존으로 이루어지는 것은 자연스러운 일이다,라고 파악할 때 이 파악은 신상태 담론의 관점이기도 하지만 동시에 필자의 관점이기도 하다. 신사실 소설의 형식적·방법적 개방성이 상대적으로 제한된 것이었다면 신상태 문학의 개방성은 훨씬 더 넓어지고 그 내용이 훨씬 더 풍부해졌다고 할 수 있다. 그러니 양자 사이에는 단절만 있는 것이 아니라 연속도 있는 것이고, 어느 편이냐 하면 단절보다는 연속이 더 중요한 것이다. 단절은 연속 위에서 진정한 의미를 갖는다. 이 단절과 연속의 복합을 올바르게 바라보는 문학사적 시각은 긴요하다. 신상태 문학 자체에 대한 정당한 파악도 신사실 소설(그리고 선봉파)에 대한 파악의 오류와 맞물릴 때 그것 역시 정당성에 손상을 입게 되는 것이다.

단절과 연속의 복합에 대한 문학사적 시각이라는 우리의 결론은 그러나 아직은 가설의 단계 내지 연역의 단계에 있다. 이를 입증하기 위한 세밀한 고찰들이 뒤따라야 할 것이고 그 고찰 과정에서 이 가설은 당연히 적지 않은 수정과 보완의 요구를 받게 될 것이다.

1990년대 중국문학의 신상태와 신해석(2)[*]
──신해석의 관점에서 본 신시기 문학사와 신상태 문학

1. 신해석의 관점과 페미니즘

본고의 출발점은 1990년대 중국의 신상태 문학이다. 나는 앞의
글에서 신상태 문학이 80년대 문학과의 단절 속에서 생성된 것이
아니라 오히려 연속 속에서 생성된 것임을 논증했다. 그에 비해 본
고는 신상태 문학이 문학의 새로운 발견을 가능하게 했고, 이 발견
이 문학사의 새로운 기술을 요구한다는 명제에서 출발한다. 이 문학
사의 새로운 기술은 신상태 문학의 단절론과는 결코 같지 않다. 약
간 과장하자면, 단절론은 문학사의 기술 자체를 거부한다. 문학사의
기술은 연속의 계기 없이는 성립되지 않는다. 좀더 정확히 말하자

---

* 『중국문학』 제45호, 한국중국어문학회, 2005. 5에 발표, 『揚子江評論』, 南京: 中國江蘇省
作家協會. 2007年 第2期에 그 축약본이 게재되고, 吳義勤主編, 『現代中國文學論壇』 第2卷,
北京: 中國華僑出版社, 2009에 전문 게재됨. 약간 수정·보완했음.

면, 단절과 연속의 복합 속에서라야 문학사의 기술이 가능하다. 다만 문학의 새로운 발견에 따라 문학사 기술의 내용은 달라지게 된다.

신상태 문학이 대두하기까지의 문학사는 기본적으로 리얼리즘과 모더니즘의 대립이라는 틀 안에서 관찰되고 사유되고 기술되어왔다. 이 틀은 실제로 20세기 중국문학을 지배해왔고, 20세기 중국문학의 역사를 상당 정도 유효하게 설명해주었다. 이 틀이 파탄을 드러내기 시작한 것은 이미 80년대 중후반에 나타난 신사실 소설 앞에서였고(이에 대해서는 앞의 논문에서 검토했다), 90년대에 신상태 문학이 나오자 이 틀은 드디어 붕괴 상태에 이르게 되었다. 사회주의 시장경제의 가속화라는, 중국으로서는 일찍이 경험한 바 없는, 완전히 낯설고 새로운 현실 앞에서, 이 현실이 종래의 어떠한 사조나 방법과도 충분히 부합되지 않는다는 점이 절실히 인식됨으로써 중국문학은 사조나 방법보다는 현실 자체에서 출발하며 사조나 방법에 대해서는 자유롭고 개방적인 유동적 태도를 취하게 되었고, 여기서 생성된 것이 신상태 문학이었던 것이다. 이제 리얼리즘도 모더니즘도 그것이 문학의 본질이거나 실체인 것이 결코 아니라는 점이 뚜렷이 드러나게 되었다. 그리하여 신상태 문학은 그 자체로 새로운 해석의 관점에 대한 객관적 요구가 되었다. 이 요구에의 부응이 가능한 신해석의 관점은 논리적으로는 무수히 많을 수 있겠으나 90년대 중국이라는 실제 상황 속에서 보자면 우리는 다음 세 가지를 꼽아볼 수 있다.[1]

1) 포스트구조주의 관점
2) 포스트식민주의 관점

---

1) 대중문화 관점을 하나 더 추가할 수 있겠지만 맥락이 약간 다르므로 여기서는 논외로 한다.

3) 페미니즘 관점

원래 서양에서 생겨난 이 관점들이 중국에 어떻게 수용되어 어떻게 전개되었는가, 그리고 그 내용의 요점은 무엇인가에 대한 고찰은 그 자체로 큰 작업이 될 터인데, 요컨대 그 관점들이 서양으로부터 수입된 것이기는 하지만 중국 현실을 근거로 상당한 수준에서 본토화되었다고 보는 것이 나의 견해다(이 본토화는 긍정적인 측면도 있고 부정적인 측면도 있는바, 양측면에 대한 균형잡힌 파악이 필요하다).

포스트구조주의적 관점에서 본다면 요점은 근대성과 근대적 주체의 문제가 되고, 근대성에 대한 태도, 근대적 주체에 대한 태도를 분석 기준으로 하여 문학사의 변화를 파악하는 일이 가능해진다. 포스트식민주의적 관점에서 본다면 요점은 타자성과 본토성의 문제가 된다. 서구적 주체와의 동일시에 입각한 시선, 즉 타자의 시선으로 자기를 소외시키는 경우, 이에 반대해 토착적인 것, 중국적인 것을 추구한다는 것이 오히려 서양인의 오리엔탈리즘에 영합하는 결과로 추락하는 경우, 이러한 함정을 극복하고 본토성을 획득하고자 하는 다양한 노력들과 그 노력들 상호간에 나타나는 보완 및 충돌 관계 등이 주목될 수 있다. 페미니즘 관점에서 본다면 요점은 젠더 정체성의 문제가 된다. 종래에는 맹목 상태에 놓인 채 구별 없이 동일시되던 주체가 여기서는 남성 주체와 여성 주체로 구별을 얻게 되고, 종래에는 망각, 혹은 무시, 은폐, 억압되어온 여성 주체의 관점으로 문학사를 되돌아볼 필요가 제기된다.

본래의 작업 계획은 이 세 가지 관점을 각각 적용하여 세밀한 검토를 하는 것이었으나 이는 소논문 한 편이 감당할 수 있는 범위를 훨씬 넘어서는 것임이 작업이 진행될수록 더욱 분명해졌다. 그리하여 본고는 특히 페미니즘 관점을 집중적 검토 과제로 선택하였다.

페미니즘 관점은 어느 의미에서는 젠더 개념의 도입 이외에 방법상의 어떤 독자적인 정체성을 가졌다고 말하기 어려울 수도 있다. 일찍이 자유주의 페미니즘부터 맑스주의 페미니즘에 이르기까지 페미니즘은 다른 사상 체계(방법상의 독자적인 정체성을 갖는)와의 결합이라는 형태로 전개되어온 것이 사실이다. 그런데 바로 이 점이 본고의 작업에서는 장점이 될 수도 있는 것 같다. 페미니즘에도 여러 가지 종류가 있어 결코 단일하게 규정할 수는 없지만, 그중 이론적으로 가장 앞서 있는 경우는 그 자체 속에 포스트식민주의와 포스트구조주의를 자신의 본질적 부분으로 내장하고 있는 것이다. 이는 포스트식민주의가 포스트구조주의에 대해 그러한 것과 똑같다. 지나는 김에 잠깐 살펴보자면, 포스트식민주의의 대표적 이론들 중에 다수는 그 자신이 동시에 포스트구조주의적이기도 하다. 가령 『오리엔탈리즘』의 저자 에드워드 사이드는 미셸 푸코와 떼려야 뗄 수 없는 내적 관계를 맺고 있고(『오리엔탈리즘』에서는 푸코를 적극적으로 수용했다가 나중에는 푸코와 거리를 두지만), 가야트리 스피박은 푸코를 비판하고 자크 데리다를 수용했으며, 호미 바바는 푸코와 데리다를 이론적 준거로 삼았다. 페미니즘도 그러해서, 포스트식민주의 페미니즘의 경우는 포스트식민주의와 내적 관계를 맺음과 동시에 그 관계를 통해 다시 포스트구조주의와도 관계를 맺게 되는 것이며, 아예 그 자신이 직접 포스트구조주의를 적극적으로 포섭하기도 하는 것이다. 가야트리 스피박(그녀는 포스트식민주의자이기도 하고 포스트식민주의 페미니스트이기도 하다)이 그 좋은 예가 될 것이다. 이상과 같은 이유로 본고는 페미니즘을 선택하여 신해석의 관점에서 신시기 문학사가 어떻게 보일 수 있는가에 대해 검토해보고자 한다.

2. 신해석의 관점에서 본 신시기 문학사의 한 예

중국에서도 이미 신중국 이전에(즉, 1949년 이전에) 자유주의 페미니즘이 나타났었고 사회주의 중국에서는 소위 '부녀해방'이 체제에 의해 수행되었으므로 페미니즘이라는 것이 전혀 낯선 것은 아니었다. 그러나 신시기에, 특히 90년대 들어, 서양의 각종 페미니즘 사조가 한꺼번에 소개되면서부터 페미니즘이 비로소 새로운 주도적 유행 사조로 대두되었다. 페미니즘은 90년대 중국문학의 글쓰기에 깊숙이, 그리고 폭넓게 스며들었고, 90년대의 신상태 문학을 페미니즘의 조회 없이는 그 전모가 제대로 파악되기 어려운 것으로 만들었다. 하지만 이 글의 목적은 신상태 문학의 페미니즘적 측면을 자세히 검토하는 데 있지 않다. 이 글이 수행하고자 하는 작업은 90년대에 널리 퍼진 페미니즘의 시각에서 볼 때 신시기 문학사가 어떻게 보일 수 있는가를 타진하는 것이다. 이 작업을 위해 우리는 다이진화(戴錦華)가 1996년에 발표한 에세이 「8, 90년대 중국의 '여성' 다시 쓰기: 젠더의 서사와 문화적 공간」[2]을 매개로 삼고자 한다. 이 에세이는 주로 포스트식민주의 페미니즘 입장에 서 있는데, 우리 작업의 매개로서 썩 유용한 자질들을 갖추고 있다고 생각된다.

다이진화에 의하면 8, 90년대, 즉 신시기 중국의 '여성 다시 쓰기'는 크게 두 단계로 나뉠 수 있다. 첫 단계는 여성의 배제이고 두

---

2) 원제 「重寫女性: 八九十年代的性別寫作與文化空間」. 이 에세이는 『동서문학』 2002년 가을호 특집 「해외문학: 중국편」에 번역 게재되었다(유경철 옮김). 한국어 역제는 특집의 편집자였던 내가 붙인 것이다. 이 번역을 인용 텍스트로 삼되 부분적으로 수정이 필요하다고 판단되는 부분은 수정했고, 인용 출처는 괄호 속에 쪽수를 표기했다.

번째 단계는 여성의 출현이다. 여성의 배제 단계는 시기적으로 80년대 초, 중기에 해당한다. 이 시기 중국문학의 주류는 반사(反思) 문학과 심근(尋根) 문학이었는데, 다이진화는 거기에서 여성의 배제를 발견하고 그 양상을 다음과 같이 묘사한다.

이 특수한 문화적 공간과 서사 행위 속에서 여성은 이중적 의미에서 배제당한다. 우선, 여성은 이러한 부자 관계의 상황 속에서 남성의 욕망과 행위, 혹은 가치의 대상으로 서사된다. 이야기 속에서 여성과의 접촉 금지와 여성의 결핍은 부자 질서와 역사로부터 거부당하고 배제당한 남성의 운명과 지위를 드러낸다. 다음으로, 이러한 부자 관계를 상징으로 삼는 중국 역사 우언 속에서 여성은 남성의 문화적 승인을 통해 '준(準)남성으로서의 인간'으로 '분식'됨으로써만 그 존재를 승인받을 수 있는 존재로 그려진다. 여성에게는 역사적 담론 주체의 신분으로서 발언권을 획득할 수 있는 어떤 공간과 기회도 부여되지 않는다. (453)

여기서 말하는 '특수한 문화적 공간과 서사 행위'란 다음과 같은 것이다. 이 문화적 공간은 순환적/선조적, 폐쇄적/개방적, 보수적/진보적, 폭력적/민주적, 야만적/문명적, 민족적/세계적(서양적)이라는 이항대립으로 구성되어 있다. 이항대립의 앞쪽은 중국의 전통문화(혹은 민족문화)이고 뒤쪽은 근대화(혹은 서양화)이며, 중국의 남성―엘리트―지식인이라는 주체는 전자를 부정하고 후자를 추구한다. 그리하여 "민족의 역사는 다시 한 번 '낯설게하기'를 통해 '타자'의 역사로 서사되고, 외부에 존재하는 응시자의 시선은 이러한 역사를 일종의 퇴폐적 공간으로, 끝없는 반복과 순환으로 인해 '진보'의 가능성을 영원히 상실한 공간으로 그려낸다."(452) 이 공간 속에서 무슨 일이 벌어지는가. 다이진화가 발견하는 것은 부자(父子) 간의 질서다. "전복성과 고발성을 띤 작품 속에서 중국 역사는 피로 범벅된 '아들 죽이기' 광경으로 가득 찬 공간이며, 아들 죽이기 문화—식인의 주연(酒筵)은 중국 전통문화의 기본 특징으로 서사된다."(453) 여기서 '거세'는 정치적 박해 상황의 상징이 되고, '물 없고 메마른 토지와 굶주리고 짝 없는 남성'은 역사의 광경에서 핵심적 상징이 된다. "'물 없는 토지'가 중국의 낡고 진부한 농업 문명의 종언을 의미하고, '짝 없는 남성'이 남성 중심의 가족적 사회질서를 보증하는 혈통의 단절을 의미하며, 이것이 중국과 동양 문명의 멸절에 대한 우언이라면, 이야기 속의 '호남무호처(好男無好妻), 뇌한취화기(賴漢取花妓)'라는 것—권세 있고 성적으로 무능한 남성(간혹 연장자이거나 '부친'이기도 하다)이 '건강'한 남성의 여인을 빼앗아 차지한다는 것은 그 역사 우언에 대한 내재적 해석이 된다." (453) 이 역사 우언 속의 남성 서술자의 자아는 두 개로 분열되어 있다. 하나는 응시하는 시선의 투사자(서양에서 온 '개인'이라는 유령에 달라붙은 서사자)이고, 다른 하나는 작중의 도륙당하는 아들, 거세당하는 아들, 무능한 반역자로서의 아들에 대한 심각한 자기 동일시다. 그래서 다이진화는 80년대 남성 엘리트 지식인의 문화 서사를 '아들 세대의 이야기'라고 부르는데, 이 아들은 외래적 응시자(외재적 주체)/죽임당하는 아들(내재적 주체)이라는 분열을 쉽게 해결하지 못한다. "역사 문화적 반성을 시도하는 자는 줄곧 반성/뿌리찾기, 아버지 죽이기/아버지 찾기, 비판/추앙이라고 하는 한편은 가슴 아프고, 다른 한편은 곤란한 이항구조 속에서 발버둥치고 전전긍긍한다."(455) 논리적으로 따져보면, 외래적 시선(즉 근대화)을 선택한다면 아버지를 죽여야 하는 것이지만, 그러나 아버지 죽이기는 곧 민족문화의 멸망이다. 그것은 가슴 아픈 일이다. 그렇다고 그 반대를 선택한다면, 즉 뿌리 찾기—아버지 찾기—추앙을 선택한다면 그것은 '곤란한'(대단히 이루기 어려운, 패퇴하기 십상인) 일이다. 다이진화는 이 딜레마의 전형적 징후를 모옌(莫言)의 『붉은 수수 가족(紅高粱家族)』에서 발견한다. 『붉은 수수 가족』은 '용감무쌍한 영웅인 조부와 무능하고 나약한 아버지'라는 서사적 틀을 만들어냈는데, 이를 두고 다이진화는 "아버지 죽이기라는 상징적 행위는 동시에 이상적 아버지에 대한 추구가 된다"(455)라고 해설한다. 왜 그렇게 되는가 하면, 무능하고 나약한 아버지의 설정은 아버지 죽이기에 해당되지만 용감무쌍한 영웅인 조부의 설정은 이상적 아버지에 대한 추구가 되기 때문이다. 그리하여 반역적 역사 상황의 완성은 지연되고, 광대무변한 부권의 그늘 아래에서 배회하는 응시의 시선은 고발/연민이라는 복합 감정을 담지 않을 수 없다. 그러나 이상 살펴본 '아들 세대의 이야기'에서 다이진화가 실제로 주목하는 것은 아들의 딜레마 자체가 아니라 여성의 배제이다. 여성의 배제가 이상 살펴본 바와 같은 '아들 세대의 이야기'를 가능하게 한 것이라는 주장이 다이진화의 의도인 것이다.

두번째 단계, 즉 여성의 출현 단계는 시기적으로 80년대 중후반에 해당한다. 이 시기 중국문학의 주류는 선봉파(그중에서도 소설 쪽을 따로 '신조 소설'이라고 부르기도 한다)와 소위 신사실(新寫實) 소설, 그리고 이미 퇴조하기 시작했으나 여전히 주목할 만한 성과를 내고 있던 뿌리찾기〔尋根〕 소설이다. 여기서 다이진화는 여성의 출현에 주목하고 그 양상을 다음과 같이 묘사한다.

80년대 후기의 역사 글쓰기에서 여성은 조용히 역사의 장면 위로 부상한다. 심근 소설에서 그것은 "풍만한 젖가슴과 살진 둔부"의 어머니 대지의 형상이고, 신조 소설에서 여인은 등나무 줄기처럼 음험하고 모호하게 "타자의 역사"를 타고 올라 뒤덮어 버린다. 그녀들은 부자 계승의 순정한 혈통을 연장시키기보다는, 부단한 주인 바꾸기 속에서 인륜과 계급과 혈연의 신성함을 혼란시키고 더럽힌다. 여성은 더 이상 남성의 성적 욕망의 배출구, '어른'이 되기 위해 통과해야 하는 길이 아니라, 젊은 남주인공/ '아들'이 역사 안으로 진입하는 것을 가로막아 이들을 역사 밖으로 배척해내는 장애물이 된다. (457)

전 단계에서는 배제되었던 여성이 전면에 출현하기는 하지만 긍정적인 형태가 아니라 부정적인 형태로 출현한다는 것이다. 이러한 여성의 부정적 출현을 통해 남성—엘리트—지식인의 딜레마를 해소하고자 한 것인데, 물론 그들의 '이중적 위치와 불안'은 쉽게 해소될 수 있는 것은 아니다. 문학이 아니라 영화에서, 즉 장이모우(張藝謀)의 「붉은 수수밭」에서 예외적으로 그 해소가 이루어지지만(두 번에 걸쳐 제물로 바쳐진 여주인공 옆에서 비로소 남성이 영웅으로 설 수 있었다고 다이진화는 해설한다), 그러나 이러한 해소가 문학에서 널리 나타나기 시작한 것은 90년대에 들어서의 일이다. 이 해소는 부자 관계가 젠더에 의해 대체됨으로써 가능해졌다는 것이 다이진화의 요점이다. 무슨 말인가 하면, 부자 관계라는 설정 속에서는 아버지의 역사를 타자의 역사로 만드는 일이 앞에서 살펴본 바와 같은 딜레마를 수반하지만, "여성은 남권 사회에 존재하는 영원한 '타자'로서, 〔……〕 '아버지의 역사'를 대체하고 명실상부한 '타자의 역사'를 이룩해낸다"(460~61)는 것이고 이 '타자'의 희생 위에서 남성의 불안의 해소가 가능해진다는 것이다. 요컨대 여성이 '타자'가 됨으로써 남성이 비로소 주체가 될 수 있었다는 것이다. 다이진화는 이러한 양상이 사회주의 시장경제의 급진전과 더불어 더욱 심화되었으며 종족 문제의 새로운 대두가 그 심화를 촉진했다고 본다. 서양인과의 관계에서, 그 서양인이 남성이든 여성이든, 중국 남성은 여성의 위치에 처하게 되고 종족―젠더―권력의 규칙에 대한 인정과 굴복이 불가피해진다. 이를 다이진화는 '젠더의 위치 바꾸기 게임'이라고 부른다. 여기서 중국 남성이 스스로를 다시 남성 주체로 세우기 위해 중국 여성을 성―정치―권력의 규칙에 굴복시키는 일이 발생한다. 그리하여 여성은 "히스테리컬하고 도무지 채울 수 없는 욕망의 소유자"(464)라는 '새로운' 형상으로 출현하여 현실의 고난과 불안의 씨앗이 되고 남성의 비극적 운명의 원흉이 된다. 이 여성 형상을 통해, 남성들의 역사 과제는 기존 사회 질서의 전복에서 젠더 질서 바로잡기로 전이되고, 정치적·역사적 운명에 대한 사고로 집중되었던 글쓰기가 남성 개체의 수난의 토로로 방향을 바꾸게 된다. 요컨대 남성은 사면되고 여성은 추방된다는 것이다.

이상 살펴본 '여성 다시 쓰기'의 두 단계는 모두 남성 작가에 의한 글쓰기를 대상으로 하여 파악된 것이다. 그렇다면 같은 시기에 여성 작가들의 글쓰기, 혹은 여성의 글쓰기는 어떠했는가. 이상 살펴본 바와 같은 '남성 권위 문화의 공세적 자기 확장' 속에서도 여성의 글쓰기가 계속 이루어지고 있었음은 말할 나위도 없다. 문제는 그 글쓰기의 구체적 모습이 어떠했는가이다. 80년대 중후기의 그것에 대해 다이진화는 다음과 같이 묘사했다.

80년대 중후기 여성의 글쓰기의 중요한 추세는 역사와 현실 속의 여성에 대한 서사 속에서, 여성 생존의 희비극을 발굴해내고, 남성 본위 사회와 역사가 어떻게 여성의 자아를 괴물 같은 존재로 구성해 내었는지, 주인으로서의 남성이 또 어떻게 그들이 창조해낸 젠더 질서 속에서 악역 또는 어릿광대가 되는지를 그려내는 것이었다. 이 시기에 여성의 글쓰기는 언제나 예기치 않게 남성 권력 사회와 젠더 질서에 대한 풍자와 전복이 되었으며, 역사 속 여성에 대한 여성들의 글쓰기는 단속적으로 여성 역사의 부분들을 이룩해냈다. (466)

두번째 단계의 남성 작가에 의한 글쓰기에 대해 논하면서 다이진화는 80년대 말 몇몇 여성 작가들이 이미 '젠더의 위치 바꾸기 게임'의 비밀을 간파해냈다는 점을 지적했는데, 거기에서 언급된 장지에(張潔)와 왕안이(王安憶)가 위 인용문에서 말하는 풍자와 전복의 좋은 예가 될 것 같다. 위 인용문에 붙인 주석에서는 왕안이의 『유수 30장(流水三十章)』, 티에닝(鐵凝)의 『장미의 문(玫瑰門)』, 츠리(池莉)의 「응시(凝眸)」를 예로 들었다. 장지에의 장편소설 『태양은 오직 하나(只有一個太陽)』는 중국 지식인이 서양 세계를 대면할 때의 극심한 불안과 공포를 다루고 있다. 다이진화가 이 작품에서 주목한 것은 "동양의 '무녀(巫女)'가 자신의 젠더와 종족적 특색이 갖는 '우세함'을 이용하여 서양인과의 결혼에 성공하는 단락이나, 장지에가 유일하게 애착을 갖는 남자 주인공이 결국 자살을 결심하고 서양의 찬란한 태양 밑 나체 해수욕장가에서 바다로 걸어 들어가는 결말, 이 모두는 젠더—권력의 역할과 규칙이 종족—권력의 틀 안에서 성공적으로 복제될 수 있음을 신랄하고 씁쓸하게 보여준다"(462)는 점이다. 왕안이의 「삼촌 이야기(叔叔的故事)」에서 다이진화가 주목하는 것은 "중국 남자(그는 저명한 작가이다—인용자)가

서양 여성에게 자신의 젠더 권력을 여러 가지 방식으로 행사하려 하
다가 실패하고, 오히려 서양 여성의 종족과 언어의 권력 아래 굴복
하게 되고 마는 이야기”(462)이다. 이 두 작품은 분명히, ‘남성 권
력 사회와 젠더 질서에 대한 풍자와 전복’이라고 할 수 있다. 그러
나 이것들은 ‘여성 다시 쓰기’의 직접적인 모습은 아니며, 더더구나
여성 문화의 공간을 추구하는 일과는 거리가 아주 멀다.

　다이진화는 여성의 글쓰기에서 여성 문화의 공간에 대한 추구가
나타나기 시작하는 것은 90년대에 들어선 뒤의 일이며, 이는 중국
여성 글쓰기의 새로운 면모라고 말한다. 이 새로운 면모로 다이진화
가 제시하는 것들은 다음과 같은 것들이다. (466~67)

1) “우선 여성의 글쓰기는 자발적으로 남성 엘리트 지식인의 ‘거대
　　서사’와 ‘민족 우언’의 필법에서 이탈하여, 평범한 형태 또는 일
　　탈된 행태의 여성의 일상생활을 그려내기 시작했다.”〔츠즈지엔
　　(遲子健)의 「백야를 향한 여행(向着白夜旅行)」을 예로 들었다.〕
2) “다음으로 40년대 내지 ‘규방문학’이라고 하는 여성 문화의 전
　　통을 자각적으로 이어가기 시작했다.”〔왕안이의 『장한가(長恨
　　歌)』, 쉬란(須蘭)과 멍후이(孟暉)를 예로 들었다.〕
3) “60년대에 출생한 젊은 여성 작가들이 자전적, 준자전적 방식
　　으로 대담하게 ‘나의 신체, 나의 자아’—자신의 젠더 경력, 성
　　경험, 그리고 자매애/동성애에 대한 두려움과 갈망 등을 기술
　　하기 시작했다.”〔천란(陳染)의 「옛일과 건배하기(與往事乾杯)」
　　「작별할 곳이 없어(無處告別)」, 린바이(林白)의 『한 사람의 전쟁
　　(一個人的戰爭)』「회랑의 의자(回廊之椅)」「병 속의 물(瓶中之
　　水)」, 쉬샤오빈(徐小斌)의 「물고기자리(雙魚星座)」 등을 예로 들

었다.〕

특히 3)은 여성 글쓰기가 중국 문화의 시야로 충격적으로 진입하도록 해주었는데, 그러나 남성 상업 문화에 의해 상품화되고 남성의 관음(觀淫) 욕망의 시야 속으로 전이되었다. 이 '새로운 문화적 착취'에 대한 힘 있는 반항이라는 맥락에서 다이진화는 다시 아래의 4)와 5)를 추가했다. (467)

> 4) "더욱 분명하고 힘있는 여성의 목소리가 〔……〕 새로운 문화적 층면에서 또 한차례 젠더 질서를 초월하고 전복했다."〔쉬쿤(徐坤)의 「여기부터 점점 더 환해진다(從此越來越明亮)」를 예로 들었다.〕
>
> 5) "이제 자매애는 더 이상 협의의 동성애적 의미가 아니며 또 여성의 도피처로서의 유토피아가 아니고, 여성의 문화 공간과 여성의 사회적 이상에 대한 묘사이자 표출이 되었다."〔천란의 산문 「젠더 의식 넘어서기와 나의 창작(超性別意識與我的創作)」과 소설 「환전(破開)」을 예로 들었다.〕

마지막으로 다이진화는 다음과 같이 진술하며 에세이를 마무리짓는다.

> 소란스런 시정, 남성 이데올로기 문화의 시끌벅적한 자기 표현 속에서, 90년대 여성의 성숙한 반항의 모습은 극히 미약하고 주변적인 것에 지나지 않으며, 또한 곧바로 남성 중심 문화의 전방위적 공격에 직면하게 되었다. 그러나 그것은 이미 오래전에 고착된 남성, 여성,

관방, 상업의 공용 공간을 헤집고 나와 여성문화의 현실적 공간 확립을 새롭게 시도하고 있다. 하지만 동시에 이러한 시도는 현재의 문화와 현실 속에서 때로는 그 장벽을 돌파하기도 하고, 때로는 그 안에서 배회하기도 하는, 기나긴 역정을 경험하게 될 것임에 틀림이 없다. (467~68)

이 에세이가 씌어진 것이 1996년이니 그 이후로 지금까지 전개된 여성의 글쓰기는 많은 진전과 변화를 이루었을 것이고 남성에 의한 '여성 다시 쓰기' 역시 적지 않은 변모를 보였을 것이다. 그러나 우리의 관심은 90년대의 신상태 문학이 어떻게 새로운 해석의 관점을 요구했으며 새로운 해석의 관점에서 바라보면 신시기 문학사가 어떻게 보일 수 있는가를 살펴보는 데 있기 때문에 1996년 이후의 정황에 대한 고찰은 별도의 작업으로 미루기로 한다.

다이진화가 이 에세이에서 쓴 것은 그 자체로 문학사 기술은 아니다. 문학사 기술이 되려면 우선 양적으로 훨씬 방대해져야 할 것이다. 그러나 문학사 기술의 서설로서는 필요 충분한 것들을 갖추고 있고, 신해석의 관점에서 볼 때 신시기 문학사가 어떻게 보일 수 있는가를 고찰하는 데는 부족하지 않은, 오히려 썩 적절한 자료가 된다. 다이진화의 서술은 80년대 초중기의 여성의 배제에서부터 80년대 중후기 이후의 여성의 출현을 거쳐 90년대의 여성의 발성에 이르는 일련의 흐름으로 신시기 문학사를 파악했다고 할 수 있다. 그러나 이러한 파악의 기원은 시간적으로 앞쪽에 있는 것이 아니라 오히려 뒤쪽에 있다. 즉, 90년대 신상태 문학에 나타나는 여성의 발성이라는 현상이 이러한 파악의 기원인 것이다. 이 현상이 새로운 해석의 관점을 요구했고, 그 관점이 80년대 초중기부터의 문학사적 흐름을 새롭게 바라볼 수 있게 해준 것이다. 여성의 발성이라는 신상태 앞에서 다이진화가 채택한 신해석의 관점은 페미니즘이다. 앞에서 살펴본 것처럼 페미니즘의 종류는 다양한데, 다이진화는 그중에서도 포스트식민주의 페미니즘을 자신의 주된 입장으로 취했다. 주된 입장으로 취했다라고 말하는 이유는, 다른 종류의 페미니즘들도 다이진화의 시각에 부분적으로, 부단히 포섭되고 있기 때문이다. 특히 문화적 페미니즘과 젠더 연구, 그리고 앞에서 언급하지는 않았지만 레즈비언 페미니즘(이는 문화적 페미니즘의 한 지류일 것이라는 게 나의 개인적 견해이지만 단언할 수 있을 만큼의 검토가 준비되지는 않았다) 등은 다이진화의 중요한 이론적 자산이다. 특이한 것은 자유주의 페미니즘은 물론이고, 급진적 페미니즘이나 맑스주의적 페미니즘에 다이진화가 거의 관심을 보이지 않는다는(적어도 이 에세이에서는) 점이다. 그리하여 다이진화의 시각에서 중심이 되고 있는 포스트식민주의 페미니즘은 문화적 페미니즘과 포스트식민주의의 결합을 그 내용으로 한다. 이 점이 가령 스피박 같은 경우와 다른 점이다. 스피박의 경우에는 맑스주의적 페미니즘이 더 추가되기 때문이다. 그런데 이 결합은 단순한 기계적 결합이 아니다. 그것을 뭐라고 불러야 할지, 예컨대 변증법적 결합이라고 부를 수 있을지는 잘 모르겠지만, 그 특징은 간략히 지적할 수 있다. 다이진화의 포스트식민주의 페미니즘은, 문화적 페미니즘의 백인중심주의적 경향에 대해서는 제3세계 본토 여성의 입장을 주장하고, 포스트식민주의에 대해서는 그것이 제3세계의 여성과 남성을 문화적으로 동일화하려는 남성중심주의적 경향에 맞서 여성의 젠더 정체성을 주장하는 그러한 것이다. 이 에세이에 한해서 보자면, 이 두 가지 계기 중 특히 두드러지는 것은 후자의 계기이다. 전자의 계기는 실제로는 거의 나

타나지 않는다. 가령 다음과 같은 대목:

90년대에 들어오면서 제출된 '제3세계 본토 지식인의 문화적 곤경'이라는 담론은 또 다른 명목으로 여성이라는 문화적 표술을 가리웠고, '중국 여성'과 '중국 남성'의 문화적 동일화를 요구하였다. 중국 지식인의 '포스트식민문화' 토론 또한 남성 엘리트 지식인이 페미니즘을 비판하고 국제적 자매애sisterhood의 존재 가능성을 의심하는 유력한 근거가 된다. (465~66)

포스트식민주의의 남성중심주의적 경향에 대한 반대가 확연히 표현되는 데 비해 문화적 페미니즘의 백인중심주의적 경향에 대해서는 별다른 경계심의 표출이 없고, 오히려 암암리에 '국제적 자매애'에 대한 낙관이 시사되고 있는 것이다.

이상과 같은 특징을 갖는 다이진화의 신해석 관점이 파악한 신시기 문학사의 흐름은, 이 관점이 아니었다면 파악될 수 없거나 파악되기 어려운 것임이 분명하다. 이는 우리가 다이진화의 파악 내용에 동의할 수 있느냐 없느냐 하는 문제와는 별개의 문제다.

3. 신상태와 신해석에 대한 새로운 질문

신해석의 의의를 인정함에도 불구하고 신해석이 가질 수 있는 문제점은 점검될 필요가 있다. 신상태 문학에 나타나는 사조와 방법의 무정부적 상태에 긍정적인 측면이 있음은 분명히 인정되지만, 그 신상태와 결합되는 신해석이 암암리에 신상태를 지배하고 문학의 개별성을 은폐해버릴 우려가 있다는 점이 점검되어야 하는 것이다.

다이진화의 에세이와 관련하여 내가 질문하고자 하는 것은 그 페미니즘 관점의 정당성 여부나 그 관점으로 신시기 문학사를 '여성의 배제에서 여성의 발성으로'라는 흐름으로 파악한 것의 적절성 여부가 아니다. 아마도 페미니즘 관점의 정당성에 대해서는 페미니즘 이론이라는 맥락에서 대화나 논쟁이 얼마든지 가능할 것이고, 문학사 파악의 적절성에 대해서는 해석의 다원주의를 인정하는 입장에서도 역시 적지 않은 이의 제기가 가능할 것이다. 그러나 나의 관심은 그런 종류의 논의가 아니라 주로 문학의 개별성에 관계된다.

다이진화가 가장 중시한 자료 중의 하나인 모옌의 연작소설 『붉은 수수 가족』에 대해 꼼꼼히 살펴볼 필요가 있겠다(연작의 첫 작품인 중편 「붉은 수수」가 발표된 것은 1986년이었고 연작소설집 『붉은 수수 가족』이 출판된 것은 1987년이었다). 다이진화는 이 연작소설에서 부자 질서의 서사를 보고 아들 세대의 딜레마를 보았다. 이 작품에 대해 직접적으로 붙인 설명은 아니지만 '여성의 배제'를 다룬 이 절의 마지막에서 "80년대라고 하는, '거대서사'와 복잡하고 곡절 많은 민족국가 동일화 작업에 의해 조직된 담론의 공간은, 여성의 위치와 여성 담론 주체에 대한 배제를 통해 '신시기'의 '여성 다시 쓰기'라는 문화적 역정을 시작하였던 것이다"라고 내린 결론은 다른 작품들뿐만 아니라 『붉은 수수 가족』에도 해당된다고 보는 것이 자연스러울 것이다. 그렇다면 다이진화는 『붉은 수수 가족』을 여성 배제의 예로 보았고 또 민족국가 동일화 작업과 관련되는 것으로 보았다고 해야 할 것이다. 그런데 '여성의 출현'을 다룬 다음 절에서 '닫힌 공간'에 감금된 여성이라는 이미지의 예를 들면서 『붉은 수수 가족』이 다시 언급된다. 그렇다면 『붉은 수수 가족』은 도대체 '여성 배제'인가, '여성 출현'인가, 혹은 양쪽 다인가. 게다가 1987년에 중편 「붉은 수수」를 각색하여(「고량주(高粱酒)」의 에피소드도 일부 포함시켰지만) 만든 장이모우의 영화 「붉은 수수밭」을 남성―엘리트―지식인의 '이중적 위치와 불안'의 해소(이것은 90년대 들어서 비로소 이루어진 것인데)를 선취한 예외적인 경우로 제시하는 장면은 독자를 더욱 곤혹스럽게 만든다. 그러니까 형식논리적으로 보자면 『붉은 수수 가족』은 '여성 배제' 단계에도 해당되고 '여성 출현' 단계에도 해당되며, 특히 영화 「붉은 수수밭」까지 포함시키면 젠더 질서 속에서 타자화된 여성의 제시를 통해 남성의 불안의 해소를 이룬 예가 되기까지 하는 것이다. 어떻게 이럴 수 있는가.

사실 모옌의 연작소설 『붉은 수수 가족』은 단일한 해석을 거부하는 복합적 텍스트다. 가령 이 작품을 민족국가 건설에 관한 알레고리로 읽는 것도 가능하겠지만 정반대로 탈―민족국가(혹은 국민국가)의 징후로 읽는 것도 똑같이, 혹은 오히려 더 가능하다. 이욱연에 의해 적절히 지적된 바 있듯이, 일본 제국주의는 물론 국민당도, 공산당도 다 가오미(高密)에 대해 외래적인 것으로 나타나며 다 거부되거나 일정하게 거리가 두어지는 것이다. 또 "용감무쌍한 영웅인 할아버지와 무능하고 나약한 아버지"라는 서사적 틀은 영화 「붉은 수수밭」에는 해당될 수 있어도 소설 『붉은 수수 가족』에는 꼭 들어맞지 않는다. 영화는 과잉 노출된 역광의 화면 속에 여주인공의 주검 앞에서 할아버지와 아버지가(화자가 부르는 칭호라서 그렇다. 사실은 아버지와 아들이) 나란히 서 있는 것으로 끝나지만, 소설은 할아버지가 영웅으로부터 안면근육이 마비되어 말도 제대로 못하는 노인으로 추락하는 후일담을 서술하고 있는 것이다. 영화와 소설의 차이는 한층 세심하게 관찰될 필요가 있다. 영화에서 할머니 다이펑리엔(戴鳳蓮) 역을 맡은 젊은 궁리(鞏利)는 확실히 남성의 욕망의 시선에 노출되고 있고, 얼핏 생각하기에는 소설에서보다 영화에서 더욱 강조되고 있는 다이펑리엔이 주인공이고 할아버지 위잔아오(余占鰲)는 그 상대역인 것 같다. 그러나 이 여성이 제물로 바쳐짐으로써 그 제물을 딛고 남성이 영웅으로 우뚝 설 수 있었다는 다이진화의 해석을 존중한다면 겉보기와는 달리 위잔아오가 진정한 주인공이라고 볼 수 있다. 소설에서는 사정이 상당히 다르다. 가장 중요한 차이는 영화가 시간 순서에 따라 내러티브를 전개하고 있는 데 반해 소설은 그렇지 않다는 것이다. 영화는,

> 한번은 남성의 욕망과 성 인식의 제단 위에 제물로 바쳐지고, 또 한번은 민족 신화의 장면에 제물로 바쳐진다. 쓰러져 있는 여인의 옆에서 비로소 남성은 영웅처럼 우뚝 설 수 있었다. (458)

라는 다이진화의 설명이 적합하지만, 소설에서는 이 두 차례의 제의가 겹쳐져서 동시적으로 제시되며, 그것도 남성의 시선의 대상으로서가 아니라 다이펑리엔 자신의 의식의 흐름을 통해, 다시 말해 여성의 발성을 통해 제시된다. 총에 맞아 쓰러진 채 시야를 가득 채우는 하늘과 붉은 수수를 보며 죽어가는 다이펑리엔이 옛날 위잔아오와의 첫 성적 결합을 회상하는 것이다. 이 장면이 소설의 핵심이다. 죽어가는 다이펑리엔의 곁에는 아들만이 있고 위잔아오는 없으며, 더구나 마지막으로 숨을 거둘 때는 그녀 혼자만 있다.

> 인간 세상과의 마지막 끈이 막 끊어져가고 있었다. 모든 근심과, 고통과, 긴장과, 슬픔이 다 수수밭으로 떨어져서 우박처럼 수수 이삭

을 때렸다. 그것들이 흑토 위에 뿌리를 내리고 꽃을 피우고 다시 시큼하고 쌉쌀한 열매를 맺으면 그것이 다음 세대로 다음 세대로 이어지는 것이다. 할머니는 자신의 해방을 완성했다. 그녀는 비둘기를 따라 날고 있었다. 고작 주먹 하나만큼 작아진 그녀의 사유 공간 속에 기쁨과 고요와 따뜻함과 평안함과 조화가 넘치고 있었다. 할머니는 만족해하며 경건하게 중얼거렸다.

　　"하느님! 나의 하느님……"[3]

이 장면에서 다이펑리엔이 어머니 대지의 모습으로 신화화된다고 볼 수 있다면 이것이야말로 문화적 페미니즘의 모성 담론과 부합되지 않는가. 그러니 영화보다도 소설에서야말로 다이펑리엔이 주인공이다. 소설의 다이펑리엔은 대상이 아니라 주체인 것이다. 게다가 여기에는 보다 복잡한 내막이 깔려 있다. 좀더 생각해보면, 위 인용은 다이펑리엔이 죽는 장면이기 때문에 그녀가 그런 생각을 하고 그렇게 중얼거렸다는 것을 아무도 알 수가 없다. 첫 성적 결합 시의 다이펑리엔의 느낌과 생각은 그녀가 위잔아오에게 말하고, 위잔아오가 다시 아들에게 말해주고 그것이 손자인 화자에게까지 전해졌다고 추정해볼 수도 있지만, 이 역시 그럴 개연성은 희박하다. 소설의 논리나 미학적 원리에 입각해서 본다면 그 느낌과 생각은 아무에게도 말해지지 않은, 다이펑리엔 혼자만의 비밀이어야 하는 게 당연하다. 죽어가면서 한 생각과 중얼거림은 더 말할 나위도 없다. 그러므로 이 장면은 손자인 화자의 상상적 재구성의 소산일 가능성이 크다. 섣부른 설명보다는 이 상상적 재구성의 의미를 탐색하는

---

3) 莫言, 『紅高粱家族』, 海口: 南海出版公司, 1999, p. 71. 번역은 『붉은 수수밭』, 심혜영 옮김, 문학과지성사, 1997, p. 170의 번역을 따랐음.

일이 긴요할 것이다.

이제 우리는 이렇게 말할 수 있겠다. 다이진화의 문학사 읽기는 텍스트에 대한 고의적 오독 위에서 이루어졌거나 적어도 그것을 일부 포함하고 있다고. 어쩌면 페미니즘 관점에서 먼저 내러티브를 구성하고 그 내러티브에 부합되는 텍스트를 찾거나, 텍스트를 내러티브에 부합되도록 해독한 것인지도 모르겠다. 혹은 영화 「붉은 수수밭」에 대한 읽기를 선행시키고 그 읽기를 소설 『붉은 수수 가족』에 덧씌운 것인지도 모른다. 내가 참을 수 없는 것은, 영화 「붉은 수수밭」으로 소설 『붉은 수수 가족』을 대체해버리는 폭력이다.

중요한 것은 개별 텍스트, 문학의 개별성에 대한 섬세한 존중이다. 나는 신해석의 의의를 충분히 인정하지만, 그 신해석이 문학의 개별성을 손상시키는 데 대해서는 단호히 반대한다. 문학을 위해서 그러하기도 하지만, 이는 동시에 신해석을 위한 것이기도 하다. 신해석이 진정으로 의미 있는 것이 되려면 지극히 섬세해지지 않으면 안 된다.

마지막으로 제기하고 싶은 것은 문학적 가치의 문제다. 이 문제를 단순히 문학주의라거나 텍스트주의라고 일축해버려서는 곤란하다. 사조와 방법, 형식에 대해서도 새로운 방식으로 주의를 기울일 필요가 있다. 사조와 방법, 형식의 무정부 상태가 긍정적일 수 있는 것은 그것이 사조와 방법을 절대적인 것, 실체적인 것으로 전제하는 도식적이고 상투적인 사유로부터 벗어나 있기 때문이다. 그러나 일단 벗어난 뒤에는 다시 사조와 방법, 형식을 돌아보지 않을 수 없다. 사조, 방법, 형식은 내용이나 이념에 대해 결코 외재적인 것이 아니다. 그것들은 그 자체 내용이고 이념일 수 있다. 심지어는 그것들이야말로 진정한 내용이고 진정한 이념일 수도 있다. 그것들을 외면하고서 어떻게 문학적 가치의 문제에 접근할 수 있겠는가. 아니, 문학적 가치 이전에, 그것들을 외면하고서는 텍스트에 대한 읽기 자체가 충실해질 수 없다.

이 장면에서 우리는 페미니즘 비평에 나타났던 미학적 논쟁을 잠깐 살펴볼 필요가 있겠다. 1985년 토릴 모이Toril Moi는 그녀의 저서『성과 텍스트의 정치학』에서 미국 페미니즘의 접근 방식과 프랑스 페미니즘의 접근 방식의 구분은 리얼리즘적 글쓰기와 아방가르드 텍스트 중 어떤 것이 상대적으로 더 우월한가에 관한 20세기 초반의 문학 정치적 논쟁들을 재론하는 것이라고 주장했다.[4] 모이는 페미니즘 문학 논의에 프랑스 이론의 엄밀함을 끌어들여야 한다는 1980년대 초반의 요구에 부응하는 입장이었고, 따라서 프랑스 페미니즘의 접근 방식과 아방가르드적 형식을 지지했다. 이에 대해 팸 모리스는 다음과 같은 반론을 제기했다: "하지만 오늘날의 독자들은 모이가 리얼리즘을 현존하는 사회질서를 당연한 것으로 받아들이도록 하는 보수적인 형식이라 비판함으로써 정치적으로 진보적인 기능을 수행할 수도 있는 리얼리즘의 또다른 일면을 무시하는 경향이 있다고 지적한다."[5] 이 반론에 이어지는 다음과 같은 수사는 자못 설득력을 발휘한다.

도시 빈민층을 형성하며 가난과 폭력에 시달리는 미국 흑인 여성, 이름마저도 백인 노예 소유주에게서 파생된 이들 흑인 여성들은 복합적이고 유동적인 정체성을 찬양하는(다시 말해 정체성은 가면들의 유

---

4) 팸 모리스, 「역사 속의 여성들로 되돌아가기」, 『문학과 페미니즘』, 강희원 옮김, 문예출판사, 1997, p. 270 참조.
5) 같은 책, p. 271.

희이거나 위장이라는) 잉여의 미학에 대해 어떤 질문들을 제기할 수 있을 것인가?[6)

그러나 이 설득력 있는 수사의 속사정은 왕년의 리얼리즘/모더니즘 논쟁의 단순 복제에 지나지 않는다. 아방가르드 텍스트를 '잉여의 미학'이라고 파악하는 것이 과연 적절한지, 그리고 리얼리즘적 글쓰기를 인본주의적 전통 속에 들어 있으며 정체성을 추구하는 것이라고 파악하는 게 과연 적절한지에 대해 검토가 필요할 뿐만 아니라, 그에 앞서 리얼리즘 대 아방가르드라는 이항대립의 설정 자체가 문제인 것으로 보인다. 리얼리즘 대 모더니즘이라는 파악보다는 리얼리즘 대 아방가르드라는 파악이 좀더 실질적이라는 점은 인정된다. 왜냐하면 모더니즘이라는 말이 매우 모호한 말이기 때문이다. 이 모호성 때문에 오늘날 포스트모더니즘이 모더니즘을 공격할 때 '문학적 모더니즘'까지 한데 싸잡혀서 공격받게 된다. 그런데 그 공격은 '문학적 모더니즘' 전체에 대한 공격은 아니다. 대체로 영미 모더니즘 계열은 공격 대상이 되고, 아방가르드 계열은 그 공격 대상에서 제외되어 새로이 포스트모더니즘의 일부로 재규정되는 것이다. 이 문제에 대한 나의 견해는 다음과 같다: 1) 모더니즘과 포스트모더니즘은 주로 사상적 패러다임에 관한 문제다; 2) 리얼리즘과 아방가르드는 주로 미학적 형식에 관한 문제다; 3) 따라서 '문학적 모더니즘'이라는 파악은 무의미하고 심지어 해롭다. 요컨대 중요한 것은 리얼리즘과 아방가르드라는 형식이 그 자체 절대적이고 고정불변한 내용을 가진 것이 아니라는 점, 그리고 리얼리즘 내부에도, 아방가

---

6) 같은 책, 같은 곳.

르드 내부에도 여러 이질적 경향들이 뒤섞여 있다는 점, 심지어 리얼리즘과 아방가르드 사이에 건널 수 없는 심연이 있는 것이 아니라 오히려 복잡한 상호 침투가 있다는 점 등이다. 페미니즘 비평이 적극적으로 미학적 논의로 나아가는 것은 반드시 필요한 일이지만, 그 논의는 예전처럼 이항대립의 도식에 사로잡혀서는 안 되고 개방된 논의가 되어야 한다.

한편으로 페미니즘 비평을, 다른 한편으로 1990년대의 신상태 문학을 출발점으로 한 다이진화의 논의는 이 미학적 문제에 대한 자신의 입장이 어떤 것인지를 분명히 드러내고 있지는 않지만, 대체로 아방가르드 텍스트 쪽에 더 민감하게 반응하고 있다는 점을 우리는 알아볼 수 있다. 다이진화가 예로 드는 90년대 여성적 글쓰기들은 대체로 아방가르드 흐름에 속하는 것들이다. 그러나 다이진화는 형식에 대한 적극적 검토로는 나아가지 않았다. 아마도 에세이의 길이 제한 때문에 그렇게 되었으리라 여겨지지만, 그 검토가 없기 때문에 충실한 텍스트 해석이 미처 갖추어지지 않은 상태에서, 신해석의 내러티브에 작품을 종속시켜버리는 사태가 발생한다. 이 점을 린바이(林白)의 『한 사람의 전쟁(一個人的戰爭)』을 통해 살펴보기로 하자.

『한 사람의 전쟁』을 포함한 일련의 작품들에 대해 다이진화가 붙인 설명은 다음과 같다: "그중 가장 주목할 만한 것은, 60년대에 출생한 젊은 여성 작가들이 자전적, 준자전적 방식으로 대담하게 '나의 신체, 나의 자아' — 자신의 젠더 경력, 성 경험, 그리고 자매애 — 동성애에 대한 두려움과 갈망 등을 기술하기 시작한 것이었다." (466) 『한 사람의 전쟁』은 1958년생인 여성 작가 린바이의 자전적 장편소설로서 유치원생 시절(대여섯 살 무렵) 시작된 '나 자신에 대한 응시'와 '내 몸 더듬기'에 대한 묘사로 소설 공간을 열고, 90년대 초반 30대가 된 주인공 두오미(多米)의 자위행위에 대한 묘사로 소설 공간을 닫는다. 이 열기와 닫기 사이에서 서술되는 내용 중 젠더 경력과 성 경험은 큰 비중을 차지한다. 두오미는 일찍부터 남성에게는 관심이 없고 여성에게만 관심이 있었다. 그러나 동성애로 나아가지는 않거나 못한다('두려움과 갈망' 혹은 '갈망과 두려움'). 그녀는 대학 시절 한 사내 아이에게 강간당할 뻔한 일이 있고, 대학 졸업 후 여행 도중 만난 한 선원(그는 실은 유부남이었다)에게 처녀를 잃었고(이 맥락에서 적절한 표현이 아닐 것 같지만), 영화사에서 일할 때 한 젊은 감독과 연애하지만 임신중절 경험만 갖고 연애는 실패하며, 나중에는 한 노인과 결혼하여 베이징에 정착한다. 그러니까 두오미에게 남성과의 성적 관계는 일종의 고통이거나 결핍이고, 여성과의 동성애는 갈망과 두려움의 길항 작용 때문에 실현될 수 없는 것일 뿐이다. 그런 그녀에게 희열을 주는 것은 자위다. 그래서 첫 이성애 경험이 "체내의 액즙이 조수처럼 빠져나가는 것 같았다. 그녀의 몸은 마르고 거친 모래톱 같았다. 두 사람의 몸이 건조하게 마찰되었다"[7]라고 묘사되는 데 반해, 마지막의 자위 장면은 "그녀는 자신이 물 속에서 떠다니는 것 같았다. 그녀의 손이 파도와 같은 몸에서 오르락내리락했다. 그녀의 몸 속 깊은 곳에 있는 샘물이 끊임없이 솟구쳐나왔다. 투명한 액체가 그녀에게로 스며들었다. [……] 그녀는 자신이 물로 변한 것 같았다. 그녀의 손은 물고기가 되었다"(290~91)라고 묘사되면서 이성애 경험의 묘사와 날카로운 대조를 이루는 것이다(메마른 모래와 풍부한 물의 대조가 주목된다). 작품 첫 머리의 유년 시절 회상에서도 "그러면 안심한 내 몸은 물로 변했으

---

7) 린바이, 『한 여자의 전쟁』, 박난영 옮김, 문학동네, 1998, p. 209. 이하 괄호 속에 쪽수 표시.

며 손은 물고기가 되었다"(11)라는 묘사가 나온다. 일종의 수미쌍
관인 셈인데, 이렇게 보면 이 작품은 자기애에서 시작하여 이성애와
동성애의 시도를 거쳐 다시 자기애로 귀환하는 이야기라고 할 수 있
다. 그러니 제목 '한 사람의 전쟁(혹은 한 여자의 전쟁)'이 뜻하는 것
은 자기애다. 제사로 내세워졌고 마지막 장면에서 진술되는, "한 여
자의 전쟁이란 한 여인이 자신을 스스로에게 시집보내는 것이다"
(290)라는 문장이 지시하는 것은 바로 자기애이며, 그 자기애는
"나르시시즘과 은근한 자학심리"를 함께 지닌, "두 개의 머리를 지
닌 괴수"와 같은 것이다. 이렇게 살펴보면 『한 사람의 전쟁』은 다이
진화가 붙인 설명과 대체로 부합된다고 할 수 있다. 우리는 여기에
약간의 설명을 추가할 수 있다. 가령, 주인공 두오미의 자기애 선택
은 중국의 남성 중심 사회질서로부터 벗어남을 뜻하는 것이고 그 선
택을 서술하는 여성의 목소리는 남성 중심 사회에 대한 항의이며 여
성 문화에 대한 탐색이다,라는 식의 설명. 또, 가족의 결핍, 어머니
의 결핍이라고 요약할 수 있을 두오미의 유년 체험의 특징—"살아
있는 아이가 기나긴 밤에 홀로 잔다는 것은 육체가 어둠 속에 매달
려 있는 것과 같았다. 가족의 애무를 받지 못한 그 피부는 고독하고
도 굶주린 채, 공허하게 침대에 버려져 있었다"(32)라고 묘사되는
—에 주목하여 그 선택에 대해 설명하는 것도 가능하다. 이때는 상
상계에서의 충족의 체험이 없을 때 상징계에서의 결핍—욕망은 어
떻게 오는가,라는 질문이 수반될 수 있을 것이다. 그러나 다이진화
의 설명과 내가 추가한 설명들, 그리고 여기에 추가될 수 있을 더
많은 설명들을 다 합친다 해도 이 작품의 미학적 특징은 드러나지
않는다.
　위에 살펴본 바와 같은 내용을 전통적 사실주의 형식으로 서술하

는 것도 가능할 것이다. 하지만 린바이는 그렇게 서술하지 않았다. 만약 그렇게 서술했더라면 그것은 전혀 다른 작품이 되었을 것이다. 이 점이 중요하다. 이 작품의 서술의 비밀은 서술자—'나'와 피서술자—두오미의 관계에 있다. 서술자—'나'는 이 작품을 쓰고 있는 시점의 두오미이다. 처음에는 서술자—'나'가 과거를 회상한다. 두오미라는 3인칭 서술이 처음 나타나는 장면은 다음과 같다: "때문에 기나긴 어둠 속에서 고독했던 두오미는 종종 강간당하는 환상에 빠지곤 했다."(33) 이 3인칭 서술과 그 앞까지의 1인칭 서술 사이에는 서술의 전환을 자연스러운 것으로 만들어주는 아무런 장치도 마련되어 있지 않다. 계속해서 1인칭 서술을 해도 될 장면에서 갑작스럽게 서술의 전환이 나타나는 것이다. 이 갑작스런 3인칭 서술은 대학 시절 강간당할 뻔했던 사건의 전말을 이야기한 뒤 다시 1인칭 서술로 전환된다. 이런 식의 서술 전환은 일정한 규칙 없이 다양한 모습으로 작품 전체에 걸쳐 되풀이된다. 그러다가 작품의 말미에 가서 결정적으로 '나'와 두오미가 동시에 등장한다.

나는 종종 지하철 역에서 그녀를 보았다. 그녀는 헐렁한 검은색 스프링코트를 입고 유령처럼 지하철 입구를 배회했다. 그녀는 가볍게 사람들 속을 떠다녔다. 그녀가 사람들을 거슬러서 가든 아니면 어깨를 스치고 지나가든 다른 사람의 행동은 전혀 그녀를 방해하지 못했다. 그녀의 몸에서는 정적의 기운이 흘러나왔다. 바람에 나부끼는 그녀의 긴 머리는 이미 사라져버린 그녀의 영혼처럼 또다른 세계의 도안을 휘감고 있었다. (289)

위 인용이 이 장면의 전부이다. '나' = 두오미이므로 이는 자아의 분열이라 할 수 있다〔자아의 분열을 그리는 장면은 작품 서두(25~27)에도 한 차례 나오는데, 다만 여기서의 '그녀'는 두오미가 아니다〕. 컬럼비아 대학 동아시아학과의 데이비드 왕 교수는 이 분열에 대해, "나와 두오미는 린바이의 상이한 신분—과거와 현재, 허구와 진실, 내면과 외부, 육체와 영혼, 사랑을 하는 자와 받는 자 등—을 대표하고 있다"라고 설명했다.[8] 이 설명에 나는 기본적으로 동의하지만, 그러나 약간의 단서가 추가되어야 한다고 생각한다. 거기에서 제시된 이항대립들 각각의 한 항목에 '나'가, 다른 한 항목에 '두오미'가 일관되게 속하는 것은 아니라는 점에 유의해야 한다는 것이다. 서술자—'나'는 서술자인 동시에 피서술자이기도 하고, 피서술자인 '두오미'가 나타나는 양태는 단일하지 않고 다양한 것이다. '두오미'는 때로는 진실이기도 하고 때로는 허구이기도 하며, 서술자—'나' 역시 마찬가지이다. 데이비드 왕이 '유동적인 시각, 다원적인 목소리'라고 요약한 이 작품의 서술적 특징은, 내가 보기에, '나'와 두오미 사이의 문제인 것만이 아니라 '나'의 문제이기도 하고 '두오미'의 문제이기도 하다. '나'도 유동적이고 다원적이며, '두오미'도 유동적이고 다원적인 것이다. 실은, 기억과 상상의 구분이 모호하다는 것이 이 작품의 서술의 가장 중요한 측면이다. 그 모호함 속에서 과거와 현재, 허구와 진실, 육체와 영혼 등의 구분도 모두 모호해진다. 아니, 그 경계가 허물어지고 양자는 뒤섞이며 끊임없이 자리바꿈을 하거나 끊임없이 미끄러진다. 이것을 '잉여의 미학'이라고 불러야 할 것인가? 나는 그렇게 생각하지 않는다. 견고한 질서(남성 중심적 질서든, 근대적 질서든)를 허무는 데 이 모호성의

---

8) 데이비드 왕, 「안녕, 『청춘의 노래』여, 안녕!」. 박난영 번역본에 실린 이 글의 역문을 인용했음(297).

미학은 뛰어난 능력을 발휘한다. 이 모호함 속에서 자기애에서 출발하여 결국 자기애로 귀환하는 이야기가 펼쳐지는 것이 장편소설『한 사람의 전쟁』인 것이다. 이러한 서술적 특징을 여성적 글쓰기의 특징이라고 파악할 수도 있겠다. "이 소설에서 내가 배움의 기회를 잃었던 것을 너무 장황하게 이야기했다는 걸 안다. 그것이 바로 시점이 산만하고 자신이 처한 환경에 적응하고 안주하는 전형적인 여성적 글쓰기 방법이라 한다"(185)라고 쓰고 있는 것을 보면, 작가 린 바이 자신은 그 점을 의식하고 있었던 것 같다. 그러나 이것이 꼭 여성적 글쓰기의 특징일까? 그것은 여성적/남성적의 문제가 아니라 글쓰기 일반의 차원에서 의미를 갖는 일종의 실험성이 아닐까? 이 실험성에 상대적으로 여성적 글쓰기가 더 많은 친연성을 가질 수는 있겠지만 말이다. 더구나 여성적 글쓰기 안에도 다양한 양태가 가능한 것이므로, 『한 사람의 전쟁』이 보여주는 양태가 여성적 글쓰기 일반을 대표할 수는 없는 것이다. 차라리 『한 사람의 전쟁』의 개별성에 대해 말하는 편이 더 유용할는지도 모른다. 개별성에 초점을 맞추고 보면, 이 작품에서 모호성의 미학이 자기애 선택의 합리화와 결합되어 있다고 비판적으로 보는 견해도 성립 가능할 것 같다. 또 빈번히 나타나는 지나친 과장과 작위, 감상 등을 이 작품의 약점으로 지적하는 것도 가능할 것 같다. 그러나 이 모든 약점들은, 한편으로 약점인 동시에 다른 한편으로 현실의 견고한 질서를 허무는 효과적인 기제로 작동하기도 한다. 지금 우리가 주목하는 것은 그중 후자의 측면이다. 요컨대, 내가 말하고자 하는 것은 여성의 발성의 구체적 내용과 형식적 양태 사이에 어떤 관계들이 있는가가 세밀하게 검토되어야 한다는 점이다. 미학적 논의와 문학적 가치에 대한 논의가 요청되는 것은 바로 이 지점에서다.

이 글에서 나는 신해석에 대해 두 가지 요청을 제출했다. 하나는 문학의 개별성에 대한 섬세한 존중이고, 다른 하나는 문학적 가치의 문제에 대한 적극적 고찰이다. 신해석이 대두된 지 시간적으로 얼마 되지 않는다는 점을 감안한다면, 나의 이러한 지적은 신해석에 대한 일방적 비판이 아니라 앞으로의 성숙을 위한 응원으로 받아들여질 수 있을 것이다.

모옌의 노벨 문학상 수상과 관련한
몇 가지 문제 제기[*]

필자가 모옌의 문학 세계에 대한 짧은 소개의 글을 『한겨레』에 송고한 것은 노벨 문학상 수상자 발표 27분 후였다. 최재봉 기자의 선견지명 덕에 미리 글을 준비하고 있었으므로 그렇게 빨리 송고할 수 있었는데, 뒤늦게 스웨덴 한림원의 발표 내용을 접하고 보니 다행히 필자의 글과 크게 다르지 않은 것 같았다. 그런데 언론사마다 그 표현이 조금씩 다르기도 하고 표현의 차이 이전에 내용상 뭔가 이상한 느낌이 들어서 노벨상 공식 홈페이지The Official Web Site of the Nobel Prize를 통해 발표 원문을 직접 확인해보았고 그러자 왜 그런지를 알 수 있었다. 그런데 이번에는 한림원의 발표 원문 자체가 또 이상하게 느껴지기 시작했다. 왜 그렇게 느껴지는 것일까? 필자가 뭔가를 잘못 알고 있던 것일까?

---

[*] 『문학과사회』 2013년 봄호(문학과지성사)에 축약본 발표.

이런 의문에 천착해볼 틈도 없이 갑자기 소문이 들끓기 시작했다. 모옌의 노벨 문학상 수상이 하나의 핫 이슈가 되어 온갖 발언들이 폭발적으로 쏟아져 나온 것이다. 언제부턴가 사람들의 관심에서 차츰 멀어져만온 노벨 문학상이 이번에 갑자기 그런 추세를 일거에 뒤집고 뜨거운 화제가 된 까닭은 무엇인가. 수상자 모옌이 '중국인', 즉 중국 출신의 프랑스 시민도 아니고 타이완 사람이나 해외 화인(華人)도 아닌, 민족적으로는 한족(漢族)이며 국민적으로는 중화인민공화국 공민(公民)인 '진짜 중국인'이기 때문일 것이다. 부연하면, 수상자 모옌이 속한 나라가 바야흐로 미국과 각축을 벌이며 세계 경제를 주도하는 13억(혹은 14억) 인구의 거대 국가이며 내부적으로 그 체제의 정치적 정당성에 대한 의문이 날로 커져가는 '중국'이기 때문이다. 여기서 주목되는 것은 모옌에 관한 각종 발언들이 대부분 작가와 그의 문학을 정치적 맥락 속으로 집어넣고 거기에 가두어버림으로써 작가와 그의 문학에 대한 이해는 그 자리에서 중단되고 정지된다는 사실이다.

이러한 의문과 문제 들에 대해 살펴보려는 것이 이 글의 의도다. 이 글을 쓰던 중인 12월 10일에 노벨상 시상식이 열렸고 이 시상식 또한 필자의 문제 제기와 관계되는 이런저런 새로운 소식들을 제공해주었는데, 그로 인해 일부 의문은 해소되었지만 오히려 더 커진 경우도 있었다. 이 글은 충실성과 시의성 사이에서 적절히 타협할 수밖에 없다는 한계를 갖는 글이다. 아무쪼록 독자 여러분의 양해를 구하는 바이다.

1. 번역의 문제

2012년 10월 11일 20시 7분에 송고된 『연합뉴스』 기사는 모옌의 노벨 문학상 수상 소식을 다음과 같이 간략히 전했다.

중국 소설가 모옌이 올해 노벨 문학상을 수상했다. 스웨덴 한림원은 그가 "환상적인 리얼리즘을 민간 구전 문학과 역사, 그리고 동시대와 융합시켰다"고 선정 이유를 설명했다.

국내 각종 언론들의 기사도 『연합뉴스』와 기본적으로 같았는데 다만 단어 표현의 수준에서 저마다 조금씩 달라지고 있었다(환상적 리얼리즘, 환상적 사실주의, 환각적 리얼리즘 등; 민간 구전 문학, 토속적 이야기, 민담 등; 동시대, 현대성, 근대사 등). 필자는 처음에 그 표현의 차이에 주목했으나 나중에는 기사들 모두에서 공통적으로 문장의 전체적인 뜻 자체가 이상하게 느껴지기 시작했다. 영어로 된 발표 원문을 보고서야 그 이유를 알 수 있었다. 노벨상 공식 홈페이지에 게재된 발표 원문은 다음과 같았다.

The Nobel Prize in Literature 2012 was awarded to Mo Yan *"who with hallucinatory realism merges folk tales, history and the contemporary"*.[1]

---

[1] http://www.nobelprize.org/nobel_prizes/literature/laureates/2012/ 참조.
이 발표문은 Summary난에 실린 것이고 Press Release난에 실린 발표문은 조금 다르게 표기되어 있다: The Nobel Prize in Literature for 2012 is awarded to the Chinese

'with A merge B, C and D'라는 구문을 어떻게 파악하느냐, 즉 A를 B, C, D와 융합하느냐, A를 사용해서 B, C, D를 융합하느냐 하는 문제였던 것이다. 발표 원문을 보자 필자는 자연스럽게 다음의 번역을 떠올렸다. 왜냐하면 이렇게 읽어야 뜻이 이상하지 않으니까.

> 2012년 노벨 문학상은 "hallucinatory realism(환각적 리얼리즘이라는 직역을 일단 잠정적으로 채택하기로 하고)을 가지고 민담과 역사와 동시대를 융합시킨" 모옌에게 주어졌다.[2]

folk tales, history, the contemporary 등의 단어는 약간씩 다르게 옮겨도 크게 문제되지 않겠지만 'hallucinatory realism'이 무엇인지는 정색을 하고 살펴봐야 할 문제인 것 같고(다음 절에서 자세히 살펴보기로 하겠다), 더욱 문제인 것은 구문을 어떻게 파악하는 게 올바르냐 하는 것이다. 필자의 느낌에 'hallucinatory realism과 민담·역사·동시대를 융합시킨다'라는 번역은 어법적으로는 성립될 수 있을지라도 의미상으로는 매우 이상하다. 의미상으로 보면 제재들인 민담·역사·동시대가 융합된 것이고 그 융합에 사용된 방법이 hallucinatory realism인 것이 당연하다고 생각된다. 이상하지 않은

---

writer Mo Yan *"who with hallucinatory realism merges folk tales, history and the contemporary"*.

http://www.nobelprize.org/nobel_prizes/literature/laureates/2012/ press.html 참조.

2) 뒤늦게 발견했지만, 국내 언론에서 필자와 유사한 번역을 한 경우도 없지 않았다. 『중앙일보』에 실린 세 개의 관련 기사 중 하나인 다음과 같은 기사가 구문 파악에서, 그리고 hallucinatory라는 단어의 번역에서 필자와 같았다. "노벨상위원회는 '모옌은 중국의 설화와 역사, 현대사를 뒤섞은 작품들로 환각적인 현실주의를 선보여 문학상 수상 작가로 선정 됐다'고 밝혔다."(10월 12일 09시 43분 송고, 같은 날 10시 41분 수정)

가, 어떻게 제재와 방법을 융합한다는 말인가.

석연치 않아서 중국 쪽의 번역을 조사해보니, 대부분의 중국 언론은 "마환현실주의를 민간고사, 역사, 동시대 사회와 함께 융합시켰다(將魔幻現實主義與民間故事,歷史與當代社會融合在一起)"라는 번역을 사용하고 있었다.[3] 단어 표현은 다소 다를지라도 구문 파악에 있어서는 중국도 한국과 같았던 것이다. 실정이 이러하니 필자는 스웨덴 한림원이 그런 뜻으로 문장을 쓴 게 맞고 내가 오역한 것인가 보다,라는 생각을 하지 않을 수 없었다. 그러자 새로운 의문이 들었다. 그렇다면 한림원의 문학에 대한 이해 자체가 좀 이상한 것 아닌가, 하는 것이었다.

그런데 12월 10일의 시상식 소식을 확인하기 위해 노벨상 공식 홈페이지에 들어가보니, 처음에는 없었던 중국어 번역문이 Press Release난의 영문 옆에 추가되어 있었다. 그 번역문은 이렇다.

> 2012년도의 노벨 문학상은 중국어 작가 모옌에게 수여된다. "그는 허환(虛幻)현실주의를 사용하여 전설과 역사와 동시대를 결합했다." (2012年度的諾貝爾文學獎授予中文作家莫言, "他用虛幻現實主義將傳說,歷史和當代結合起來"。)[4]

'중국어 작가'라는 표현, '전설'이라는 말, '결합'이라는 말, '허환현실주의'라는 낯선 용어 등이 눈에 띄지만, 가장 중요한 것은 구문이

---

3) '마환현실주의'는 magic realism의 중국 역어(우리가 병용하는 마술적 리얼리즘과 환상적 리얼리즘 두 역어의 앞 글자 둘을 합친 것인데 상당히 그럴 듯하다)인데 이것이 hallucinatory realism의 역어로 적절하냐 하는 문제는 다음 절에서 검토될 것이다.

4) http://www.nobelprize.org/nobel_prizes/literature/laureates/2012/press_ch_simpl.pdf

다. 한림원은 애당초 필자가 당연하다고 생각한 그런 뜻으로 영문을 썼던 것이고, 따라서 이 점에서는 한림원에 문제가 없었던 것이다. 각종 매체들의 표현이 앞으로 모두 교정되리라 예상된다.[5]

단어 차원에서 보자면 영문 Chinese writer를 '중국 작가'가 아니라 '중국어(中文) 작가'라고 옮긴 점도 주목할 만하고,[6] 전설과 민담 사이의 차이를 중시하는 입장에서 보면 folk tales를 '전설'이라고 옮긴 데 찬성하기 어렵다는 점,[7] 또 '융합'과 '결합'에 의미상의 차이가 있다는 사실[8]도 지적할 필요가 있겠다. 또 hallucinatory realism을 '허환현실주의'로 옮긴 것도 적절치 않아 보이는데, 이에 대한 검토는 다음 절의 논의에 포함될 것이다.

2. hallucinatory realism의 문제

노벨상 공식 홈페이지에서 hallucinatory realism이라는 말을 보고

---

5) 중국의 인터넷 포탈 사이트 바이두(baidu.com)의 백과사전에는 처음에는 "마환현실주의를 민간고사, 역사, 동시대 사회와 함께 융합시켰다(將魔幻現實主義與民間故事, 歷史與當代社會融合在一起)"라는 번역문이 실려 있었는데, 2012년 12월 21일 현재에는 나머지는 종전 그대로인 채로 '마환현실주의'만 '허환현실주의'로 바꾼 번역문이 제시되어 있고, 12월 31일 현재에는 그 번역문보다 앞쪽에, 구문 파악까지 바꾸고 '동시대 사회'를 '현대'로 바꿔서, "허환현실주의를 사용하여 민간고사와 역사, 그리고 현대를 융합시켰다(用虛幻現實主義將民間故事, 歷史和現代融爲一體)"라고 고친 또 하나의 번역문이 추가되어 있다.
6) 필자는 이런 명칭의 사용에 동의한다. 문학을 나누는 가장 분명한 단위는 개별 언어들이라고 생각하기 때문이다.
7) 민간구전문학 속에 전설과 민담이 있고 전설과 민담은 서로 장르가 다르다면 folk tales는 좁게는 민담이, 넓게는 민간구전문학이 될 수 있겠지만 전설이 될 수는 없다고 본다.
8) 결합이 각각의 개체가 유지되면서 기계적 내지 외부적으로 합쳐지는 것이라면 융합은 합금처럼 개체들을 녹여서 새로운 물질을 만들어내는 것이다. 필자는 '융합'이 맞다고 본다.

필자는 당혹스러웠다. 우선 처음 보는 말이었고, 그 말을 직역하면 '환각적 리얼리즘'이 되는데 이 '환각hallucination'은 마약에 관계되는 것이거나 정신병에 관계되는 것이어서 '환상fantasy'과는 엄연히 구별되기 때문이다.

스웨덴 한림원은 작가의 전기를 소개하는 난에서 다음과 같이 썼다.

Through a <u>mixture</u> of <u>fantasy</u> and reality, historical and social perspectives, Mo Yan has created a world reminiscent in its complexity of those in the writings of William Faulkner and Gabriel García Márquez, at the same time finding a departure point in old Chinese literature and in <u>oral tradition</u>.[9]

이 짧은 해설 또한 각종 언론들이 그 영문을 명백히 오역하기도 하고 꼭 오역까지는 아니더라도 아주 다양한 방식으로 의역하거나 단장취의해서 소개함으로써 많은 오해를 야기했다. 필자 역시 처음에는 약간의 오역을 하고 있었는데, 한림원이 나중에 추가한 중국어 번역문을 보고서야 문제를 인식할 수 있었다. 그 중국어 번역문을 우리말로 옮기면 다음과 같다.

모옌은 상상과 현실을 결합하고 역사와 사회적 시각을 결합하여 하나의 세계를 창조했는데 그 복잡성은 윌리엄 포크너와 가브리엘 가르시아 마르케스 등의 작가들이 그려낸 세계를 연상시킨다. 동시에 그는 또 옛 중국문학과 민간의 설창(說唱) 문화로부터 자신의 출발

---

9) http://www.nobelprize.org/nobel_prizes/literature/laureates/2012/bio-bibl.html

점을 찾았다.(莫言將想象和現實結合, 將歷史和社會的視角結合, 創造
出一個世界, 其複雜性可以讓人聯想到威廉·福克納和加伯利埃爾·加
西亞·馬爾克斯等作家筆下的世界, 同時他又是從古老的中國文學和民
間說唱文化中尋找到自己的出發點。)[10]

영문과 중문 및 중문의 한국어 번역문의 상점 표시는 인용자의 것
으로서 그 번역에 동의할 수 없다는 뜻이다. 상상과 환상의 차이,
결합과 혼합의 차이, '등'이라는 말의 있고 없음의 차이, 그리고 '민
간의 설창 문화'는 '구전 전통'의 일부에 지나지 않는다는 사실을 무
시해서는 안 된다고 생각하기 때문이다. 그러나 그런 단어 수준에서
의 문제 이외에는 이 번역문이 비교적 정확하다고 생각한다. 특히
world와 those를 그냥 '세계'라고 번역했지 섣불리 '문학 세계'나
'작품 세계'라고 하지 않은 데에 주목할 필요가 있다. 필자는 이 중
국어 번역을 참조하여 영어 원문을 우리말로 이렇게 옮기고자 한다.

모옌은 옛 중국문학과 구전 전통에서 출발점을 찾는 동시에, 환상
과 현실, 역사적 시각과 사회적 시각을 혼합함으로써 복잡성의 측면
에서 윌리엄 포크너와 가브리엘 가르시아 마르케스의 작품에 담겨 있
는 세계를 연상케 하는 하나의 세계를 창조했다.

'포크너와 마르케스, 그리고 모옌의 작품 속에 담겨 있는' '세계'는
문학 세계나 작품 세계가 아니라(얼핏 그렇게 생각하기 쉽고 필자도 처
음에는 그렇게 읽었었지만) 작중의 가상 세계, 즉 포크너의 '요크나파

---

10) http://www.nobelprize.org/nobel_prizes/literature/laureates/2012/biobibl_ch_
simpl.pdf

토파Yoknapatawpha', 가르시아 마르케스의 '마콘도Macomdo', 그리고 모옌의 '둥베이향(東北鄕)'을 가리키는 것으로 보아야 한다. 이렇게 보면, 그 가상의 세계들이 서로 유사하다는 것, 그것들은 '환상과 현실, 역사적 시각과 사회적 시각의 혼합'을 통해 만들어졌다는 것, 특히 모옌의 경우는 옛 중국문학과 구전 전통에서 출발했다는 것이 한림원의 견해라고 할 수 있다.

한림원의 이러한 해설은 짤막하지만 상당히 정곡을 찔렀다고 생각된다. 그런데 이 해설을 magic realism 및 hallucinatory realism의 문제와 결부시키면 이때부터 복잡한 논란이 발생하게 된다.[11] 사실 오래전부터 모옌에 대해서는 '마환현실주의'라는 명명이 따라다니고 있었고 모옌 자신도 그런 명명을 기꺼이 수용해왔다. 모옌은 자신에게 가장 큰 영향을 준 외국 작가는 카프카,[12] 포크너, 가르시아 마르케스 세 사람이라고 이전부터 여러 차례 밝힌 바 있다. 그런데 그 셋 모두 magic realism과 밀접한 관계가 있다. 카프카와 포크너는 그들 자신이 magic realism은 아니지만 magic realism과 상당

---

11) 특히, 앞 인용의 a world를 '작중의 가상 세계'가 아니라 '작가의 작품 세계'라고 번역할 경우(실제로 대부분의 언론은 이렇게 번역하고 있다) 논란은 훨씬 더 복잡해진다.

12) 카프카 말이 나온 김에 좀더 부연하자면 모옌이 카프카에게서 받은 영향은 가령 『술의 나라』(1992) 같은 작품에 잘 나타난다. 지방 도시에서 어린아이를 요리해서 먹는다는 소문의 진상을 밝히기 위해 수사관이 파견되지만 실패하고 죽는다는 이야기가 카프카의 『성』과 유사한 것이다. 모옌 자신은 이 작품이 카프카뿐만 아니라 루쉰과도 영향 관계가 있다고 밝혔다. 『술의 나라』 한국어판에 수록된 인터뷰 기록에서 "저는 루쉰의 문학 세계에서 적지 않은 영향을 받았습니다. 루쉰의 작품 중 「광인일기」를 기억하십니까? 마을 사람들이 아이들을 잡아먹는다는 소문이 돌고 있습니다. 그래서 어린아이들은 언제 잡아먹힐지 몰라 공포에 시달리지요"라고 말했던 것이다. 그러나 이것은 오독이다. 「광인일기」는 피해망상증에 걸린 광인이 자기가 사람들에게 잡아먹힐까 봐 두려워하는 이야기이고, 마지막 구절 "아이들을 구해라……"는 아이들도 '식인' 문화에 감염될 것을 걱정하는 뜻이다. 모옌의 오독이 어떻게 생긴 건지는 알 수 없지만 『술의 나라』를 보면 그 오독은 이른바 창조적 오독의 좋은 예가 될 듯하다.

히 유사한 모습을 갖고 있으며 훗날의 magic realism에 큰 영향을
미쳤다. Magic realism의 대표적 작가인 가르시아 마르케스의 경우
카프카를 보고 작가가 될 결심을 했으며 포크너에게서 영감을 얻어
『백년 동안의 고독』을 썼던 것이다. 모옌은 바로 그 계보에 속하는
문학적 후배인 셈이다.

위에서 살펴본 한림원의 짤막한 해설은 모옌의 소설을 magic
realism으로 파악하는 시각과 결코 위배되지 않는다. 오히려 매우
잘 부합된다. 그런데 한림원은 수상자 발표문에서 왜 magic realism
이라는 말을 사용하지 않고 굳이 hallucinatory realism이라는 말을
사용한 것일까. Hallucinatory realism이란 무엇인가, 이것은 magic
realism[13]과 같은 것인가 다른 것인가. 다른 것이라면 어떻게 다른
것이고, 같은 것이라면 한림원이 굳이 이 낯선 말을 사용한 이유가
무엇일까. 스페인어 문학을 전공하는 임호준 교수는 마술적 리얼리
즘이 미국에서 워낙 방만하게 상품화되어 소비되고 있기 때문에 그
것과 구별하기 위해서 그랬을지도 모른다는 의견을 주었다. 경청할
만한 의견인 듯하다.

그런데 좀더 조사해보니 hallucinatory realism은 잘 알려져 있지
않아서 그렇지 이미 사용되고 있는 용어였다(실은 필자의 견문이 좁은
것이겠지만). 영어권 위키피디아(en.wikipedia.org)에 비교적 자세한
설명이 제시되어 있었다. 그 설명에 의하면, hallucinatory realism은
적어도 1970년대 이래 비평가들에 의해 여러 가지 의미로 사용되어온
용어다. 최초는 1975년에 클레멘스 헤젤하우스Clemens Heselhaus
가 19세기 독일 여성 시인 안네테 폰 드로스테-휠스호프Annette

---

13) 이하, 마술적 리얼리즘이라는 표현을 사용하되, 중국어 역어를 제시해야 할 때는 '마환
현실주의'라고 표기하고 영어 표기가 필요한 때는 그냥 영문만 표기하기로 한다.

von Droste-Hülshoff의 시에 대해 설명하면서 그 말을 사용한 것이다. 그리고 1981년판 『옥스포드 20세기 예술 입문』은 hallucinatory realism을 초현실주의의 한 흐름으로 등재하면서 "꿈이나 환상 fantasy 영역에 속하는 주제들을 리얼리스틱하게 묘사하면서 외부 현실은 묘사하지 않는 일종의 리얼리즘, 디테일의 조심스럽고 정확한 묘사"라고 설명했다. 그 뒤로 미국 일러스트레이터 토미 웅거러 Tomi Ungerer, 독일 극작가 페터 바이스Peter Weiss, 미국 작가 케빈 베이커Kevin Baker, 호주 작가 피터 캐리Peter Carey, 미국 여성 영화감독 마야 데렌Maya Deren, 이탈리아 영화감독 피에르 파올로 파졸리니Pier Paolo Pasolini 등에게 이 말이 적용되었고, 드디어 2012년 한림원이 중국 작가 모옌에 대해 이 말을 사용한 것이다.

이 예시들을 종합해보면 몇 가지 특징을 발견할 수 있다. 우선 장르상으로는 시, 소설, 희곡 등의 문학뿐만 아니라 미술, 영화에까지 광범위하게 사용되어왔다는 점, 지역적으로는 유럽과 호주, 미국 등 서구 예술에 관한 것이라는 점, 사조 내지 방법상으로는 아방가르드, 특히 초현실주의와 긴밀하게 관계된다는 점, 아직 하나의 문예사조나 창작 방법으로 '공인'되지는 않은 채 고립적·산발적으로 사용되고 있으며 그것들 사이에 대체적인 공통점도 있지만 차이가 적지 않다는 점 등이 그렇다.

그렇다면 hallucinatory realism은 마술적 리얼리즘과 어떻게 관련될 수 있을까. 우선 마술적 리얼리즘이라는 용어에 대한 재검토가 필요하겠다.[14] 이 말은 문학뿐만 아니라 시각예술에서도 사용되며 최초의 사용은 오히려 시각예술 쪽에서였다. 1925년 독일의 미술평

---

14) en.wikipedia.org를 주로 참조하면서 필자 나름으로 추가, 정리한다.

론가 프란츠 로Franz Roh가 표현주의 이후의 새로운 회화로서 마술적 리얼리즘을 제시했던 것이다. 이 말이 문학에 처음 사용된 것은 1955년 앙헬 플로레스Angel Flores의 에세이 「라틴아메리카 픽션의 마술적 리얼리즘」에서였다. 플로레스는 보르헤스Jorge Luis Borges를 최초의 마술적 리얼리스트로 거명했다. 이에 대해서는 보르헤스는 선구자이지 실제 마술적 리얼리스트는 아니라든지, 카르펜티에르Alejo Carpentier나 우슬라 피에트리Arturo Uslar Pietri를 최초로 봐야 한다든지 하는 논란이 있었고, 그밖에도 마술적 리얼리즘에 대한 여러 측면에서의 수많은 논의들이 있었다. 특히 초점이 되는 것은 마술적 리얼리즘 소설이 라틴아메리카의 발명이냐 포스트모던 세계의 전지구적 산물이냐 하는 문제다. 많은 논쟁이 있었지만 그래도 몇 작가들은 주요한 마술적 리얼리즘 작가로 인정되고 있다. 장편소설 『백년 동안의 고독』(1967)으로 마술적 리얼리즘의 대명사가 되다시피 한 가르시아 마르케스를 비롯하여 마리오 바르가스 요사Mario Vargas Llosa, 이사벨 아옌데Isabel Allende, 라우라 에스퀴벨Laura Esquivel 등의 중남미 작가, 귄터 그라스Gunter Grass, 이탈로 칼비노Italo Calvino, 밀란 쿤데라Milan Kundera 등의 유럽 작가, 샐먼 루시디Salman Rushdie, 토니 모리슨Toni Morrison, 글로리아 네일러Gloria Naylor, 안나 카스틸로Ana Castillo, 루돌포 아나야Rudolfo Anaya, 헬레나 마리아 비라몬테Helena Maria Viramontes, 루이스 어드리크Louise Erdrich, 셔먼 알렉시Sherman Alexie, 루이 드 베르니에르Louis de Bernieres, 안젤라 카터Angela Carter와 같은 영어권 작가 등. 이렇게 이름을 나열하고 보면 마술적 리얼리즘은 라틴아메리카적인(혹은 제3세계적이거나 그에 준하는) 신화 전통과 서구의 초현실주의 전통 양쪽에 걸쳐져 있음을 확실히 알아볼 수 있다.[15] 영어권 작가들의 경우 이들이 대부분 제3세계 출신이거나 그와 유사한 출신 배경이라는 점도 주목된다. 인도 출신 영국 작가(루시디), 아프리카 출신 미국 작가(모리슨, 네일러), 라틴아메리카 출신 미국 작가(카스틸로, 아나야, 비라몬테), 아메리카 원주민 출신 미국 작가(어드리크, 알렉시) 등이 그렇다.

이상의 검토를 기반으로 마술적 리얼리즘과 hallucinatory realism을 비교해보면 제일 먼저 눈에 띄는 것은 초현실주의가 양자 사이의 공통분모가 된다는 사실이다. 그런데 hallucinatory realism에는 결정적으로 라틴아메리카적인(혹은 제3세계적이거나 그에 준하는) 신화 전통의 수용이 없다. 그러므로 양자는 확실히 구별되어야 한다. 그다음으로 주의를 기울여야 할 대목은 hallucinatory realism 중에는 통상적인 초현실주의를 벗어나는 것들이 포함되어 있다는 사실이다. 앞에서 예시했던 hallucinatory realism 작가들에게 두루 공통적인 것은 꿈의 세계에 대한 리얼리스틱한 묘사다. 그런데 그 묘사가 어떻게 이루어지며 작품 전체는 그것을 포함하여 어떻게 구성되는가에 따라 아주 다른 작품이 나올 수 있다는 점, 그리고 더 나아가 꿈 이외의 것, 특히 환각의 등장은 완전히 다른 맥락을 형성한다는 점이 주목된다. 이런 점들은 페터 바이스의 드라마와 마야 데렌의 영화를 통해 알아볼 수 있다.

페터 바이스의 드라마 「망명 중의 트로츠키」(1970)는 망명지에서 자서전을 준비하며 원고를 읽고 있는 암살당하기 직전의 트로츠키의 기억과 환상(혹은 상상)으로 구성된다. 그런데 그 내용에 트로츠키 사후의 일들이나 생전의 일이라 해도 사실과 명백히 다른 것들이

---

15) 이 점, 위에 거명된 작가들 모두에게 다 적용되지는 않는 듯하다. 이렇게 파악 하는 방식이 불충분한 것일까, 몇 명의 이름이 잘못 들어간 것일까.

대거 포함되어 있는 점을 주목하면, 우리는 페터 바이스 자신이 자신의 작품을 가리켜 "제한적 의미에서만 기록적이고 오히려 환영vision으로, 거의 환각적hallucinatory으로 만들어진 연극"[16]이라고 말한 데에 수긍하게 된다. 이 작품이 기록극이고 '꿈'의 기록이라면 그것은 트로츠키의 꿈의 기록이 아니라 "트로츠키를 꿈꾸는 누군가"[17]의 꿈의 기록이라 할 수 있다. 이 꿈은 페터 바이스가 말한 바의 '사실적 환상Tatsachenphantasie'으로서, 초현실주의의 꿈과는 확실히 구별되는 것 같다.

마야 데렌의 영화 「오후의 올가미」(1943)는 처음에는 현실 세계와 꿈의 세계가 구별되지만 나중에는 그 구별이 사라진다. 처음에 여자가 열쇠로 문을 열고 집에 들어와 2층 창가 소파에 기대앉은 채 잠들기까지는 현실이다. 그다음에 여자가 다시 아까 그 길로 해서 집에 들어와 이층으로 올라가는 시퀀스가 약간씩 변형되며 세 번 되풀이되고 셋으로 분열된 분신들 중 하나가 잠들어 있는 여자를 칼로 찌르려는 순간 여자가 눈을 뜨는데 여기까지는 꿈이다. 깨어난 여자의 눈앞에는 남자가 있고 남자에게 이끌려 침대로 가 누운 여자가 칼을 집어 든다. 이 부분은 꿈인지 현실인지 모호하다. 그다음엔 남자가 집으로 돌아와서 죽어 있는 여자를 발견하는 결말부다. 결말부는 현실이라고 봐야 할 터인데, 그렇다 하더라도 앞 부분은 여전히 모호한 채로 남아 있다. 꿈일 수도 있고 현실일 수도 있겠다. 하지

---

16) Burkhardt Lindner, "Hallucinatory Realism: Peter Weiss' Aesthetics of Resistance, Notebooks, and the Death Zones of Art", *New German Critique* vol. 30, Duke University Press, 1983의 인용을 재인용함. en.wikipedia.org 참조.

17) Stefan Howald, *Peter Weiss zur Einführung*, Homburg, 1993, s.101: 김겸섭, 「대안 없는 시대의 열린 연극: 페터 바이스의 「망명중의 트로츠키」」, 『뷔히너와 현대문학』 26호, 한국뷔히너학회, 2006, p. 11에서 재인용.

만 필자에게는 그것이 꿈도 현실도 아닌, 환각 내지 착란인 것으로 여겨진다.

필자는 오직 꿈의 묘사로만 이루어지거나, 꿈과 현실이 혼합되더라도 그 구별이 전혀 불가능하거나, 환각적 성격이 분명하게 나타나면서 그것이 중요한 역할을 하는 경우에만 hallucinatory realism이라는 이름을 사용할 수 있다고 본다. 그렇다면 hallucinatory realism의 번역어는 '환각적 리얼리즘'이 되어야 옳을 것이다. 한림원이 제시한 번역어 '허환현실주의'의 '허환(虛幻)'은 "가공적인, 비현실적인, 허황한"이란 뜻인데 이는 '환각적'이란 뜻과 거리가 멀므로 적절한 번역어라고 보기 어렵다. 중국에서 hallucinatory라는 단어에 주목하기 시작한 것은 한림원에 의한 수상자 발표 중국어 번역문이 제시된 때부터인 것으로 보인다. 주로 네티즌들이, 그때까지 중국에서 사용해온 '마환현실주의'라는 번역을 오역이라고 지적하고 이 오역이 통용되게끔 방조한 중국의 비평가들을 비난했으며 '허환현실주의'가 무엇인지 올바르게 규명해야 한다고 주장했다. 하지만 중국 네티즌들의 주장은 한림원의 무오류성을 전제하고 있는 듯이 보인다. 그 전제 자체도 문제일 수 있다. 필자가 보기에 우선 한림원이 제시한 '허환현실주의'라는 중국어 번역이 적절치 않고, 무엇보다도 모옌을 hallucinatory realism으로, 즉 환각적 리얼리즘으로 규정한 것 자체가 과연 적절한지부터 냉정하게 점검해봐야 하기 때문이다.

3. 모옌은 어용 작가인가?

모옌의 수상 소식이 전해지자마자 중국 안팎에서 모옌의 정치적 입장에 대해 비난하는 말들이 쏟아져 나왔고 언론은 그 말들을 경쟁적으로 기사화했다. 한마디로 요약하면 '모옌은 어용적이다, 그래서 노벨 문학상을 받을 자격이 없다'가 될 것이다. 그중 두 개의 사례는 특히 필자의 마음을 아프게 만들었다. 하나는 아이웨이웨이(艾未未)의 발언이다. 아이칭(艾靑) 시인의 아들이며 설치미술가이자 반체제 지식인으로서 치열한 활동을 해온 아이웨이웨이가 외신과의 인터뷰에서 "모옌은 늘 정부 편에 서왔던 사람"이라면서 "그가 노벨상을 탄 것은 문학에 대한 모독이자 노벨상선정위원회의 치욕"이라고 비난한 것이다. 다른 하나는 2009년도 노벨 문학상 수상자인 루마니아 출신의 독일 여류작가 헤르타 뮐러의 발언이다. 뮐러는 스웨덴 언론과의 인터뷰에서, 관변단체인 중국작가협회의 부주석이며 문학작품 검열제도를 찬양한 모옌의 노벨 문학상 수상은 민주와 인권을 쟁취하려는 모든 이들에 대한 모욕이라고 비판했다. 그녀는 이것이 '재앙'이며 이 소식에 '울고 싶었다'고까지 말했다. 아이웨이웨이도 헤르타 뮐러도 모두 필자가 존경하는 분들이지만 이들의 이번 발언은 그대로 받아들이기 어렵다. 오해도 있고 편향도 있고 심지어 모옌이 희생양이 되는 측면도 있다.

물론 이번 노벨 문학상과 관련하여 의혹과 우려가 없지 않다. 2000년도에 프랑스로 망명한 반체제 작가 가오싱지엔(高行健)이 노벨 문학상을 받았을 때 중국 정부는 '중국에는 가오싱지엔보다 훌륭한 작가가 매우 많다' '스웨덴 한림원이 중국을 압박하고 미국에 아부하려는 의도다'라고 비난했고, 2010년도에 옥중의 민주화 운동가 류샤오보(劉曉波)가 노벨 평화상을 받았을 때에는 '반체체 운동 범죄자에 대한 평화상은 평화상에 대한 모독이다'라고 강력히 항의했다. 그러던 중국 정부가 이번에는 '모옌의 노벨 문학상 수상은 중

국문학의 번영과 진보, 그리고 중국의 종합적인 국력과 국제적인 영
향력이 끊임없이 향상되고 있음을 증명하는 것'이라고 공언하고 있
다. 이러한 대조적 반응은 언론, 문단, 독자들에게도 비슷하게 나타
난다. 가오싱지엔과 류샤오보에게는 냉담하기만 하더니 이번에는
온통 애국주의적 열광에 휩싸여 있는 것이다.

가오와 류에 대한 중국 정부의 말투를 이번 모옌의 수상에 거꾸로
적용하여, 중국에는 모옌에 못지않은 훌륭한 작가가 많다, (예컨대
망명 시인 베이다오가 아니라 작가협회 부주석 모옌에게 상을 준 것은)
스웨덴 한림원이 중국에 화해를 청하려는 의도다, 라고 말한다면 중
국 정부는 이에 대해 뭐라고 반박할 것인가.[18] 그 말을 간단히 웃어
넘길 수는 없다고 생각된다. 다만 여기서도 마음에 걸리는 것은 모
옌이 도매금으로 함께 넘어간다는 점이다. 모옌이 아닌 다른 중국
작가가 수상했어도 대부분의 경우는 똑같이 말할 수 있기 때문이다.
그러니 중요한 것은 모옌의 개별성이다. 선입견을 배제하고 개별성
층위에서 냉정하게 살펴보아야 한다.

모옌의 어용성의 증거로 가장 많이 제시되는 것이 2011년 11월부
터(그러니까 아주 최근에) 맡게 된 중국작가협회 부주석이라는 직책
이다. 작가협회에 가입하지 않은 작가들도 있지만 그건 정말 소수이
고 거의 대부분의 작가들은 협회에 가입되어 있으며, 유명 작가로서
연배가 되면 중국작가협회나 40개에 달하는 각 지역별 작가협회의
주석과 부주석직이 그들에게 맡겨진다. 물론 중국작가협회의 주석은
막강한 권력을 갖는다. 5만여 명의 작가를 대표할 뿐만 아니라 중국
공산당 중앙위원회 후보위원이 되어 당 권력 순위 150위 안에 드는

<hr>

18) 실제로 미국에 망명 중인 반체제 운동가 웨이징성(魏京生)이 "스웨덴 한림원이 중국 당
  국을 기쁘게 하려는 조치"라고 말하기도 했다.

것이다. 그러나 13명이나 되는 부주석은 그렇지 않고, 지역별 작가
협회의 주석, 부주석도 물론 그렇지 않다. 작가협회는 원래, 1949년
에 설립된 이래 문학 부문을 조직하고 관리하는 강력한 단체였다.
하지만 80년대의 개혁 개방 이후로는 갈수록 빠른 변화를 겪어왔고,
그리하여 이제는 조직·관리의 측면은 대폭 축소되고 대신 지원을
위주로 하는 단체가 되어 있다. 말하자면 이제는 당이나 정부가 원
하는 대로 마음대로 조종할 수 있는 단체가 결코 아니라는 것이다.
필자의 지인들 중에는 작가협회에 가입하지 않은 경우도 있고[예컨
대 시인 옌리(嚴力)와 왕쟈신(王家新) 등], 반대로 주석·부주석직
을 맡은 경우도 있는데[예컨대 작가 팡팡(方方)과 평론가 천쓰허(陳
思和) 등] 그 직책은 결코 어용성의 증거가 되지 않는다.

공산당원이라는 점을 비난하는 경우도 있는데, 중국의 공산당원
은 그 수가 8천만이 넘는다. 필자의 지인들 중에도 당원이 여러 명
있지만 필자는 당원이라는 사실이 비난의 이유가 되어야 할 어떤 모
습도 그들에게서 발견하지 못했다.

그 밖에도 이런 저런 비난들이 많았는데 그중 대표적인 것 두 가
지는, 류샤오보의 옥중 수상에 대해 의도적으로 언급을 피했다는
것, 그리고 프랑크푸르트 도서전 때 반체제 인사의 참가를 이유로
도서전에서 철수했다는 것이다. 이런 비난들은 뒤집어 말해보면 대
번 속사정을 짐작할 수 있다. 즉, 류샤오보를 석방하라고 공개적으
로 주장하고,[19] 철수하는 일행에 합류하지 않고 혼자 도서전에 참가
해야 한다는 것이다. 물론 그런 행동은 용감한 행동이고 존경받을
만하다. 그러나 그런 행동을 하지 않았다고 해서 그가 비겁하다거

---

19) 수상자 발표 직후에 류샤오보의 석방을 바란다는 발언을 했다. 그러자 이번에는 발표 전
  에 진작에 발언했어야 했다는 비난이 나왔다.

나, 멸시받아 마땅한 것은 결코 아니다. 그런 행동은 민주화 운동가의 그것이다. 작가가 문학 활동과 동시에 민주화 운동을 하는 것도 물론 가능하고 훌륭한 일이지만 그랬을 때 그는 가오싱지엔이나 베이다오처럼 망명 작가의 길을 가게 될 것이다. 이것이 오늘날 중국의 현실이고 조건이고 한계다. 그렇다면 중국의 작가들은 모두 망명 작가가 되어야 한다는 말인가. 중국 안에서 이루어지는, 일종의 내적 망명과도 같은, 비판과 저항의 문학도 똑같이, 혹은 더욱더 의미 있고 가치 있는 것이 아닌가. 모옌이 그런 행동을 했느냐 안 했느냐보다 더 중요한 것은 그의 문학이 어용적이냐 아니냐, 비판적·저항적이냐 아니냐 하는 문제라고 생각한다(사족이겠지만, 어용적이 아니면서 동시에 비판적도 아닐 수 있는데 이 경우에도 그게 비난의 이유가 될 수는 없다고 본다).

최근 또 불미스러운 일이 발생했다. 시상식에 참가하기 위해 스웨덴에 간 모옌이 검열에 대해 미묘한 발언을 한 것이다. "검열이 진실을 말하는 데 끼어들면 안 되지만 사람들이 다른 사람들을 모욕하지 못하도록 하는 데는 필요"하고, 자신의 작품 활동에는 중국 정부의 검열이 영향을 미치지 않았으며, 자신도 검열에는 반대하지만 "검열은 모든 국가에 존재하며 유일한 차이는 정도일 뿐"이라는 것이 발언의 요지다.[20] 이 발언이 보도되자 역시 비난의 목소리가 잇달아 쏟아져 나왔다. 1989년의 천안문사건 때 학생 지도자 중 한 사람이었던 왕단(王丹)은 '모호한 말장난'이고 "작가의 양심을 파는 발언이며 교활하고 성실하지 못한 처세"라고 했고, 반체제 시인 예두(野渡)는 마치 매춘부가 자신은 깨끗한 서비스를 제공했다고 주

---

20) http://news.hankooki.com/lpage/people/201212/h2012120721105391560.htm

장하는 것과 같다고 비난했다. 비난의 정도가 역시 과도하며, 냉정히 말하면 모옌이 틀린 말을 한 것도 아니다. 그러나 이번 발언에는 아무래도 부적절한 점이 있다. 검열에 반대하는 것은 검열이 있을 수밖에 없음을 몰라서가 아니다. 검열의 불가피함을 인정하는 순간 기왕의 검열이 정당화되어버리기 때문이다. 사실, 검열은 문제의 소극적 표현이고 그 적극적 표현은 표현의 자유, 언론의 자유다. 완전한 자유가 실현된 예는 아직까지 세계 어디에도 없지만 중요한 것은 그 자유의 정도를 높이는 것이기 때문에 표현과 언론의 자유는 언제 어디서나 추구되어야 하는 것이다. 이 점은 중국은 물론이고 한국에서도, 미국이나 프랑스에서도 마찬가지다.

아무래도 모옌은 중국 정부나 공산당에 대한 비난을 대신 받고 있는 것 같다. 노벨 문학상을 받은 죄로 일종의 희생양이 되고 있는 것이 아닌가? 만약 그렇다면 모옌에 대한 비난은 그다지 적절하지도 못하고 떳떳하지도 못한 일이 될 것이고, 심지어는 한 작가의 문학을 망가뜨리는 매우 불행한 일이 될 수도 있다. 모옌 문학에 대한 차분한 검토는 그래서 더욱 시급하다.

4. 모옌 문학의 비판성

작가가 받고 있는 오해 중 가장 널리 퍼져 있는 것이 이름의 풀이에 관한 것이다. 작가의 본명은 관모예(管謨業)이고 모옌은 필명이다. 모옌, 즉 막언(莫言)은 '말하지 마라'는 뜻이다. 흔히 '말이 없다'는 뜻이라고 하는데, 이는 어법적으로 성립되지 않는다. 막(莫)의 뒤에 명사가 올 수 없기 때문이다. '막언'의 언(言)은 동사다.[21]

어법적으로 '막언'은 '말하지 마라'와 '말하지 않는다' '말할 수 없다'의 세 가지 뜻이 될 수 있지만 작가 자신이 밝히는 사연에 따르면 '말하지 마라'는 뜻이 맞다. 2008년 스페인 신문과의 인터뷰에서 밝힌 사연을 소개하면 다음과 같다.[22]

（필명을 모옌이라고 지은 것은） 누구에게도 말 한마디 제대로 할 수 없었던 세월을 기념하기 위해서다. 문화대혁명 시기 농민계급이었던 우리 집은 풍파를 겪지는 않았으나 아버지는 내가 혹시 말을 잘못해서 화를 입을까 걱정했다. 어렸을 때 나는 말이 많아서 종종 화(禍)를 불러오곤 했다. 그래서 아버지는 나에게 말을 하지 말고 벙어리가 되라고 조언했다.[23]

그런데 2012년 12월 7일의 노벨 강연에서 모옌은 1994년에 타계한 어머니 이야기를 했다. 어머니가 어린 그에게 말을 적게 하라고 주의를 준 일도 그 이야기 속에 들어 있다. 어린 시절의 모옌은 이야기꾼의 이야기를 나름대로 고쳐서 가족들에게 이야기해주기를 좋아했는데, 어머니는 아들의 이야기를 듣기 좋아하면서도 그 수다스러움을 걱정했다. 어머니는 그가 과묵하고 점잖은 아이가 되기를 바랐다.[24]

---

21) 언(言)이 동사로 사용되는 경우는 드문 편이다. 그럼에도 불구하고 이 글자를 택한 것은, 모예와 모옌으로 발음이 본명과 비슷하기 때문이리라 짐작되는데, 마침 본명의 모(謨) 자를 파자(破字)하면 言＋莫이 되기도 한다. 흔히 사용되는 말로는 모다오(莫道)와 모수어(莫說)가 있다.

22) 이 이야기를 필자는 모옌에게서 직접 듣기도 했다. 2008년 10월 2일 한일중 3국 대표작가 공개대담에서였다. 황석영, 시마다 마사히코, 모옌이 참가했고 필자가 사회를 맡았다.

23) http://news.heraldcorp.com/view.php?ud＝20121017000273&md＝20121020003548 _AN 에서 재인용.

왜 전에는 아버지였는데 이제는 어머니인가. 둘 중 하나가 착오, 혹은 허구인가? 혹은 둘 다 사실인가? 혹은 둘 다 허구인가? 어떻든 간에 '모옌'의 뜻은 '말하지 마라'임이 분명한데, 이를 두고 모옌은 필명 그대로 정치적인 것에 대해 말하지 않는 사람이라고 비아냥거리는 경우도 있고, 모옌의 필명은 작가는 말을 하지 않고 글로 쓴다는 뜻이라고 긍정적 의미를 부여하는 경우도 있다. 조롱이든 칭찬이든 둘 다 옳지 않다. '말하지 마라'의 '말'은 말과 글을 다 포함하는 넓은 의미의 말이고, '말하지 마라'의 금지는 그런 금지를 낳은 세계에 대한 반어적 풍자이기 때문이다. 그러니까 '모옌'은 우리가 바로 위에서 살펴본 검열의 문제, 표현과 언론의 자유 문제에 직결되는 필명인 것이다. '말하지 마라'는 필명을 내세운 채 모옌이 하는 일은 '말하기'다.[25] '말하지 마라'는 금지가 존재하는 세계에 대해 '말'하는 것일까, 혹은 '말하지 마라'는 바로 그 '말'을 하는 것일까, 아니면 '말하지 마라'는 그 '말'은 하지 않고 금지되지 않은 말만 하는 것일까. 이 질문은 곧 모옌 문학의 비판성에 대한 질문이다.

모옌의 성명작인 연작소설 『붉은 수수 가족』[26]은 많은 오해를 동

---

24) http://www.nobelprize.org/nobel_prizes/literature/laureates/2012/yan-lecture_ki.pdf

25) 2005년 12월 홍콩 공개대학 명예 문학박사 학위 수여 시의 강연에서 모옌이 다음과 같이 말한 것을 참고할 수 있다. "그래서 수십 년이 지난 뒤, 소설을 발표할 준비를 할 때, 사용할 필명을 '모옌'이라고 지었습니다. 말을 적게 하라고 스스로에게 경계한 것이죠. 실제로는, 저는 한마디도 적게 말하지 않았고, 특별히 중요한 경우에는 항상 진실된 말을 했습니다."
http://book.ifeng.com/gundong/detail_2012_10/12/18210439_0.shtml에서 인용.

26) 5편의 중편소설로 이루어진 연작소설집이다. 그중 처음 2편을 각색하여 만든 영화가 장이모우 감독의 「붉은 수수밭(紅高粱)」이다(정확하게 번역하면 '붉은 수수'이지만 한국에 개봉될 때의 제목이 워낙 유명하므로 그대로 둔다). 한국어판은 첫번째 작품만 옮긴 심혜영 번역의 「붉은 수수밭」(문학과지성사, 1997)이 최초이고, 연작소설집 전체의 한

반해온 작품이다. 그 오해는 대부분 영화 「붉은 수수밭」(1988)으로 인한 것이다. 다시 말해 영화화되면서 달라진 것들은 장이모우 감독의 것인데 이를 모옌의 것으로 여기는 일이 빈번했던 것이다. 소설 『붉은 수수 가족』을 정치적 문맥에서 볼 때 제일 먼저 주목되는 것은 국민당과 공산당 모두에 대해 비판적 거리를 두고 있다는 점이다. 이 연작은 1939년 할아버지(화자의 할아버지)가 이끄는 민간 유격대가 이동 중인 일본군을 공격하여 승리하는 데서 시작하여(「붉은 수수」), 일본군의 보복으로 마을 사람들 수백 명이 죽고(「고량주」), 마을 사람들이 다 죽는 바람에 들개가 되어버린 개 떼의 습격으로 개들과 싸우고(「개들의 길」), 임시로 매장했던 할머니(화자의 할머니)의 정식 장례식을 치르고(「수수 장례식」), 1939년 이전에 일본군에게 윤간, 살해당한 둘째 할머니의 무덤을 1986년으로 짐작되는[27] 해에 화자가 찾아가 독백하는(「기이한 죽음」) 이야기이다. 이 이야기 사이사이에 과거의 일들이 삽입된다. 가령, 할머니가 시집가던 이야기, 할머니와 할아버지가 수수밭에서 처음 사랑을 나눈 이야기, 할아버지가 고량주 항아리에 오줌을 눈 이야기, 할아버지가 비적 두목을 찾아가 죽인 이야기 등등.

이 작품의 정치적 입장은 민간 지역공동체의 그것이다. 이 입장에서 보면 모든 외래적인 것은 타자다. 일본군은 싸워서 죽여야 할 적이니 말할 것도 없고, 국민당군 역시 약속을 어겨 유격대원 대부분을 죽게 만든 놈들이다. 공산당군(팔로군)의 경우도 처음에는 우호

국어판은 박명애 번역의 『홍까오량 가족』이 2007년에 나왔다. 본고에서는 작품 제목을 중편은 「붉은 수수」로, 연작소설집은 『붉은 수수 가족』으로 표기한다(필자는 직역을 좋아한다).

27) 이 연작소설집이 출판된 것은 1987년이지만, 연작의 중편 5편은 모두 1986년 중에 발표되었다.

272

적이지만 나중에는 무기를 탈취하기 위해 할머니의 장례식 행렬을 습격하여 사람들을 죽인다(「수수 장례식」). 결국 그들은 모두 타자다. 토비(土匪), 즉 지방의 무장 도적 떼와 지역 민중의 혼합체인 이 민간 지역공동체는 여러 가지 해석이 가능한 주목할 만한 테마로서 모옌 문학의 비판성을 집약적으로 보여주는바, 이는 모옌에 대한 어용 작가라는 비난을 간단히 일축해버린다. 더욱이 모옌의 비판성은 여기서 머물지 않고 민간 지역공동체라는 정치적 입장까지도 넘어선다. "가오미 둥베이향의 순수한 붉은 수수"라는 이미지로 표상되기도 하고 할머니의 대지모신(大地母神) 이미지로 표상되기도 하는 그것은 바로 원초적 생명력이라는 보다 근본적인 입장이다.

그렇다면 혹시 처음에는 그랬던 모옌이 나중에 변한 것일까? 대략적으로만 살펴보아도 그렇지 않은 것 같다. 예컨대, 80년대 농촌의 부조리한 현실을 풍자한 『티엔탕(天堂) 마을 마늘종 노래』(1988), 도시 공간 속의 왜곡된 욕망을 그로테스크하게 묘사한 『술의 나라』(1992), 고속성장 사회에서의 욕망의 비정상적 팽창을 풍자한 『마흔한 개의 뻥(四十一炮)』(2003), 강제적 임신중절이라는 사회문제를 폭로한 『개구리』(2009) 등은 동시대 현실을 비판하는 데 초점을 맞추었고, 『풀 먹는 가족』(1993), 『풍유비둔(豐乳肥臀)』(1996), 『박달나무 형벌』(2001), 『생사피로』(2006) 등은 『붉은 수수 가족』의 뒤를 이어 20세기 중국 민중의 삶과 그 원초성에 대한 다양한 환상적 묘사를 더욱 급진적으로 수행했다. 그중 90년대의 대표작 『풍유비둔』과 최근의 작품인 『개구리』를 좀 자세히 살펴보도록 하겠다.

『풍유비둔』은 루(魯) 씨와 그녀의 씨가 다른 8녀 1남의 이야기이다. 주인공은 막내인 아들 금동(金童)이고(금동은 스웨덴인 목사와

의 사이에 난 혼혈 쌍둥이 남매 중 동생이다), 이야기는 1939년 금동
이 태어날 때부터 시작하여 여덟 명의 누나들은 다 죽고 금동만 남
아서 1995년 95세로 죽은 어머니 루 씨의 무덤 옆에 누워 있는 장
면으로 끝난다. 그 사이의 시간을 채우는 것은 온통 섹스와 폭력,
피와 죽음이고 그것들은 대부분 중국 현대사의 왜곡된 정치적 흐름
으로부터 비롯되었다. '풍만한 유방, 살찐 엉덩이'라고 번역되는 제
목은 모성과 다산성을 뜻하는데, 이 작품이 보여주는 것은 그 모
성·다산성의 세계가 파괴되어가는 비극적 모습이다. 정신적으로 미
숙하며 유방에 집착하는 편집 증세가 있고 시체를 간음하는 도착 증
세까지 보이는 금동의 눈으로 그 모습을 묘사함으로써 비극성이 극
대화된다. 모옌이 이 작품으로 1997년 제1회 대가(大家) 문학상을
받자, 이 작품은 세간의 주목을 끌면서 숱한 비난을 불러일으켰다.
모옌 자신이 그 비난들을 크게 두 가지 종류로 나누었는데, 하나는
"공산당을 반대한다는 것"이고 다른 하나는 "변태적 성욕이라는
것"이다. 결국 이 작품은 일시적으로 판매 금지되었고, 이로 인해
당시 인민해방군 총참모부 소속 1급 작가였던 모옌이 퇴역하게 되
었다는 말도 있다.[28]

　『개구리』는 커더우(蝌蚪, 올챙이라는 뜻)라는 이름의 화자가 스기
타니 요시토라는 일본인에게 보내는 편지 형식으로 되어 있는데,[29]

---

28) 모옌은 1986년에 군대에서 제대했었는데 1991년(?)에 이번에는 1급 작가 신분으로 다
　　시 군대에 들어갔다. 그러고 보면 오늘의 모옌을 키운 건 산둥성 가오미현의 농촌과 인
　　민해방군 둘인 것 같다. 1955년생인 모옌은 소학교 5학년 때 학교를 그만두고 농사 일
　　을 하다가 18세 때 면화가공공장 직공이 되었고 1976년에 군대(즉, 인민해방군)에 입대
　　했다. 반장, 군사비밀관리원(保密員), 도서관리원, 교원, 간사 등의 직책을 역임했고
　　1978년에 소설을 쓰기 시작하여 1981년에 잡지에 작품을 처음 발표했다. 1984년에는
　　해방군예술학원 문학과에 입학, 처음으로 2년간의 정식 문학 교육을 받았다.
29) 스기타니 요시토는 옛날 중일전쟁 당시에 커더우의 가족을 살려준 일본군 장교의 아들로

274

커더우는 편지에서 자신의 고모 이야기를 한다. 고모는 수많은 생명을 받아낸 유능한 산부인과 의사였는데, 출산을 엄격하게 제한하는 '계획생육(計劃生育)' 정책의 실시 이후로는 전과 반대로 수많은 생명을 지우는 일을 하게 된다. 결국 죄의식을 못 이겨 자살을 시도하는 고모. 계획생육으로 인해 슬픔을 겪는 사람들. 화자 커더우 역시 예외가 아니다. 휴머니즘의 이름으로 중국 정부의 정책을 정면에서 문제 삼은 이 작품의 비판성에 주목한 차이링(柴玲)[30]은 모옌의 이번 수상을 보고 희망을 갖게 되었으며 모옌의 비판정신이 다른 작가들에게도 영향을 미치기를 희망한다고 말했다(웨이징성과 정반대의 논평이다).

두 작품만을 살펴보았지만 대부분의 다른 작품들도 사정은 거의 비슷해서 필자로서는 모옌의 작품에서 어용성이나 그와 관련되는 어떤 징후도 찾아볼 수 없었다. 오히려 더욱 강렬한 비판성을 발견하는 경우는 있었지만 말이다. 문학이 검열과 싸우는 방식에는 여러 가지가 있을 수 있다. 검열이 그어놓은 선을 일거에 뛰어넘어버릴 수도 있고, 그 선을 넘나들면서 조금씩 영역을 넓혀갈 수도 있다. 모옌의 비판성이 아직까지 검열과 큰 모순을 일으키지 않은 것은 (『풍유비둔』이라는 예외가 있지만) 논리적으로 볼 때 다음 중 하나일 수밖에 없다. 그 비판성이 검열의 허용 한계 이내에 들어 있는 것이거나 그 비판성의 정도에 대해 검열 당국이 오인하고 있는 것이거나. 아니, 어쩌면 모옌이 교묘하게 선을 넘나들고 있기 때문일 수도 있다.

설정되어 있다. 커더우는 작가 모옌을, 스기타니 요시토는 일본 작가 오에 겐자부로를 연상시킨다.

30) 천안문사건 당시 학생 지도자였던 반체제 운동가로서 미국에 망명 중이다.

5. 모옌 소설의 환상성과 원초성 그리고 오리엔탈리즘

모옌은 2012년 12월 7일의 노벨 강연에서 자신의 '영향의 불안'에 대해 매우 친절하게 밝혔다. 모옌 작품 속의 산둥성 가오미현 둥베이향(東北鄉)이라는 곳은 사실 존재하지 않는다. 실제로 있었던 것은 가오미현 다란향(大欄鄉)이고 지금 있는 것은 가오미시 핑안좡촌(平安莊村)이다. 둥베이향은 모옌이 윌리엄 포크너의 요크나파토파와 가르시아 마르케스의 마콘도로부터 계발을 받아 창조해낸 가상의 세계다. 모옌은 이번 강연에서 자신이 1984년 가을 해방군예술학원에 입학한 뒤 포크너와 가르시아 마르케스를 2년간 사숙했으며, 그 뒤에는 그들로부터 떠나야만 한다는 것을 깨닫게 되었다고 말했다. '그들은 화로이고 나는 얼음이어서 그들에게 너무 가까이 있으면 나는 녹아버릴 것'이니까라고. 그때부터 모옌은 자신의 방식으로 자신의 이야기를 하기 시작했다. 그 방식은 설서인(說書人), 즉 중국의 민간문화 전통 속 이야기꾼[31]의 방식이고, 그 이야기는 그 자신과 그의 가족, 친척, 고향 사람들(확대하면 그 자신도 그중의 하나인 중국의 농민들)의 이야기이다. 이 현대의 '설서인'은 처음에는 텍스트 뒤에 숨어 있었는데 『박달나무 형벌(檀香刑)』(2001)에서부터 무대 앞으로 뛰쳐나왔고, 그 뒤의 작품들은 중국 고전소설 전통을 계승함과 동시에 서양 소설 기술을 차감(借鑑)한 혼합적 텍스트,라는 것이 모옌의 자기 이해 방식이다.

모옌의 이러한 자기 이해는 비교적 정확하다고 생각된다. 다만 서

---

31) 시장에서 청중에게 이야기를 해주고 돈을 받았다. 그 이야기는 민담과 전설 등의 민간구전문학을 주된 내용으로 했다.

양 소설 기술의 차감이라는 측면에 대해서는 좀더 논의가 필요하다. 『붉은 수수 가족』을 발표하던 1986년 당시의 모옌은 한편으로는 '뿌리찾기파(尋根派)' 작가이면서 다른 한편으로는 '선봉파(先鋒派)' 작가였다. 뿌리찾기파는 중국 전통문화의 뿌리를 주로 민간 문화, 주변부 문화, 비공식 문화에서 찾고자 했고, 선봉파는 서양의 아방가르드 문학을 수용하고자 했다. 모옌은 상대적으로 자신의 중국 전통과의 관계를 강조했지만 필자가 보기에는 서양문학과의 관계가 적어도 똑같은 정도로 강조되어야 한다. 예컨대 장회소설[32] 형식을 사용한 『생사피로(生死疲勞)』(2006)를 보면 외형은 장회소설이지만 내실은, 다시 말해 시점, 화법, 서술 등은 충분히 현대적이고 전위적이며 실험적이다. 스웨덴 한림원과의 전화 인터뷰(10월 11일)에서 모옌은 자신의 작품을 읽을 때 『생사피로』부터 읽기를 추천하면서, "왜냐하면 이 책이 나의 창작 스타일을 비교적 포괄적으로 반영할 뿐만 아니라 나의 소설 기법에 대한 탐색도 반영하고 있기 때문이다"라고 말하고, 또 "나의 발상을 진정으로 서술하는, 가장 자유롭고 구속받지 않는 스타일을 시험하기 위해 언어 사용에 있어서 많은 시도를 했다. 그래서 이 책이 리얼리티에 대한 관심과 창작 스타일의 탐색 사이의, 비교적 완전하고 균일한 조합을 이루었다고 나는 생각한다"라고 말했다.[33] 이는 작가 자신이 이 작품의 서술상의 현대성·전위성·실험성을 충분히 인지하고 있었음을 알려준다. 이러한 서술상의 특징은 1986년의 성명작 『붉은 수수 가족』에서부터

---

32) 장회소설(章回小說)은 구어체로 씌어진 전통소설이다. 『삼국지』『수호전』『서유기』『금병매』『홍루몽』 등이 바로 장회소설에 속한다.

33) http://www.nobelprize.org/nobel_prizes/literature/laureates/2012/yan-telephone.html

뚜렷이 나타나고 있었다. 모옌이 포크너와 가르시아 마르케스에게서 배운 것은 요크나파토파와 마콘도만이 아니라 가령 의식의 흐름이라든지 초현실주의 같은 것도 있는 것이다.

지금까지 사람들이 모옌 소설을 '마환현실주의', 즉 마술적 리얼리즘이라고 불러온 것은 환상과 현실이 혼합되되 마치 가르시아 마르케스처럼 제3세계 전통문화의 민간 서사 전통이 그 혼합에서 중요한 역할을 하고 있기 때문이다. 이 점에서는 모옌 소설을 마술적 리얼리즘이라고 부르는 것이 확실히 성립된다. 그러나 한림원이 그런 것처럼 hallucinatory realism, 즉 환각적 리얼리즘이라고 부르는 것은 적절치 않다고 생각한다. 모옌의 소설은 꿈의 묘사로만 이루어지지도 않고, 꿈과 현실이 구별 불가능하게 혼합되지도 않는다. 다만, 환각적 성격이 나타나는 경우가 전혀 없는 것은 아니다. 대표적인 예가 『풍유비둔』의 마지막 장면이다. 정신적 장애가 있는 주인공 금동이 어머니의 무덤가에 누워 지나간 일들을 회상하다가 다음과 같이 환상인지 환각인지 불분명한 상태로 들어간다.

잠시 후 회상은 중단되고 그의 눈앞에서는 유방들이 날아다녔다. 그가 일생 동안 보았던 길고, 둥글고, 높고, 평평하며, 검고, 하얗고, 거칠면서도 매끄러운 수많은 유방들이 모두 나타났다. 이러한 보배들, 이러한 요정들은 그의 앞에서 신기한 춤을 추었다. 그것들은 새 같았고, 꽃 같았고, 둥근 모양의 번개 같았으며 자태는 매우 아름다웠고, 맛도 아주 좋았다. 〔……〕 잠시 후 그것들은 그의 머리 위에 모여들더니, 하나의 거대한 유방이 되었으며, 계속 팽창하여 천지간에서 제일 높은 봉우리가 되었으며 유두에는 하얀 백설이 걸려 있었고, 태양과 달은 벌레처럼 그것들을 감싸고 돌았다.[34]

환각에 가까운 것이라 여겨지지만 이런 예가 흔히 나타나는 것도 아니고 그것이 서사적으로 중요한 역할을 하는 것도 아니어서 모옌의 주된 특성이 될 수는 없다. 작가 자신이 위의 인터뷰에서 '동양적인 초현실의 표현'이라고 설명한 『생사피로』를 환각의 또 다른 예로 들 수 있을까? 이 작품은 1950년에 총살당한 지주 시먼나오(西門鬧)가 나귀, 소, 돼지, 개, 원숭이로 환생했다가 2001년에 드디어 사람으로 환생하기까지 50년간의 둥베이향의 잔혹한 역사를 나귀, 소, 돼지, 개, 원숭이의 시각으로 서술했는데, 필자가 보기에는 애당초 일종의 알레고리의 문제인 것이지 초현실이나 환상, 환각 등의 문제가 아니다.

이상으로 우리는 모옌 소설을 환각적 리얼리즘이라고 부를 수는 없지만 마술적 리얼리즘이라고 부를 수는 있다는 것을 확인했다. 그러나 더 엄밀하게 말하자면 마술적 리얼리즘이라는 규정만으로는 모옌 소설의 전체적 면모를 설명할 수 없다. 마술적 리얼리즘은 모옌 소설을 구성하는 한 요소일 뿐이다. 마술적 리얼리즘이냐 아니냐, 환각적 리얼리즘이냐 아니냐의 문제는 사실 그다지 중요하지 않다. 모옌 소설은 그런 규정들 너머에 있기 때문이다.[35]

필자가 보기에 모옌 소설에서 가장 주목해야 할 것은 그 환상성과 더불어 원초성이다. 섹스와 폭력, 삶과 죽음, 탄생과 살해 등이 혼재하는 거의 신화적인 것에 가까우며 거의 잔혹극에 가까운 원초적

---

34) 모옌, 『풍유비둔』 3권, 박명애 옮김, 랜덤하우스중앙, 2004, p. 342.

35) 이런 의미에서 수상자 발표문의 스웨덴어 버전만은 다른 언어 버전들과 달리 'hallucinatorisk skärpa' 즉 '환각적 날카로움'이라는 표현을 사용한 것이 주목될 수 있다. '환각적 날카로움'을 가지고 민담과 역사와 동시대를 융합했다,라고 말한다면 모옌 소설에 대한 훨씬 더 적절한 설명이 되는 것 같다.

공간을 근대적 변화라는 역사적 공간과 마주 세우는 것이 모옌 창작
의 핵심 원리 중의 하나다. 그 마주 세우기는 역사적 공간에 대한
반성과 비판을 겨냥하는 것임이 분명한데, 성공적인 경우 충격적인
효과를 일으키지만 때로는 그 효과가 애매해지는 경우도 있는 듯하
다. 역사적 공간의 일들이 원초적 공간 속에서 포착되면서 가치적
혼란을 일으키는 경우가 그러하다. 원초적 공간 속에서는 예컨대 살
해가 불모성의 타파라는 의미로 긍정적 가치가 되기도 하지만[36] 역
사적 공간에서는 그렇지 않기 때문이다.

이쯤에서 우리는 스웨덴 한림원으로 다시 눈길을 돌려야겠다. 한
림원은 2000년도에 중국 출신의 프랑스 작가 가오싱지엔에게 상을
줄 때와 이번에 중국 작가 모옌에게 상을 줄 때 완전히 상반되는 말
투를 보였다. 가오싱지엔에 대해서는 "중국 소설과 드라마에 새로운
길을 연, 보편적 타당성과 신랄한 통찰력, 언어적 독창성의 작품"이
라며 보편성을 강조했었는데 이번에는 "중국의 고대 민간서사에 서
구의 근대성을 융합시켜 세계로 나아가는 데 성공했다"며 중국적인
것(동시에 동양적인 것)을 강조한 것이다. 사실을 말하자면 중국의
문화적·문학적 전통과 서구의 근대성의 융합이라는 점에서 가오싱
지엔과 모옌은 결코 다르지 않다.[37] 모옌에 대한 중국적인 것의 강
조는 오리엔탈리즘과 밀접한 관계가 있다고 의심하지 않을 수 없다.

사실상, 환상성과 원초성은 제3세계의 전통에만 나타나는 것이
아니다. 그것들은 제1세계의 전통에도 똑같이 나타났던 것이다. 다

---

36) 『붉은 수수 가족』에서 화자의 할아버지가 나병 환자인 양조장집 아들을 살해한 것이 좋
　　은 예이다. 다른 예로, 『풍유비둔』에서 생식 능력이 없는 남편 대신에 일곱 명의 남자와
　　관계하여 아홉 명의 자식을 낳는 것도 원초적 공간에서이기 때문에 미덕이 될 수 있다.
37) 가오싱지엔과 모옌은 어느 면에서는 닮았고 또 어느 면에서는 대조적이다. 중국 출신의
　　두 노벨 문학상 작가를 비교 분석하는 일은 매우 흥미롭고 유익할 것 같다.

시 말해 인류에게 보편적인 것이다. 그 보편적 의미의 환상성·원초
성이 중남미의 문화적 전통이라는 개별적 맥락 속에서 구체화되고 중
국의 문화적 전통이라는 개별적 맥락 속에서 구체화될 때 가르시아
마르케스의, 그리고 모옌의 문학이 태어난 것이다. 그러니 환상성·
원초성이 제3세계의 것이기만 한 듯 말하는 것도 문제이고, 제3세
계 문학에서 환상성·원초성만 가치 있는 것이라는 듯 말하는 것도
문제다. 그렇게 말하는 것은 오리엔탈리즘의 혐의에서 자유로울 수
없다. 사정이 이러하다면 모옌의 노벨 문학상 수상을 중국적인 것이
세계적으로 인정받은 것이라 여기고 기뻐하기만 하는 것은 이것이
야말로 오리엔탈리즘의 내면화이고 자기 자신의 타자화라고 하지
않을 수 없다. 더더욱 안타까운 것은 앞으로 모옌식 마술적 리얼리
즘의 에피고넨들이 대거 유행하리라는 예상이다. 필자가 스페인어
문학을 전공하는 김현균 교수에게 배운 바로는, 1968년 전후에 태
어난 중남미의 소위 '환멸의 세대'는 현실에 접근하는 새로운 방식
을 제안하며 마술적 리얼리즘의 죽음을 공개적으로 천명하고 나섰
다. 확실히 마술적 리얼리즘은 이미 상투화되고 상품화되어 그 창조
적 활력을 잃은 것으로 보인다. 필자는 모옌과 중국문학의 경우에도
같은 일이 벌어질 것을 우려한다.

　필자가 모옌 문학을 높이 평가하는 것은 강조점을 달리한다. 모옌
소설에서 실질을 이루는 것은 시점, 화법, 서술 등에 나타나는 현대
성·전위성·실험성이고 모옌 소설의 진정한 성과는 말하자면(한림
원이 가오싱지엔에 대해 했던 말을 그대로 사용한다면) '보편적 타당
성과 신랄한 통찰력, 언어적 독창성'이라고 보는 것이다. 중국의 문
화적·문학적 전통과 중국적인 환상성 및 원초성은 그 현대성·전위
성·실험성에 의해 되살려져서 '보편적 타당성과 신랄한 통찰력, 언

어적 독창성'을 성취했다. 이것이 모옌 스타일의 진정한 내용이다. 그렇다면 이번 노벨 문학상을 두고 '중국적인 것'(모옌을 가리킴)과 무국적적(無國籍的)인 것'(무라카미 하루키를 가리킴) 사이의 경쟁 이라고 하던 말은 얼마나 속된 것인가. '중국적'도 좋고 '무국적적' 도 좋고 다른 어떤 것, 예컨대 '유목적'도 '도시적'도 다 좋다. 다만 진짜 중요한 것은 '보편적 타당성과 신랄한 통찰력, 언어적 독창성' 인 것이다. 이 표현만은 12년 전의 스웨덴 한림원이 참 잘한 말이라 고 생각된다.

저층서사와 중국문학의 새로운 지평[*]

근자의 중국 문단에서 주목되는 현상 중 하나는 이른바 '저층서사 (底層敍事)'의 대두다. 한국문학의 경험에 비추어보면 1970~80년대의 민중문학을 곧바로 연상시키는 이 저층서사는 짧게 볼 경우 70년대 말 이후의 중국문학에는 나타난 적이 없었던 새로운 문학 현상이라 할 수 있고, 길게 볼 경우 1949년 이후의 중국문학에서도, 심지어 마오쩌둥의 「연안문예강화」가 발표되었던 1942년의 해방구 문학 이후로도 처음 나타난 새로운 현상이라 할 수 있다. 사회주의 체제의 중국에서 한국의 민중문학과 유사한 문학이 이처럼 새로운 것이 된다는 점은 얼핏 납득이 잘 안 될 수도 있지만, 바로 여기에서 우리는 중국문학의 중요한 특성을 엿볼 수 있다.

저층서사의 처음으로 꼽히는 작품은 2004년 진보 성향의 잡지

---

* 『아시아』 2009년 봄호에 발표.

『당대(當代)』에 발표된 차오정루(曹征路)의 중편소설 「나얼(那兒)」
이다(제목 '나얼'은 '인터내셔널', 즉 국제공산주의라는 말의 줄임말이
다). 이 작품의 주인공은 대형 국유 기업의 노동조합 위원장으로서
기업의 사유화 과정에서 노동자들의 이익을 보호하기 위해 노력하
다가 결국 좌절하여 자신이 사용하던 공장 기계 앞에서 자살하고 만
다(황석영의 중편소설 『객지』를 연상시킨다). 1949년생이며 현재 선
전(深圳) 대학 교수로 재직 중인 차오정루는 이미 1971년부터 작품
활동을 시작한 중견 작가인데, 그의 작품 「나얼」은 발표 이후 문단,
학계, 언론 등에서 수많은 토론을 불러일으켰다. 토론에서는 '좌익
문학' 전통의 회복이라는 긍정적 평가에서부터 미학적 실패라는 부
정적 평가에 이르기까지 다양한 의견들이 개진되었다.

　차오정루의 뒤를 이은 작가가 뤄웨이장(羅偉章)이다. 1967년생
으로 대학 졸업 후 학교 교사로 재직하다가 직장을 그만두고 전업
작가의 길로 나선 그는 2003년부터 활발한 작품 활동을 전개했다.
그의 대표작인 중편소설 「우리들의 길」은, 차오정루의 「나얼」이 대
규모 공장 노동자의 삶을 다룬 것과 달리, 이른바 '농민공(農民工)'
의 삶을 그리고 있다. '농민공'은 중국의 사회주의 시장경제가 추구
한 발전주의와 그것이 초래한 도시와 농촌 간의 빈부 격차에서 비롯
된 동시대 중국 특유의 사회현상이다. 호적상으로는 농민이지만 실
제로는 도시로 불법 이주하여 저임금(도시 노동자의 삼분의 일 수준
이다) 노동을 담당하는 농민공의 숫자는 적어도 1억 2천만 이상, 많
게 잡으면 2억 명에 달한다고 한다. 그들의 희생 위에 중국 제품의
가격 경쟁력이 가능해졌다고 할 수 있다. 「우리들의 길」의 주인공은
고향 농촌을 떠나 도시로 나간 전형적인 농민공이다. 이 작품은 저
임금에 시달리던 그가 설을 맞아 무리해서 고향을 다녀가는 10일

간의 이야기를 서술하고 있다. 얼핏 황석영의 「삼포 가는 길」을 연상시키기도 하는데, 「삼포 가는 길」에서 정 씨의 고향이 상실되는 것과 달리 「우리들의 길」의 고향은 여전히 존재한다. 하지만 그 고향은 더 이상 위안과 휴식이 가능한 고향이 아니라 점점 도시를 닮아가는, 이미 손상되기 시작한 고향이다.

차오정루와 뤄웨이장 이외에도 2004년 이후 농민공에서 도시 노동자에 이르기까지 다양한 하층민의 삶의 고통을 그리는 적지 않은 작가들이 출현했다. 이들의 작품에 붙여진 명칭이 바로 '저층서사'이다. '저층'이란 말은 원래 있던 말이지만, '저층서사'라는 새로운 용어에서의 '저층'은 대체로 서발턴subaltern의 번역어에 해당한다고 할 수 있다. 1995년에 평론가 차이샹(蔡翔)이 '저층'이라는 말을 처음으로 새로운 용어로 사용했을 때, 그것은 그람시(『옥중수고』)의 서발턴 개념의 번역어였다. 그러나 곧이어 그것은 인도의 서발턴 연구자들의 개념으로 초점이 바뀌었고, 때에 따라서는 스피박의 서발턴 개념으로 사용되기도 했다. 한국에서는 이런 의미의 서발턴을 하위계층이라고 번역하고 있으므로, '저층서사'라는 중국어를 정확하게 한국어로 번역하면 '하위계층 서사'가 될 것이다.

70년대 말 이후, 즉 이른바 '신시기'의 중국문학은 주로 지식인과 도시민, 그리고 농민의 삶을 그려왔다. 서발턴이라는 의미에서의 저층의 삶에 대한 서술은 신시기 문학에서는 저층서사에서 처음으로 나타난 것이다. 혹자는 저층서사를 20년대의 프롤레타리아트 혁명문학, 30년대의 좌익문학, 40년대의 해방구 문학, 49년 이후 70년대 말까지의 인민문학을 포괄하는 50여 년간의 '좌익문학' 전통의 회복으로 보기도 하지만, 필자의 생각은 좀 다르다. 우선 해방구 문학이나 인민문학에서 그리던 노동자 농민 대중과 저층서사의 저층이 같지 않고, 무엇보다도 해방구 문학이나 인민문학이 당의 혁명 사업 내지 사회주의 건설과의 종속적 관계 속에 있었던 것과 달리 저층서사는 당과 정부의 정책에 대한 비판의 맥락에 가깝다. 다만 국민당 정부에 대해 비판의 맥락에 서 있던 2, 30년대의 좌익문학과의 관계는 어느 정도 인정할 만하다고 생각되는데, 그러나 이 역시 2, 30년대의 '저층'과 2000년대의 '저층' 사이에는 사회경제적 환경의 현저한 차이가 있으므로 그 공통성보다는 차이를 중시할 필요가 있다. 이 경우에도 '회복'이라는 말이 적합해 보이지 않는 이유이다.

저층서사의 서술이 겨냥하는 것은 발전 중심의 경제 개발이 초래한 사회경제적 모순에 대한 고발 내지 비판이고, 중국 현실이 이렇게 되기까지 사태를 방관하거나 주류적 흐름과 일종의 공모 관계에 있었던 지식인들 자신에 대한 반성이라고 할 수 있다. 이는 1970, 80년대 한국의 민중문학과 매우 유사한 점이다. 그러나 양자 사이에는 커다란 차이가 여전히 존재한다. 한국의 민중문학이 독재정권과의 확고한 대립 관계를 기본 원리로 삼았던 데 비해, 중국의 저층서사는 그 점이 분명하지 않은 것이다. 저층서사 자체가 그럴 뿐만 아니라 정권 측의 대응 방식 또한 다르다. 이른바 삼농(三農) 문제—농민의 고난, 농촌의 빈궁화, 농업의 위기—의 해결을 주요 정책 과제로 삼고, 이른바 '조화로운 사회(和偕社會)'를 새로운 슬로건으로 삼아 발전주의가 초래한 문제를 조정하고자 하고 있는 것이다. 그 '조화'라는 것이 진정으로 성취될지, 아니면 일종의 알리바이로 그치고 말지는 두고 볼 일이며, 따라서 저층서사와 그것을 둘러싼 담론들이 진정한 '조화'를 이루는 데 기여할지, 아니면 정권의 알리바이에 공모하는 결과로 추락할지 역시 불확정적이다.

다만 필자에게 분명하다고 생각되는 중요한 사실은 저층서사가 중국의 지식인과 민중의 관계에 새로운 지평이 열릴 가능성을 암시한다는 점이다. 사회주의 중국의 성립 이후, 지식인은 대체로 민중에 의해 핍박받는 경험을 되풀이해왔다. 1958년의 반우파투쟁이나 6, 70년대의 문화대혁명이 그 대표적 예이다. 민중이 가해자가 되고 지식인이 피해자가 되는 경험의 되풀이, 이로 인해 지식인과 민중 사이에는 극복하기 힘든 커다란 거리가 생겨났고, 신시기의 중국 문학은 이 거리로부터 자유롭지 못했다. 현실 정치와의 관계가 어떻게 되건 간에, 적어도 지식인과 민중 사이의 그 거리가 좁혀지는 새로운 지평이 열릴 가능성을 필자는 저층서사에서 기대해본다.

베이다오와의 대담*

1. 베이다오에 대하여

시인 베이다오(北島)는 흔히 '중국의 솔제니친'이라고 불린다. 이
호칭은 그럴듯하다.

본명이 자오전카이(趙振開)인 베이다오는 1949년 베이징에서 태
어났고, 고등학교 재학 중에 문화대혁명을 맞아 홍위병 활동을 했으
며, 홍위병이 해체된 뒤 베이징에서 건축 노동자로 일했는데 이때부
터 시를 쓰기 시작했다. 당시 베이다오와 같은 처지의 지식청년들이
행한 문학활동을 지하문학(地下文學)이라고 하거니와, 훗날 유명해

* 「1. 베이다오에 대하여」는 2005년 5월 2일 자『한국일보』에 게재된 글이다. 「2. 대담」은
2005년 5월 26일 대산문화재단에서 이루어진 대담을 조장래 기자가 정리한 것으로 27일
자『경향신문』에 게재되었다. 원래 대담 내용에 맞게 약간 수정했다. 베이다오는 2007년
홍콩 중문대학의 초빙을 받아 홍콩으로 이주했고, 2011년 8월에는 망명 22년만에 중국으
로 '회귀'했다.

진 베이다오의 시 「대답(回答)」은 바로 이때 씌어진 작품이다.

문화대혁명이 끝난 뒤 베이다오는 지하 출판 시잡지『오늘(今天)』에 참여하면서 활발한 작품 활동을 펼쳤고 '몽롱시(朦朧詩)'라고 불린 시적 흐름의 주역이 되었다. 난해하다고 해서 붙여진 명칭이 '몽롱'인데, 베이다오의 몽롱시는 자아의 목소리를 발견하고자 분투했고 정치적 저항성을 예술성으로 승화시키려 노력했다.[1]

1989년 초에 베이다오는 반체제 인사 웨이징성(魏京生)을 석방하라는 서명운동을 발기했으며 바야흐로 가열되고 있던 학생운동을 지지하는 성명을 발표했고, 그 결과 유럽으로 망명하게 된다.

베이다오의 시 「대답」에는 다음과 같은 강렬한 대목이 있다.

> 너에게 말하노라, 세계여
> 나는……믿……지……않는다!
> 네 발밑에 천 명의 도전자가 있다면,
> 나를 천한번째 사람으로 생각하라.

6·4 천안문 사건 때 바로 이 시가 천안문 광장에서 낭송됨으로써

---

1) 약간의 보충이 필요하겠다. 보충을 위해, 베이다오의 한국어판 시집『한밤의 가수』(2005, 문학과지성사)에 대한 필자의 서평 중 한 문단을 인용한다. "문혁이 끝난 뒤 중국문학이 오랫동안 상실되었던 '문학'을 되찾는 과정에서 선봉에 섰던 것은 문혁 때 '하방(下放)'되었던 지식청년들의 글쓰기였다. 이미 하방 당시에 글쓰기를 시작했고 문혁이 끝난 뒤 공개적으로 활동하게 된 이 젊은 세대의 글쓰기가 추구한 것은 다름아닌 '문학'이었다. 이 '문학'적 글쓰기의 선봉에 섰던 것은 잡지『오늘』을 중심으로 한 소위 '몽롱시'였다. 난해하다는 뜻으로 붙여진 명칭이 '몽롱'인데, 기존의 시와 비교했을 때는 그렇게 말할 수도 있을 것이다. 하지만, '문학'이라는 것이 일상 언어의 진부함 너머에서, 그리고 공식 언어의 제도성 너머에서, 주관의 진정성과 실존의 진정성이라는 불투명한 미지의 영역을 모색하는 것이라면 그 언어가 '몽롱'한 것은 자연스럽고 당연한 일이다. 베이다오의 시가 갖는 가장 중요한 의미는 그것이 바로 이러한 흐름의 한복판에서 태어났다는 데 있다."

저항 시인 베이다오의 이미지가 더욱 확고해졌다. 망명 이후에도 베이다오는 계속해서 중국어로 시를 썼고 해외에서 복간된 왕년의 시 잡지 『오늘』에 참여했다.

이상과 같이 요약해놓고 보면 확실히 베이다오는 '중국의 솔제니친'이라 불릴 만하다. 소설에 2000년도 노벨 문학상을 수상한 망명 작가 가오싱지엔이 있다면 시에는 베이다오가 있는 형국이다. 그러나 이 호칭은 반체제적 저항성을 지나치게 강조하는 느낌을 준다. 베이다오 시에 저항성이 간과할 수 없는 요소임은 분명하지만 그것은 목적이 아니라 결과다. 베이다오 시의 문학적 핵심은 비극적 서정성과 아이러니를 방법으로 삼은 자아 탐색이다. 그 탐색이 중국 현실이라는 맥락 속에서 정치적 저항의 모습을 띠게 된 것이지 그 역이 아닌 것이다.

1993년 이래 베이다오는 거듭해서 노벨 문학상 후보로 지명되고 있다. 나는 이 지명이 베이다오 시의 정치적 저항성에만 초점을 맞춘 것은 아니라고, 혹은 아니어야 한다고 생각한다. 베이다오 시가 뛰어난 것은 정치적 저항성을 예술성으로 승화시키려는 치열한 노력 덕택인 것이며, 근본적으로는 정치적 저항성 이전에 자아 탐색의 깊이가 인류적 보편성에 접근했기 때문이다.

2. 대담

전형준 시는 어떻게 쓰게 됐나. 젊은 시절 베이징의 건축 공사장에서 콘크리트공으로 일했다고 들었는데?

베이다오 1969년부터 공사장에서 콘크리트와 철근 일을 했다. 70년에 허베이성(河北省) 지하발전소 건설 현장에서 일할 때 시를 쓰기 시작했다. 처음에는 마오쩌둥(毛澤東)의 시 영향을 많이 받아 고시(古詩)를 썼다. 그러다가 우연히 자유시를 읽고 나서 이런 게 있구나 하는 충격을 받았다.

전형준 66, 7년 문화대혁명 때에는 홍위병으로도 활동했는데 당시의 입장은 어떤 것이었나. 그 활동을 긍정적으로 봤는가.

베이다오 그때는 적극적이고 긍정적으로 활동했다. 공산당의 일부 정책에 동감하지 않은 적은 있지만 공산당 자체를 의심한 적이 없었다. 정치적으로 적극적으로 동조했다.

전형준 보수파였나, 과격한 조반파(造反派)였나.

베이다오 조반파였다. 그러나 우리는 비교적 온건한 조반파였다. 당시 나는 중국 고위층 집안 아이들이 많이 다니던 고등학교인 북경 제4중학교의 학생이었다. 홍위병은 굉장히 복잡한 집단(群體)이고 여러 파로 나눌 수 있다.

전형준 언제부터 홍위병 활동에 회의를 품게 되었나.

베이다오 마오쩌둥의 일생 최대 실책이라면 도시 지식인들을 강제로 시골로 내려보낸 일이다. 나는 그때부터 마오쩌둥에 대해 회의를 품었다. 청년들을 시골로 내려보낸 것, 즉 '하방(下放)'은 많은 사람들이 공산주의에 대한 신앙을 바꾸는 계기가 되었다.

전형준 하방이 중국 경쟁력을 10년 이상 후퇴시켰다고 볼 수 있는데, 당시 지식 청년들은 이 일로 복합적인 감정이 생기지 않았나 생각한다. 이상주의적 생각과 함께 내적 갈등을 동시에 갖지 않았나 싶다.

베이다오 내 생각은 다르다. 표면적으로 보면 하방이 경제에 영향을 미친 것으로 볼 수 있다. 그러나 그로 인해 중국 공산당에 부정적인 감정을 가진 사람이 많이 양성되었기 때문에 현재의 중국이 있는 것 아니겠는가. 중국의 발전은 그런 경험 때문에 가능했다. 이 자리에서 깊이 토론할 사안은 아니지만, 사람들은 문화대혁명을 너무 간단하게 부정하는 경향이 있다. 사실 그렇게 간단히 결론을 내릴 수 있는 일이 아니다.

전형준 문화대혁명을 간단히 부정하는 것은 나도 반대다. 복합적인 문제가 뒤섞여 있다고 본다. 당신의 시는 「대답」이 가장 유명하다. 1976년 4·5 천안문 시(詩) 운동 때 「대답」을 발표했다. 그로부터 13년 뒤 6·4 천안문 사태 때 시위 군중이 이 시를 다시 낭송했다. 본인이 좋아하건 안 하건 간에 이 시는 당신을 대표하는 작품이 되었는데.

베이다오 시 속에는 사람의 운명처럼 예상할 수 없는 것이 많이 숨어 있다. 『오늘』이란 시 잡지에 발표한 이 시는 모호하면서도 사회 불만을 내뱉는 시다. 전통적인 시로도 볼 수 있고 젊은이들이 좋아하는 혁명시로도 볼 수 있다. 상하이에 있는 장훙(張宏)이라는 평론가는 '매우 은유적인 색채를 띠고 있다'고 평가했는데 처음에는 동의하지 않았으나 나중에 보니까 일리가 있는 지적이었다.

전형준 당신은 1989년 체포된 학생들을 석방하라는 대정부 성명서를 발표한 뒤 망명생활을 시작했다. 그 바람에 정치적 저항의 이미지로 굳어져버렸다. 나는 사람들이 당신을 그렇게만 보는 게 불만인데 본인의 생각은 어떠한가.

베이다오 지금 생각해보면 이용당한 느낌도 든다. 서방 언론 매체들이 내 의지를 무시하고 그런 이미지를 만들어갔다. 물론 나는 인권운동에 참여한 적은 있다. 그러나 창작과는 관련 없는 일이다. 그런데 이를 한데 묶어서 생각하는 것은 내 의지와는 다른 것이다.

전형준 나도 그렇게 본다. 서방세계가 중국을 견제하기 위한 수단으로, 이념적으로 말하자면 부르주아 자유주의로 흡수하기 위해 당신을 이용하고 있는 것으로 보인다. 중국에는 민주화라는 것이 없다는 걸 증명하기 위해 베이다오라는 시인을 이용하는 셈이다. 오히려 당신의 시에는 부르주아 자유주의의 허구성을 지적하는 부분도 있는 것 같다.

베이다오 아주 단순하게 말할 수는 없다. 시는 더 깊은 문제를 다루고 있기 때문이다. 잡지『오늘』이 민족민주운동 시기에 탄생했기 때문에 둘을 항상 연결해서 이야기하는데 애초에는 현실세계와 크게 관계없는 것이었다.

전형준 당신의 시를 정치적 저항성으로만 봐서는 안 된다는 게 내 생각이다. 당신 시의 특징으로 모호성, 기괴함, 초현실주의, 몽타주 기법 등을 거론한다. 그런데 내가 보기엔 그 밖에도 비극적 서정성이 돋보이고 아이러니도 눈에 띈다. 이런 시 세계는 흔히 말하는 정치적 저항도, 모더니즘도 아닌 것 같다. 더 근본적인 실존의 문제에 맞닥뜨리고 있다는 생각이다. 사조상으로 보게 되면 모더니즘이라기보다는 아방가르드 쪽으로 이어진다고 보인다.

베이다오 기본적으로 동의한다. 나는 시를 모더니즘이나 아방가르드로 나누는 걸 싫어한다. 내 시에는 내재적 대립도 많이 있고 실험적인 것도 많다. 나는 서양 언론 매체에 불만이다. 그들은 자기 나라 시인들의 시는 유파를 나누지 않으면서 동양의 시인에 대해서는 반정부 시인이다, 아니다로 나누고 있다. 냉전적 사고 방식이다.

전형준 그것이 서양의 오리엔탈리즘이다. 자기네 시인들에게 기대하는 것을 제3세계 시인들에게는 바라지 않는다. 3세계 시인들에게서는 오로지 정치적인 것을 보고 싶어 한다. 제3세계를 문화적으

로 지배하려는 속셈이 아니겠는가. 이걸 좀더 날카롭게 볼 필요가
있다.

베이다오 동의한다. 제3세계는 '모더니즘 함정'이란 개념에 주목
해야 한다. 서양 세계가 제3세계 문화를 모더니즘 혹은 포스트모더
니즘으로 분류하려고 애쓰는 것은 함정이라 본다. 그들은 모더니즘
경향이 없는 시인은 아주 무시해버린다. 서양 시는 로고스 중심이어
서 한계를 갖고 있다. 서양의 시가 창작과 감상이라는 이원적인 방
식으로 이루어지는 데 비해 동양에서는 창작과 감상은 친밀하게 엮
여 있다.

전형준 중국을 떠나 망명 생활을 한 지 15년이나 됐는데 그것이
시의 스타일에도 변화를 가져왔나.

베이다오 사실상 망명 작가이지만 나를 망명 작가로 나누는 것은
반갑지 않다. 망명 작가라는 것 뒤에 숨어 있는 서양 패권 담론에
주목해야 한다. 좋은 시인과 좋은 작가는 있을지언정 정치적 시인,
정치적 작가는 없다. 내 작품을 1989년 망명 전후로 시기를 잘라 나
누는 것은 원하지 않는다. 90년대 시는 7, 80년대의 연속선상에서
봐야 한다. 외국 생활을 하면서 모국어에 더욱 가까워졌다. 모국어
는 작가에게 숙명적인 것이며 시인의 생명과도 같다. 나는 내 모국
어에 대한 집착을 통해 순수 중국어를 회복하려 노력하고 있다.

전형준 베이다오라는 이름은 친구가 지어준 필명으로 알고 있다.
북방의 외딴 섬으로 해석할 수 있는데 춥고 외롭다는 뉘앙스를 풍긴
다. 공교롭게도 당신의 운명과 맞아떨어졌다는 게 안타깝다.

베이다오 중국에는 성명학(姓名學)이란 게 있다. 이름과 운명이
어느 정도 관련이 있다고 보는 것이다. 이 이름 탓인지 한평생 고생
을 많이 했다. 남들은 세 번 살아야 겪을 고생을 내 인생을 통해 다

겪었다. 물론 그게 힘들 때도 있지만 나로서는 치를 만한 가치가 있
는 것이라 생각한다.

전형준 망명 이후 중국에는 한 번도 가지 못했나.

베이다오 다섯 번 갔다. 한번 들어가면 1개월만 머무를 수 있다.
나 같은 사람한테는 (중국 당국이 관리하는) 특수비자가 나온다.

전형준 한국 사람들은 중국을 보는 시각이 이중적이다. 하나는
미국과 일본 우파가 중국을 주적으로 삼고 공조하고 있는 상황과 관
련되어 있다. 그 중간에 끼인 한국은 매우 곤혹스러워하면서도 중국
쪽에 동조하는 입장이다. 반면 고구려사 왜곡 등 최근 중국 대외정
책에서 나타나는 새로운 중화주의에 상당한 위협감을 느끼고 있다.

베이다오 중국이 강성해진 점은 긍정적이다. 부시 집권 이후 진행
되고 있는 미국과 일본의 패권주의에 대해 중국이 맞서야만 세계 평
화를 이룰 수 있다. 다만 중국의 중화주의에 대해서는 주변 소수민
족들에게 사과하고 싶다. 안타깝게도 한족은 언제나 주변 소수민족
을 억압하고 강제 통합했다.

전형준 당신은 세계적 인사가 되었다. 망명 중이지만 더 큰 역할
을 할 수도 있을 것이다. (성격이) 다소 수상한 상이긴 하지만, 노
벨 문학상 수상을 기대한다.

베이다오 노벨 문학상에 큰 가치를 두지 않는다. 중국과 한국은
공히 노벨 문학상에 대한 갈망이 큰데 실은 좋은 일은 아니다. 노벨
문학상은 단지 18명이 선출하는 상일 뿐이다. 작가는 책벌레처럼
어둠 속에서 앞으로 나아가는 존재다. 책벌레를 끄집어내서 햇볕에
내놓으면 죽을 수도 있다. 햇볕 밑에 작가를 내놓는 것은 창작의 생
명력을 죽이는 일이다.

쑤퉁과의 대담[*]

1. 쑤퉁에 대하여

쑤퉁(蘇童)은 위화(余華)와 더불어 현재 중국 문단의 핵심 세대를 대표하는 소설가다. 이들의 소설은 전문 비평가들에게 높은 평가를 받을 뿐만 아니라 일반 독자들에게도 널리 사랑받는 드문 예에 속한다. 그러니 이들의 소설이 영화의 원작으로 즐겨 채택되는 것은 자연스러운 일이라 할 수 있다. 쑤퉁의 중편소설 「처첩성군(妻妾成群)」을 원작으로 하여 장이모우(張藝謀) 감독에 의해 만들어진 영화 「홍등」은 위화의 장편소설 『살아간다는 것(活着)』을 원작으로

** 「1. 쑤퉁에 대하여」는 쑤퉁의 한국어판 소설집 『이혼 지침서』에 대한 필자의 추천사(2006년 5월)에서 가져온 것이다. 「2. 대담」은 2007년 6월 12일 경향신문사에서 이루어진 대담을 한윤정 기자가 정리한 것으로 13일 자 『경향신문』에 게재되었다. 원래 대담 내용에 맞게 약간 수정했다.*

하여 역시 장이모우 감독에 의해 만들어진 영화 「인생」과 함께 세계적으로 수많은 관객들을 매혹시켰는데, 이 두 편의 영화는 학술계나 언론계에서 '오늘날 중국이란 무엇인가'를 설명하는 데 주요 자료로 빈번히 사용되고 있다. 하지만 그 설명력에 있어서 영화는 원작 소설에 훨씬 못 미친다. 소설 읽기가 영화 보기보다 공이 드는 일이기는 하지만 그 대신 그것이 가능케 하는 성찰은 더욱더 깊고 풍부한 것이다.

중국에서 수십 년간 억압받아온 '문학'이 되살아나기 시작한 것은 70년대 말 80년대 초부터였고, 본격적인 발전과 성숙은 80년대 중반 '뿌리찾기 문학', '선봉파 문학', '신사실 소설' 들을 통해 이루어졌다. '선봉파 문학'으로 출발한 쑤퉁은 90년대 이후 자신의 문학 세계의 넓이와 깊이를 한층 더해가며 중국 문학이 세계 문학의 반열에 당당히 올랐음을 힘껏 증명해왔다. 그의 소설은 삶의 부조리를 특유의 아이러니를 통해 통렬히 드러내는 데 놀라운 솜씨를 발휘한다.

2. 대담

전형준 쑤퉁이 한국에 알려진 계기는 장이모우의 영화 「홍등」이었다. 원작 소설이 중편 「처첩성군(妻妾成群)」(한국어판 소설집 『이혼지침서』에 수록되어 있다)이기 때문이다. 영화는 원작에 없는 볼거리를 제공하는 반면 세부를 바꾼다. 밤마다 홍등을 건다든지, 발 마사지를 한다든지 하는 다소 수상한 모티프도 추가되고 가짜 임신 소동을 통해 여주인공 쑹롄의 성격에 적잖은 변화가 나타났다. 이런 변화에 대해 어떻게 생각하나.

쑤퉁 영화는 감독의 것이기 때문에 관여하지 않는다. 영화가 나왔을 때 나는 한 문학잡지의 편집자로 일했는데 영화 때문에 유명해진 걸 몰랐다. 어느 날 한 홍콩 사람이 전화를 해서 "영화에 나오는 발 마사지 도구에 대해 잘 아는 것 같으니 함께 돈벌이를 해보자"고 하기에 그때서야 세계적으로 많은 사람이 봤다는 걸 알았다. 그러나 그 도구는 장이모우의 머리에서 나온 것이다. (웃음)

전형준 중국 영화는 소설을 원작으로 한 경우가 유별나게 많다. 그러나 영화를 소설로 착각하는 데서 비롯되는 오해도 적지 않다고 본다. 문학연구자의 입장에서 볼 때 안타까운 건 중국 영화를 이야기할 때 문학을 비하하면서 영화를 띄우는 경우가 많다는 것이다.

쑤퉁 영화는 소설의 친척이지 자식은 아니다. 장이모우나 천카이거는 소설을 무척 신뢰해서 소설로 영화를 만드는 경향이 두드러졌으나 요즘 영화는 상업적으로 변해서 감독 머릿속의 생각을 글로 만들어서 영상으로 옮긴다. 그러나 소설은 소설로서의 역할이 있고, 영화로 옮겼을 때의 결과는 머릿속에서 *끄집어낸* 어떤 생각으로 만든 영화와는 다르다.

전형준 선봉파에서 신역사주의 작가로 변했다는 평가에 대해 자신은 어떻게 생각하나. 나는 소설이 그런 식의 규정보다 훨씬 더 넓은 세계라고 생각하기 때문에 그런 식의 설명을 좋아하지 않는다.

쑤퉁 동의한다. 소설을 쓰는 건 자신의 내면과의 계약이다. 분류에 맞춰 소설을 쓰는 게 아니라 내가 쓰고 싶은 내면의 변화를 쓴다. 선봉파였지만 후퇴한다는 이야기를 들어도 원하는 걸 쓸 수 있는 게 자신과의 계약이다.

전형준 후퇴란 말은 실험성이 약화되거나 대중성과 타협했다는 뜻으로 해석할 수 있는데 대중성을 고려한 것인가.

쑤퉁 나는 상업적으로 성공한 작가가 아니다. 장이모우가 영화를 찍음으로써 유명해졌는데 중국에서 3만 독자만 유지해도 좋다고 생각하다가 90년대 문학이 약세를 면치 못하면서 5천 명만 남아도 좋다고 생각하게 됐다. 작가는 계속 변한다. 이를테면『나, 제왕의 생애』는 내가 특별히 좋아하는 작품인데 젊었을 때 아니면 쓸 수 없는 아름답고 따뜻한 이상세계의 이야기다. 그러나 나이가 들수록 현실을 직시한다. 현실과 타협하는 게 아니라 현실을 주제로 쓰게 됐다.

전형준 『쌀』이나『나, 제왕의 생애』는 인간의 부조리 탐구, 잔혹극에 가까운 상상과 묘사, 상식이라는 이름의 지배 이데올로기에 대한 전복 등 좋은 의미의 불온성이 느껴진다. 창작 의도는 어떤 것이었나.

쑤퉁 『쌀』은 첫번째 장편인데 인간성 속에는 아름다움과 함께 남에게 보일 수 없는 추악함이 있다고 생각했다. 아름다움은 묘사가 쉽지만 어둠은 표현하기 어렵다.『쌀』의 주인공 오룡은 최악으로 표현되어서 추리소설처럼 비현실적이기도 하다.『나, 제왕의 생애』는 우화에 가깝다. 제왕에서 광대가 되는 것, 하늘과 땅, 진실과 거짓, 어둠과 밝음의 극단을 잘 묘사하고 싶었다.

전형준 한국뿐 아니라 선진국에서도 문학의 위기에 대한 논의가 나오고 있다. 중국은 어떤지.

쑤퉁 중국도 당대문학의 황금기는 7, 80년대였다. 당시에는 드라마·영화·음악 등이 상대적으로 부족해서 소설이 사람들의 정신적 욕구를 충족해주던 시기였다. 원래 생일케이크처럼 크고 중심에 놓였던 문학이 대중매체의 발달에 따라 조그만 치즈케이크로 변했다.

전형준 중국에 사회주의 시장경제가 도입된 이후 물질적 측면은 크게 발전한 반면 민주화나 부의 분배 등은 미흡하다는 지적이 많다. 현재 중국에 필요한 정신적 가치는 무엇이라고 생각하나.

쑤퉁 현재 중국의 문제는 빨리빨리다. 집도 빨리 짓고 돈도 빨리 벌고 뭐든지 그렇다. 이런 변화가 빠른 종말을 맞을 수도 있다. 먼저 낚아채는 사람이 임자라고 생각해서 정신적으로 공황을 맞게 된다. 그러나 가난하게 살았던 기간이 너무 길기 때문에 누구라도 자본주의 맛을 봐야 할 상황이다. 과거의 인상 쓰는 중국인들에 비하면 요즘 젊은이들은 중국인 같지 않다. 일본 아이나 한국 아이와 다를 바 없는 천진난만함은 물질이 가져다준 것이다. 사람은 산 꼭대기에 있어야 하늘을 가까이 볼 수 있고 산 밑에 사는 사람들은 산기슭만 바라본다. 중국인들은 아직 산 밑에 있다.

전형준 한국 독자들에게 꼭 하고 싶은 말씀은?

쑤퉁 내 책을 두 권씩 사서 한 권은 자신이 읽고 한 권은 남에게 선물해주길 바란다. (웃음)